LAME SUR LES LÈVRES

34-36, rue La Pérouse
75116 Paris

Collection dirigée par Franck Spengler
Ouvrage dirigé par Sophie Le Flour

Graphisme de couverture : Emmanuel Pinchon
Visuels de couverture : © Lario Tus/Shutterstock,
© tab62/Shutterstock

ISBN : 9782755686623
Dépôt légal : mars 2021
Imprimé en Espagne

LOÏC HENRY

LAME SUR LES LÈVRES

Hugo Poche

SUSPENSE

À ma mère.

PROLOGUE

J'ai l'habitude de vivre dans l'ombre.

Aujourd'hui, c'est volontaire : j'ai choisi un interstice entre deux cabanes de chantier pour observer la fenêtre éclairée du deuxième étage. Une silhouette transperce à nouveau le rectangle de lumière du salon ; je patiente encore quelques minutes pour m'assurer que le propriétaire des lieux est seul ce soir.

Le visage caché par ma large capuche, je traverse la rue déserte et je compose le code que j'ai glané la veille. Dans les escaliers, je vérifie par réflexe que le couteau est toujours en place sous ma ceinture. Si tout se passe comme prévu, il se teintera de carmin dans un instant.

J'attends ce moment depuis tant d'années...

STANCE 1

CHARLOTTE

Vendredi 19 janvier 2018

Je crois que le déclic s'est produit aujourd'hui.

Je me suis arrêtée quelques minutes au milieu du dédale souterrain de la Défense, comme assommée par la masse grouillante, suscitant ainsi quelques regards noirs, des soupirs ennuyés et une insulte fleurie. Si j'ai noté à plusieurs reprises les fragrances nauséabondes des transports en commun par le passé, c'est plutôt la rivière humaine qui attire mon attention ce matin.

Pour la première fois, je constate qu'elle est douée d'une vie propre, et qu'elle charrie en elle un flot aux teintes muraille. Ni le strict twin-set beige, ni le costume gris posé sur une chemise bleu pâle, ni l'informe pull marron hors de prix ne me heurtent ; pourtant, tous ces affluents créent une onde boueuse et déprimante qui envahit les couloirs et les rames de métro, pour ensuite s'écouler vers les rues et les bureaux. Seules quelques jeunes femmes osent une jupe cerise, un chemisier bouton-d'or ou un long manteau tilleul, leur beauté juvénile les dispensant d'une adhésion trop rigoureuse aux standards du néant.

Pis encore, la conscience de mon appartenance à ce flux morne me tétanise et me répugne. Je m'observe alors, dégoûtée : je suis contaminée. Depuis combien de mois n'ai-je pas sorti les couleurs de mon dressing ?

Et cette mode terne ne corrompt pas que nos vêtements. Nos automobiles sont drapées d'une rhétorique bouffonne pour travestir ces gris malsains : hologramme, platine, shetland, éclipse, aluminium, hurricane, requin, perle, vapor, thorium, fluide, mativoire, bourrasque, reflet d'argent, titane, lunaire, mahoré, basalte, météore, cendre, abysse, atlas. La sémantique mérite-t-elle une telle débauche d'imagination pour illustrer un gris banal, moyen avec tant d'intensité ?

Comme je reprends ma progression, je remarque les discrets détails de l'envers du décor, dissimulés entre les néons clinquants et les vitrines illuminées : une porte de service dans un renfoncement, un vigile souriant au téléphone, un étroit corridor derrière un pilier, un boîtier de commande fixé au mur, un SDF qui compte ses piécettes…

Les couloirs pourraient me mener à quelques encablures de mon bureau, mais j'opte pour la sortie la plus proche. J'ai besoin d'une goulée d'air, même vicié. Je gravis les marches de l'escalier squalide une à une, tandis que l'escalator me dévoile une kyrielle de visages aux émotions neutres. Je débouche enfin sur le parvis : l'espace rend les déplacements moins oppressants ; si l'on s'éloigne des travées de passage, il est possible de contempler le flux, tel un chasseur à l'affût. Je demeure immobile, quémandant un écho : une déchirure dans la régularité du flot, une autre silhouette à un poste de guet, un éclat de voix au cœur de ce revif humain…

Rien ne résonne.

J'hésite à jaillir, à hurler pour briser cet enchantement qu'une Circé moderne aurait imposé à ces légions qui défilent sous mes yeux. Je sais pourtant que personne ne m'accorderait la moindre importance.

Résignée, je me décide à gagner mon lieu de travail, moins sereine qu'à l'accoutumée.

STANCE 2

ZOÉ

Samedi 3 mars

À mon départ, je ne lance même pas un regard à ma boîte aux lettres, bourrée de courriers de rappel. Je me promets de m'en occuper à mon retour : en un après-midi, je peux sans doute venir à bout de ma paperasse et m'offrir quelques semaines de tranquillité administrative. Lorsque mon téléphone vibre dans ma poche, je le dégaine comme une arme et le porte à mon oreille sans raccourcir mon pas :

« Je sais, je suis en retard. La forme, Bérénice ?

– Ne me plante pas sur ce coup : il sera là dans moins de vingt minutes.

– Qui cela ? »

Comme mon agent manque de s'étrangler, je mets fin au supplice :

« Tout cool… J'arrive, j'ai trois stations de métro et cinq minutes de marche ensuite. Je suis large !

– Oui, bien sûr. Je ne sais même pas pourquoi je perds mon énergie avec toi. Tu as une idée du temps que j'ai mis à te dégotter un *fitting* avec Olivier ?

– Rien du tout, c'est lui qui m'a demandée. Bon, je te laisse, je rentre dans la rame. À tout de suite ! »

Je ne suis pas souvent appelée pour les défilés : mon mètre soixante-treize me place plutôt dans le camp des petites, et mes jambes fuselées ont plus d'attrait pour les photographes ou les essayages-cabine que pour les podiums.

Sauf s'ils ont besoin de visages singuliers ou de silhouettes atypiques. Lors de la dernière Fashion week, la mode exigeait des Slaves glaciales et des Noires aux yeux de braise. Pendant cette période d'ordinaire faste, j'ai eu du mal à décrocher assez de contrats pour assurer ma pitance. Mais aujourd'hui, Olivier Rousteing envisage de me faire commencer le défilé Balmain au milieu d'une triade de filles aux corps d'oxymoron, son thème annoncé pour le printemps.

Je sors comme une tornade de la station Pyramides et je progresse sur le trottoir sans un regard pour les échoppes, les magasins de vêtements et les restaurants qui bordent l'avenue. J'évite les touristes qui baguenaudent en couple main dans la main, à la recherche du romantisme parisien qu'on leur a vendu sur écran. Les indigènes sont aisément reconnaissables : comme moi, ils affichent un mépris souverain pour les merveilles architecturales alentour et les mines enjouées des promeneurs. Sans ralentir, je tourne dans une petite rue pavée qu'une large chaîne noire sépare de l'artère principale. Des policiers armés de fusils d'assaut montent la garde devant un bâtiment officiel, indifférents aux deux beautés évanescentes qui effleurent le trottoir opposé. Je les suis à quelques mètres ; elles entrent dans la cour de l'hôtel particulier au bout de l'impasse, sous le regard impassible d'un colosse au costume impeccable. Le claquement de leurs stilettos s'estompe pour enfin disparaître lorsqu'elles franchissent le seuil de la bâtisse.

Je m'arrête devant le rétroviseur d'un 4 × 4 urbain, pour dompter mes mèches rousses qui ondulent avec un peu trop d'impertinence. Je décoche un sourire à la portière nacrée et je murmure : « C'est le moment de me comporter en fille… »

STANCE 3

CHARLOTTE

Lundi 5 mars

Les mères de famille sont les premières à quitter les bureaux. Je m'entends bien avec la plupart d'entre elles, mais elles doivent démarrer leur seconde vie en rentrant au foyer : les devoirs des enfants, les tâches ménagères et la préparation du lendemain leur prendront encore beaucoup de temps avant qu'elles ne sombrent dans les bras de Morphée. Seuls quelques hommes les accompagnent, ceux pour lesquels la paternité ne se résume pas à quelques heures de présence au club de foot ou au cours de danse le week-end. Leur attitude attire plus de dédain que de reconnaissance, même auprès de la gent féminine. Je sais que la carrière des femmes pâtit de leur implication familiale. Néanmoins, le sujet est identifié et discuté, y compris dans les revues corporate, qui ne tarissent pas d'éloges sur leurs collaboratrices de papier glacé qui exaltent le bonheur de l'équilibre personnel et de l'ambition professionnelle. Une omerta règne sur le sort des hommes. Eux-mêmes n'en parlent pas ; je ne sais pas s'ils en souffrent ou s'ils ressentent une certaine culpabilité à ne jamais prolonger leurs journées au-delà du journal d'Anne-Sophie Lapix.

Autour de moi gravitent les bourreaux de travail, qui s'assurent ostensiblement sur leur smartphone qu'aucune urgence ne nécessite leur auguste présence, les stagiaires, libres comme l'air, et quelques trentenaires qui vivent dans un monde à mi-chemin entre l'adolescence et l'âge adulte. Ils ont le temps et les moyens d'agir comme les héros des séries américaines, du moins en apparence, et les pots de départ, au même titre que les restaurants tendance, l'œnologie et les derniers gadgets électroniques, hantent leur quotidien.

J'ai choisi le lundi soir à dessein : personne ne proposera de poursuivre les festivités dans un club. *Stricto sensu*, ce n'est pas un adieu, puisque j'ai opté pour un congé sabbatique de onze mois. Cependant, personne n'est jamais revenu de ces limbes pour reprendre sa place dans la société.

Pas assez d'implication ; *not committed*, dans le jargon…

« Charlotte, tu sais ce que tu vas faire pendant un an ? » me demande une jeune ambitieuse, avec un faux sourire ingénu.

Ma réponse passe-partout est déjà façonnée depuis longtemps :

« Pas exactement. Je vais d'abord faire le point…

– Oui, c'est vrai que tu as bientôt quarante ans. Je comprends que tu aies besoin d'un break ; nous menons une vie de dingues ! »

Je ne réagis pas à sa réponse, aussi acidulée que ses escarpins. Je me demande un instant si elle prépare de telles reparties ou si son excès de méchanceté et de jalousie déborde parfois à son insu.

Je vogue d'une grappe à une autre. Je pourrais presque croire que je vais leur manquer, si ma raison ne me soufflait pas qu'ils m'oublieront très vite ; mon départ alimentera les discussions pendant quelques jours, avant de rejoindre le magma de l'histoire collective.

L'ambiance est bonne quoique superficielle, ou peut-être parce que superficielle. Au bout d'une heure, les groupes s'éclaircissent peu à peu pour ne laisser qu'une poignée de personnes lorsque sonnent huit heures. Comme les derniers invités s'éclipsent, je commence à débarrasser, secondée par une stagiaire enjouée et un manager discret. Je l'épie un instant : pourquoi prend-il le temps de m'aider alors que je le connais à peine et que je ne le reverrai sans doute jamais ?

Lorsque je franchis les portes automatiques, mes sacs en bandoulière, et que je remets mon badge à l'accueil, je me sens comme une prisonnière qui récupère ses affaires avant de retourner à la vie réelle.

STANCE 4

ZOÉ

Mardi 6 mars

Au fond d'un café douillet, Bérénice me détaille le programme de la semaine : elle a réussi à capitaliser sur le défilé Balmain pour me placer auprès de quelques créateurs pour des sessions privées. Si j'acquiesce machinalement à ses remarques, mon esprit erre ; j'observe la longue chevelure blanche qui coule le long de son visage à peine marqué par de gracieuses rides. Je connais mal son histoire ; elle parle peu de son ancienne carrière de mannequin, qu'elle a quittée une vingtaine d'années plus tôt.

Elle est belle, avec si peu d'artifices sur sa peau, ses lèvres ou autour de ses yeux. Dans un monde où la jeunesse est une vertu cardinale et la moindre ridule une menace, elle promène sa haute silhouette et son charme éthéré avec une insouciance que je lui envie. Elle ne pose pas, ne minaude pas ; vaporeuse, elle ondule entre les créateurs, les attachés de presse et les mannequins sans jamais blesser personne.

« Zoé, tu m'écoutes ?

– … Non. »

Elle soupire, mais une lueur d'amusement éclaire ses yeux cyan. Elle se penche sur la table et prend mon visage entre ses mains, avec tendresse :

« Je t'enverrai le programme par e-mail. Sois à l'heure s'il te plaît.

– Comme toujours ! »

Sans relever l'ironie, elle règle la note en liquide, avant de ranger ses effets personnels dans son sempiternel sac Hermès Birkin noir.

« Je te laisse : il faut aussi que je m'occupe des autres. »

Soudain prise d'un soupçon de mélancolie, je lui demande :

« Pourquoi me consacres-tu autant de temps ? Cette année, j'ai eu de la chance, mais tu as vingt filles plus belles que moi dans ton book, et j'ai déjà vingt-six ans. »

Elle hésite un instant entre esquive et honnêteté avant de souffler :

« Je t'aime bien : tu me rappelles la rebelle que j'aurais pu être…

– Il n'est jamais trop tard.

– Pour moi, si. »

Je me penche vers elle, plus émue que je ne le montre :

« C'est triste…

– La plupart des rébellions ne sont que d'autres conformismes habillés de nouvelles parures. Regarde la mode : il y a de l'agitation, de l'effervescence, de la créativité parfois…

– … Mais pas de rébellion.

– Non.

– Et ailleurs ?

– Où cela ? »

Comme je cherche des exemples concrets, parmi les mouvements associatifs, altermondialistes, voire identitaires, elle me gratifie d'un sourire lumineux :

« Ne te fatigue pas : le vrai rebelle est solitaire, comme toi. »

INTERMÈDE

Mardi 6 mars

Écroulé sur le canapé, Bilal Touati porte les mains à sa gorge pour juguler l'hémorragie. C'est inutile, bien entendu. Mon poignard a tranché l'artère carotide et la veine jugulaire, et il ne peut retenir cette vie qui le fuit. Son sang dessine de vaines esquisses sur les coussins blancs, puis coule au ralenti jusqu'au tapis persan.

L'homme a maintenant perdu connaissance. Son souffle court témoigne de la lutte qu'il mène encore dans l'inconscience pour survivre. Je m'approche de lui et je trace deux traits obliques sur ses lèvres avec ma lame, là où la pulpe est la plus épaisse, puis je le regarde mourir. Lorsqu'il expire, je ne perds pas mon temps à vérifier son pouls ; je me dirige vers l'ordinateur pour glaner quelques informations complémentaires. L'accès est protégé par un mot de passe. Je tente ma chance de ma main gantée avec les solutions usuelles : sans succès.

Sans les toucher, je jette un œil aux papiers éparpillés sur le bureau : un brouillon, une facture d'électricité, un document fiscal. Rien de compromettant. Peu importe, j'en sais déjà assez.

J'essuie mon poignard sur le rideau, puis je le range dans son fourreau. Je sors alors de l'appartement en claquant la porte derrière moi. Ma parka à capuche masque ma chevelure et une partie de mon visage. Il me reste six étages à descendre à pied pour rejoindre le garage, que je pourrai quitter par une issue de service qui donne sur une ruelle sombre. Quelques minutes me suffiront pour modifier mon apparence et regagner le boulevard, incognito.

Un de moins !

STANCE 5

CHARLOTTE

Mercredi 7 mars

Assise dans le métro, je feuillette un magazine féminin abandonné sur un siège : mode, beauté, cinéma, concerts, environnement et un brin de technologie. L'interview centrale met en scène une jeune chanteuse de comédie musicale. Alanguie sur la plage, les clichés – non retouchés, précise la légende – soulignent son visage angélique et sa plastique, humiliante de perfection. Elle y explique qu'elle voue une passion aux arts depuis son plus jeune âge, que les risques liés à ses choix de carrière reflètent son intégrité, et que, non, sa filiation avec une actrice de premier plan ne l'a pas avantagée et qu'elle ressent sans cesse la pression de ce patronyme célèbre.

À quelques sièges de là, un homme s'esclaffe bruyamment. En quelques minutes, le wagon entier apprend qu'il est divorcé, dynamique, sportif, que son poste implique de hautes responsabilités et une rémunération confortable, et que la vie lui réserve encore de magnifiques surprises. Ni beau ni laid, il apparaît souriant, sûr de lui, cool ; son costume masque un léger embonpoint qu'il essaie sans doute de gommer dans un club de remise en forme. D'habitude, la vulgarité de cet inventaire personnel m'agace. Pourtant, aujourd'hui, je ressens surtout de la pitié pour celui qui recherche un vain reflet de complicité ou d'envie dans les iris d'inconnus métropolitains.

Je descends à la station Edgar Quinet, dans le quartier de Montparnasse, pour rejoindre le même bar qu'hier, que samedi dernier et que tant d'autres jours. En ce milieu de matinée, il est presque désert : un commercial envoie quelques e-mails devant un café, et un couple de touristes égarés se demande pourquoi un lieu parisien est truffé d'images de phares engloutis par la tempête ou de *bagadoù* paradant avec binious, bombardes et caisses claires. Avant, Corentin aimait y paresser avant l'heure du déjeuner, en connexion avec ses racines bretonnes qu'il affectionne tant.

C'est mon unique piste pour le retrouver.

Il a toujours boudé les réseaux sociaux, et ses coordonnées ne m'offrent que des messages d'erreurs automatiques. J'ai fini par me rabattre sur le seul port d'attache que je lui connais. Certes, ma démarche est un peu vaine : il a peut-être changé de quartier, de ville, d'habitude, d'endroit ou de créneau horaire. L'horloge en faïence Henriot indique onze heures ; je m'accorde encore une vingtaine de minutes avant de remballer mes affaires et mes espoirs pour la journée.

Lorsque Corentin apparaît enfin sur le seuil, je me garde de ne pas exploser de joie. Il ne me repère pas tout de suite ; je le laisse pénétrer dans son antre avant de lui adresser un signe de connivence. Il se fige, surpris, puis me rejoint au fond de la salle. Je ne peux m'empêcher de le jauger : les années n'ont pas altéré sa silhouette et le temps lui a façonné un beau visage mûr, de plus en plus conforme aux clichés des marins de sa contrée natale, les nuages noirs dans la chevelure et la mer azur dans les yeux.

Nous bavardons de longues minutes. Il se livre peu, comme d'habitude ; je parle de mon congé sabbatique. Il prend soin de m'écouter, pour comprendre plutôt que pour juger. Il est intelligent, ouvert d'esprit, doux et bienveillant. Depuis notre scolarité, nous avons gardé des contacts forts, quoique peu fréquents. C'est mon seul ami masculin, plus proche de moi que ma famille ou mes amants de passage : je suis heureuse et fière de notre lien. Pourtant, je ne l'aime pas. Je ne l'ai jamais aimé. Et je crois que lui non plus. Nous sommes des complices, et non des compagnons.

Sur un papier de fortune, il griffonne son nouveau numéro de téléphone qu'il pose sur la table en bois.

Je glisse le trésor dans ma poche, en prenant soin de remonter la fermeture Éclair.

« J'ai cru que je ne réussirais jamais à te retrouver…

– J'ai largué beaucoup d'amarres récemment.

– J'espère que je n'étais pas dans cette liste.

– Tu sais bien que non… Je te demande juste de ne pas parler de moi, à personne. C'est mieux ainsi.

– Ne t'inquiète pas : en dehors de ma famille, tu es la seule personne qui me relie à mon adolescence. Rien de grave ?

– Non, j'ai seulement besoin de discrétion.

– Cela te va bien : tu n'as jamais recherché la lumière. »

Il laisse ma remarque s'éteindre et reporte son attention sur moi :

« Cela me fait plaisir de tomber sur toi par hasard.

– Ce n'est pas une coïncidence. Je viens souvent ici depuis un mois. J'ai quelque chose à te dire…

– Ouh, là… Cela a l'air sérieux.

– J'aurai quarante ans cet été. »

Il écarte les bras en signe d'impuissance :

« Et moi l'année prochaine. Bienvenue au club ! »

– C'est moins grave… disons plutôt, moins… gênant pour un homme.

– Pourquoi ?

– C'est hormonal. »

Il garde le silence quelques secondes, avant de s'enquérir :

« Un enfant ?

– Oui, un enfant.
– Tu as encore un peu de temps.
– Peu. Et je n'ai toujours pas trouvé le père.
– Sans vouloir te vexer, je pense que si tu cherches un père plutôt qu'un compagnon…
– Oui, je sais, ce n'est pas la bonne méthode. Tu connais l'âge limite pour une FIV en France ?
– Euh, non…
– Quarante-trois ans.
– Tu envisages une FIV ?
– Même si je le voulais, je ne pourrais pas ; il faut être en couple depuis deux ans.
– Écoute, tu… »

Je l'interromps :

« Je sais ce que tu vas me dire. C'est très gentil. Sur le papier, rien ne m'empêche d'être en couple, mais la vie ne s'écrit pas sur le papier. Malchance, mauvais choix, ou quelque chose en moi, c'est ainsi… Toujours est-il que je suis seule, au moment où il ne faut surtout pas l'être. »

Il attend. Il me connaît assez pour savoir que je ne cherche pas le réconfort, du moins pas uniquement.

« Je pourrais aller ailleurs. J'ai assez d'argent pour une FIV à l'étranger, mais…
– Tu n'as pas confiance ?
– Non, ce n'est pas le problème.
– Une question morale ?
– Non plus, je n'en suis plus là depuis longtemps. »

Je me penche vers lui et je chuchote :

« Je crains l'influence des gènes. J'ai peur que l'éducation que je donnerai à mon enfant ne soit pas de taille face au raz-de-marée génétique.

– L'éternel débat entre l'inné et l'acquis… Tu ne peux pas choisir un certain nombre de paramètres ?

– Dans certains pays, oui, mais c'est tellement insignifiant. Dans la vraie vie, tu ne connais pas tout, mais tu en sais mille fois plus, même si tu intègres ces informations inconsciemment. »

Calé dans son fauteuil, Corentin demeure silencieux. Dans ces moments-là, il me fait l'effet d'un crocodile : s'il paraît endormi, son cerveau travaille à toute vitesse. Questions, arborescence de réponses, variables inconnues, je le laisse analyser sans le brusquer. Au bout d'une poignée de minutes, son visage buriné s'illumine d'un franc sourire :

« Et quel est ton plan B ? »

Dans le mille. Inutile de tourner autour du pot, je joue la franchise :

« C'est toi. »

Il hoche la tête sans dévoiler la moindre émotion. J'ai l'impression qu'il ne m'a pas entendue ou comprise ; je m'apprête à préciser ma pensée, mais il me coupe d'un geste de la main :

« Mauvais choix.

– Je ne crois pas.

– Je suis déjà en couple. »

Malgré la boule naissante dans mon ventre, j'essaie de rester légère :

« Loin de moi l'idée de vivre avec toi. Je suis sûre que tu ronfles ! »

Je baisse un peu la voix avant de poursuivre :

« Je ne veux que ton sperme et tes gènes.

– C'est ce que j'aime chez toi, ton romantisme… Écoute, cela me touche beaucoup. Vraiment. Je… »

Il prend une profonde inspiration, et je sens enfin que ma proposition l'a ému. Il passe les deux mains dans sa crinière sombre avant de poursuivre :

« Il y a deux problèmes.

– Lesquels ?

– Je ne pense pas être un modèle, encore moins génétiquement.

– Ce n'est pas mon avis. Et le deuxième ?

– Elorri… »

Je n'ai vu qu'en photo cette jolie Basque, de douze ans sa cadette. Corentin me l'a décrite comme une femme brillante au caractère bien trempé. Ils n'ont pas d'enfants pour l'instant : l'horloge biologique d'Elorri leur laisse encore plusieurs années de répit, ou le loisir de choisir une autre vie.

Un peu honteuse, je réponds :

« Elle accepterait peut-être… »

Sa moue dubitative m'incite à suggérer :

« Tu n'es pas obligé de le lui dire. »

Il écarte les mains en signe d'impuissance :

« Compliqué, non ?

– Je peux te promettre le silence.

– Pour l'instant, oui. Et si ton enfant de dix-sept ans te dit qu'il quittera la maison à tout jamais si tu ne lui révèles pas le nom de son père, que feras-tu ? »

Pendant un court instant, je cherche une réponse adaptée, puis je capitule :

« D'accord. Tu m'as parlé d'Elorri, mais pas de toi. Avant de lui demander son avis, il faut déjà savoir ce que tu en penses, non ? »

Il me prend la main. Son geste n'est ni doux ni tendre, seulement empli d'empathie.

« Tu me laisses un peu de temps ? me demande-t-il.

– Bien sûr. Moins de neuf mois, s'il te plaît… »

STANCE 6

ZOÉ

Jeudi 8 mars

Mes talons claquent sur le pavé du porche et je débouche dans la rue, aux aguets. Je le repère aussitôt, assis sur un banc, un livre à la main. Alors que l'époque veut que les minutes d'attente soient emplies de vaines navigations sur nos portables, Grégoire est resté fidèle au papier jauni des formats poche qu'il glisse à l'intérieur de son blouson en cuir. Je m'approche : il ne me remarque que lorsque je me plante à un pas de lui. Surpris, il lève les yeux, puis termine sa ligne, avant de déplier son corps athlétique.

« Tu lis un polar ?

– Non, j'ai assez d'histoires de flics dans la vraie vie. »

Il range son livre avec soin, comme s'il s'agissait d'une pièce à conviction, et m'embrasse sur la joue en posant sa main sur mon épaule :

« Toujours aussi belle, cousine.

– C'est mon job… »

Pour toute réponse, il me décoche un bâillement sonore. Je le pousse de l'épaule :

« Cela me fait plaisir de voir que ma conversation te passionne !

– Non, non, ce n'est pas cela. J'étais en planque toute la nuit…

– Tu as arrêté un dangereux criminel, au moins ?

– Même pas : une fausse piste et six heures perdues.

– Tu travailles toujours sur le malade qui a trucidé trois personnes ?

– Quatre, maintenant…

– Ah… Je n'ai rien lu dans les journaux.

– Nous ne communiquons pas. À ce sujet…

– T'inquiète, je suis une tombe.

– Je sais. Avec toi, je suis tranquille : tu es tellement asociale que tu n'as personne avec qui papoter… »

Je ricane. Sa saillie ne me vexe pas, et il n'est pas si loin de la vérité. Nous marchons en silence quelques instants dans la rue de Rivoli, le long des Tuileries. Les voitures zèbrent l'asphalte, émoustillées par le vrombissement des scooters qui tournoient autour d'elles. Au niveau de la rue de Castiglione, nous franchissons la grille pour pénétrer dans les jardins, par les terrasses des Feuillants. À cette heure, les allées sont presque désertes ; l'obélisque d'un côté et le musée de Louvre de l'autre confèrent à ce lieu des limites presque artificielles. Plaintif, le sable crisse sous nos pieds à l'unisson de nos pas.

« Tu as réfléchi à ce que tu veux faire après ? me demande alors Grégoire.

– Après la Fashion week ?

– Non. Tu sais bien ce que je veux dire…

– Oui, je sais, je ne pourrai pas être mannequin toute ma vie. J'ai trouvé quelque chose qui devrait te plaire…

– Ah oui ? Je t'écoute.

– La prostitution. Cela me permettra d'acheter un appartement et de me poser, bref de mener une vie normale. »

Sensible à l'ironie, Grégoire ne parvient pas à masquer son sourire amusé :

« Brillante idée !

– Je suis contente que tu approuves : si jamais ta mère me reproche quelque chose, je lui dirai que tu m'as offert tes encouragements. Elle me répète si souvent d'être raisonnable…

– Elle t'aime bien, tu sais. Elle s'inquiète pour toi, c'est tout.

– Au fait, elle croit toujours que je me drogue ?

– Euh… Je…

– Ne te fatigue pas, j'ai compris. »

Nous poursuivons notre balade vers le carrousel :

« Et comment va Clara ?

– Ça va.

– Et ?

– Et quoi ?

– Je t’ai connu plus loquace à son sujet…

– Je ne crois pas que notre relation va encore durer très longtemps.

– Tu vas la quitter ?

– Non, c’est elle qui va partir.

– Comment le sais-tu ?

– Les mêmes signes que d’habitude. Pas évident de vivre avec un flic de la BC.

– La BC ?

– La Crim, la brigade criminelle, si tu veux. Je n’ai pas des horaires de bureau, pas évident de prévoir des soirées romantiques et des week-ends en amoureux.

– Depuis combien de temps êtes-vous en couple ?

– Six mois.

– L’histoire n’est pas condamnée à se répéter…

– Tu sais qui tu me rappelles quand tu dis cela ?

– Ta mère ?

– Oui. »

Ma bourrade soudaine ne dévie même pas sa trajectoire, et nous partageons un éclat de rire :

« D’accord, tu as gagné. Continue à enchaîner les ruptures ! »

Nous cheminons en silence jusqu’au centre des jardins. Il sort alors une clé USB de son blouson et la glisse dans ma main :

« Tiens, voilà tout ce que j’ai pu récupérer. Tu étais déjà mignonne, petite… Je ne m’en rendais pas compte à l’époque.

– Merci. Pas trop long ?

– Non, tout était référencé sur mon ordinateur.

– Même les vieilles photos ?

– Oui.

– Tu sais que tu es le seul homme ordonné que je connaisse ? Je croyais que les flics étaient bordéliques.

– C'est plutôt vrai en général. »

Il regarde sa montre, puis murmure :

« Je dois y aller, Zoé. Prends soin de toi !

– Mon métier est moins dangereux que le tien… »

Il ricane :

« Je n'en suis pas si sûr. »

Nous nous séparons place de la Concorde, et je me dirige vers la bouche de métro la plus proche. À une dizaine de mètres des marches, j'ignore le sifflement mâle qui se veut admiratif, et je poursuis ma route. À quoi bon se retourner pour voir le visage pathétique de celui qui l'a émis ? C'est un jeu où il n'y a rien à gagner et tout à perdre, surtout si l'homme n'est pas seul.

Et je n'ai pas le temps.

J'ai un essayage-cabine prévu dans vingt minutes avec un groupe de femmes d'affaires de Singapour en goguette pour la Fashion week. Ma présence au défilé Balmain et ma taille un peu plus réduite que la plupart de celle de mes consœurs – et donc plus proche de celles des clientes – ont permis à Bérénice de me décrocher ce contrat.

Lorsque je débouche sur le quai, la sonnerie retentit déjà : j'accélère le pas et je me faufile entre les portes qui se referment juste derrière moi. Je n'ai que deux stations avant d'arriver à Palais-Royal ; aussi, je ne daigne pas m'asseoir pour un si court trajet. Je voudrais prendre le miroir dans mon sac pour vérifier une dernière fois ma coiffure, mais je m'abstiens, parce que ce geste attirerait encore plus l'attention sur moi. Les hommes me glissent quelques regards furtifs, moins appuyés que ceux des femmes. Elles me jaugent, et je sais qu'elles se comparent ; elles cherchent un défaut qui les rassurerait. Quelques-unes se consolent en se disant que je suis trop mince ou trop maigre, c'est selon, ou que je n'ai pas les formes d'une vraie femme.

Adolescente, j'étais meurtrie. Plus maintenant.

Les parois de verre coulissent enfin, et je m'engouffre dans les tunnels pour ressortir dans la rue. Je parcours les quelques centaines de mètres jusqu'à l'atelier du jeune créateur et je rejoins le premier l'étage par l'escalier. Je pousse la porte entrouverte et je capte aussitôt le soulagement sur le visage de l'assistante qui s'apprêtait sans doute à maudire mon retard. Elle me tend la main :

« Bonjour Zoé, je suis Béa.

– Bonjour.

– Les clientes seront là d'un moment à l'autre.

– Combien sont-elles ?

– Cinq. Ce sont de jeunes businesswomen dans le secteur de la mode, et elles souhaitent rapporter des modèles récents de Paris pour leurs boutiques. L'enjeu est important : elles peuvent repartir les mains vides ou avec plusieurs achats. Vous parlez anglais, n'est-ce pas ?

– Oui, ne vous inquiétez pas.

– Parfait. Elles ont une morphologie adaptée à notre collection, même si elles sont plutôt petites. »

Je m'abstiens de répondre qu'ils auraient pu prendre un mannequin asiatique ; les créateurs vendent du rêve, et la Parisienne fait rêver les Orientales, qui ont parcouru la moitié du globe en avion pour rejoindre la Ville lumière.

« Installez-vous dans la pièce là-bas, poursuit-elle, je vais appeler le coiffeur et la maquilleuse. »

J'acquiesce dans un sourire et je vais m'installer dans le fauteuil, en face du miroir. Je replace une mèche rebelle et je m'observe avant d'être embellie par les parures et les artifices. Deux amandes vert anis sont serties sur mon visage en delta, et ma chevelure rousse ondule sur ma peau ambrée, criblée de multiples éclats de rousseur. L'héritage génétique de mon aïeule mélanésienne s'est mêlé à mes origines celtes pour m'offrir un teint hâlé et des pommettes saillantes. Comme mon reflet distille un halo de mélancolie, j'aligne mes épaules et prends une pose de trois quarts, le menton baissé et les yeux relevés, puis je déclenche un sourire lumineux.

« Showtime… »

STANCE 7

ALEXIS

Vendredi 9 mars

La ville de Rambouillet est idéale : à environ une demi-heure de Paris en train, la sous-préfecture des Yvelines est assez grande pour ne pas s'étonner de la présence d'un inconnu dans les rues, quelle que soit l'heure de la journée. Son seul défaut réside dans le système de vidéoprotection, mais le maillage est maintenant tellement dense dans l'Hexagone qu'il devient difficile d'y échapper.

Depuis la gare, je remonte l'artère commerçante pour rejoindre la banque, en adoptant un pas neutre, ni trop rapide, ni trop flâneur. Même sans ma perruque et mes lentilles marron, mon habillement impersonnel et ma barbe fournie m'assureraient un certain anonymat. Je parviens à l'entrée du double sas de sécurité et je sonne : sans même lever les yeux, l'employée m'ouvre la première porte, puis la seconde. Je patiente quelques minutes, le temps pour une vieille dame de récupérer une partie de sa retraite en liquide. Elle recompte les billets et pianote quelques chiffres sur sa calculatrice pour effectuer la conversion en francs, puis elle prend soin de ranger son portefeuille dans son sac écaillé avant de sortir.

Je salue la jeune femme et je pose ma carte d'identité sur le comptoir. Je précise alors que je souhaite descendre à la salle des coffres ; elle me présente un grand registre que je signe sans l'ombre d'une hésitation. L'employée s'affaire en essayant d'apparaître professionnelle, mais je devine que son empressement cache une inquiétude sourde, la peur de commettre une erreur qui pourrait lui être ensuite reprochée. Si elle vérifie deux fois mon nom, elle omet de retourner ma carte. Elle signale à l'une des conseillères de clientèle dans un bureau qu'elle s'absente quelques instants, puis elle se tourne vers moi :

« Veuillez me suivre, monsieur Guyot. »

J'aime bien ce nom, Timothée Guyot : ni trop commun, ni trop original, ni marqué géographiquement. Je n'ai pas vraiment pu choisir, mais je n'ai pas eu trop de mal à me glisser dans le personnage. Si j'y suis acculé, je me présente comme dentiste : tout le monde visualise le métier, et cela m'évite des questions complémentaires. Rares sont ceux qui souhaitent obtenir des détails sur les caries ou le remplacement des couronnes ; le seul risque est de rencontrer un confrère, mais il m'est alors loisible de botter en touche.

L'employée débloque les verrous et laisse mon coffre entrouvert avant de quitter la pièce. Je tourne le dos à l'unique caméra et je pose mon sac sur une chaise devant moi. J'en extrais une boîte neutre et une pochette cartonnée que je place à l'intérieur du coffre. Je me demande un moment ce que contiennent les autres : des papiers, des bijoux, des œuvres d'art, de l'or, de l'argent liquide ? Pour ma part, j'y abandonne cinq liasses de deux mille euros, mais le plus précieux à mes yeux, c'est le pistolet Sig Sauer P226 que je récupère, avec trois chargeurs de rechange et cent cartouches de calibre neuf millimètres. J'ai deux autres planques dans des coffres bancaires, chacune avec un nom d'emprunt différent : la première en plein centre de Paris, à côté des Halles, la seconde dans une petite ville de Savoie, près de la frontière italienne.

Je claque les portes, remonte au rez-de-chaussée et quitte l'agence. Il serait tentant de se balader un peu, voire de se reposer à la terrasse d'un café en face du château, mais je ne commettrai pas une telle erreur. Quand je me déplace dans un point chaud, c'est-à-dire un lieu où j'utilise une fausse identité, je réduis ma visibilité et mon temps d'exposition au minimum et sans téléphone portable. Je me suis déjà familiarisé avec la ville sous ma véritable apparence quelques mois plus tôt : je connais les rues, les accès, et je sais même que je peux m'éclipser par les bois via l'immense parc contigu à la forêt domaniale.

Comme je reprends le chemin de la gare, je repère un groupe de trois jeunes hommes un peu plus loin sur le trottoir : les gestes sont brusques et les voix fortes. Sans ralentir mon pas, je traverse la chaussée en diagonale. Le meilleur moyen d'éviter les problèmes, c'est de les fuir ou de les contourner. Le trio ne m'aurait sans doute pas adressé la parole, mais pourquoi courir le risque ? Et j'ai compté plus d'une dizaine de caméras sur le trajet. J'ai plus besoin de discrétion que de flatter mon ego en me débarrassant de trois assaillants en moins d'une minute.

Près de Montparnasse, j'ai repéré un lieu où je pourrai me délester de mes atours sans éveiller la suspicion, tout en me mêlant au flux lorsque j'aurai retrouvé mon apparence naturelle. Sans y réfléchir, mes poings se serrent. Je sais que Marin n'était pas un saint, tant s'en faut, mais l'imaginer se vidant de son sang comme un animal m'est insupportable. Je me suis rendu sur sa tombe peu après son enterrement et je me suis promis de trouver son assassin et de venger l'homme qui m'a sauvé la vie dans une bourgade sans nom du nord du Mali. Et si j'ai besoin de tuer à nouveau, je n'hésiterai pas une seconde.

Je suis bien occupé, pour quelqu'un d'officiellement décédé l'année dernière.

STANCE 8

CHARLOTTE

Samedi 10 mars

C'est le soleil qui me réveille ce matin : un rayon ricoche sur le miroir pour se ficher sur mon visage. Je me sens fatiguée, alors que je me suis endormie tôt la veille. Peut-être mon corps réclame-t-il le dû de sommeil que je lui ai refusé lors de ces derniers mois… Je tourne la tête pour glaner l'heure sur le cadran de ma pendule : les deux aiguilles pointent vers les cieux, comme pour m'inciter à me lever enfin.

« Midi ? »

Je repousse les draps et me lève à la hâte. Sans réfléchir, je mets la cafetière en marche et j'attrape mon portable à la volée, avant de m'effondrer sur le canapé. Aussitôt, je sens une douleur dans mon épaule gauche ; je retire ma chemise de nuit pour m'apercevoir qu'un bleu colore ma peau.

La journée, ou ce qu'il en reste, ne commence pas sous les meilleurs auspices…

Je n'ai pas vraiment de programme pour aujourd'hui : la fin de mon activité professionnelle m'a laissé beaucoup de temps et peu de loisirs pour le remplir. Je m'étais promis de remettre de l'ordre dans mes papiers et de reprendre le sport, mais l'envie et le courage me manquent.

En vérité, j'attends la réponse de Corentin avec fébrilité.

Je sais que ma requête l'a touché et qu'il ne m'oublie pas. Se renseigne-t-il sur des situations similaires ? Patiente-t-il pour en parler à Elorri ? S'informe-t-il sur les conséquences juridiques d'un accord ?

Légalement, cet enfant serait le sien, même sans relation sexuelle, même si Corentin ne le reconnaissait pas, quels que soient nos arrangements, écrits ou non. Jusqu'à sa majorité, je pourrais initier une action en reconnaissance de paternité ; au-delà, cette option serait accessible à l'enfant lui-même.

Seule dans mon appartement, je ricane.

Je m'en veux de ma propre naïveté. Si je crois Corentin capable de consentir à un tel risque pour moi, jamais Elorri ne l'acceptera. C'est une louve, et une louve protège ses petits avant tout, même s'ils ne sont pas encore nés… Je ne peux même pas la blâmer.

J'ai bientôt quarante ans.

Le preux chevalier au chevet de la belle princesse n'existe plus, s'il a jamais existé. Personne ne viendra me secourir. Je ne sais pas si j'ai laissé passer ma chance ou si l'époque condamne une partie d'entre nous à une vie sans enfants ou sans compagnon. Ou les deux. Ce qui est sûr, c'est que je ne peux compter que sur moi-même : si je veux me sortir de l'ornière au fond de laquelle les années m'ont poussée, je vais devoir être créative.

Je m'assieds à ma table et je commence à griffonner des mots sur une feuille : *lieux de rencontre, clubs de vacances, associations sportives, sites en ligne, agences matrimoniales, soirées entre amis*. Je maugrée :

« Pas le temps, pas l'envie ! »

Avec rage, je froisse le papier pour en prendre un nouveau : *adoptions, donneurs de sperme anonymes, FIV à l'étranger, coups d'un soir*. Je réfléchis un instant, tout en mâchonnant mon crayon : serais-je capable d'enchaîner les relations uniques avec des inconnus qui semblent correspondre à mes critères, sans leur laisser mon vrai nom, et en me volatilisant à l'aube tel un vampire ?

Et pourquoi pas, après tout…

Cela ne serait pas si compliqué. Je ne m'attends pas à ce que tous les hommes se pâment à ma vue, mais ma silhouette attire toujours les regards, et il me suffirait d'un volontaire par nuit. Certes, il faudrait encore le convaincre de ne pas utiliser de préservatif, mais est-ce si difficile dans le feu de l'action ? Quant à moi, je suis si désespérée que passer outre les risques d'une relation non protégée avec un inconnu me serait facile. Je me raccrocherais sans doute à une statistique rassurante, telle une roulette russe avec un immense barillet.

Je me lève pour me servir une tasse de café, que je bois debout au milieu de mon salon. L'immeuble et la rue sont silencieux, comme pour me laisser le temps d'échafauder mes plans à loisir. Je m'amuse à visualiser les endroits, les moments, les gestes, les mots, les sourires. Soudain, je m'observe et je ressens l'envie de pleurer. Où sont passés mes rêves d'adolescente ? Où se sont perdues les belles images que j'esquissais lorsque je croyais que le monde m'attendait ? Personne ne vibre pour moi. Une fois la tristesse éphémère de ma famille éloignée et de mes amis dissipée, mon absence ne serait qu'une vaguelette dans leur existence.

J'ai largué la dernière amarre sociale, mon travail, et je dois maintenant choisir : voguer vers de nouveaux horizons ou me laisser couler.

Quitte à mourir, autant crever dans la fange plutôt que de m'éteindre comme une bougie !

J'attrape mon manteau long et mon sac, puis je dévale l'escalier pour me diriger vers la station de métro qui me mènera à l'autre bout de Paris, dans un arrondissement où je me rends rarement.

Une fois à l'air libre, j'avise un café aux lumières hypnotiques. Je pousse la porte et m'installe sur une banquette, de manière à voir le bar et l'ensemble de la salle. Je range mon portable et j'étale quelques objets sur la table, comme autant d'appâts pour une amorce de conversation : un livre, un bonnet, un bracelet de pacotille. Je commande un thé que je sirote de temps à autre pour me donner une contenance, les yeux dans le vague, sans activité apparente.

Au milieu du bar, un homme se lève et s'approche de moi :

« Vous attendez quelqu'un ? »

Je le jauge en un éclair : âgé d'une trentaine d'années, il semble bienveillant et n'affiche pas de signe ostentatoire particulier. Ses mèches brunes bouclées ont abandonné toute idée d'ordre ; elles jaillissent, se croisent, s'emmêlent pour créer un plaisant capharnaüm capillaire. Pourtant, sa bedaine me refroidit d'entrée : je sais que c'est injuste de ne le juger que sur ce critère, mais je ne m'imagine pas faire l'amour avec un homme corpulent.

« Non, mais je préfère rester seule. »

Il n'insiste pas et se dirige vers la caisse pour régler sa bière. Je le regarde franchir le seuil et s'évanouir dans la nuit. Je patiente encore un peu et observe la clientèle à la dérobée : à part moi, personne n'est seul. Les groupes sont parfois masculins, parfois mixtes.

Personne d'autre ne daigne m'accoster.

Je me retiens de manipuler mon téléphone pour éviter d'ériger des barrières supplémentaires et je fixe la porte pour guetter de nouvelles silhouettes qui redonneraient un peu de sens à ma présence. Pendant presque une heure, les ombres vont et viennent. Certaines ne restent qu'une poignée de minutes tandis que d'autres s'attardent, pour conter leur journée ou arrêter le temps l'espace d'une bière ou d'un café. Un homme s'approche enfin. Hier, je ne lui aurais sans doute pas accordé la moindre attention, mais je ne lui trouve aucun défaut rédhibitoire. Il se penche et murmure :

« Je peux m'asseoir ?

– Je vous en prie. »

Il prend place, hésite un instant, puis plante ses yeux dans les miens :

« Je vais être direct : combien ? »

Je manque d'avaler ma gorgée de travers et je le fusille du regard :

« Vous trouvez que j'ai l'air d'une pute ?

– Je… Euh… »

Il éclate soudain de rire :

« C'est une question piège ! Je peux difficilement vous dire non après ma question, mais si je vous réponds oui, je risque la gifle, n'est-ce pas ? »

J'approuve en silence, les lèvres pincées.

« Je vous prie de m'excuser. C'est une méprise. »

Comme il se lève pour prendre congé, je le retiens d'un geste :

« Attendez. »

Indécis, il se fige. Je comprends qu'il se demande si sa première impression était la bonne, hypothèse qu'il écarte aussitôt. Il lève un sourcil interrogateur vers moi.

« Je m'ennuie. Et vous ne pouvez pas faire pire que votre introduction…

– C'est sûr. »

Il se rassied et hèle la serveuse d'un geste. Comme elle se rapproche, il me demande :

« Je vous offre quelque chose ?

– Un autre thé.

– Et un expresso s'il vous plaît », conclut-il à l'adresse de la jeune femme qui ne prononce pas une seule syllabe.

Je le devine embarrassé ; aussi je prends l'initiative de le questionner :

« Marié ?

– En couple.

– Je ne vous demande pas si vous êtes fidèle…

– On peut se tutoyer, non ? élude-t-il.

– D'accord. Je m'appelle Lisa. »

Sans réfléchir, je lui ai donné mon troisième prénom.

« Enchanté. Je suis Axel. »

Je porte la tasse presque froide à ma bouche pour cacher mon rictus ; je sais que son prénom est aussi authentique que le mien. Peu importe. Je ne suis pas là pour les mondanités :

« Vous habitez Paris ?

– Non, j'y passe régulièrement pour mon travail.

– Et vous logez où ?

– À l'hôtel, près de Bastille. »

Je ramasse mes affaires, enfile mon manteau et me lève sans un mot. Comme il m'observe, étonné, je lui souris enfin :

« Tant pis pour le thé. On y va ? »

INTERMÈDE

Mardi 13 mars

C'est la troisième fois qu'Hugues Janelidze me croise dans l'immeuble depuis le début du mois, toujours aux alentours de dix-neuf heures. Comme je patiente dans le couloir, l'air courroucé, il m'adresse un hochement de tête de reconnaissance et appelle l'ascenseur. Je lève les yeux vers lui :

« Vous avez reçu la lettre du syndic ?

– Quelle lettre ?

– C'est vraiment du vol ! »

Je lui tends le courrier, dans un geste de connivence. Si Hugues Janelidze n'est pas un ancien soldat comme Marin, il n'est pas non plus un enfant de chœur : essayer de pénétrer chez lui pour un motif futile aurait sans doute éveillé ses soupçons. Comme il accepte la feuille sans poser sa serviette en cuir, je m'approche, comme pour lui lire quelques passages. Dès que ses yeux se figent sur la lettre, ma main droite se saisit du poignard coincé dans ma ceinture et décrit un arc de cercle vers sa gorge, tandis que la gauche bloque son avant-bras. Sans protection, l'homme ne peut qu'esquisser un tardif geste de recul, et la lame transperce son cou et tranche l'artère vitale. Il s'écroule au sol. Je frappe à deux reprises au même endroit pour lui déchirer la gorge ; je ne veux pas risquer qu'un bon samaritain comprime sa plaie en attendant les secours.

L'ascenseur annonce son arrivée par un signal sonore. Par bonheur, il est vide : avec peine, je saisis le corps ensanglanté de ma victime sous les aisselles et je le traîne à l'intérieur. Je signe mon forfait de deux coupures diagonales sur les lèvres, puis je coince Hugues Janelidze de la manière la plus instable possible. J'appuie alors sur le bouton « trois » : avec un peu de chance, le cadavre basculera à l'ouverture des portes et bloquera le mouvement de l'ascenseur. Ma chemise est recouverte de sang ; je récupère la parka que j'avais laissée dans une zone d'ombre et je l'enfile à la hâte pour masquer les traces de mon méfait. Je ramasse la lettre et la serviette, puis je quitte l'immeuble.

Il ne s'est pas écoulé deux minutes depuis ma question à feu Hugues Janelidze.

STANCE 9

ZOÉ

Mardi 13 mars

Comme je déguste un cognac dans un bar gay du Marais, j'additionne les nombres dans ma tête : la Fashion week qui vient de s'achever est la plus profitable depuis mes débuts dans le mannequinat, et mes gains vont me permettre un certain confort pour les six mois à venir. Pourtant, je demeure réaliste : mon succès est surtout dû à un heureux concours de circonstances. Je ne pourrai capitaliser sur mon défilé que pendant quelques semaines. Bérénice a déjà placé quelques dates sur mon agenda ; une session est même prévue en marge du tournoi de Roland-Garros, en juin.

Ce week-end, j'ai un shooting pour une société japonaise qui veut illustrer sa nouvelle collection avec des visages occidentaux devant les monuments les plus célèbres de Paris. Comme je consulte la météo sur mon portable, je grimace : journée ensoleillée, températures à peine positives et une bonne brise de sud-ouest. Je sais que nous allons passer des heures en plein vent sur les quais de Seine ou au cœur de grands espaces, avec une robe légère comme seule protection contre le froid. J'espère qu'ils auront au moins prévu des boissons chaudes pour nous dégeler entre les prises de vue.

Bérénice m'a proposé un casting cet après-midi pour une maison connue, sans vraiment insister. Comme aucune indication précise n'a été fournie, j'imagine une pléthore de candidates, professionnelles ou non. Au-delà des heures perdues, mes chances de succès sont minces dans ce type de situation. Aussi, je décline poliment ; je sais qu'elle comprendra.

J'attends Grégoire depuis presque vingt minutes et j'ai la désagréable sensation qu'il va me poser un lapin. Le son aigu de mon téléphone me confirme bientôt que je passerai la soirée sans lui :

Cinquième meurtre. Je suis sur le pont. Désolé cousine. Je te rappelle demain.

Je vide mon verre d'un trait et je m'apprête à m'éclipser lorsqu'elle pénètre dans le bar bondé. Je la repère aussitôt : céleste, elle dégage un magnétisme rare, mélange de morgue et de folie. Sans réfléchir, je tends la main vers l'unique chaise libre dans la pièce, en face de moi.

« Se peut-il que la plus jolie fille de la soirée soit seule ? me demande-t-elle en guise de salut.

– J'attends quelqu'un qui ne viendra pas.

– Homme ou femme ?

– Homme.

– Tant pis pour lui et tant mieux pour moi ! Je m'appelle Maya.

– Zoé.

– Enchantée. Je vais chercher un remontant… Je te rapporte quelque chose ? »

Je lève mon verre vide dans sa direction :

« Cognac. »

Elle fend la foule et revient avec mon verre et une coupe emplie d'une liqueur transparente, surmontée d'une tranche de citron.

« Gin ?

– Tequila. »

Elle s'assied face à moi et trempe les lèvres dans l'alcool. Je réalise que Maya est un peu plus âgée que sa silhouette ne le suggère, même si elle a conservé les yeux pétillants que l'on n'entrevoit d'habitude que sur le visage des adolescentes. Elle détache l'agrume et en suce le jus et la pulpe avant de le poser sur la table :

« Tu viens souvent ici ?

– De temps en temps. Et toi ?

– C'est la première fois.

– Ça te plaît ? »

Elle se retourne pour observer les lieux, puis hoche la tête :

« C'est un peu trop bondé à mon goût. Comment est la musique ?

– Électronique.
– Mais encore ?
– Du récent : Tale Of Us, K-Sly, Dixon, Jackmaster. Du plus ancien : Miss Kittin, Prodigy…
– Connais pas.
– Tu aimes la techno ? »
Elle écarte les bras, comme pour englober le bar :
« Tant que cela bouge les gens de leur fauteuil, cela me va.
– C'est bon, alors, mais cela va s'exciter un peu plus tard : il n'est même pas neuf heures.
– Tu comptes rester ?
– J'allais partir, en fait.
– Tu as un truc à faire, un gamin à border ?
– Non. »
Elle prend ma main dans la sienne et se penche vers moi :
« Reste, alors. »
Je me penche à mon tour :
« Tu ne serais pas en train de me draguer par hasard ?
– Dans un bar gay, ce ne serait pas si surprenant… »
Elle se cale à nouveau sur sa chaise :
« T'inquiète : je suis trop vieille et toi trop belle. »
Maya accuse sans doute une douzaine d'années de plus que moi, et je la trouve superbe, même si elle ne répond pas aux canons de mon milieu. Elle est petite, menue, avec d'immenses iris noirs ; ses cheveux sont rehaussés dans un chignon approximatif qui menace de se dénouer à chaque geste.

Après une gorgée de tequila qui lui arrache une larme, elle murmure :

« J'aime bien Paris, c'est un peu comme s'il existait plusieurs mondes dans la même ville.

– Tu habites en province ?

– Non, pourquoi ?

– À t'écouter, je ne t'aurais pas crue Parisienne.

– Je manque de temps pour moi ; j'aimerais bien errer un peu plus dans les différents quartiers. »

Je m'apprête à la questionner sur son activité professionnelle, mais je me ravise aussitôt. J'aurais l'impression de gâcher l'instant. Les yeux de Maya semblent dévorer les alentours, comme un oiseau qui sortirait pour la première fois de sa cage. Elle observe les tableaux au mur, écoute les conversations des tables voisines, s'amuse des frôlements discrets près du bar, puis vient quérir la même étincelle de plaisir dans mon regard. Elle se penche vers moi :

« J'ai la permission de minuit.

– Comme Cendrillon ?

– Exactement, s'esclaffe-t-elle. Tu me montres tes endroits préférés de la capitale ?

– Je…

– Ce sera plus palpitant que de discuter travail, cinéma ou musique, tu ne crois pas ?

– Tu ne me connais que depuis cinq minutes, mes lieux fétiches n'ont peut-être aucun intérêt pour toi.

– Je prends le risque ! »

Elle se lève prestement et enfile son manteau :

« Allez, viens ! De toute façon, si je t'ennuie, tu n'auras qu'à me le dire. »

Sans attendre ma réponse, elle se dirige vers la porte. Amusée par son aplomb, je la suis : elle patiente sur le trottoir, la tête en l'air vers le ciel étoilé. Elle s'exclame alors :

« C'est toi le guide !

– L'île Saint-Louis ? Ce n'est pas loin, nous pouvons y aller à pied. »

Elle glisse sa main dans la mienne, et nous prenons la direction du sud. J'oblique vers la rue de Thorigny pour lui montrer le bâtiment qui abrite le musée Picasso. De l'index, je lui indique l'hôtel particulier qui contient des centaines d'œuvres de l'artiste espagnol.

« Picasso. Tu aimes ?

– Je ne connais pas bien. J'ai un faible pour Dalí.

– Tu sais qu'il y a un espace Dalí à Montmartre ?

– Non, j'ignorais.

– Cela tombe plutôt bien, les petites rues autour de Montmartre font partie de ma liste. »

Elle m'adresse un clin d'œil et lève sa main droite, que je claque avec la mienne en signe de complicité, au moment où nous croisons un groupe de jeunes hommes habillés en costume sombre et chemise cintrée. Ils nous jaugent en un regard, hésitent une fraction de seconde, puis poursuivent leur chemin sans une remarque ou un signe de connivence. Maya me pousse du coude :

« Tu sais pourquoi ils ne nous ont pas accostées ?

– Le hasard ?

– Oh, non…

– Parce qu'ils nous ont prises pour un couple de lesbiennes ?

– C'est possible, mais ce n'est pas la raison.

– Parce que c'était ton ex ? »

Elle s'esclaffe :

« Non, il aurait changé de trottoir ! »

Je laisse échapper un rire sonore, qui me rappelle que j'ai sans doute abusé du cognac dans le bar. En temps normal, j'essaierais de reprendre un peu le contrôle, afin d'éviter les situations fâcheuses, mais je me sens en sécurité avec Maya, même si je ne la connais que depuis quelques minutes. Elle lève l'index sentencieusement :

« Le vernis de civilisation est très mince. Si l'un d'eux t'avait croisée seule, il t'aurait peut-être abordée avec plus ou moins de politesse, mais nous étions deux.

– Et eux trois : d'habitude, le groupe les conforte…

– Et oui ! C'est justement le point crucial : il ne s'agissait pas d'un groupe, mais d'une somme d'individualités. Pas une meute. Pas encore. Cela viendra plus tard dans la soirée. Ou demain. Ils s'épiaient les uns les autres. Lequel aurait pris le risque d'un râteau ou une remarque acerbe ? Il aurait ainsi affaibli sa position par rapport aux autres. »

Je pouffe :

« Comment le sais-tu ?

– Leur langage corporel est sans filtre : ils sont si transparents. »

Je réalise soudain qu'elle m'a sans doute jugée avec les mêmes modèles d'observation, et cela me dégrise un peu. Qu'a-t-elle glané de notre discussion ? Comme je m'apprête à lui poser la question, elle me devance :

« Toi, tu n'es pas comme les autres : tu n'as pas de grille, pas de schéma. Tu es en colère.

– Contre quoi ?

– Contre toi, contre tout le monde. Comme moi. »

Elle se hisse sur la pointe des pieds et passe son bras autour de mes épaules :

« Et c'est pour cela que je t'aime bien. Bon, tu me le montres, ton Paris ? »

STANCE 10

ALEXIS

Mardi 13 mars

Je suis sur les lieux depuis plus d'une heure et j'ai repéré Diego dès son arrivée. S'il se sait épié, cela ne semble pas le troubler. Je me focalise sur les touristes qui grouillent autour de la fontaine Saint-Michel : aucun d'eux ne me paraît suspect, même si je sais que je ne pourrais pas détecter une opération bien ficelée en aussi peu de temps.

Je le rejoins et nous échangeons une rapide poignée de main. Je l'invite à me suivre le long du quai Saint-Michel, en direction de la cathédrale Notre-Dame. Nous éludons les frivolités, et il me donne l'information qui m'intéresse :

« Le lieutenant de police chargé de l'enquête s'appelle Grégoire Rannou. Trente ans, un très bon flic. Il vit en couple, sans enfants.

– Tu n'aurais pas… »

Son geste interrompt ma question : il me tend une enveloppe à l'intérieur de laquelle se trouvent trois photos de Grégoire Rannou, une de pied et deux en gros plan, de face et de côté. J'étudie son profil d'oiseau de proie et ses yeux bleus perçants ; il n'est pas très grand, même s'il paraît pourtant longiligne.

« Des informations intéressantes sur lui ?

– Peu. C'est un ascète : il ne fume pas, ne boit pas, ne se drogue pas. Pas d'aventure connue dans le service. Dossier sans tache, réputation de bosseur et de bonnes capacités de réflexion. Ce n'est pas pour rien qu'il a été choisi pour cette affaire.

– Il vient d'où ?

– Paris intra-muros, son père est d'origine bretonne et sa mère une vraie Parisienne de la bourgeoisie du septième arrondissement.

– En couple avec qui ?

– Pas d'infos, il est très secret. Je peux me renseigner si tu veux…

– Non, laisse, je ne veux pas attirer l'attention. »

Comme il s'apprête à protester, j'ajoute :

« Même si je sais que tu es très discret. »

Nous poursuivons notre route le long des cabanes des bouquinistes. L'ancienne préfecture de police trône de l'autre côté du fleuve éclairé par les éclats électriques ; j'y suis passé à quelques reprises dans mon ancienne vie.

« Où en est l'enquête ?

– Difficile à savoir, c'est un sujet sensible. La rumeur veut qu'elle soit au point mort.

– Combien de victimes ?

– Jusqu'à tout à l'heure, quatre ; une de plus ce soir semble-t-il. En moins de trois mois.

– Le mode opératoire ?

– Coup de couteau dans la carotide et lèvres coupées : attention, l'information n'a pas été révélée à la presse. »

Quelque chose me gêne.

Si un coup de couteau à la gorge est souvent létal, il est difficile à porter en close-combat, parce que plus facile à parer ou à esquiver qu'un geste vers le thorax. Marin était un expert du combat rapproché : ancien boxeur amateur, il maîtrisait aussi le krav maga, d'abord utilisé par l'armée et les forces spéciales israéliennes, puis adopté par de nombreuses unités militaires et de police dans le monde, et le sambo, une technique de combat développée en Russie. Pour le blesser ainsi dans son propre appartement, sans traces de lutte, il ne pouvait pas s'agir d'une agression aléatoire : Marin était méfiant, et il n'aurait pas laissé pénétrer un étranger sans prendre toutes les précautions nécessaires. La seule conclusion possible, c'est qu'il devait connaître son meurtrier et se sentir assez en confiance pour baisser sa garde.

Diego suit sans doute le même fil de pensée, puisqu'il ajoute :

« Marin n'est pas du genre à se faire surprendre par un tel coup, sauf si…

– Oui, nous sommes d'accord. Tu as le nom des autres victimes ?

– J'ai mieux que cela. »

Il me tend une deuxième enveloppe ; j'hésite à l'ouvrir et je lève un sourcil interrogateur vers lui.

« Noms, adresses, biographies et photos des trois premières victimes ; je n'ai pas inclus Marin, bien entendu. Je te ferai parvenir les détails de la cinquième quand je les aurai.

– Merci. Pas de lien évident, j'imagine ?

– Non, Grégoire Rannou l'aurait trouvé, d'autant qu'il est très systématique sur ce genre de vérifications.

– Une intuition ?

– Aucune. Les trois autres n'ont rien à voir avec Marin, ce sont des quidams. Et l'une des victimes est une femme.

– Carotide également ?

– Exact.

– Des traces de…

– Pas de viol, non. »

Je ne sais que faire de cette information. Je ne suis pas assez naïf pour croire que le genre de la cible pourrait arrêter le tueur ; j'ai moi-même éliminé des femmes au cours de ma carrière. Toutefois, les occurrences sont beaucoup plus rares : c'est peut-être par elle qu'il faut commencer la recherche. Je sors l'unique photo féminine de l'enveloppe, en plan américain : la jeune femme m'apparaît plus séduisante que belle. Si ses yeux marron se conjoignent à la perfection avec son teint hâlé et sa chevelure acajou, la ville regorge de visages tout aussi harmonieux. Pourtant, même sur ce cliché pris à son insu, je devine un regard ardent et une posture étudiée qui accentue la cambrure du dos et l'arrogance de la poitrine.

Pendant que j'observe le portrait, Diego récite :

« Lucile Carpentier, trente et un ans, mariée et divorcée deux fois. Sa première union n'a duré que deux ans, avec une petite frappe qui enchaînait resquilles, combines et délinquance. Il a toujours réussi à passer entre les mailles du filet quand il était avec elle, mais elle s'est peut-être lassée. Trois mois après leur séparation, il tombait pour cambriolages, le début d'une longue série d'incarcérations.

– Disons qu'il s'agit d'une erreur de jeunesse…

– Elle a ensuite changé de registre : le fils de l'un des pontes de la coiffure en France, grosse fortune familiale. À l'époque, elle avait vingt-trois ans et lui trente-neuf. Les parents et les frères de son compagnon désapprouvaient cette relation parce qu'ils suspectaient Lucile d'être plus vénale qu'amoureuse. Lui était sous le charme, et les deux tourtereaux ont convolé en justes noces un an après leur première rencontre.

– J'en ai la larme à l'œil.

– Quinze mois plus tard, elle déposait une demande de divorce. La procédure a duré plus de trois ans, mais Lucile s'est défendue bec et ongles : elle s'est attaché les services d'un ténor du barreau, et comme ils n'avaient pas signé de contrat de mariage, elle a réussi à décrocher un beau pactole.

– Un voyou, un héritier… En principe, c'est le grand amour ensuite, non ?

– En principe, oui. Sauf que le film s'est arrêté la semaine dernière avec une lame dans la gorge. Pour la petite histoire, c'est l'unique victime pour laquelle des traces de lutte ont été retrouvées et les lèvres épargnées.

– Où a-t-elle été tuée ?

– Dans son appartement.

– Elle vivait seule ?

– Oui et non. Elle était seule ce soir-là, mais sa vie amoureuse était bien remplie. Et compliquée.

– Quelle est sa place dans la série ?

– Quatrième.

– De la famille ?

– Plus de relations avec ses parents depuis l'adolescence. Quelques contacts sporadiques avec sa sœur.

– Plus jeune ou plus âgée ?

– Trois ans plus jeune : une vie bien rangée avec un mari et deux enfants, un métier d'orthoptiste en libéral près de Nation.

– Tu as l'adresse ? »

Diego me décoche son premier sourire :

« Tu m'as pris pour un autre, non ? En bas de la page.

– Et les autres ?

– Le premier est Stanislas Pellaut, un consultant en fiscalité de haut vol, puis Marin, Bilal Touati, un entrepreneur, et enfin Lucile Carpentier. Tu as tous les éléments dans le dossier. »

Mon expérience me permet de rester de marbre. Si les enquêteurs n'ont décelé aucun lien entre les victimes, je possède un peu d'avance sur eux puisque c'est moi qui ai présenté Marin et Stanislas l'un à l'autre. Et je n'ai pas revu ce dernier depuis ; j'ignorais aussi qu'il était mort. Je range les deux enveloppes dans mon sac à dos et je tends la main à Diego, qu'il serre aussitôt. Les renseignements vont bien au-delà de ce que je lui avais demandé, et ils me permettront de commencer à fouiner de mon côté : certes, je n'ai pas les moyens de la Crim, mais je ne suis pas non plus obligé de respecter les mêmes règles. Comme je fouille ma poche intérieure à la recherche de mon portefeuille, Diego pose sa main sur mon avant-bras :

« Laisse. »

Je lève un sourcil interrogateur vers lui ; il murmure :

« Marin était un salaud : je le sais, tu le sais. Je me moque de découvrir qui l'a tué. Moi, j'ai une dette envers toi, qui date du temps où nous portions tous deux un képi blanc : si tu veux le venger, je te suivrai. Et je ne te demanderai pas pourquoi. Deal, légionnaire ? »

Je pose ma main sur son épaule : les vrais engagements n'ont besoin ni de signatures ni d'argent, et c'est peut-être la raison pour laquelle ils sont devenus si rares dans notre monde.

« Deal. »

STANCE 11

CHARLOTTE

Mercredi 14 mars

Seule sur mon divan, je somnole devant mon brunch. Depuis que j'ai quitté mon emploi, je dors pourtant comme un bébé et je m'accorde même quelques siestes pendant la journée. La fatigue accumulée met du temps à se dissiper, surtout quand la tension professionnelle retombe. D'après mes calculs, ma période d'ovulation s'est terminée aujourd'hui : je n'ai donc plus besoin de sillonner la capitale à la recherche d'un géniteur plus ou moins volontaire. Pour défier la chance, j'ai déjà acheté des tests de grossesse que j'ai rangés dans le tiroir de ma table de nuit. Alors que je m'apprête à poser mon plateau-repas sur les genoux pour zapper entre les chaînes généralistes et musicales, le téléphone bourdonne.

Le téléphone fixe.

J'hésite un instant et je me lève en lâchant un juron. Le numéro est masqué ; à la quatrième sonnerie, je décroche :

« Allô ?

– Bonjour Charlotte, c'est Corentin.

– Ah… Bonjour… »

Je m'affale sur le canapé, la respiration un peu trop rapide.

« Je ne te dérange pas ? poursuit-il sur un ton neutre.

– Non, non, je t'écoute. »

J'entends un soufflement à l'autre bout du fil :

« Je ne vais pas te faire languir plus longtemps. C'est non. Je suis désolé.

– C'est ta décision ou celle d'Elorri ?

– C'est la nôtre. Je…

– Ne te fatigue pas, je n'ai pas besoin d'explications. »

Ma voix est un peu trop sèche et j'en ressens un peu de gêne.

« Charlotte, je ne suis pas insensible à ta proposition, mais je ne veux pas mettre mon couple en péril.

– Je comprends. Ne t'inquiète pas, je ne suis pas idiote.

– Si tu as besoin de quelque chose…

– Je sais. Tu as toujours été là pour moi. Je n'aurais pas dû te demander cela…

– Ne dis pas cela… Cela m'a ému, mais ce n'est pas possible, malheureusement. Que vas-tu faire maintenant ? »

Je visualise à nouveau les silhouettes nues que j'ai observées et contre lesquelles je me suis frottée les jours précédents. Je suis proche de lui en parler, mais je me ravise au dernier moment : je ne veux pas que l'image qu'il a de moi se flétrisse.

« Je dois réfléchir… Merci de m'avoir rappelée ; je me doute que ce n'était pas si facile. Je vais te laisser. Au revoir.

– À bientôt…

– Oui. »

Je raccroche, et mon pouce reste bloqué sur la touche rouge. Soudain, je lance mon combiné à l'autre bout de la pièce : il se fracasse contre le mur en laissant une infime marque sur la peinture. Les éclats de plastique se fichent dans la moquette telle la grenaille bénigne d'une bombe à fragmentation dérisoire. Je joins les genoux vers moi et j'y enfouis le visage pour pleurer. À quel moment ai-je raté l'embranchement ? Ma carrière est en lambeaux, et ma vie sentimentale n'est qu'un grand trou noir.

J'allume mon ordinateur et j'ouvre le fichier qui contient toutes mes photos : je délaisse les clichés numériques et les instants captés par mes téléphones pour me concentrer sur les scans de mes vieilles prises de vue argentiques. À l'adolescence et à l'université, je me baladais toujours avec mon Minolta en bandoulière, et si le prix des pellicules et des tirages me contraignait à être sélective, j'usais au moins une vingtaine de rouleaux par an. Lorsque je m'étais offert mon premier appareil numérique, j'avais eu l'impression de trahir un fidèle compagnon et je m'étais rachetée en convertissant toutes mes anciennes photos.

Les yeux embués, je fais défiler les paysages : les lacs glacés d'Islande, les montagnes sauvages pyrénéennes, les plages mordorées d'Armorique, les merveilles architecturales parisiennes assoupies à l'aurore.

Et les visages.

J'avais toujours aimé photographier les visages. Des proches, des inconnus, peu importe. Je me place à un endroit où l'on m'oublie peu à peu ; je peux patienter ainsi de longues minutes, des heures quelquefois. À l'instant propice, je déclenche : une fois, parfois deux, jamais plus. Il est très rare que le modèle involontaire s'en rende compte.

Comme les images défilent, je murmure les noms et je me rappelle les moments, en grignotant légumes crus et poissons fumés. Lorsque la photo d'un adolescent rieur s'affiche sur l'écran, j'interromps aussitôt la séquence pour l'observer à loisir. Je me souviens parfaitement du parc où nous nous étions réfugiés pour glaner un peu d'intimité à l'aube de nos quinze ans. J'avais immortalisé Stanislas, mon premier petit ami, quand il lançait des miettes aux oies qui flottaient sur l'étang. Les douces rencontres encore sages s'étaient ensuite muées en instants sombres : colérique, lunatique, jaloux, Stanislas avait peu à peu dévoilé ses noirs atours. Trop jeune, j'avais en vain tenté de retrouver la magie des premiers jours ; une violente gifle m'avait décidée à larguer les amarres.

Qu'est-il devenu ? A-t-il vaincu ses démons et trouvé le bonheur ? A-t-il des enfants ? Est-il violent avec eux ? Prise d'une impulsion soudaine, je tape son patronyme sur le moteur de recherche. Bien que son nom de famille atypique me protège d'éventuels homonymes, Internet me crache plusieurs dizaines de milliers de réponses. Les premiers sites listés sont ceux des quotidiens et des magazines d'information. Je clique sur le premier lien, celui du journal *Le Parisien*, qui relate le fait divers :

Courbevoie : la piste familiale privilégiée pour le meurtre d'un quarantenaire

Le parquet de Paris a ouvert une information judiciaire contre X pour meurtre après la découverte, vendredi, du corps de Stanislas Pellaut, âgé de quarante ans, dans son appartement, à Courbevoie (Hauts-de-Seine). Le cadavre a été trouvé par sa femme de ménage, qui détenait un jeu de clés.

Aucune enquête pour disparition inquiétante n'avait été déclenchée, même si l'homme, qui dirigeait le service juridique d'une entreprise de conseil à Paris, ne s'était pas rendu à son travail la veille. L'autopsie n'a pas encore été pratiquée, mais la victime montrait des signes de blessures à la gorge, qui pourraient correspondre aux traces laissées par des coups portés par une arme blanche.

La femme et les fils de Stanislas Pellaut, âgés de quinze et treize ans, qui vivaient tous depuis un trimestre chez les parents de cette dernière à Paris, sont actuellement interrogés par la police. Une plainte pour violences conjugales avait été déposée trois mois plus tôt par l'épouse du défunt. Si aucune hypothèse n'est écartée, les enquêteurs étudient en priorité la piste familiale.

L'article date de début janvier. Je repousse le clavier d'un geste, la respiration coupée : je suis bouleversée par la mort d'une personne que j'ai pourtant exclue de ma vie il y a presque vingt-cinq ans, et je ressens même un peu de culpabilité. Aurais-je dû signaler son comportement à l'époque au lieu de fuir en silence ? Cela aurait-il permis d'éviter un tel drame ?

Je reprends ma souris en main et je fouille sur Internet pour trouver le nom de sa femme. Au bout d'une vingtaine de minutes, je parviens à dénicher son numéro de téléphone. Je le compose sans réfléchir : il sonne trois fois dans le vide avant qu'une voix féminine ne réponde :

« Oui ?

– Bonjour, je cherche à joindre Elsa Pellaut.

– C'est moi. Qui êtes-vous ?

– Je m'appelle Charlotte Amorose.

– Vous êtes journaliste ?

– Euh… Non.

– Et que me voulez-vous ?

– Je connaissais votre mari.

– Vous travailliez avec lui ?

– Non.

– Vous étiez une amie ?

– Non, pas exactement.

– Sa maîtresse ?

– Ah, non, pas du tout !

– Écoutez, je ne sais pas ce que vous fouinez, mais laissez-nous tranquilles.

– Attendez ! Je vous assure que je ne suis pas une journaliste.

– Je vous crois : vous auriez un argumentaire un peu plus développé.

– J'ai connu votre époux il y a longtemps. Très longtemps. Je souhaiterais vous rencontrer…

– Pas moi, j'ai besoin de sérénité.

– Vous êtes la seule voie vers mon passé. Je vous demande seulement un quart d'heure. Où vous voulez, quand vous voulez. S'il vous plaît. »

Je perçois un soupir au bout de la ligne, puis un long silence. Je murmure :

« Allô ? Vous êtes toujours là ?

– Demain matin, dix heures, au bout du square du Vert-Galant, sur l'île de la Cité, vous connaissez ?

– Oui, parfait.

– Quinze minutes, et vous me laisserez tranquille après ?

– Oui, je vous le promets.

– À demain. »

Elle raccroche aussitôt, sans que j'aie le temps de la saluer.

Je réalise soudain que je ne sais pas exactement pourquoi je veux voir la veuve de Stanislas…

STANCE 12

ZOÉ

Mercredi 14 mars

Mal à l'aise, je me retourne dans mon lit, sans parvenir à trouver une position qui soulage mes cervicales. Ma main tâtonne sur le plancher : elle bute sur la bouteille d'eau, le réveil, et enfin l'oreiller. Je roule sur le côté et je m'allonge sur le dos en calant le coussin sous ma nuque. Comme je ressens un élancement à l'arrière de mon crâne, je pousse un gémissement plaintif et j'entrouvre les paupières. Si les volets me protègent de la lumière, ma porte laisse filtrer un filament d'aurore qui troue la pénombre.

Je passe mes doigts dans mes cheveux emmêlés avant de lâcher un long bâillement. J'ignore l'heure qu'il est et je m'en moque : je n'ai rien de prévu avant deux jours. Je referme les yeux et essaie d'être attentive aux sons : au loin, je perçois le ressac automobile ; plus près de moi, l'eau se fraie un chemin dans les conduites des radiateurs en semant quelques éclats métalliques sur son trajet.

Le mal de tête s'atténue peu à peu. Je n'ai pas l'habitude de boire et ma consommation excessive d'hier soir m'a…

Hier soir ?

Je me redresse d'un bond sur mon lit et je soulève le drap : je suis habillée de la culotte, du soutien-gorge et du chemisier que je portais la veille. Je me concentre, sans réussir à me souvenir de la fin de la soirée. Je me rappelle le bar, Maya, l'île Saint-Louis, Montmartre, le passage secret dans les catacombes, les rues sans nom. Comment suis-je revenue à bon port ?

Je me lève sans bruit et j'enfile mon jean. En dehors des chaussettes sur le sol et de mon sac posé au bout du lit, la chambre affiche un visage familier. Je me saisis de mon sac et je vérifie son contenu : passeport, carte bancaire, porte-monnaie, téléphone, lunettes de soleil, carte Navigo, mouchoirs en papier, serviettes hygiéniques, lingettes, crème hydratante, stylo-bille, clé USB, rien ne manque… Pas même les clés que je laisse toujours sur la serrure de la porte.

Je déglutis. Même ivre au dernier degré, je n'aurais pas rangé le trousseau, et j'aurais abandonné mon sac sur l'étagère, près de mon manteau. J'hésite à appeler Grégoire ou à lui envoyer un message pour qu'il me rejoigne. Il a les doubles, je suis sûr qu'il me rendrait ce service.

Je secoue la tête, honteuse de ma propre peur. Pieds nus, je m'avance doucement et je pousse la porte d'un geste vif : elle pivote, et la poignée frappe le mur dans un claquement sec. La pièce de vie est semblable à la veille : je cherche en vain un détail dissonant, puis je m'aventure derrière le bar pour m'assurer que personne ne s'est glissé entre le réfrigérateur et le four. Bien entendu, le sol est vierge de toute présence. Je poursuis ma route vers les toilettes et la salle d'eau, en prenant soin de tirer le rideau de douche. Je reviens sur mes pas et je vérifie le placard, avant d'étudier la porte : elle a été claquée, ce qui suffit à interdire l'entrée, mais le loquet est toujours en position ouverte. Je verrouille la serrure et je m'assieds enfin. Mon cœur bat la chamade et je me souviens que je n'ai pas regardé sous le lit. Même si je perçois le ridicule de la situation, je me lève aussitôt et je retourne dans la chambre. Je demeure immobile quelques secondes, puis je m'accroupis doucement pour inspecter le sol. Je ne distingue que quelques paquets de poussière, pas même un papier ou un mouchoir qui traîne.

Je rejoins la cuisine pour me préparer un thé, enfin rassurée. Je saisis le mot de passe de mon téléphone pour vérifier mes e-mails : en dehors d'une précision de Bérénice, ma boîte est vide. Je me connecte alors à ma messagerie SMS et je retiens ma respiration. La première ligne contient un brouillon sans destinataire :

« Merci pour la visite de Paris, c'était fabuleux ! Nous risquons de déchanter demain, mais cela en valait la peine. Je n'ai pas d'inquiétude pour ton sommeil. Et cuve bien ! Maya. »

Il n'y a rien d'autre, ni numéro de téléphone, ni adresse électronique. Je ne sais pas si je dois lui être reconnaissante pour m'avoir ramenée chez moi, ou lui en vouloir pour avoir violé l'intimité de mon logis sans même laisser la moindre trace pour la recontacter. Comment a-t-elle pu se connecter à mon téléphone ? Lui ai-je confié mon code ou l'a-t-elle repéré lorsque je n'avais plus la force d'être attentive ?

Prise d'une soudaine impulsion, je vérifie les tiroirs et les placards. Rien ne semble manquer ; je retrouve les lettres, les notes manuscrites, les babioles et le fouillis habituel caché des regards. Il est vrai que je n'imagine pas une seconde Maya me dérober quelque chose : il y a quand même des méthodes plus simples qu'une cuite pour dévaliser son prochain.

Je crois que c'est l'asymétrie qui me gêne. Je ne sais rien d'elle tandis qu'elle a pu consulter des pans entiers de ma vie, qu'elle sait où j'habite et qu'elle connaît même mon intérieur.

J'essaie de visionner le fil de ma soirée : je me rappelle le bar bondé, les rues illuminées du Marais, les quais centenaires de l'île Saint-Louis, les ruelles pavées à l'ombre de la basilique du Sacré-Cœur de Montmartre. Puis l'histoire se trouble, je ne me souviens que de bribes : le crissement des freins du métro, le rire argentin de Maya, un chien urinant au fond d'une impasse, le goût de l'alcool sur ma langue, l'éclat d'une lampe-torche sur un crâne humain…

Aurais-je amené une inconnue dans les catacombes, alors que je ne m'y rends d'habitude qu'accompagnée d'amis de longue date, lors d'expéditions ciselées à l'avance ? Comme j'essaie de me concentrer, les images me fuient ; je ne parviens à glaner que des flashs de plus en plus éphémères. Mon esprit s'attarde sur les trois entrées que je connais : si les deux premières sont assez courantes dans le milieu cataphile, la dernière est plus confidentielle et mène vers des couloirs moins empruntés et leurs lots de dangers.

Rien, aucune étincelle de souvenir.

De rage, je frappe la table du plat du poing. Je déteste ce sentiment d'enraiement et ce manque de choix : je ne peux contacter ni ignorer Maya. Elle a les cartes en main, et je suis contrainte de subir. Je m'imagine déjà l'insulter avant de lui raccrocher au nez, sans même lui laisser la possibilité de répondre, pour lui enseigner l'amertume de l'impuissance.

Je relis son message et je peste : au-delà de l'absence de coordonnées, aucun indice ne me permet de supposer qu'elle cherchera à me revoir.

Si la raison me souffle de m'en réjouir, mon âme envenimée se désole. Elle savoure les réminiscences de la veille : les fragrances urbaines mêlées à un parfum soyeux, les éclats de nos pas sur le pavé, l'ombre artificielle de nos délires sur le trottoir, le ricochet d'un rire dans un tunnel, la chaleur d'une main dans la mienne et ce regard qui suggère, aiguillonne, s'esclaffe ou déguste.

Les cloches de l'église proche annoncent l'angélus de midi et brisent le flou horaire dans lequel je me complaisais. Elles ne sonnent plus que trois fois par jour, pour rythmer une prière que plus personne ne récite. Qui remercie encore la Vierge d'avoir enfanté le Seigneur ? Elles ne suscitent au mieux que l'indifférence, au pire des plaintes pour nuisances sonores de la part des Parisiens qui supportent pourtant sirènes, bruits de moteur, et couinements métropolitains.

Je me résigne à prendre une douche pour ne pas complètement gâcher la journée. Les pieds nus sur le carrelage froid, j'hésite à me délester de mes vêtements, comme si Maya pouvait surgir à tout moment. Cela n'a aucun sens bien sûr : elle n'a pas la clé, et faire un double implique la présentation d'un certificat. Je le sais, j'ai essayé. Mon propriétaire est prévoyant. Et méfiant… Pourtant, je me sens bien dans cet appartement. Cette semaine, j'ai même payé les factures que je pensais ne jamais honorer.

Je règle le mitigeur sur une eau très chaude, à la limite du supportable, puis je laisse la douche m'apaiser, les paupières closes. À tâtons, j'attrape le tube de savon liquide et j'enduis mon corps d'une crème parfumée à l'huile d'argan, tandis que les gouttes perlent le long de mon visage. Comme je commence à me détendre, j'entends un craquement dans la pièce principale. Alors que le vieux parquet gémit à longueur de journée, je ne peux m'empêcher de retenir ma respiration. Nue et trempée sous ma douche, je me fige. Mon instinct me souffle de me sécher et de m'habiller à la hâte. Pourtant, je sais que je ne trouverai qu'une pièce vide, maculée de traces de pas humides derrière moi.

Je n'ai jamais été craintive et je n'ai jamais ressenti le besoin d'une présence pour être rassurée. Interrompre ma douche marquerait une petite soumission que je ne veux pas accorder à ma peur.

Je garde toutefois les yeux ouverts.

INTERMÈDE

Mercredi 14 mars

La rue privée dans le sud du seizième arrondissement de Paris déroule un chapelet d'hôtels particuliers. Je longe la grille sans m'arrêter : cela me suffit pour apercevoir les caméras de surveillance et les stigmates d'une alarme. Déjouer les systèmes de sécurité se situe bien au-delà de mes capacités, et j'ignore si des gardes sont présents.

Je patiente un peu plus loin, entre un arbre et une cabane de chantier, qui me protègent des regards importuns. L'homme que j'ai suivi jusqu'ici il y a plus d'une heure ne ressort pas ; peut-être va-t-il passer la soirée avec un ami ou une relation d'affaires. Même si ma planque est discrète, le froid engourdit mes membres et m'éterniser ici présente un risque. Comme je songe à quitter les lieux, deux silhouettes juchées sur des talons hauts se détachent dans la nuit, entourées d'un halo de lumière électrique. Elles appuient sur un bouton situé à une dizaine de mètres de la grille et se dirigent vers la bouche de métro à l'extrémité du boulevard. Je les précède en prenant soin de marcher un peu moins vite ; ainsi, elles ne se sentiront pas suivies puisque c'est leur progression naturelle qui les aura placées devant moi.

Elles me dépassent enfin, collées l'une à l'autre : les jupes sont courtes et les manteaux trop légers. Pourtant, elles ne semblent pas souffrir du froid ; elles cheminent en silence, la tête haute et le regard au loin. Je ne prendrai pas le risque de les filer au-delà du quai : je devine qu'elles vont s'égailler dans des appartements minables en proche banlieue.

STANCE 13

ALEXIS

Mercredi 14 mars

Dans la salle d'attente, un effort a été fait pour s'extraire des clichés habituels : ici, le lieu est plaisant, *cosy* serait le mot à la mode. Les fauteuils moelleux et multicolores, les revues récentes et variées, les grandes reproductions photographiques accrochées au mur, tout concourt à une sensation diffuse de bien-être. Fixé au plafond grâce à un bras articulé, un écran plat branché sur les chaînes musicales diffuse des clips ; je n'y accorde que peu d'importance jusqu'à ce que je repère un chanteur en costume de panda se dandiner dans un décor de studio sur une ritournelle hypnotique. Les paroles oniriques défilent en karaoké, tandis que Julien Doré déroule une chorégraphie à mi-chemin entre une fête d'école primaire et une spontanéité rafraîchissante. Hameçonné, j'essaie de comprendre le lien entre les dauphins au cœur *tropico-spleen* et la peau *mellow-sublime*, au-delà de la simple rime. Au bout d'un couplet, j'abandonne et je me laisse porter par la mélodie : nul doute qu'elle me restera dans la tête toute la soirée.

Je sais que Sibelle Carpentier s'affaire avec son dernier patient, un homme âgé, et qu'elle n'a pas prévu de rendez-vous ensuite. Quand la porte s'ouvre, ma présence la surprend, mais elle garde contenance. Elle raccompagne le vieil homme à la démarche claudicante avant de se tourner vers moi :

« Bonjour, monsieur, nous n'avons pas rendez-vous, je crois, à moins qu'il s'agisse d'une erreur de mon secrétariat… »

Je me lève sans hâte et je lui adresse un large sourire :

« Non, en effet. »

Elle se dandine un instant, indécise, et je sens poindre l'inquiétude. Les professions médicales et paramédicales sont de plus en plus exercées par des femmes dans des cabinets libéraux, et il n'est jamais complètement sûr de se retrouver seule avec un inconnu, alors qu'aucun autre patient n'est censé se présenter avant le lendemain matin. Je m'empresse de la rassurer :

« Je voudrais vous parler de Lucile. »

Elle se détend aussitôt. L'éclatement de la petite bulle de tension me permet de me placer sous un angle positif ; c'est une des techniques classiques d'interrogatoire. Sibelle Carpentier demeure toutefois méfiante :

« Vous êtes policier ?

– Non.

– Journaliste ?

– Non. »

Elle écarte alors les paumes pour une question muette. Je me saisis de mon carnet avant de préciser :

« Je m'appelle Nicolas Fraquier, je suis détective privé. Rassurez-vous, je ne viens pas vous proposer mes services ; quelqu'un d'autre m'a déjà embauché. »

Elle se dirige vers son cabinet et m'invite à la suivre. Je pressens qu'elle veut s'accorder un instant de réflexion, et son univers professionnel lui permet de reprendre de l'assurance. Je joue le jeu et m'installe face à elle ; le bureau qui nous sépare est moderne, fonctionnel. Un ordinateur portable Apple trône à côté d'un appareil à carte bleue et d'un lecteur de carte Vitale. Je reste silencieux pour lui laisser l'initiative.

« Et qui est votre client ?

– Je ne peux malheureusement pas vous répondre ; vous en comprendrez aisément les raisons. Néanmoins, le meurtre de la personne qui intéresse mon client et celui de votre sœur sont liés. Ils sont l'œuvre du même tueur en série. »

Je la laisse mariner quelques secondes : mon histoire est plausible et apaisante, plus en tout cas que la réalité d'un officier des forces spéciales qui veut venger la mort d'un frère d'armes. Elle finit par lâcher :

« La police s'en occupe, je leur fais confiance. »

J'accepte sa remarque d'un geste amène :

« Ils sont très professionnels, je vous l'accorde, mais la police manque autant de personnel que de moyens. Écoutez : je suis payé par quelqu'un qui a des ressources presque illimitées, j'ai les compétences, le temps, une équipe qui travaille avec moi. Que risquez-vous ? Si vous m'aidez et que je ne trouve rien, cela ne vous coûtera qu'un peu de temps. Et si je découvre une piste, cela permettra peut-être d'identifier l'auteur de ces meurtres : je passerai alors la main à la police. Les lauriers m'importent peu, je cherche juste à faire mon job et à gagner ma vie. ».

Je ne mens pas complètement : elle ne risque pas grand-chose. Certes, je ne peux pas lui dire que je suis aussi sa meilleure chance de venger sa sœur, d'une manière définitive. Mon interlocutrice hésite. Je la devine légitimiste, comme la majorité des gens, lorsque la situation franchit le seuil des petites révoltes socialement acceptables. Intellectuellement, elle est prête à consentir ; il ne reste plus que l'ultime saut à effectuer, plus lié à l'affectif qu'à la logique.

« Mon client était très attaché à l'une des victimes : sa disparition lui est insupportable, il y pense chaque jour…

– C’est pareil pour moi, murmure-t-elle en reniflant. »

Je lui tends un mouchoir en papier :

« Vous étiez proche de Lucile ?

– Plus que je ne le croyais. Nous étions très différentes, c’est sûr, mais j’admirais sa ténacité et son autonomie, sans parler de son charme. »

Le barrage a craqué, il ne me reste qu’à alimenter le flot par des questions d’encouragement.

« Son charme ?

– Oui, sa vie amoureuse a été tumultueuse. »

Je la laisse me raconter les deux mariages de sa sœur, en hochant la tête de temps à autre. Sa version confirme les informations de Diego, et je glane quelques détails supplémentaires. Pour un meurtre classique, la liste de suspects serait longue comme le bras : un premier époux délinquant, un second mari et une famille aigris après un procès perdu, un cortège d’amants et de femmes trompées. Lorsque je juge avoir obtenu assez d’éléments sur la vie amoureuse de Lucile, je demande :

« Parmi les hommes qu’elle a fréquentés depuis sa dernière séparation, en avez-vous rencontré certains ?

– Non, aucun.

– A-t-elle évoqué l’un d’eux dans vos discussions ?

– Non. Nous ne nous voyions pas souvent, et elle m’a toujours dit qu’elle n’accordait pas d’importance à ses relations, qui duraient rarement plus de quelques semaines.

– Cela ne vous a pas étonnée ?

– Qu'elle ne donne pas sa confiance ou que ses amants soient si nombreux ?

– Les deux…

– Lucile jugeait que les hommes n'étaient pas fiables. C'était aussi lié à sa propre expérience : il suffisait qu'elle apparaisse quelque part pour que les regards masculins se tournent vers elle. Si elle jetait son dévolu sur un homme, il ne se dérobait jamais, qu'il soit en couple ou non. Cela n'incite pas à la confiance envers la gent masculine, vous ne croyez pas ? »

Devant ma mine dubitative, elle ouvre un tiroir et en sort un cliché en gros plan de sa sœur. Le paysage alentour évoque la Provence estivale et l'on distingue quelques collines chauves au loin.

« La photo date de juillet dernier, précise-t-elle.

– Je peux la garder ?

– Oui, j'ai la version numérique. »

Sa réponse scelle notre accord tacite, sans qu'il soit besoin de le formuler plus en détail. Elle interrompt mon observation :

« Je sais ce que vous pensez : elle est jolie, mais son physique n'est pas remarquable.

– Oui, en effet.

– La séduction opère d'une manière subjective. Au-delà de sa beauté, elle dégageait un réel magnétisme : je n'ai jamais su si c'était sa silhouette, sa démarche, son sourire, sa voix. Un tout peut-être…

Plus jeune, j'étais envieuse de son succès que je ne parvenais pas à répliquer.

– Et à l'âge adulte ?

– J'ai suivi une thérapie qui n'avait rien à voir avec ma sœur à l'origine, mais cela aussi m'a permis de conscientiser un certain nombre de choses envers elle. Depuis, nous nous entendions mieux. »

Comme elle baisse la voix, je l'imite, tout en calquant ma position sur la sienne : jambes décroisées, visage légèrement incliné, mains jointes l'une sur l'autre.

« Vous vous entendiez mieux ? »

L'effet miroir l'incite à poursuivre son récit.

« Le fait de soigner mes fêlures et d'entrevoir les siennes m'a permis de mieux équilibrer notre relation. »

Je toussote, pour lui signifier une certaine gêne, et je me penche vers elle avec bienveillance :

« Je suis obligé de vous demander…

– Je devine… La police m'a posé la même question : l'héritage ?

– Oui.

– J'obtiens la moitié et mes parents l'autre, moins les quarante-cinq pour cent d'impôt sur les successions.

– Cela doit vous faire une belle somme. »

Bravache, elle plante ses yeux dans les miens :

« Plus de trois millions d'euros nets. »

Je lui souris pour faire baisser la tension, comme si l'information n'avait pas la moindre importance.

Pourtant, je note mentalement la possibilité que l'argent soit un mobile, et que les autres crimes ne constituent qu'une couverture.

« Auriez-vous une piste à me suggérer ? »

Elle secoue la tête en se pinçant les lèvres :

« Sa vie personnelle fourmille de suspects, mais je n'en identifie pas un plus qu'un autre. Et, surtout, je n'en imagine aucun en tueur en série.

– Connaissiez-vous ses amis ?

– Lucile était très solitaire, en fait, même si elle évoluait toujours au milieu de la foule. Je vous ai déjà dit qu'elle se méfiait des hommes, mais c'était aussi le cas pour les femmes.

– Par son expérience également ?

– Elle jugeait, à tort ou à raison, que les femmes la considéraient comme une menace ou une concurrente.

– Même pas de meilleure amie ?

– Pas à ma connaissance. En fait, j'ai réalisé tardivement qu'elle était très seule, et que l'autonomie que j'admirais était si extrême qu'elle lui gâchait la vie parfois, alors que… »

Elle s'interrompit et orienta son regard vers la gauche, signe implicite qu'elle recherchait dans sa mémoire auditive.

« Attendez ! Elle m'a parlé d'une femme, la dernière fois que je l'ai vue.

– Quand cela ?

– En décembre : une personne qu'elle avait rencontrée par hasard, à un cocktail mondain. Elle accompagnait un homme âgé, cadre dirigeant dans l'industrie de je ne sais plus quel secteur.

– Sa compagne ?

– Une escort girl, plutôt. Lucile l'a revue plusieurs fois : elles allaient faire du shopping ou de la course à pied ensemble. Je ne sais pas si on peut la classer comme une amie…

– Vous savez où je peux la trouver ?

– Non, désolée. Je crois me rappeler qu'elle habite dans le quartier des Ternes, à Paris. J'ai une photo que ma sœur m'a envoyée sur mon portable la nuit du Nouvel An. Elle est avec une femme : je pense que c'est elle.

– Vous l'avez toujours ?

– Je crois. »

Elle dégaine son iPhone dernier cri et fouille quelques minutes avant de retourner son écran vers moi. Je reconnais sans peine Lucile, une flûte de champagne à la main, le bras autour des épaules d'une grande blonde qui tend le bras pour prendre un selfie de leur couple. Je griffonne sur un papier mon nom d'emprunt et un numéro de téléphone temporaire.

« Vous pouvez me faire suivre le message ?

– Oui, bien sûr. »

Elle pianote un instant, puis je sens mon portable vibrer dans la poche intérieure de ma veste en cuir. Je vérifie la bonne réception avant de poursuivre :

« Vous connaissez son nom ?

– Non, je ne sais rien de plus. Je ne veux pas vous donner de faux espoirs, Lucile ne l'a peut-être fréquentée que quelques semaines…

– Je vais examiner cela, c'est mon métier. Si quelque chose vous revient, vous avez mon numéro, n'hésitez pas à m'appeler. Ne perdez pas votre temps sur Internet, je suis de la vieille école, je n'ai pas de site, ni même de bureau ; je fonctionne par bouche-à-oreille. Dernier détail : je préférerais que vous ne mentionniez pas mon existence à la police ; ils sont parfois un peu tatillons sur leurs prérogatives.

– Je comprends. Vous me tiendrez au courant ?

– Dans la mesure où mon client ne s'y oppose pas, oui. Cela sera sans doute long et, moi non plus, je ne veux pas vous donner de faux espoirs. »

STANCE 14

CHARLOTTE

Jeudi 15 mars

Assise sur le pavé au pied du saule pleureur, vigie au Ponant de l'île de la Cité, j'observe les allées et venues dans le square en forme de goutte de pluie. Quelques touristes prennent la pose pour une succession de selfies avec le pont des Arts, le Pont-Neuf ou les bateaux-mouches en toile de fond. Un couple un peu plus âgé s'enlace au cœur du jardin ; elle lui murmure quelques mots à l'oreille tandis qu'il lui caresse les cheveux.

Quand la femme engoncée dans son long manteau sombre pousse la grille, je devine aussitôt qu'elle va se diriger vers moi. Comme je me redresse pour l'accueillir, je m'oblige au calme ; j'ai préparé quelques phrases pour ne pas gâcher le temps qu'Elsa Pellaut m'accorde. Elle s'arrête à quelques pas de moi et me tend la main :

« Vous êtes Charlotte Amorose ?

– Oui. Enchantée. Merci d'être venue. »

Je regarde autour de moi, avant de demander :

« Où voulez-vous discuter ?

– Sur le bord du quai, ce sera parfait. »

Elle joint le geste à la parole, et je m'assieds à ses côtés. Silencieuse, elle observe la silhouette majestueuse du musée du Louvre sur notre gauche, au-delà du fleuve, avant de murmurer :

« Stanislas aimait cet endroit, c'est là qu'il m'a embrassée pour la première fois.

– C'est paisible. »

Elle glousse, les yeux dans le vague :

« Vous avez vu la plaque près des marches ?

– Euh, non…

– Elle rend hommage à Jacques de Molay, le dernier grand maître de l'ordre des Templiers, qui a été brûlé vif sur l'île. »

La discussion prend une tournure que je n'avais pas prévue : je ne me vois plus lui demander de ses nouvelles après cette anecdote historique. Heureusement pour moi, elle reprend l'initiative :

« Qui êtes-vous ?

– Pour vous, personne. Stanislas a été, brièvement, mon petit ami…

– Il y a longtemps ?

– C'était mon premier baiser.

– Cela date un peu, alors. Sans vouloir vous vexer… Vous en gardez un bon souvenir ? »

J'hésite quelques secondes de trop. Elle tourne vers moi un visage empli d'une tristesse abyssale. Sans cette mélancolie qui l'habille, elle serait belle, proche des clichés que les médias américains distillent lorsqu'ils évoquent le charme des quarantenaires françaises.

« Il vous a frappée ? »

Je prends une profonde respiration :

« Giflée. Une fois.

– Quel âge aviez-vous ?

– Quinze ans.

– Et vous êtes partie ?

– Oui. »

Elle contemple à nouveau le ballet des bateaux sur la Seine, perdue dans ses souvenirs ; nos courtes phrases semblent la vieillir de quelques années. Je comprends qu'elle a aussi choisi ce lieu parce qu'il nous permet de discuter côte à côte, sans nous regarder dans les yeux.

« À quinze ans, vous avez eu le courage dont j'ai manqué à vingt-cinq.

– Vous n'y êtes pour rien : c'est lui le coupable, pas vous.

– Je sais. Du moins, je devrais le savoir… Et pourquoi vouliez-vous me voir ?

– Je suis à un moment charnière de ma vie, et j'ai besoin de me pencher sur mon passé pour pouvoir avancer. Et que cela me plaise ou non, Stanislas en fait partie.

– Comment avez-vous appris son décès ?

– Par hasard. Vous avez du neuf sur le meurtrier ? »

Elle ricane tristement :

« Le paradoxe, c'est que la personnalité de Stanislas nous rend suspects. C'est injuste, non ? Ils ont épluché mon agenda, celui de mes enfants, de mes parents. Ils ont fouillé dans nos affaires, nos comptes, nos ordinateurs. Ils n'ont rien trouvé. Puis ils se sont intéressés à ses anciennes maîtresses, ou à leurs maris jaloux. Maintenant, la police pense qu'il est la première victime d'un tueur en série qui sévit à Paris.

– Vous n'y croyez pas ?

– Avec toutes les saloperies qu'il a faites dans sa vie, ce serait un comble qu'il ait été assassiné par hasard.

– Les tueurs en série ne frappent pas forcément au hasard. »

Elle lève la tête, interloquée :

« Je n'ai plus l'âge de croire aux chevaliers blancs.

– Je suis sûre que vous trouverez… »

La main levée, elle m'interrompt :

« Ne vous fatiguez pas. Que puis-je faire pour vous ?

– Je devine que c'est un peu dur pour vous, mais j'aimerais connaître le chemin de Stanislas, après l'avoir perdu de vue.

– Où en êtes-vous restée ?

– Je sais qu'il est parti étudier le droit à l'Université après son bac. C'est tout. »

Elle prend une profonde inspiration et récite :

« Il a passé une licence en quatre ans, puis une maîtrise et un D.E.S.S. en fiscalité des entreprises à Dauphine, en parallèle avec un Master en droit économique à Sciences Po. Il a travaillé pour plusieurs grosses sociétés françaises, avant de rejoindre un cabinet de conseil au milieu des années deux mille. Il en a pris la direction, il y a cinq ans. »

Elle reprend sa respiration avant de poursuivre, comme si elle voulait cracher les fantômes de son passé le plus vite possible :

« Je l'ai rencontré à Sciences Po. Il était séduisant, il a prononcé de belles phrases, c'était peut-être aussi le bon moment… Je sortais d'une relation difficile avec un écorché vif, je me suis dit que j'avais trouvé la personne idéale. »

Elle clôt ses paupières un instant avant de poursuivre :

« Lucas est né deux ans plus tard, et Quentin vingt et un mois après son frère. J'ai repris mon emploi d'architecte à leur entrée en maternelle. Stanislas consacrait beaucoup de temps à son travail, il n'était pas très impliqué dans la vie de famille. Il aimait la bonne chère, les berlines allemandes, les thrillers et la Méditerranée. Et les femmes. Et moi, je suivais.

– Et… Quand…

– Quand a-t-il commencé à me frapper ? »

J'acquiesce en silence.

« Quelques semaines après notre rencontre. J'ai failli le quitter à ce moment-là. Je suis restée. Il était doué pour mettre en lumière ma part de responsabilité, pour me faire culpabiliser. Et il était si gentil après. Toujours. Je me disais qu'il ne recommencerait pas, que je n'aurais pas dû envenimer les choses, que nous repartirions comme aux premiers jours. Je me trompais bien sûr. J'étais faible.

– Ce n'est pas votre faute. Et vos enfants ?

– Il ne les a jamais frappés. Je me serais enfuie aussitôt… Enfin, je crois… *In fine*, c'est ce qui m'a fait partir, quand… »

Ses larmes coulent maintenant sur ses joues, sans qu'elle esquisse un geste pour les retenir :

« … Quand il m'a giflée devant eux pour la première fois. Je m'étais toujours arrangée pour étouffer mes cris, masquer mes marques, mais là… Impossible. J'avais honte. Et je ne voulais pas que mes fils imaginent que traiter ainsi sa femme ou sa compagne était normal. En fait, ils étaient au courant, ils savaient déjà que leur mère encaissait les coups au gré des humeurs de leur père. »

Je lui tends un mouchoir, et elle essuie l'eau salée qui strie son visage.

« Stanislas est parti au travail, et nous avons fait les bagages tous les trois avant de nous réfugier chez mes parents. Les garçons m'ont prise dans leurs bras, ils ont été formidables ; heureusement qu'ils étaient là… »

Je pose ma main sur son avant-bras en signe de compassion.

« Et trois mois plus tard, les policiers nous ont appelés pour nous dire que Stanislas avait été trouvé mort dans notre appartement. Voilà, c'est l'histoire de ma vie : assez différente des contes de princesses que je me racontais le soir blottie dans mes draps. »

Je lui laisse un instant pour reprendre ses esprits. J'ai presque envie de l'étreindre pour la réconforter, pour lui signifier qu'elle n'est pas coupable, mais victime ; je me contente de lui prendre la main pour lui exprimer ma reconnaissance :

« Je vous remercie. C'était important pour moi de savoir ce qu'il était devenu…

– Pour ne pas avoir de regrets ? Si c'est le cas, n'en ayez aucun.

– J'essaie plutôt de remettre de l'ordre dans ma vie, y compris les épisodes passés.

– Je…

– Laissez-moi vous dire quelque chose. Vous n'avez pas mérité ce qui vous est arrivé, vous avez deux enfants qui vous aiment, vous êtes belle, intelligente : la vie n'attend que vous. »

Elle me décoche son premier sourire, fugace :

« Merci. »

Je griffonne mes coordonnées sur un papier, que je lui propose. Elle s'en saisit et le range consciencieusement dans son sac. Nous nous levons à l'unisson pour nous diriger vers l'entrée du square, et nous remontons les marches en silence. Parvenues sur le Pont-Neuf, elle me tend la main et me dit :

« Vous aussi.

– Pardon ?

– Je sais que vous êtes triste. Vous aussi, la vie n'attend que vous. »

STANCE 15

ZOÉ

Vendredi 16 mars

Il est à peine sept heures du matin, et je grelotte malgré ma doudoune et mon bonnet. La préparation est d'un degré de précision que je n'ai jamais connu jusqu'à maintenant. D'habitude, l'un des membres de l'équipe est en retard, le photographe a un problème technique avec l'un de ses objectifs, les vêtements ne sont pas à la bonne taille ou le déroulé est un peu flou.

Pas cette fois-ci.

J'ai essayé toutes les tenues hier pour m'assurer qu'elles tombaient bien sur moi. Tout le monde était présent, pour éviter les mauvaises surprises le jour du shooting. À mon arrivée, une heure plus tôt, le photographe m'a remis un carnet avec leurs projets de clichés : pour chaque série d'une vingtaine de minutes, la page détaille le lieu, les vêtements, la coiffure, le maquillage, la pose, les accessoires et l'ambiance. Dans le van sont alignés une myriade d'objets insolites : bougies, chandeliers, vases, bouquets de fleurs, appareils électroniques récents et même un accordéon et une vielle à roue.

Nous sommes trois mannequins. J'ai déjà croisé l'une d'elles, une blonde slave aux iris turquoise qui coche toutes les cases du modèle parfait que s'arrachent toutes les maisons de haute couture, si ce n'est qu'elle plafonne à un mètre soixante-dix. L'autre est très jeune, mineure, sans aucun doute. Plus que ses yeux noisette ou sa longue chevelure châtain, c'est la finesse de ses traits porcelaine qui attire le regard.

L'équipe est japonaise et ne parle pas un traître mot de français ou d'anglais. Une interprète nippone est présente, et sa maîtrise de la langue de Shakespeare est excellente. Elle m'explique que la première série de photos concernera la sylphide slovène, au moment où le soleil s'éveillera dans l'axe de la Seine, et que ce sera ensuite mon tour. Je ne m'inquiète pas : je suis déjà coiffée et maquillée depuis au moins un quart d'heure. Comme je m'emmitoufle un peu plus dans ma doudoune, je repère la démarche chaloupée de Grégoire. Il se dirige droit vers moi, et je perçois le malaise d'un membre de l'équipe qui se demande s'il doit intervenir. Je le rassure d'un signe et je cueille mon cousin de deux bises glacées :

« C'est gentil de te lever à l'aube pour moi…

– Je vais plutôt me coucher.

– Nuit blanche ?

– Les joies du métier.

– Toujours ton tueur en série ?

– Un vrai fantôme : pas de traces, pas d'indices, pas de liens entre les victimes.

– Tu finiras par trouver, j'en suis sûre.

– Avant qu'il ait décimé la ville, de préférence… »

Il englobe le pont du regard :

« C'est un shooting pour un manga ? »

Je le pousse du coude en souriant :

« Chut ! Ne fâche pas mes clients, j'ai déjà du mal à en trouver.

– Mais regarde la gamine ! »

Je me détourne aussi discrètement que possible. La jeune mannequin est habillée d'une courte robe bleu nuit et d'une redingote mandarine qui lui descend jusqu'aux chevilles ; elle est chaussée de hautes bottes, sa jambe droite est couverte d'un bas noir tandis que la gauche est nue ; ses cheveux sont coiffés en tresses entrelacées et ornées d'éclats de métal et de fleurs orangées. Cela n'a en effet rien à voir avec mes tenues certes colorées, mais qui restent dans la mouvance de mi-saison actuelle. Peut-être l'équipe réalise-t-elle plusieurs commandes en même temps…

« Clara est partie. »

Je me retourne aussitôt : Grégoire regarde le fleuve, au loin. Son visage ne trahit rien, mais je sais qu'il est au bord des larmes.

« Elle reviendra peut-être…

– Non. »

Je ne cherche pas de vains mots pour le réconforter. Je pourrais lui dire qu'ils n'étaient pas faits l'un pour l'autre, qu'il vaut mieux que cela se passe maintenant alors qu'ils n'ont pas d'enfants, qu'il retrouvera sans doute une autre compagne, mais je m'abstiens. Il sait tout cela. Je le prends dans mes bras en silence, en prenant garde à ne pas altérer mon maquillage.

« Je vais te laisser, murmure-t-il. Tu as du boulot.

– Oui. Écoute, viens chez moi ce soir, je te ferai la cuisine.

– Toi ? Je ne suis pas désespéré à ce point.

– Huit heures chez moi. Et pas d'annulation de dernière minute !

– Cela dépend de…

– De rien. Ils se débrouilleront sans toi. Et tant pis si ton taré égorge la moitié de Paris.

– Il n'égorge pas ses victimes, il les poignarde.

– Rien de grave, alors. »

L'interprète s'approche de moi en se courbant, comme confuse d'interrompre notre conversation.

« Mademoiselle Zoé…

– Oui, j'arrive. »

Comme je m'installe, avec la Seine et la cathédrale Notre-Dame en arrière-plan, Grégoire rejoint la rive gauche ; je le suis des yeux jusqu'à ce que la ville l'engloutisse.

Le photographe est peu loquace, il distille quelques instructions en japonais que l'interprète me décode aussitôt. Alors que je m'attends à des consignes précises, à l'image de l'organisation millimétrée du shooting, ses paroles restent vagues. D'abord déconcertée, je me prends peu à peu au jeu : j'essaie de varier les poses et les émotions. L'homme enchaîne les « Sugoi ! », que la jeune femme me traduit en « Great ! » avec les deux pouces levés et un franc sourire d'héroïne de manga. Je me demande si le déroulement d'une séance est moins directif au Japon ou si le photographe manque d'expérience. Quelle importance ? Le contrat est bien rémunéré, et les conditions bien meilleures qu'à l'accoutumée.

Les passants ne nous accordent qu'une brève œillade, comme s'il était courant de croiser un shooting de mode sur un pont à l'aurore. Seuls les enfants n'ont pas encore intégré la norme de la fausse indifférence parisienne : ils ralentissent le pas, et leurs yeux s'écarquillent devant les lumières, les robes multicolores et les mannequins. Les parents prétendent ne pas remarquer l'émerveillement de leur progéniture, puis ils leur glissent quelques mots à l'oreille pour les inciter à poursuivre leur chemin. Leur parlent-ils de trajet, de retard ou d'école pour les convaincre d'abandonner ce rare brasillement dans leur quotidien déjà ponctué de tant de contraintes horaires ?

Je réalise alors que la liberté que m'offre le photographe n'est liée ni aux coutumes nippones ni à son inexpérience. S'il a façonné un cadre si ordonné, c'est pour nous laisser évoluer à notre guise à l'intérieur et pour capter ces fragments d'insouciance qui colorent un cliché mieux que n'importe quel artifice. J'accroche son regard pour lui signifier que j'ai saisi sa démarche et je lui décoche un sourire solaire pour lui témoigner ma reconnaissance.

Il ne prend même plus la peine de lâcher un « Sugoi ! »

STANCE 16

ALEXIS

Vendredi 16 mars

La fille est jolie.

Comment s'appelle-t-elle déjà ? C'est un prénom à consonance russe. Anastasia ? Nikita ? Comme je franchis le seuil de son appartement, la mémoire me revient : Natalia.

Je l'embrasse sur la joue et je pose les huit billets de cinquante euros sur le meuble de l'entrée. Elle les compte rapidement, et son regard se teinte de surprise :

« Nous avions dit trois cents.

– Je suis sûr que tu les mérites… »

Elle se dandine un instant avant de murmurer :

« Tu as vu mon site ? Je ne pratique pas… »

Je l'interromps d'un geste :

« J'ai vu, ne t'inquiète pas. Tu as le droit d'avoir de la chance, parfois, non ?

– Cela ne m'arrive pas souvent. »

Elle sourit et m'invite à la suivre dans l'unique pièce du studio. Sur le sol, un large matelas est habillé de draps blancs et de coussins chamarrés. Les bougies odorantes sont posées à même le sol ; je reconnais la fragrance du cèdre et je perçois une senteur fleurie que je n'arrive pas à identifier.

« Mets-toi à l'aise, j'arrive. »

Elle disparaît dans la salle de bains, autant pour vérifier les derniers détails que pour mettre l'argent en lieu sûr. J'enlève mes chaussures et mes chaussettes, puis, après un instant de réflexion, je me déleste aussi de mon pantalon, de mon pull et de ma chemise. Le lit a l'air propre : il n'y a ni taches ni indices d'une utilisation antérieure ; l'odeur de frais et la pile de draps sur les étagères me confirment que la literie doit être changée entre chaque client. En caleçon, pieds nus, je m'approche de la fenêtre, voilée de haut en bas par un rideau translucide : je distingue les ombres des voitures sur la chaussée et les silhouettes qui se pressent pour s'engouffrer dans les entrailles de la ville.

Les talons de Natalia claquent sur le parquet, et elle apparaît à nouveau : vêtue d'un string et d'un soutien-gorge noirs, elle s'immobilise, les mains sur les hanches, pour me laisser le loisir d'observer son corps. Elle se débarrasse de ses chaussures et s'approche de moi sans me lâcher des yeux :

« Un petit massage pour commencer ? »

J'opine et je m'allonge sur le ventre. Je ressens toujours un peu d'appréhension : dans cette position, je suis vulnérable et je n'ai pas l'habitude de m'exposer ainsi. J'entends le cliquetis caractéristique d'une bouteille d'huile que l'on ouvre, puis ses mains chaudes étalent le liquide sur mon dos, des cervicales aux lombaires. Les effleurements sont plaisants, langoureux, même s'ils ne soulageraient guère une vraie douleur musculaire. Assise à califourchon sur le lit, je devine que Natalia s'étend pour que ses doigts puissent atteindre ma nuque ; je clos enfin les paupières, tant pour me relâcher que pour imaginer son corps sybarite à un souffle du mien. Sans hâte, elle baguenaude entre mes épaules et mes reins, jusqu'à frôler le tissu de mon caleçon. Comme par mégarde, elle accroche l'élastique de l'index à deux reprises, puis elle s'en saisit à pleine main pour me débarrasser de l'ultime rempart de ma pudeur. Elle se déleste alors de ses derniers atours et se penche vers moi : je sens la pointe de ses seins sur mes fesses qui remontent ensuite le long de ma colonne vertébrale. Puis elle s'allonge sur moi, comme pour unir nos peaux, hétaïre contre guerrier. Sa poitrine arrogante agace mon corps, bientôt imitée par son ventre plat, l'intérieur de ses cuisses fuselées, et enfin son pubis effronté ; Natalia oscille à peine pendant que ses paumes flattent mes flancs et mes bras. Elle se relève doucement et s'accroupit entre mes jambes qu'elle écarte pour dévoiler mon intimité. Ses deux mains cajolent d'abord mon fessier, puis elles se séparent à regret : l'une s'aventure au nord, vers les vallées de mon dos, tandis que l'autre s'encanaille au sud pour effleurer mes bourses. Comme je soulève un peu mon bassin pour lui faciliter la tâche, ses doigts se hasardent un peu plus loin, audacieux. Lorsque je commence à gémir, Natalia m'invite à me retourner et se place tête-bêche au-dessus de moi. Elle continue à me caresser pendant que sa langue titille l'extrémité de mon gland. Comme elle écarte les jambes, ses nymphes perlent à quelques centimètres de mon visage ; je cherche en vain une ligne de bronzage sur son sexe glabre. Je pourrais à mon tour flatter ses lèvres secrètes, mais je m'abstiens : est-ce parce que la relation est tarifée ou à cause de la litanie de ses amants ? Elle ne semble pas s'en offusquer puisqu'elle me lèche maintenant sans retenue. Mes mains se meuvent sur sa peau ivoire pour une balade sensuelle ; si elles s'attardent sur ses seins, elles se hasardent aussi vers ses épaules, son dos, ses cuisses, ses pieds. Natalia se redresse enfin et déchire l'étui d'un préservatif qu'elle enfile avec dextérité sur mon membre dressé. Elle m'enjambe et m'accueille en elle sans me lâcher des yeux. Lascive, la jeune femme tangue et roule sur une cadence plutôt lente. Je ne souhaite pas non plus brusquer l'instant, et je lui suis reconnaissant de ses initiatives : sans hâte, elle pose ses mains et ses lèvres çà et là sur ma peau, flânant assez pour distiller de nouveaux filaments de plaisir, puis elle fuit ailleurs pour composer d'autres mélodies charnelles.

Toujours, ses hanches ondulent, semblables au ballet des vagues qui viennent engloutir peu à peu les roches. Voir son corps tressaillir alors que son visage conserve une expression apaisée m'excite et me rapproche encore de l'orgasme. Elle sent mon désir enfler et me chevauche soudain sur un rythme plus soutenu. Enfin, elle me susurre :

« C'est le moment de jouir. Regarde-moi. Je te plais ? »

Je l'observe à nouveau et je hoche la tête sans répondre. Elle sourit tandis que son bassin oscille en cadence avec sa respiration. Je voudrais prolonger mon plaisir, mais c'est elle qui maîtrise mon corps maintenant. Elle m'encourage :

« Viens couler en moi. Tout de suite. »

Son ultime déhanché balaie mes dernières barrières : je me tends avant de jouir dans un râle. Elle s'allonge alors à mes côtés et me caresse les cheveux, sans parler. Je profite de cette quiétude, en oubliant un instant la raison de ma visite. Je me repais du doux grain de sa peau et de son visage harmonieux. Sa bienveillance sensuelle va bien au-delà de la relation habituelle. J'aimerais croire que je bénéficie d'un traitement de faveur, lié à mon charme ou à une rare alchimie. C'est sans doute ainsi que Natalia crée une certaine récurrence, voire une relative dépendance, avec ses clients. Elle se blottit encore un peu plus contre moi et chuchote :

« Tu n’es pas pressé ?

– J’ai perdu la notion du temps.

– Flatteur ! »

Sa main erre sur mon torse, dans un geste de tendresse que je n’ai pas connu avec toutes mes partenaires classiques. Elle paraît apprécier l’instant, sans se soucier des minutes qui s’écoulent.

« Je peux te poser une question indiscrète ?

– Vas-y ; je ne te promets pas de répondre.

– Sur quel site d’annonces m’as-tu repérée ?

– Aucun.

– Tu veux dire que je suis recommandée ?

– Oui, chaudement. »

Elle se dresse sur les coudes, intriguée.

« Par qui ? »

C’est le moment délicat : la suite de la conversation doit venir d’elle ou elle se refermera comme une huître. Comme je soupire, pour témoigner de ma gêne, elle remarque :

« Tu n’es pas obligé de me donner le nom de ton ami : peu importe, après tout.

– Non, ce n’est pas cela. Je… »

Je marque une courte hésitation avant de poursuivre :

« C’est une femme qui m’a donné ton nom. »

Elle hausse les sourcils, stupéfaite :

« Une femme ? C’est bien la première fois. Ce n’est pas ton épouse, au moins ? »

Je ris franchement :

« J'ai un trop mauvais caractère pour vivre en couple.

– J'ai vu pire, crois-moi ! »

Je me redresse à mon tour, autant par souci de symétrie que pour observer sa réaction instinctive, avant que le néocortex ne prenne le contrôle. Puis, comme à regret, je lâche :

« C'est Lucile qui m'a conseillé de te rencontrer. »

Natalia parvient presque à masquer sa nervosité : si je n'étais pas un expert dans les techniques d'interrogatoire, je ne remarquerais peut-être pas les lèvres serrées et les clignements d'yeux plus fréquents. J'ajoute simplement :

« Tu es au courant, j'imagine ?

– Oui. »

Je me rallonge, le regard dans le vide, sans chercher à poursuivre la conversation. C'est le moment crucial : Natalia peut me prier de partir ou s'effaroucher. Elle demeure d'abord interdite, puis elle me demande, avec une pointe de méfiance :

« Tu es un de ses anciens amants ?

– Non, pas du tout, je suis son cousin. Je t'avoue que je connais mieux sa jeune sœur, Sibelle. Je voyais Lucile de temps en temps, une fois par an à peine. »

Mentir est un art : si le danger majeur est de se contredire, l'ingrédient principal est la cohérence. Et les détails contribuent à rendre le récit crédible, *a fortiori* si votre interlocuteur peut en valider leur véracité. J'espérais que Lucile avait au moins une fois évoqué l'existence et le nom de son unique sœur.

« Et quand t'a-t-elle parlé de moi ?

– Au début de l'année : je sortais d'une relation difficile. Je t'avoue que j'étais un peu responsable de mes problèmes… Elle m'a écouté sans me critiquer, puis elle m'a donné tes coordonnées en me disant que tu étais le meilleur remède qui soit. »

Je sens que Natalia se détend : mes confidences et l'absence de questions la rassurent. Elle se rapproche de moi, et c'est elle qui brise le court silence :

« Ils ont trouvé le meurtrier ?

– Pas encore. Ils suspectent un tueur en série…

– Oui, j'ai appris cela. »

Je meurs d'envie de lui demander la source de son information, mais je me retiens. Je me contente de répéter sa dernière phrase pour l'inciter à se confier :

« Ah, tu l'as appris…

– Oui, la police m'a interrogée.

– J'espère qu'ils ne t'ont pas fait d'histoires…

– Non. Je pense qu'ils ont épluché le journal d'appels de Lucile : mon numéro revenait souvent. D'ailleurs, si tu leur parles, ne mentionne pas mon métier s'il te plaît : je ne veux pas d'ennuis.

– Je ne les ai pas vus, et je t'avoue que je ne m'imagine pas trop raconter notre rencontre, pas plus qu'à une réunion de famille. »

Elle rit :

« Oui, je comprends. »

Je toussote :

« Et…

– Je serai discrète, ne t'inquiète pas. »

Toujours nu comme un ver, je reste muet, le regard dans le vague. Je sais que le silence joue pour moi : il valide mon histoire et invite la jeune femme à s'épancher. La plupart des gens le détestent, ils le broient par des mots vides de sens, la rumeur d'une télévision ou d'une musique dont ils ne perçoivent même plus l'harmonie. Tout, mais pas ce silence qui les renvoie à leurs fantômes intérieurs. J'ai rencontré quelques hommes qui s'étaient libérés de ce joug : des soldats, des explorateurs, des sportifs, des gardiens de phare… Comme Marin.

« Tu y crois, toi ? me demande enfin Natalia.

– À quoi ?

– Au tueur en série. »

Je hausse les épaules :

« C'est l'avis de la police. Et toi ?

– Je ne sais pas. C'est juste que…

– Que…

– Lucile ne m'a pas appelée pendant les deux semaines qui ont précédé sa mort.

– Elle était peut-être occupée.

– Elle n'a pris aucun de mes coups de téléphone, a ignoré mes messages et m'a même plantée deux fois pour notre cross du mardi. Et tu sais comme moi qu'elle est connectée en continu.

– Vous ne vous étiez pas disputées ?

– Non, pas du tout. Nous nous étions amusées comme des folles à une soirée la dernière fois que je l'ai vue. »

Je marque un temps de réflexion :

« Oui, c'est un peu bizarre. Tu l'as dit à la police ?

– Ils avaient déjà les relevés de téléphone de Lucile, et je ne voulais pas qu'ils fouillent trop dans ma vie.

– Et avant ces deux semaines, elle était comment ?

– En forme, épanouie, même. Elle avait eu une mauvaise passe à l'automne, mais elle avait réussi à surmonter la nouvelle.

– Quelle nouvelle ? »

Natalia se pince les lèvres, comme si elle avait dévoilé un secret par mégarde. Je tourne la tête vers elle, sans la brusquer. Après un instant d'hésitation, elle finit par lâcher :

« Tu ne savais pas qu'elle était stérile ? »

INTERMÈDE

Vendredi 16 mars

Cette fois-ci, je vais devoir innover un peu.

Ma cible n'est pas la plus difficile à atteindre, et je ne m'attends pas à une résistance farouche. Toutefois, les contraintes de l'environnement m'obligent à modifier un peu mon mode opératoire.

En un minimum de temps et d'effort, je dois passer d'une apparence classique, voire banale, à un accoutrement qui préservera mon identité si une caméra de surveillance me happe dans son champ. Le jean et la parka noirs sont des valeurs sûres : ils n'attirent l'attention ni dans la rue ni dans le métro, et ils sont assez discrets lorsque je me glisse dans des lieux plus sombres. L'air est encore assez froid pour que personne ne s'étonne de ma capuche, qui me protège des regards. Dans ma poche droite sont pliés une cagoule et des gants de running : légers, faciles à enfiler, ils n'entravent pas mes mouvements et m'assurent l'anonymat nécessaire ; dans la gauche, je conserve un paquet de mouchoirs, de l'argent liquide et des tickets de métro. Mon poignard est calé dans son fourreau en cuir, sous mon aisselle.

Pas de pièce d'identité, pas de tatouage, pas de piercing, pas de carte bancaire, pas de carte Navigo, et surtout pas de téléphone portable. Combien de fois par jour un Parisien laisse-t-il une trace indélébile de son activité ou de sa localisation ? Le franchissement d'un portail automatique, le paiement électronique, la triangulation des antennes-relais et les informations des applications mobiles se gavent de données sans même que nous nous en rendions compte. Les nouvelles possibilités d'espionnage et de fichage collectif ne suscitent au mieux qu'un haussement de sourcils surpris, au pire un cours magistral sur le confort et la protection que nous offrent nos récents hochets. Qui prend quelques secondes pour repérer les caméras dans les lieux publics, en dehors des personnes ayant reçu une formation policière ou militaire ? Qui réfléchit aux issues accessibles, même lorsque les alentours sont paisibles ? Qui fuit les situations douteuses avant qu'elles ne dégénèrent, au lieu de vouloir satisfaire une dangereuse curiosité ?

Je descends à la station que j'ai repérée sur le plan, à une trentaine de minutes à pied de l'adresse de ma cible, sur une autre ligne que celle qui passe à quelques encablures de son immeuble. Je glisse sur les trottoirs la tête baissée, les mains calées dans les poches, et je me dirige sans hésitation, le plan du quartier bien clair dans mon esprit.

Je ne suis pas là pour me balader ; ce soir, j'ai une lame à planter.

STANCE 17

CHARLOTTE

Vendredi 16 mars

C'est le mouvement au coin de mon œil gauche qui m'a alertée. Je me retourne et je vois une silhouette se ruer vers moi et armer un coup avec une batte de baseball. L'homme s'arrête à deux pas de moi et commence à détendre son bras en direction de ma tête. Au lieu de reculer et de prendre l'extrémité de la batte à la vitesse maximale, je laisse tomber mon sac et je m'avance vers mon agresseur en levant l'avant-bras : mon muscle radial encaisse le choc avec la poignée, atténué par la faible amplitude du mouvement. J'essaie de faucher la jambe avant de l'assaillant, mais il est beaucoup trop lourd pour moi, et je me replie aussitôt en position de garde.

L'homme est vêtu d'un jean, d'une parka noire, de baskets, de gants noirs et son visage est caché par une cagoule sombre. J'estime sa taille à un mètre quatre-vingt-cinq, pour au moins quatre-vingt-dix kilos. Je regarde autour de moi pour voir si je peux me dérober. Les voitures garées m'empêchent de traverser la route et le trottoir en pente derrière moi ne m'inspire pas non plus : je ne suis pas habillée pour une course-poursuite et je devrais lui tourner le dos pour avoir une chance de m'éclipser. La petite rue parisienne est déserte en ce milieu de matinée, et je n'ai pas le temps d'attendre un bon samaritain, qui se moquerait sans doute de mon agression.

Comme il s'avance doucement vers moi, les deux mains agrippées à sa batte, je conserve la position de garde que m'ont enseignée mes professeurs de boxe française, et je note mentalement les points faibles de mon assaillant. Le combat sans règles n'a rien à voir avec le ring, duquel je suis coutumière : toucher le foie de la pointe du pied est trop risqué, mieux vaut viser les parties génitales, les genoux et, si une ouverture se présente, la gorge, le menton, la tempe, le nez.

La batte cingle l'air et décrit un arc de cercle que je n'ai aucun mal à éviter en sautillant de quelques pas en arrière. Comme l'homme est emporté dans son élan, je lui décoche en retour un fouetté en direction de l'entrejambe qui n'atteint que l'aine, mais qui provoque une grimace de douleur.

« Je vais te crever, salope ! »

À travers le filtre de la cagoule, la voix semble manquer de venin malgré la dureté des mots. Je me concentre à nouveau sur la rixe pour éviter un coup fatal : je sais que si le bois m'atteint avec une vitesse suffisante ou que je tombe à terre, je serai à sa merci. S'il voulait simplement me dévaliser, il aurait déjà ramassé mon sac pour s'enfuir, et une tentative de viol en plein jour à Paris dans une rue, même déserte, me paraît improbable.

Au lieu d'attendre son prochain assaut, je m'avance vers lui. Il feinte avec sa batte, mais son langage corporel contredit son geste ; je lui adresse alors un direct vers le menton. Sa main gauche lâche sa batte pour protéger son visage, comme je l'espérais. Je pivote et la pointe de ma chaussure vient frapper ses phalanges encore agrippées à la poignée. Il pousse un cri et l'arme tombe sur le sol dans un bruit mat : la ramasser serait trop risqué ; aussi je la chasse du pied vers la chaussée et elle termine sa course sous une voiture. Au moins, il n'est plus armé.

Erreur.

Sa main fouille dans sa poche, et il en ressort un couteau papillon : après une brève figure, je me retrouve face à une lame d'une dizaine de centimètres :

« Tu ne vas pas t'en tirer si facilement… »

Mon sang se glace. Le couteau m'inquiète plus que la batte : je ne peux pas m'approcher sans risquer la blessure, et même si j'arrive à le toucher, un geste réflexe peut me perforer le ventre. Il perçoit mon hésitation et s'avance de profil, sûr de lui. Je réfléchis à un enchaînement qui pourrait le déstabiliser et je me résigne à envisager la fuite, malgré mes escarpins. Peut-être pourrais-je glisser sur un capot et m'échapper par la route ?

J'ai perdu la notion du temps, mais je sais que moins de deux minutes se sont écoulées depuis le début de l'agression. Une voiture remonte enfin la rue ; je lui adresse un grand signe désespéré : le conducteur, un jeune Noir, ralentit pour s'arrêter quelques mètres après nous. Je n'ose me retourner à cause du couteau, et je comprends qu'il recule de quelques mètres pour se porter à notre niveau. En face de moi, l'homme hésite ; il ne me quitte pas des yeux, mais je sens qu'il attend la réaction de l'inconnu. J'entends enfin le bruit caractéristique d'un vieux frein à main, puis une portière qui s'ouvre.

Comme le conducteur s'extirpe de son véhicule, l'assaillant lui lance :

« Dégage !

– Tu fais quoi avec ton couteau ?

– Pas tes oignons. Casse-toi ! »

Le jeune homme ne bouge pas, mais il sort un téléphone portable sur lequel il pianote un instant.

« Range ça !

– Viens me le prendre si tu veux, Babtou. »

Je reste aux aguets, car je crains une ultime attaque. Mon agresseur lâche enfin un juron et s'enfuit vers le boulevard. Je baisse ma garde et je me tourne vers la voiture :

« Merci. Vous avez appelé la police ?

– Non, je n'ai plus de batterie. »

Il éclate soudain de rire, insensible à la gravité de la situation, puis il s'approche de moi :

« Tu n'es pas blessée ?

– Je… Non.

– Prends ton sac, je te dépose chez les chtars. »

Je comprends qu'il parle des policiers. Je récupère mon sac et la batte de baseball qui avait glissé sous une voiture en stationnement. Il hausse les sourcils et ouvre de grands yeux :

« Il t'a attaquée avec cela aussi ?

– Oui.

– Et tu l'as désarmé ?

– Oui.

– T'es une guerrière, ma parole ! »

Je m'installe sur le siège passager, mon sac sur les genoux. Il démarre en trombe et rejoint une rue plus large. Je regarde mon sauveteur inattendu, assis un peu en retrait pour pouvoir allonger ses jambes sous le volant : il frôle les vingt ans et son visage délicat, illuminé par deux éclats obsidienne, s'affine en triangle près du menton.

« C'est à deux minutes : je te dépose, je ne reste pas.

– Ton témoignage pourrait être utile…

– Désolé, je ne peux pas. »

Je n'insiste pas : je pressens un problème de papiers, et je ne veux pas lui en demander plus, alors qu'il m'a peut-être sauvé la vie. Il roule lentement en prenant soin de respecter les panneaux de signalisation et les feux tricolores, puis il s'arrête à une dizaine de mètres du poste de police, sans couper le moteur. Je sors un papier de mon porte-feuille sur lequel je griffonne mon prénom et mon numéro de téléphone :

« Si tu as besoin de moi un jour… »

Il prend le papier entre le pouce et l'index sans un mot, et je le sens dubitatif. Je plante mes yeux dans les siens :

« Vraiment. Ce ne sont pas des paroles en l'air.

– Je te crois. »

J'ouvre la portière et je descends de la voiture. Avant de le laisser filer, je me penche vers la vitre ouverte et je lui demande :

« Comment t'appelles-tu ? »

Comme il hésite, j'ajoute :

« Juste ton prénom.

– … Sadio.

– Merci de t'être arrêté, Sadio. »

Je le laisse s'enfuir vers le périphérique et je gravis les marches du commissariat, mon sac dans une main et la batte dans l'autre, sous le regard désapprobateur d'un couple d'octogénaires.

STANCE 18

ZOÉ

Vendredi 16 mars

La porte pivote et le visage de Grégoire apparaît, enlaidi par les néons blafards de la cage d'escalier. Il lève le bras et me présente une bouteille de bourgogne blanc :

« Elle sera parfaite avec les pâtes au saumon. Elle est fraîche.

– Comment sais-tu que… ? »

Il m'embrasse et entre dans l'appartement. Il balaie la pièce du regard, pour capter le moindre détail discordant : même en dehors des heures de service, il ne quitte pas ses réflexes de policier. Il me donne la bouteille avant de me demander :

« Tu sais cuisiner autre chose ?

– Ingrat ! Tu en raffoles.

– C'est juste, tu es une perle, cousine. »

Je retourne dans la cuisine pour lancer la cuisson des pâtes. L'eau est frémissante, mais je ne sais jamais comment doser ; je hausse les épaules et je vide le paquet entier. Sur le plan de travail, le saumon fumé baigne déjà dans un saladier de crème fraîche. J'ouvre mon réfrigérateur pour y déposer la bouteille : Grégoire l'a surtout apportée pour moi, car il se contentera d'un demi-verre qu'il effleurera des lèvres.

J'ai dressé une table banale. Lorsque je la regarde, j'ai un peu honte : ni nappe ni fleurs ne viennent l'orner. Comment font les vraies maîtresses de maison pour embellir le quotidien ? Le savent-elles d'instinct ou l'ont-elles appris au fil des ans et des pages des magazines ? Devant ma mine dépitée, Grégoire me rassure :

« C'est parfait ainsi, ne t'inquiète pas. C'est ta présence qui rehausse le lieu.

– Tu es gentil. Ce sera prêt dans cinq minutes. »

Nous nous asseyons côte à côte sur le canapé et je passe ma main autour de ses épaules :

« Nous commençons par des banalités ou tu me parles de Clara tout de suite en chialant sur mon chemisier ? »

Ma saillie l'amuse. Il se tourne vers moi :

« Elle ne t'aimait pas.

– Je me doute. »

Nous ne nous étions vues qu'à deux reprises. Je ne la détestais pas ; c'était pire : elle m'était indifférente. Je la trouvais fade et je devinais qu'elle me jugeait écervelée. Grégoire se cale au creux des coussins :

« Je savais que cela se terminerait ainsi : les contraintes…

– Tu vas me réciter le refrain du flic qui n'a pas d'horaires et de sa compagne qui supporte mal cette situation ?

– C'est pourtant le cas.

– Dis-moi : pourquoi étais-tu en couple avec elle ?

– J'y trouvais mon compte, sans doute.

– Je t'aide : elle est jolie, sociable, plutôt intelligente et sans défaut rédhibitoire.

– Jusque-là, je suis d'accord.

– C'est justement le problème, il n'y a pas de suite. Je me trompe ?

– Tu exagères.

– Continue alors, je t'écoute… »

Il prend une profonde respiration avant d'ajouter :

« Elle est apaisante, patiente, digne de confiance. Et elle cuisine bien, elle !

– Coup bas. »

Il lève les bras au ciel en signe de victoire. Je poursuis :

« Laisse-moi deviner : c'est elle qui t'a dragué.

– Disons qu'elle a fait le premier pas.

– Quand tu mènes une enquête, tu arrêtes le premier suspect venu ?

– Bien sûr que non.

– Alors pourquoi choisis-tu la facilité pour tes partenaires ? Celles que tu peux charmer sans un effort, sans te demander si c'est vraiment la fille avec laquelle tu veux passer ton temps ?

– Justement, je n'ai pas beaucoup de temps… »

Je le blesse, mais je crois qu'il a plus besoin de sincérité que de paroles lénifiantes. Ses amis le consoleront ; ils lui diront qu'il trouvera sans peine quelqu'un d'autre, que cela se passera mieux la prochaine fois. C'est faux. Et Grégoire le sait mieux que quiconque. Le silence s'installe entre nous, puis je pose ma main sur son bras pour atténuer la violence de mes mots :

« Si tu continues à bâcler ta vie privée, tu te laisseras porter par le courant, et il ne t'amènera nulle part. Ou un jour, tu verras la bonne s'enfuir. Pas Clara, non. Ni Élodie, ni Ambre, ni Laure, ni Zahra, ni Delphine…

– J'ai compris : pas la peine d'énumérer toutes mes ex.

– Tu en regrettes une plus qu'une autre ? »

Il ne répond pas. Je me demande si je n'y suis pas allée un peu fort, si je n'aurais pas dû attendre qu'il cicatrise un peu. Je me lève, dépose un baiser sur son front pour lui témoigner mon affection et retourne à la cuisine pour égoutter les pâtes. Je les vide dans le saladier, puis je les mélange au poisson. Je plante deux cuillères à soupe dans le plat comme des banderilles et j'ouvre le réfrigérateur pour en sortir la bouteille.

« C'est prêt ! »

Comme je me bats avec le tire-bouchon, il confisque le saladier et le pose devant lui sans me servir. Je proteste pour la forme :

« Eh !

– Je croyais que tous les mannequins étaient anorexiques.

– Nous en reparlerons après le dîner. J'ai faim, moi ! Je te rappelle que je me suis levée aux aurores pour mon shooting. »

Comme à regret, il consent à remplir mon assiette, tandis que je sers le vin dans de simples verres à eau. À l'unisson, nous levons nos fourchettes avant de piocher les pâtes et les morceaux de saumon. Soudain, il souffle :

« Non. »

J'interromps ma dégustation :

« Pardon ?

– Non, je n'en regrette pas une plus qu'une autre, même si j'ai de belles bulles de souvenir avec chacune d'elles. »

Je choisis de ne pas rebondir sur sa réponse ; mieux vaut le laisser réfléchir seul. J'embraie sur le sujet qui occupe sans doute l'essentiel de ses journées. Et de ses nuits.

« Et ton tueur ?

– Ce n'est pas mon tueur.

– Celui que tu traques, si tu préfères.

– Il a frappé une nouvelle fois mardi dernier. C'est la cinquième victime.

– Des indices ?

– Pas vraiment : ni empreintes, ni traces d'ADN, ni objets, ni témoignages. Nous avons quelques bribes d'enregistrements vidéo des caméras de surveillance de la rue, mais cela ne nous permet pas de l'identifier. À une exception près, le mode opératoire est toujours le même : pas d'effraction, pas de marques de lutte, un coup de poignard mortel.

– Tu penses que les victimes connaissaient leur meurtrier ?

– C'est probable. »

Il est rare que Grégoire s'épanche ainsi sur son enquête ; d'ordinaire, il est plutôt secret. J'imagine que les éléments qu'il me révèle ne sont pas confidentiels, et se délester d'une partie du poids de cette affaire auprès d'une personne de confiance le soulage peut-être. Se livre-t-il parfois avec ses compagnes ?

« Et comment procèdes-tu dans un tel cas ?

– Je cherche des liens entre les victimes.

– Et alors ?

– Rien, le néant absolu. Elles n'ont pas le même âge, n'habitent le même quartier, ne travaillent pas ensemble, ne fréquentent pas les mêmes endroits ou milieux, ne partagent pas de passion commune. Ils ont tous au moins une zone d'ombre, mais jamais la même…

– C'est déjà un début. »

Grégoire ricane et trempe ses lèvres dans le vin pour aspirer une infime dose d'alcool :

« Nous avons tous une zone noire : elle est plus ou moins vaste, profonde, enfouie… C'est vrai que celles des victimes sont plutôt riches.

– C'est-à-dire ?

– Des histoires d'argent, de sexe et des passés sulfureux. »

Il repose son verre et poursuit :

« Le problème, c'est que, d'après leurs proches, ils ne se connaissaient pas.

– Tu en doutes ?

– C'est corroboré par l'absence de contacts téléphoniques entre eux.

– Et les e-mails ?

– Nous n'avons pas tous les codes ; certains seulement…

– Tu as tout épluché ?

– Pas personnellement, mais oui, en effet. »

Je me lève pour aller chercher les deux charlottes aux fruits exotiques que j'ai achetées quelques heures plus tôt. Quand je pose l'assiette devant lui, il m'accueille d'un sifflement admiratif :

« Je ne te savais pas pâtissière…

– Moque-toi ! Si tu n'en veux pas, donne-moi ta part. »

Il lève sa petite cuillère en signe de rémission, avant de la plonger dans le gâteau.

« Tu m'as l'air bien planté, cousin.

– Exact. J'ai bien deux ou trois éléments dans mon baluchon, mais je ne peux pas t'en parler. Secret défense.

– Une voyante, un magnétiseur ?

– Si seulement... »

La sonnerie de son téléphone interrompt notre conversation :

« Grégoire... Oui... Quand ?... Où ?... Et les lèvres ?... Qui a découvert le corps ? »

Machinalement, il finit son dessert et regarde l'heure sur sa montre.

« Ah, ils sont déjà sur place. Très bien... Oui... Une demi-heure, je pense... Il y a des caméras dans l'immeuble ?... Forcément... Interrogez les voisins. Plus nous attendons, moins leur mémoire sera fiable... Oui, bien sûr... J'arrive. »

Grégoire raccroche et me lance un regard penaud.

« Au moins, tu as fini ton repas, lui dis-je, sarcastique.

– Il ne manque que le café.

– Ma cafetière m'a lâchée...

– Pas de regret alors ? »

Il se lève et dépose un baiser sur ma joue :

« Merci pour le dîner.

– De rien : si tu en as assez des restaurants étoilés, tu connais le chemin... »

Il enfile son blouson en cuir et ouvre la porte. Il s'immobilise sur le seuil et souffle, sans se retourner :

« Et merci pour les conseils : je vais y réfléchir... »

STANCE 19

ALEXIS

Lundi 19 mars

Je prends la photo que Diego me tend. Le visage de l'homme ressemble à un patchwork de composants contraires : le nez est aquilin et la mâchoire carrée, le teint buriné rend les longs cils incongrus, le cou de taureau tranche avec les fines pommettes. Même le regard trouble : empli d'une certaine douceur, il dégage pourtant une aura de danger.

« La cinquième victime, Hugues Janelidze. Il s'est fait poignarder au rez-de-chaussée de son immeuble.

– Géorgien ?

– D'origine, oui. Sa naturalisation date du début des années deux mille, et la Géorgie n'accepte pas la double nationalité.

– Et quel est son métier ?

– Ce n'est pas très clair. Il se présentait comme consultant indépendant ; il vit dans le quartier de Bastille.

– De la famille ?

– Ni compagne ni enfant.

– Un lien avec les autres ?

– Aucun. Ce n'est pas la joie dans l'équipe chargée de l'enquête : certains commencent à se demander si le tueur frappe complètement au hasard.

– Il ne laisse pas de traces ?

– Pas pour l'instant. »

Nous continuons à marcher autour de la Naumachie, le bassin ovale bordé d'une colonnade corinthienne qui orne le parc Monceau. Nous croisons surtout des coureurs qui enchaînent les kilomètres, des nounous et des poussettes à foison : simples, doubles, parfois triples. Je redonne le cliché à Diego ; il le range avec soin, puis m'en tend un autre.

« Le profil de vendredi soir est plus classique. Anthony Dos Santos était un informaticien de quarante ans : il travaillait pour une société pharmaceutique depuis plus de quinze ans en tant que responsable réseaux. Une femme professeur, deux garçons de treize et dix ans. Il habitait dans le sud du quatorzième arrondissement. Cette fois, les flics ont quelques images lointaines. De très mauvaise qualité, malheureusement.

– Tu as pu voir la vidéo ? »

Il exhibe une clé USB, qu'il dépose dans ma paume.

« Au format MP4. Le tueur l'attend pendant une heure dans le parking, caché dans une zone d'ombre. Ils discutent deux minutes, sans signe de stress apparent, puis Dos Santos porte la main à son cou et s'écroule. Le tueur le frappe à nouveau à terre, son bras zèbre les lèvres de Dos Santos, et il s'éclipse. Dix minutes plus tard, une voiture entre dans le parking, et le conducteur appelle les secours. Trop tard. »

Les assassinats s'accélèrent : quatre victimes depuis le début du mois, trois jours entre Hugues Janelidze et Anthony Dos Santos. À l'accoutumée, les tueurs en série ne sont pas si prolixes : multiplier les meurtres augmente les risques, souvent parce que le manque de préparation engendre une maladresse ou un oubli, qui renseigne les enquêteurs. Nous contournons la rotonde avant de franchir la grande porte de fer forgé qui borde le boulevard de Courcelles. La vie reprend ses droits en dehors du cocon de verdure : les scooters zigzaguent entre les voitures au ralenti, les femmes en tailleur strict et les hommes en costume sombre strient les trottoirs, l'écouteur du téléphone greffé à l'oreille.

Je range l'enveloppe dans ma pochette et je pose la main sur l'épaule de Diego :

« Merci. »

Nous nous quittons sur une poignée de main, puis je me dirige vers l'ouest, pour rejoindre l'immeuble dans lequel habitait Lucile Carpentier. Sibelle a accepté de m'ouvrir les portes de l'appartement avant le début de ses consultations, pour que je puisse fouiner un peu. Emmitouflée dans un long manteau grenat, elle m'attend devant une porte cochère de même teinte. Elle m'adresse un signe lorsqu'elle me reconnaît : pendant que je parcours les derniers mètres qui nous séparent, j'essaie de distinguer les ressemblances entre les deux sœurs : elles sont ténues, mais éclatent parfois comme des bulles de savon, fugaces.

Elle me mène aussitôt au troisième étage. Pendant que Sibelle ouvre les verrous, j'observe les alentours et je note l'absence de système de surveillance dans l'immeuble. Nous pénétrons alors dans le couloir aux murs ivoire : le parquet est en bois exotique, les parois sont recouvertes de placards sur la moitié de la longueur, puis ils laissent la place à cinq portes entrouvertes.

« Pas d'alarme ?

– Non. Une porte blindée seulement. »

J'erre d'abord dans l'appartement pour en ressentir l'atmosphère. Toutes les pièces respirent le haut de gamme, sans luxe ostentatoire. Le vaste salon est décoré avec goût : les trois sculptures de bronze et les quatre tableaux ne surchargent pas l'ambiance ; le vase de cristal trône sur une commode, prêt à accueillir les bouquets de fleurs de ses amants ; à l'autre extrémité, la cuisine américaine exhibe son inox avec fierté.

Dans la chambre, le lit *queen-size* à la parure immaculée occupe l'espace. En dehors d'un valet et d'une table de nuit en teck et en verre, la pièce ne contient aucun meuble. Là aussi, la décoration est raffinée et minimaliste. J'avise une porte vitrée au bout de la pièce :

« Un dressing ? »

Sibelle opine. Elle me précède et ouvre les placards remplis de vêtements empilés ou pendus sur des cintres, rangés par fonction, saison et par couleur. Une multitude de chaussures complète la panoplie ; comme j'essaie d'en estimer le nombre, Sibelle murmure :

« Une cinquantaine de paires. »

Nous rebroussons chemin vers la salle de bains et le cabinet de toilette. Ils ressemblent à ceux des hôtels quatre étoiles : les tons sombres dominent et accordent un peu de place au blanc, rehaussé de touches récurrentes de turquoise.

Je pousse la dernière porte qui abrite un bureau, des meubles de rangement, une bibliothèque et un canapé qui peut faire office de lit d'appoint.

« Pas d'ordinateur ?

– La police m'a demandé s'ils pouvaient l'emporter, avec l'essentiel des documents : j'ai accepté. »

Je masque ma déception :

« Vous avez eu raison. »

Je m'approche des livres. Sur la première étagère, je remarque les noms de philosophes : Socrate, Platon,

Aristote, Épictète pour l'Antiquité, Hegel, Kant, Pascal, Schopenhauer, Spinoza pour la Renaissance et les Lumières, Bergson, Freud, Heidegger, Lévi-Strauss pour la période récente. Au-dessus sont alignés des romans contemporains, tous en grand format, et des éditions plus anciennes.

« Vous permettez ?

– Oui, bien sûr. »

Intrigué, je me saisis d'un livre de Louis-Ferdinand Céline, *Voyage au bout de la nuit*. Je feuillette les premières pages, qui confirment mon pressentiment :

« C'est l'édition originale, numérotée. »

Interloquée, Sibelle se rapproche, des questions plein les yeux. J'exhibe un autre ouvrage : *Les Fleurs du mal*, de Charles Baudelaire, en édition originale également :

« Et je crois que ce n'est pas le seul. Il y en a pour une petite fortune à mon avis. Ces deux-là valent déjà plusieurs dizaines de milliers d'euros chacun. »

Je lui remets les deux ouvrages dans les mains. Elle reste interdite un instant, comme si elle avait peur de les abîmer, puis elle les range à leur place. J'abandonne à regret l'étagère des livres anciens pour me concentrer sur celle d'au-dessus. Je glane quelques noms : sir Richard Branson, entrepreneur britannique, Ayn Rand, philosophe américaine rationaliste, libertarienne et théoricienne d'un capitalisme individualiste, et Eric Steven Raymond, hacker et l'un des leaders du mouvement *Open Source*. Je remarque aussi des livres traitant de sujets divers : l'architecture, le nautisme, la parentalité, l'éducation des enfants, le droit social… Quelques guides de voyage complètent enfin la bibliothèque : États-Unis, Espagne, Italie, Turquie, Géorgie, Japon, Nouvelle-Zélande.

« Votre sœur avait un coffre ?

– Oui, dans le dressing, derrière une trappe.

– Vous connaissez le code ?

– Oui, elle me l'a révélé quelques jours avant sa mort.

– Vous avez ouvert le coffre pour la police, j'imagine ?

– Oui. Il ne contenait que des bijoux, son passeport et du cash.

– Combien ?

– … Trente mille euros. »

Si la somme est importante, elle n'est pas si singulière pour le niveau de vie de Lucile. Je poursuis :

« Elle avait un garage ou une cave ?

– Non, elle ne possédait pas de voiture ; elle préférait les louer au besoin. »

Nous quittons alors les lieux, et j'attends d'avoir atteint le trottoir pour évoquer le sujet qui me tient à cœur, comme s'il s'agissait d'un détail insignifiant :

« Merci pour votre temps ; je sais que vous êtes occupée…

– Vous avez des pistes ? me coupe-t-elle.

– Pas pour l'instant, je suis désolé. »

Elle hoche la tête en signe de compréhension :

« Oui, bien sûr…

– Je vous tiendrai au courant. Je peux vous embêter encore quelques minutes ?

– Je vous écoute.

– À part vous, Lucile avait-elle des contacts avec d'autres personnes de la famille ?

– Non, pas même avec mes parents. J'ai essayé de les réconcilier, mais aucun d'eux n'était très réceptif. Je ressentais de la culpabilité auparavant : avais-je été favorisée par rapport à ma sœur, mon attitude avait-elle aggravé les choses ? J'ai fait la paix avec moi-même, maintenant. Je ne suis pas magicienne : les gens sont responsables de leur vie.

– Et quelle était sa relation avec votre mari et vos enfants ?

– Avec Titouan, une indifférence polie. Elle s'intéressait un peu plus à Jenny et Timéo ; elle leur apportait des cadeaux parfois.

– Quel âge ont-ils ?

– Ma fille a cinq ans et mon fils trois.

– Et elle, vous pensez qu'elle aurait aimé devenir mère ?

– Je ne sais pas, nous n'en parlions pas. »

Je ne sais pas si elle n'évoque pas la stérilité de sa sœur par respect envers sa mémoire ou parce qu'elle ignore l'information. Je lui promets des nouvelles et nous nous saluons, avant de repartir chacun de notre côté. Ma serviette est plus lourde d'un livre, que j'ai subtilisé pendant un moment d'inattention de Sibelle. Elle m'aurait sans doute permis de l'emprunter, mais je préfère rester discret. S'il n'a aucune valeur pécuniaire, c'est le seul ouvrage rangé à l'envers dans la bibliothèque. Je compte bien prendre un peu de temps aujourd'hui pour feuilleter le *Lonely Planet* sur la Géorgie.

Le pays d'origine de la cinquième victime, Hugues Janelidze.

STANCE 20

CHARLOTTE

Mardi 20 mars

J'imagine que je devrais me terrer chez moi, paniquée.

C'est sans doute l'attitude que j'aurais adoptée l'année dernière. Personne ne pourrait me le reprocher : une agression à la batte de baseball et au couteau laisse en général quelques séquelles psychologiques, même si aucune blessure physique n'est à déplorer. Pourtant, je me sens étrangement sereine, comme si ma mésaventure était arrivée à quelqu'un d'autre ou que je ne risquais pas grand-chose en réalité.

Le policier de faction a pris ma déposition sans s'étonner des faits ; il doit sans doute entendre des histoires plus surprenantes au cours de sa journée. Comme il tapait le rapport avec deux doigts, en tâtonnant sur les fonctions de validation de son logiciel, je me suis demandé si le ministère de l'Intérieur connaissait la théorie de l'avantage comparatif de David Ricardo, un économiste anglais du dix-huitième siècle. À l'évidence, non, sinon la hiérarchie confierait les tâches administratives à des secrétaires experts en dactylographie, qui effectueraient le même travail en un tiers du temps, libérant ainsi des effectifs sur le terrain, et ce pour un coût équivalent.

Je viens de me lever, alors que l'horloge frôle les onze heures : j'abandonne sans regret l'idée d'un petit déjeuner et je me réfugie dans la salle de bains. J'y passe une trentaine de minutes et j'en ressors nue. Mes pas laissent d'éphémères tatouages humides sur le parquet jusque dans la chambre ; ils palpitent de brume avant de se recroqueviller sur les lames sombres. Devant le dressing, je prends le temps de choisir une tenue qui met ma silhouette en valeur et qui me protégera du vent glacial sur les boulevards parisiens.

J'attrape mon sac au passage et je quitte mon appartement ; j'ignore l'ascenseur sur le palier pour emprunter l'escalier. Mon pas est lent : malgré mes longues heures de sommeil, je me sens fatiguée. Rien ne presse toutefois : mon rendez-vous n'est prévu que dans une heure et le métro devrait me mener à bon port dans les délais.

Tel un zombie, je me glisse sur les trottoirs encombrés, les passages piétons humides, les quais fétides, les escalators grinçants, et j'atteins enfin le cabinet de gynécologie que j'ai choisi par hasard une semaine plus tôt. J'ai préféré ne pas aller consulter mon médecin habituel, parce que je ne veux pas avoir à justifier mes décisions ; sans vraiment savoir pourquoi, je pressens qu'une femme sera moins susceptible de me juger.

La secrétaire m'accueille avec un large sourire :

« Bonjour !

– Bonjour. Je suis un peu en avance, j'ai rendez-vous à treize heures quarante-cinq.

– Vous avez un dossier chez nous ?

– Non.

– Il n'y a personne : si cela vous convient, nous pouvons commencer à le remplir. Cela vous fera gagner du temps. Quel est votre nom de famille ?

– Amorose, comme cela se prononce. »

Pendant qu'elle pianote sur son clavier sans fil, j'observe l'accueil et la salle d'attente vide : si le lieu n'est pas vaste, il dégage une quiétude accentuée par les plantes vertes qui décorent le cabinet. Je note la présence de nombreux cactus de toutes tailles et formes, ventrus comme des hérissons en boule, élancés comme des flèches torses, étincelants comme des flammèches d'émeraude. Je ne peux m'empêcher de rechercher une signification à la profusion et à la diversité de ces plantes au-delà de la simple fonction d'ornement. La secrétaire interrompt ma réflexion :

« J'ai une Charlotte Amorose…

– Euh, oui… Il doit s'agir de quelqu'un d'autre, je ne suis jamais venue.

– Née le onze juillet 1978 ?

– Oui, en effet. Je ne comprends pas : je suis sûre de n'avoir jamais consulté le docteur Dulac…

– Elle a fait saisir ses fiches papier sur ordinateur, vous savez, et elle exerçait dans un autre arrondissement auparavant. Je peux vous dire de quand date votre dernier rendez-vous… »

Je me retiens de lui répéter qu'il ne peut s'agir de moi et je la laisse fouiller dans ses fichiers :

« Vous n'êtes venue que deux fois, en janvier 1994.

– Cela m'étonnerait, je n'avais que quinze ans à cette époque, et c'est le gynécologue de ma mère qui me suivait.

– Ah, très bien, il doit s'agir d'une coïncidence… »

Je devine qu'elle n'en croit pas un mot. Elle clique à plusieurs reprises sur sa souris et ses yeux volettent sur l'écran. Elle se redresse enfin, un peu mal à l'aise :

« Je n'ai aucune autre information administrative de toute façon. Puis-je vous demander votre adresse et votre numéro de téléphone ? »

Comme je la renseigne, je me demande si elle crée une nouvelle fiche ou si elle complète les informations déjà existantes. Lui fournir mes antécédents gynécologiques ne me prend pas beaucoup de temps, puisque je n'ai jamais eu le moindre problème et que je n'ai vécu aucune grossesse. Alors qu'elle s'apprête à m'inviter à rejoindre la salle d'attente, une femme en blouse blanche sort du cabinet. Petite et sèche comme une brindille, son port altier et sa belle chevelure cendrée la placent à l'orée de la cinquantaine ; pourtant, sa peau tannée parsemée de taches de vieillesse et les rides qui courent sur son visage trahissent une dizaine d'années supplémentaires. Son regard bleu métallique se fige aussitôt sur moi ; elle paraît réfléchir quelques secondes, puis son expression s'adoucit :

« Bonjour. Charlotte, c'est cela ? »

La secrétaire ne relève pas la tête de sa liasse de papiers administratifs, mais je jurerais qu'elle sourit. Malgré mon envie de me retourner et de fuir ce cabinet, je me sens attirée par la vieille femme et je m'approche sans un mot. Je me remémore les histoires de sorcières et de rebouteuses que ma grand-mère me contait devant le feu, lorsque j'étais enfant et que je me recroquevillais dans ma couverture, effrayée, mais curieuse de connaître le dénouement de ses récits fantastiques. Le docteur Dulac ferme la porte derrière nous, puis nous prenons place de chaque côté du bureau. Enfin, je murmure :

« Je ne me souviens pas du tout de vous. Je suis même sûre de ne jamais vous avoir consultée comme gynécologue. »

Elle hoche la tête en silence et soupire :

« Peut-être vaut-il mieux que vous alliez voir un confrère… »

Je ne m'attendais pas à une telle proposition. Bien que troublée, je ne m'imagine pas quitter les lieux sans avoir éclairci ce mystère :

« Je veux comprendre. »

Elle se penche vers moi et articule très doucement :

« Pourquoi avez-vous choisi de venir me voir ?

– J'ai trouvé votre nom au hasard.

– Vous habitez le quartier ?

– Non.

– Pourquoi moi ?

– Je… Je ne sais pas. »

Elle joint les mains sous le menton, perplexe.

« Pour quelle raison souhaitez-vous consulter ?

– Je voudrais avoir un enfant.

– Et pourquoi ne pas en parler à votre gynécologue habituel ?

– Parce que cela ne se fera sans doute pas d'une manière classique.

– Avez-vous déjà vu un gynécologue pour des situations particulières ?

– Non, jamais. »

Elle se lève pour parcourir la pièce de long en large :

« Écoutez, c'est très délicat…

– Dites-moi ! »

J'ai presque crié ma dernière phrase. Je crains un instant qu'elle ne me prenne pour une folle et qu'elle ne me jette dehors. Elle se rassied enfin et darde sur moi un regard doux :

« Vous êtes venue me voir à peine une semaine après l'ouverture de mon premier cabinet en libéral. Je me souviens très bien de vous : vous n'aviez même pas seize ans, vous étiez en larmes en face de moi. J'essayais de garder le recul nécessaire à ma fonction, mais j'étais à deux doigts de craquer lorsque vous m'avez raconté votre histoire. »

Je balbutie :

« Ce n'était pas moi… »

Elle reste silencieuse, une question muette dans les yeux. Je prends une profonde respiration pour me calmer et je pose mes mains à plat sur mes cuisses.

« Je vous écoute.

– Vous m'avez expliqué que vous aviez été contrainte à un rapport sexuel, malgré vos protestations. Un viol, pour être claire.

– C'est impossible !

– Lorsque vous êtes venue me voir, vous étiez enceinte de quatre semaines. Vous souhaitiez interrompre votre grossesse, sans prévenir vos parents. Comme vous n'accordiez votre confiance à aucune personne majeure dans votre entourage, je vous ai accompagnée dans vos démarches, jusqu'à l'avortement proprement dit, que j'ai arrangé dans la clinique privée d'un ami. »

Je brûle de l'interrompre pour lui signifier qu'elle se trompe, que je n'ai jamais été violée, que je n'ai jamais été enceinte, que je n'ai jamais avorté, mais je la laisse poursuivre.

« Ensuite, vous avez disparu et je ne vous ai jamais revue. Cela ne m'a pas choquée ; je trouvais même cela assez logique. »

Ce qu'elle me raconte me paraît concerner quelqu'un d'autre : je veux reprendre la main sur ma propre histoire.

« Je ne remets pas en doute votre version, mais ce n'est pas la mienne. Je pense que quelqu'un a usurpé mon identité à ce moment-là pour se protéger. Une camarade de classe, une amie, je ne sais pas…

– Et comment expliquez-vous que je vous aie reconnue tout à l'heure ?

– Par définition, j'ai à peu près le même âge que la personne que vous avez accompagnée…

– Vous m'avez montré votre carte d'identité à l'époque.

– Imaginez que vous soyez une jeune fille paniquée qui souhaite avorter après un viol : prendre le nom d'une lycéenne qui vous ressemble et emprunter ses papiers me semble assez cohérent pour préserver son secret. Et il est difficile de distinguer une adolescente d'une autre grâce à une photo vieille de quelques années à laquelle vous n'avez sans doute pas accordé trop d'importance…

– Cela vous paraît plausible ?

– Plus qu'un viol et un avortement dont je n'ai aucun souvenir. »

Elle se penche vers moi :

« Maintenant, nous avons deux solutions : soit nous partons du principe qu'une jeune fille a usurpé votre identité pour réaliser un avortement il y a plus de vingt ans et vous rentrez chez vous pour reprendre le cours normal de votre vie, soit nous creusons un peu plus pour résoudre cette énigme.

– D'accord, creusons.

– Sûre ?

– Certaine.

– Très bien. Je ne vais pas vous citer le prénom de vos parents ou votre adresse de l'époque, puisque vous pourrez toujours me dire que l'information était publique.

– Exact.

– L'adolescente que j'ai accompagnée à la clinique n'a rien apporté, en dehors de quelques affaires de rechange et d'un ultime vestige de l'enfance auquel elle s'accrochait comme un naufragé sur un radeau. Un doudou. Quand elle a quitté l'hôpital, elle l'a laissé sur le lit, peut-être par oubli ou pour marquer la cassure, je ne sais pas. Le chirurgien me l'a remis et je l'ai gardé, pour me souvenir que mon métier ne consiste pas seulement en une somme de connaissances en gynécologie et en obstétrique. Il est dans mon bureau. Voulez-vous que je vous le montre ? »

Je hoche la tête, plus émue que je ne veux le laisser paraître. Elle se penche sur sa gauche et ouvre le tiroir du bas pour en extirper un lapin camel, aux poils défraîchis par les années. Le regard de plastique est attendrissant, les oreilles retombent sur le côté ; la petite queue ivoire semble douce.

Malgré moi, je tends la main, comme les larmes coulent sans retenue sur mes joues. Puis je serre mon doudou d'enfance que j'avais cru égaré, celui à qui je racontais mes joies et mes malheurs, réels ou imaginaires. Et je suis assaillie de flashs : un buisson touffu au fond d'un parc, les murs blancs d'une chambre d'hôpital, le sang suintant sur l'herbe, les douches qui ne me purifient jamais assez, les sourires de façade à l'école, l'odeur d'éther, les grognements bestiaux.

Le docteur Duval me prend la main :

« Je suis désolée. »

Elle n'essaie pas de me raisonner, laissant naître et exploser mes éruptions de pleurs. Je ne veux pas réfléchir ; je sais seulement que la digue a cédé et que je ne peux contenir les flots qui charrient moult blessures, peurs et chagrins. Enfin, je parviens à hoqueter :

« Comment… Comment ai-je pu oublier cela ?

– Quand le stress est extrême et qu'il représente un danger, le cerveau fait disjoncter le circuit émotionnel et parfois la mémoire : il s'agit d'une réaction de défense nommée amnésie traumatique. »

Je vois les rayons de soleil blafards à travers les branchages, j'entends le chant insouciant des chardonnerets, je sens l'herbe gorgée de rosée sous mon corps à demi nu. Pourtant, le visage et le nom de l'agresseur me fuient.

« Et que s'est-il passé pour…

– Pour votre violeur ?

– Oui.

– Vous refusiez de porter plainte. J'étais moi-même face à un cas de conscience, puisque je connaissais son identité ; j'ai gardé le silence, tout en me demandant depuis si j'avais eu raison ou tort. Seule sa mort m'a libérée de ce poids.

– Sa mort ?

– Il a été victime d'un tueur en série le mois dernier. »

Comme une claque, le visage d'un Stanislas Pellaut encore jeune m'apparaît soudain, quelques secondes avant que je perde connaissance.

INTERMÈDE

Mercredi 21 mars

Sur la pointe des pieds, je tends le bras à travers la grille pour que ma perche télescopique atteigne le bouton d'ouverture. Après quelques essais infructueux, je parviens enfin à mes fins, et la grille se met en branle dans un grincement métallique, m'invitant ainsi dans la station de métro Victor Hugo, près de la place éponyme. J'allume ma lampe frontale avant de me glisser à l'intérieur ; je dédaigne le guichet et les distributeurs automatiques pour avaler les quelques mètres qui me séparent de l'escalier de gauche que je descends à la hâte. Sans la moindre hésitation, je me colle au mur pour escalader les tourniquets sans peine. Comme je me réceptionne sur le sol, j'avise une masse sombre dans un recoin : un SDF emmitouflé dans un vieux sac de couchage y a élu domicile pour se protéger du froid nocturne et des intempéries. Je m'assure qu'il ne bouge pas, puis je me dirige vers l'arrière du quai : une petite pancarte métallique jaune interdit l'accès, mais même les caméras semblent ignorer la zone.

Telle une ombre, je franchis l'obstacle et je poursuis ma route sur une plate-forme étroite qui rejoint l'ancienne station Victor Hugo, une vingtaine de mètres plus loin. Elle s'est invitée sur la liste des stations fantômes de Paris en 1931, après trente et un ans de bons et loyaux services, parce que sa courbure était trop prononcée pour les nouvelles rames de l'époque. Sur le quai abandonné, je progresse doucement pour retrouver mes repères mentaux. Je m'arrête à mi-chemin et je m'approche des voies ; à trois heures du matin, je ne crains pas le passage d'un train. Je m'agenouille dans la poussière sur le bord et ma main fouille les entrailles du quai ; je tâtonne quelques instants, avant de trouver le sac étanche enveloppé dans un vulgaire plastique. J'enfourne tout dans un sachet hermétique, que je range dans ma besace, et je reviens sur mes pas.

Lorsque j'atteins la zone publique, je ne m'attarde pas sur les publicités au mur : elles ne me renvoient que les éclats de ma lampe déformés par des désirs qui ne sont pas les miens. Comme je m'apprête à franchir la porte automatique, je me fige : si le sac de couchage et quelques affaires personnelles sont toujours sur place, l'homme endormi a disparu. Je vérifie qu'il n'est pas allé soulager un besoin naturel un peu plus loin sur le quai, puis je me résigne à éteindre ma lampe : il connaît la station mieux que moi, autant ne pas lui signaler en plus ma présence d'une manière trop visible.

Je passe la porte et je remonte les escaliers. Mes yeux s'accoutument peu à peu à l'obscurité et je discerne la trace à suivre grâce aux veilleuses de sécurité. En haut des marches, je prends une position de garde avant de me diriger vers la sortie. Je rejoins enfin le hall agacé par les lumières artificielles du dehors ; un rapide coup d'œil me confirme que la grille est baissée. Comme je m'approche du bouton qui commande l'ouverture, une large silhouette surgit devant moi. À l'instinct, je bondis en arrière en levant les poings pour me protéger le visage. L'homme n'esquisse même pas un geste, il se contente de m'observer. Ma cagoule me préserve de sa curiosité comme de celle des caméras de surveillance, mais pas de l'odeur pestilentielle, mélange de crasse, de sueur et d'urine. Pourtant, au bout de quelques secondes, ce sont les éclisses de vie dans ses iris qui attirent l'attention. Quels que soient le niveau social, la richesse, le métier, la situation familiale, l'âge, la santé, les yeux reflètent l'âme humaine et trompettent les émotions.

L'homme écarte les mains :

« Bienvenue chez moi. »

Je ne réponds pas. Lui faire entendre le son de ma voix lui donnerait plus d'informations que celles qu'il possède déjà.

« Rassure-toi, je ne dirai rien. »

Je ne ressens pas trop d'inquiétude : ma cache ne me servira qu'une fois et je ne remettrai pas les pieds ici de sitôt. Pourtant, si je veux atteindre le bouton, je dois contourner l'homme, et donc passer à proximité de lui. Je n'ai pas de raison objective de craindre une quelconque agressivité de sa part, mais je n'aime pas prendre de risques. Il perçoit mon dilemme et se retourne pour aller lui-même actionner l'ouverture de la grille ; comme assoupie, elle émet un râle rouillé, lassée d'être dérangée dans son sommeil.

Je le remercie d'un hochement de tête et je regagne la surface. Sur le trottoir, j'emprunte la rue Léonard de Vinci vers le nord. Dans ma besace, je sens le poids rassurant d'un pistolet Glock 17 et des munitions de calibre neuf millimètres.

STANCE 21

ZOÉ

Jeudi 22 mars

Je devrais haïr cet endroit.

J'emprunte un long couloir recouvert de tapis persans, illuminé par une succession de lampes suspendues des hauts plafonds par des chaînes interminables, agrippées aux murs par grappes ou posées sur de délicates tables de bois massif. De petites vitrines exhibent des produits de luxe : vêtements, sacs et bijoux, pour inciter les clients à rejoindre les boutiques de l'hôtel. Après quatre années de rénovation, le Ritz a rouvert, et les moindres détails ont été pensés, ciselés, soignés.

Lorsque je franchis le seuil du bar, aucune chaise n'est libre. Les portraits d'Ernest Hemingway, qui donne son nom au lieu, décorent une bonne partie des murs. Les meubles, les cadres, les lumières et une vieille machine à écrire paraissent placés au hasard, miracle heureux que personne ne souhaiterait troubler. Les habitués côtoient les hommes d'affaires, les groupes d'amis et les couples de touristes ; tous semblent apprécier la chance de profiter du moment.

Et je suis sous le charme.

Une serveuse que je n'ai jamais vue s'approche de moi et me murmure :

« Votre amie vous attend dans la mezzanine. »

Je me retiens de lui demander comment elle m'a reconnue et je me glisse entre les tables pour atteindre la volée de marches qui me mènent vers Bérénice. Assise dos au miroir, le buste droit, elle paraît absorbée par la lecture de son livre. Lorsqu'elle me repère, elle m'accueille d'un sourire franc et se lève pour m'embrasser.

« Zoé, comment vas-tu ?

– Bien, et toi ? »

Elle englobe la salle du regard, un sourire narquois aux lèvres :

« Je survis. Je ne t'ai jamais amenée ici, je crois ? »

La question est superflue. Bérénice n'a jamais jugé bon de louer un bureau ; elle jongle avec son téléphone, son ordinateur portable et une liste de lieux qui couvrent l'ensemble de la capitale. Elle m'a invitée dans des tavernes aux bas plafonds de pierre, des salons de thé anonymes perdus dans d'improbables arrière-cours, des restaurants exotiques à peine plus spacieux que mon appartement, des palaces au luxe discret ou clinquant. Chaque endroit dégageait une authenticité propre, et Bérénice ne m'a jamais ramenée sur un sol que nos chaussures avaient déjà foulé. Au début, je croyais qu'elle connaissait si bien Paris que ses options étaient innombrables, mais, au fil des années, l'absence absolue de secondes expériences m'a confirmé qu'elle prenait soin de varier les plaisirs à l'extrême, peut-être pour en accentuer la fugacité et l'éphémérité.

Bérénice tend vers moi la carte des boissons : les cognacs, calvados et whiskys affichent un âge canonique, et les prix s'envolent pour certains vers les quatre chiffres. Les cocktails offrent des choix plus abordables ; je note au passage que la fraise est récurrente dans les recettes. Je me décide pour un Nautilus à peine quelques secondes avant que la serveuse ne prenne notre commande. Bérénice opte pour l'un des multiples armagnacs.

« L'agence japonaise était ravie de ta prestation de la semaine dernière. Ils m'ont même envoyé une lettre manuscrite en japonais, traduite en anglais.

– Tant mieux. C'était parfait pour moi aussi : ils sont très…

– … Organisés ?

– Oui, exactement.

– C'est paradoxal. Tu sais, le photographe est une véritable star dans son pays : à l'origine, il vient de la photo animalière.

– C'est flatteur pour nous. »

Sans relever l'ironie, Bérénice poursuit :

« Il est très précis sur tous les aspects de la préparation, mais il laisse beaucoup de liberté aux modèles à l'intérieur du cadre, pour ne pas écorner le naturel. Ils ont aussi adoré la prestation de Laure, la jeune mannequin de seize ans.

– C'est toi qui la suis ? Je ne savais pas. Elle est prometteuse, non ?

– Très. Et elle a la tête sur les épaules ; elle va passer son bac en juin avec deux ans d'avance. »

Je ne peux réprimer un infime mouvement de recul, comme si la remarque s'adressait à moi par ricochet. Bérénice s'en aperçoit et se penche vers moi :

« Rassure-toi, ce n'est pas fréquent, c'est même la seule. Et n'oublie pas que je suis ravie de travailler avec toi… »

Elle s'interrompt lorsque la serveuse apporte nos boissons, accompagnées d'olives et de petites assiettes de chips. Dès qu'elle a le dos tourné, Bérénice ajoute dans un sourire complice :

« … Malgré ton sale caractère. »

Elle se saisit alors de son verre sans me quitter des yeux et trempe ses lèvres dans le breuvage ambré. Je l'imite sans répondre : l'exotisme du fruit de la passion se mêle à la chaleur de la vodka dans ma bouche, puis s'insinue une pointe de fraise, peu sucrée, quoique savoureuse. Bérénice me communique les chiffres de mon activité ; je néglige les détails pour retenir que le mois de mars est le plus profitable de ma carrière. Selon elle, ma popularité temporaire devrait m'assurer de nombreuses demandes en avril et en mai, puis l'été annoncera de nouvelles priorités. Le crépuscule de l'oubli tombe vite sur les terres du mannequinat.

« Je t'enverrai toutes les informations par e-mail, comme d'habitude, et tu devrais recevoir le virement début avril, complète-t-elle.

– Oui, merci. »

Elle se cale dans son siège pour m'observer à loisir. Son œil aiguisé pourrait me mettre mal à l'aise : elle est la mieux placée pour déceler l'émergence d'une ridule ou un défaut dans l'eurythmie de mon visage. Je suis pourtant sereine, car je la sais bienveillante. Puis elle me parle du milieu de la mode, distillant descriptions bouffonnes, anecdotes croustillantes et épisodes cocasses. Elle a un talent pour susciter l'intérêt, sans cruauté ni mépris, et tout en laissant une place de choix à ses interlocuteurs. Elle m'apprend qu'elle a essayé de présenter des mannequins à des productions audiovisuelles, mais qu'elle a renoncé parce que bon nombre de candidates amatrices acceptent de danser pour un clip ou de jouer un rôle de figurante sans être défrayées.

La soirée coule, et nos verres s'assèchent, sans que le temps paraisse s'enfuir. Rien ni personne ne m'appelle au-dehors, et je voudrais prolonger l'instant : parler de broutilles, évoquer avec elle ces personnes que je ne connais que de réputation, argumenter sur l'avenir d'une profession où les projecteurs masquent parfois les déchirements et les déceptions. Elle ne me demande pas mes projets pour après, et je lui en suis reconnaissante. Certaines restent dans le milieu, dans les agences ou comme photographes ; d'autres s'accrochent, malgré l'horloge et la beauté insolente des toutes jeunes sylphides.

Soudain, je ne l'écoute plus. J'ai aperçu un reflet furtif dans un miroir, et je me retourne aussitôt pour chercher la fine silhouette que je pense avoir reconnue en contrebas. Les clients ne m'accordent pas la moindre attention, et seuls les serveurs glissent sur le parquet pour distribuer couleurs, fragrances et saveurs sur les tables patinées par les ans. Je me lève pour m'assurer que je n'ai pas rêvé, en vain.

Bérénice penche un peu la tête sur le côté :

« Un problème ?

– Tu as vu la femme brune, habillée en noir ?

– Non. »

Je devrais sans doute m'asseoir, mais j'enfile mon manteau et je récupère mon sac.

« Je dois y aller. Merci pour cette soirée Bérénice, c'était très agréable. Et merci aussi pour tout le reste… »

Je dévale la volée de marches et vérifie que mon fantôme n'est plus dans le bar, puis je rejoins le long couloir que je traverse en trottinant, sous l'œil étonné d'une poignée de touristes américains. À quelques mètres des hautes portes de l'hôtel, j'entends l'appel d'une voix cristalline :

« Zoé ! »

Je me retourne et j'aperçois enfin Maya, appuyée contre un pilier. Elle s'approche de moi et m'embrasse comme si nous nous étions quittées la veille. J'hésite entre soulagement de l'avoir retrouvée et colère envers son attitude désinvolte. Elle me prend par le coude et m'entraîne vers la sortie. Dehors, la place Vendôme s'assoupit sous l'œil de Napoléon Bonaparte en haut de sa colonne : les bijouteries ont baissé leurs rideaux métalliques, quelques rares fenêtres allumées témoignent encore d'une mince présence au ministère de la Justice, les hôtels particuliers privés sont sombres, leurs riches propriétaires étrangers ne les occupant qu'une poignée de jours dans l'année.

Maya m'entraîne vers la rue de Castiglione. De plus en plus agacée, je lui emboîte le pas :

« Qu'est-ce que tu crois ? Que je vais te suivre à l'autre bout de la ville ? »

Elle feint de ne pas entendre mon ton irrité :

« Je suis heureuse de te voir.

– Tu aurais pu me contacter plus tôt ! Après tout, tu as mon adresse et sans doute aussi mon numéro de téléphone.

– Je n'étais pas disponible.

– Madame est débordée. Et que faisais-tu au Ritz ?

– Je me baladais.

– Dans un des hôtels les plus chics de la capitale ? »

Je m'arrête et je pose ma main sur son avant-bras pour la contraindre à m'imiter :

« Tu me prends pour une idiote ? »

Elle tourne vers moi un visage empreint de douceur :

« Non, bien sûr que non. Pourquoi es-tu en colère contre moi ? Je t'ai ramenée chez toi alors que tu étais ivre morte. J'aurais voulu te revoir plus tôt, mais ce n'était pas possible. »

Je porte mon poing à la joue, le pouce et l'auriculaire tendus pour simuler un téléphone :

« M'appeler n'aurait pris que quelques minutes.

– Moi non plus, je n'étais plus très fraîche. Je n'ai pas pensé à récupérer ton numéro.

– Ni à me donner le tien, apparemment…

– Je n'ai pas de téléphone portable. »

Je la regarde comme si elle venait d'une autre planète. Je m'adoucis un peu :

« Et comment m'as-tu retrouvée dans ce bar ? »

Elle s'approche et se hisse sur la pointe des pieds pour me glisser à l'oreille :

« Tu ne vas pas aimer… »

Sa moue contrite a presque raison de ma colère, sans qu'elle ait besoin de se justifier davantage.

« Je suis allée à ton appartement et tu sortais au moment où j'arrivais. J'ai couru pour te rattraper, mais tu marchais vite ; j'ai juste eu le temps de me glisser dans le même métro que toi. Quand tu es descendue, je t'ai suivie jusqu'au Ritz ; j'ai eu peur de t'appeler, tu paraissais si pressée.

– J'étais en retard.

– Je t'ai attendue dehors pendant plus d'une heure, puis je me suis demandé si tu n'étais pas sortie par une autre porte ou si je t'avais ratée. J'ai pris mon courage à deux mains et je suis rentrée : j'ai exploré un peu et je t'ai repérée avec cette belle dame aux cheveux blancs. Je ne voulais pas te déranger et je me suis dit que j'allais t'attendre dans le hall… »

Elle se dandine sur le trottoir, en attente de ma réaction ; je m'étais promis de l'envoyer paître à la première occasion, mais je ne peux m'y résoudre. Je biaise, pour préserver me fierté :

« Où m'emmènes-tu ? »

Elle glisse sa main dans la mienne sans se soucier des jugements que son geste pourrait susciter parmi les passants, et elle reprend sa marche vers le jardin des Tuileries :

« C'est une surprise !

– Et tu crois que je n'ai rien de prévu ce soir ? »

Elle s'arrête net sur le trottoir, et je sens sa main se crisper :

« Ah, c'est dommage… »

Elle a l'air perdue. Je me demande dans quel monde elle vit : elle disparaît pendant des jours sans laisser la moindre trace, après une unique rencontre, puis resurgit comme un korrigan espiègle, prêt à mille facéties. Sa mine dépitée m'arrache un sourire :

« Je suis libre, tu as de la chance. Dis-moi juste que tu ne vas pas me ramener saoule chez moi et t’éclipser ensuite.

– Promis ! »

STANCE 22

ALEXIS

Vendredi 23 mars

J'ai vite remarqué la haute densité de forces de police et de gendarmerie dans le quartier. Je reconnais sans peine les FAMAS F1, fidèles fusils d'assaut de l'armée française depuis 1978, ainsi que quelques HK 416F allemands, les récents joujoux qui remplaceront à terme les FAMAS. Ce qui m'inquiète plus, c'est que plusieurs hommes cagoulés arborent des versions Commando, au canon plus court, qui signe leur appartenance aux forces spéciales.

Sans presser le pas, j'oblique vers une rue moins passante pour me sortir de la zone. Je ne souhaite pas devenir une victime collatérale d'une opération antiterroriste ou d'une intervention liée au trafic de stupéfiants. Arrivés à un petit carrefour, quatre gendarmes m'arrêtent pour me demander mes papiers : je leur présente ma carte d'identité au nom de Timothée Guyot. Le plus grand d'entre eux l'étudie quelques secondes, puis me la redonne avec un salut militaire ; je me retiens de leur rendre. Ils m'enjoignent alors de prendre la rue de droite en restant sur le côté gauche : je m'exécute en songeant que c'est sans doute le meilleur moyen de sortir de la zone chaude. Sur le trottoir d'en face, de nombreux hommes s'équipent : gilets pare-balles, casques, lunettes de combat, camouflage militaire sur le visage. À une vingtaine de mètres devant moi, un groupe de six soldats termine sa préparation : ils sont tous cagoulés à l'exception d'un grand escogriffe roux qui se désaltère : Soren.

Coincé.

Je ne peux pas changer de trottoir ni rebrousser chemin. S'il me voit, il me reconnaîtra aussitôt, j'en suis sûr : il est passé par le Service des opérations de la DGSE avant de rejoindre les forces spéciales de l'armée de terre, et nous nous sommes entraînés ensemble au fort de Noisy, à Romainville, le siège du service Action de la DGSE. Et il se demandera alors pourquoi celui qui a reçu les honneurs militaires à titre posthume l'année dernière se balade tranquillement dans les rues parisiennes.

Je ne vais quand même pas me faire coincer par hasard, seulement parce que j'ai eu le malheur de descendre à la mauvaise station de métro ! Je tâte mes poches, comme si j'avais perdu quelque chose, au cas où quelqu'un m'observerait, puis je me retourne pour regagner le carrefour. J'attends une injonction qui ne vient pas et je perçois le regard désapprobateur du gendarme lorsqu'il me voit revenir vers lui. Au moment où il s'apprête à m'aboyer dessus, je joue mon va-tout :

« Vos collègues m'ont dit que la rue était interdite ! Je vais où, moi ? »

Il hésite un instant, se saisit de son talkie-walkie, pour finalement pointer une rue perpendiculaire du bras :

« Prenez celle-là, puis la première à droite. Vite ! C'est dangereux, ici. »

Je le remercie et je m'éclipse aussitôt sans glisser un regard vers les groupes armés. Je passe presque une heure à parcourir la toile du métro pour m'assurer que je ne suis pas filé. Je louvoie dans les couloirs des grandes stations, je laisse s'enfuir des rames presque vides, je franchis les tourniquets pour ensuite revenir sur mes pas. Lorsque je suis certain de ne pas être surveillé, je gagne enfin le neuvième arrondissement de Paris.

Diego m'a fourni de nombreuses informations complémentaires sur Hugues Janelidze. Enfant, il a suivi un cursus scolaire français à Tbilissi, la capitale de la Géorgie, puis a obtenu une bourse d'études qui lui a permis de s'inscrire à l'université Paris Diderot. Bon élève sans être brillant, il a décroché une maîtrise en mathématiques appliquées et sciences sociales. Ses notes lui auraient sans doute ouvert les portes d'un DESS ou d'une admission parallèle dans une école de commerce, mais il a préféré s'engager dans la vie active. Jusqu'à trente ans, il a travaillé dans plusieurs entreprises d'import-export, attirées par son profil et sa connaissance du français, de l'anglais, du russe et du géorgien, une langue caucasienne à l'alphabet ancien que certains apparentent au sumérien. C'est à ce moment-là qu'il a demandé et obtenu la nationalité française, abandonnant *de facto* sa nationalité géorgienne. En 2011, il a quitté son emploi pour voyager pendant plusieurs mois. Il est ensuite revenu à Paris et a créé une société de conseil en commerce entre l'Union européenne et les ex-républiques soviétiques du Caucase. S'il semblait mener une vie confortable, il n'attirait pas l'attention : il a acheté un appartement en arrière-cour dans le douzième arrondissement, il payait ses impôts, il pratiquait la lutte libre à un bon niveau amateur, son nom n'est enregistré dans aucun fichier de la police.

Le citoyen idéal.

Seule sa vie privée était un peu moins lisse : il enchaînait les relations de quelques mois, sans jamais dépasser l'année. Aucune des anciennes petites amies que les enquêteurs ont interrogées n'a de reproche notable à lui adresser, en dehors de son attitude parfois froide et distante. Il voyageait régulièrement dans le Caucase, en Géorgie en particulier, et de temps en temps en Russie. Les premiers éléments en provenance de Tbilissi ne pointent vers aucune piste : il n'est pas non plus fiché par leurs services. Grégoire Rannou a sollicité la brigade financière pour qu'ils épluchent les comptes de sa société, afin de déceler des détails qui pourraient l'aider. Pour l'instant, ils ont seulement souligné l'importance de trois entités dans son activité : une en France, une autre en Belgique et la dernière en Géorgie. Rien de suspect néanmoins : il est fréquent que les consultants indépendants soient en relation avec un nombre limité de clients fidèles.

La société française se nomme « Bien être, bien vivre », détenue par un « trust » basé dans les îles Vierges britanniques. D'après les premiers renseignements récupérés par Diego, elle présente des comptes clairs, sans suspicion de fraude ou de blanchiment ; rien ne justifie donc l'intervention de la brigade financière puisqu'un lien avec le meurtre n'est pas envisagé. Pourtant, j'ai envie de tirer la pelote de laine d'Hugues Janelidze : la Géorgie est mon unique élément commun à deux victimes différentes. La lecture du *Lonely Planet* que j'ai emprunté dans l'appartement de Lucile Carpentier ne m'a pas appris grand-chose : les pages ne semblent guère usées et aucun coup de crayon ne me permet d'orienter mes recherches plus avant.

Comme je passe sur le trottoir, je lève les yeux vers l'immeuble de cinq étages de l'autre côté de la route pendant que les cloches de l'église du quartier résonnent huit fois dans le soir : toutes les lumières sont éteintes. Je sais que le rez-de-chaussée et les deux premiers étages sont occupés par une société de services en informatique industrielle et que le cinquième abrite un cabinet dentaire. C'est au quatrième qu'est basé « Bien être, bien vivre ». Hier, un petit passage à la terrasse du bar à tapas, en face de l'immeuble, m'a déjà permis de glaner le code d'entrée. Sans la moindre hésitation, je compose les six chiffres et je pousse la porte, puis je monte directement au cinquième. Je sonne à deux reprises : personne ne répond, bien entendu, puisque le cabinet est fermé le vendredi après-midi. Je fais le pari que le coût d'une alarme sophistiquée et d'un système de surveillance aura plus facilement dissuadé une profession libérale que ma cible.

J'enfile une cagoule, aussi noire que mes gants. La serrure de la porte blindée ne me résiste pas plus de cinq minutes et je pénètre dans le couloir ; aussitôt, un faible bip retentit pour me signifier la nécessité de composer un code. Je repère sans difficulté le boîtier, un modèle vieux de presque une décennie et peu sécurisé. Au deuxième essai, je parviens à l'ouvrir et à le court-circuiter. Je rejoins le cabinet et je m'assure rapidement qu'aucune caméra ne s'y trouve. Je force les tiroirs du bureau pour y dérober l'argent liquide, à peine deux cents euros, de manière à justifier l'intrusion aux yeux de la police.

Je me dirige alors vers la fenêtre, que j'ouvre pour vérifier la solidité de la rambarde en fer forgé. Rassuré, j'enroule une corde d'escalade que je relie à un mousqueton ; j'enfile un baudrier, je me sécurise et j'enjambe le garde-corps pour me laisser glisser jusqu'à l'étage inférieur. C'est l'instant crucial : si la fenêtre est protégée, je serai obligé de décamper le plus vite possible. Je m'immobilise contre la pierre sombre et j'observe la vitre quelques secondes. Comme je ne décèle pas le moindre capteur, je découpe le verre pour pouvoir atteindre la poignée. Je me tords un peu le bras pour actionner l'ouverture : le battant pivote enfin et je me réceptionne sur le plancher à l'intérieur.

Aucune alarme ne retentit. Je libère mon baudrier dans l'axe de la caméra qui enregistre mes mouvements. La vaste pièce abrite une demi-douzaine de postes de travail et, à son extrémité, un bureau aux cloisons transparentes, orné d'un tableau abstrait à dominante grège. L'œuvre ne m'inspire qu'ennui : ni les formes ni les couleurs ne suscitent en moi la moindre émotion et je me demande si l'occupant apprécie cette toile pour l'émoi qu'elle lui procure ou s'il la juge appropriée à l'image qu'il veut donner de sa société. Je fouille les lieux rapidement : comme je m'y attendais, il n'y a pas d'argent liquide. Aussi, je débranche plusieurs ordinateurs et je les approche de la fenêtre ; je ne compte pas les emporter, mais j'espère que la piste du cambrioleur dérangé dans son travail sera plausible, au moins pour les autorités. Soudain, je me fige : dans le bureau trône un ordinateur portable en charge : je pénètre dans la pièce et m'en saisis : je pourrai peut-être en tirer des informations intéressantes. Je ne m'accorde pas plus de cinq minutes sur place et deux se sont déjà écoulées. J'ouvre les tiroirs au hasard, mais ils contiennent peu de papiers, tout doit être informatisé. Sur les étagères sont alignés plusieurs livres sur le développement personnel et la maternité ; au mur, une grande affiche cartographie la Turquie, l'Arménie, la Géorgie, l'Azerbaïdjan et les républiques du sud de la Russie. Je reconnais au vol les noms de la Tchétchénie et du Daghestan, bordé par la mer Caspienne. Je poursuis alors mon exploration, mais les locaux n'abritent qu'une petite cuisine, des sanitaires et une salle de réunion.

Je retourne sur mes pas, puis je m'arrête soudain avant de tourner la tête vers le palier, comme si un bruit m'avait surpris. Je sécurise mon baudrier à la hâte, j'y glisse l'ordinateur portable et je ressors par le même chemin, en prenant soin de refermer la fenêtre derrière moi. Il me faut moins de deux minutes pour remonter, ranger mes affaires dans mon sac et dévaler les cinq étages. Au-dehors, la rue s'anime : les bureaux se sont assoupis pour laisser la place aux bars et aux restaurants qui proposent des dîners régionaux, italiens, indiens, chinois, japonais et ouzbeks. Je suis le parcours que j'avais prévu : il s'éloigne de la zone pour ensuite serpenter dans un quartier résidentiel, qui me permet de repérer plus facilement d'éventuels comportements suspects. Je snobe le métro pour prendre un bus qui me mène près de Châtelet, puis je rejoins l'église Saint-Eustache, que je contourne pour atteindre une petite rue. Je m'arrête devant une porte cochère bleue, à deux pas du centre de secours des sapeurs-pompiers, et j'appuie sur la sonnette du haut, bien qu'aucun nom ne soit mentionné. Comme je n'obtiens pas de réponse, j'essaie à nouveau, d'une manière un peu plus insistante. Au bout d'une poignée de secondes, une voix éraillée m'accueille :

« Oui ?

– C'est Alexis.

– On avait rendez-vous ?

– Non. Depuis quand te souviens-tu de tes rendez-vous ?

– Ben… Justement. Allez, monte ! »

Le loquet se libère : je pénètre dans le hall et je gravis les deux étages par un escalier en colimaçon qui me mène devant une porte entrouverte que je pousse sans frapper. Le studio est en désordre : les vêtements traînent sur le sol, à côté de livres en anglais et des restes de repas ; les câbles lient les ordinateurs, les imprimantes et des machines dont je ne connais même pas la fonction. Une ombre recourbée ramasse les papiers gras et les couverts en plastique :

« C'est un peu le bordel…

– Ne te fatigue pas. »

Tanja se redresse : elle m'arrive à peine à l'épaule et je pourrais presque la soulever d'une seule main. D'indomptables mèches brunes s'échappent de sa coupe à la garçonne, qui ne parvient pas à masquer un visage harmonieux en triangle qui n'a pas connu la moindre trace de maquillage depuis des lustres.

Elle lève vers moi ses yeux bleu maya pour une question muette. Je sors l'ordinateur de mon sac et je le lui remets ; elle le tourne dans tous les sens, comme pour en deviner le contenu.

« Tu as une idée du niveau de protection ?

– Non. »

Elle se gratte la tête :

« Tu veux que je craque les codes ?

– Oui.

– Ce n'est pas sans risque, je peux tout perdre…

– Je te fais confiance. »

Elle pose l'ordinateur sur le sol avec précaution et le relie à un chargeur déjà branché. J'ai appris à ne pas la sous-estimer : alors qu'elle n'était encore qu'une jeune étudiante à peine débarquée de Bratislava, elle a réussi à percer des protections qui résistaient aux meilleurs agents de la DGSE. Elle se racle la gorge, gênée :

« Ne le prends pas mal, mais je croyais que…

– … J'étais mort ?

– Ben oui, c'est ce que m'a dit un collègue de ton ancienne boutique.

– Officiellement, je le suis. Pour tout le monde, y compris pour eux. Tu peux gérer cela ? »

Elle sourit enfin :

« T'inquiète, je suis moins bordélique dans ma tête que dans mon appart.

– Je sais. Il te faut combien de temps ?

– Pour creuser à fond : quelques jours au plus.

– C'est urgent.

– Cela va bien occuper mes journées… »

Je griffonne un numéro de téléphone sur un papier qui traîne :

« N'oublie pas ta note. Là aussi, je te fais confiance. »

Après avoir glissé le papier dans sa poche, Tanja claque ma main en signe d'accord.

STANCE 23

CHARLOTTE

Samedi 24 mars

L'écorchure sur mon coude, sans doute due à ma syncope chez le médecin, n'est pas très douloureuse. Je résiste à l'envie de triturer la croûte, comme j'en avais l'habitude lorsque j'étais enfant.

Je suis épuisée, mais je ne veux pas me coucher à la brune et laisser les images s'insinuer dans mon âme assoupie. Mes souvenirs sont maintenant luxuriants, et cette nouvelle conscience ne m'apporte qu'embarras et vergogne. Certes, je sais comment s'est déroulée cette funeste journée de décembre, et je comprends aussi certaines de mes réactions qui paraissaient parfois si absurdes au regard des circonstances du moment. Je n'ai pas quitté mon appartement depuis cinq jours ; j'ai puisé dans mes réserves alimentaires pour éviter de croiser un regard humain ; j'ai éteint mon téléphone et méprisé mon ordinateur.

Cela se passerait-il ainsi si je mourais ? Combien de jours seraient nécessaires pour que quelqu'un se rende compte de mon trépas, et que la police enfonce ma porte ? Si je peux me consumer pendant presque une semaine sans que personne ne s'en émeuve, cela signifie peut-être qu'il est temps de se résigner, de lâcher prise.

Je m'approche de la fenêtre pour observer la rue. Les voitures sont tassées des deux côtés de la chaussée, pare-chocs contre pare-chocs, comme pour se tenir chaud en prévision de la nuit embuée. Les appartements se parent des teintes des rideaux, souvent blancs ou crème, parfois colorées ou chamarrées. Sur le trottoir, les rares silhouettes se pressent vers leur logis, pour dîner ou retrouver une famille, un galant, un ami. Seul un homme assis sur un banc dans le square ignore les appels de l'horloge ; s'il ne consultait pas son téléphone avec autant d'avidité, je le considérerais presque comme un allié. À l'accoutumée, la musique accompagne mes instants. Pas aujourd'hui. J'ai trop peur qu'une mélodie aimée ne se flétrisse au contact de ma peine, et que je ne puisse plus jamais la savourer. Ainsi, j'entends les sons de la ville : sourds ou aigus, courts ou prolongés, humains ou mécaniques, ils charrient fureur et agressivité. Je perçois le ressac automobile, le couinement des freins des bus, les sirènes policières, les éclats d'une dispute conjugale : l'empathie défaille et mon âme se recoquille.

Comme une automate, j'allume mon téléphone : personne n'a cherché à me joindre. Je me rabats alors vers mon e-mail : il ne contient aucun message personnel, seulement quelques offres commerciales et notifications automatiques de sites sur lesquels j'ai laissé des traces numériques. J'ai presque envie de fracasser l'écran contre un coin de table tant je ressens la solitude, réelle comme virtuelle.

J'abandonne le traître de silicium pour errer dans mon appartement. Les accessoires du confort moderne et quelques extras vantés dans les magazines sont éparpillés dans toutes les pièces ; çà et là, une poignée d'objets témoignent de mes périples dans des contrées lointaines : un vase en étain de Malaisie, une ancienne poupée de soie japonaise, une figurine de terre cuite du Chiapas, un couple de tambours inuits ; quelques clichés au mur me rappellent que ma peau s'est flétrie et que les sillons des jours se sont invités sur mon visage. Je songe à Corentin : je sais qu'il prendra le temps de m'écouter et de me réconforter malgré son agenda chargé. Pourtant, mon orgueil m'empêche d'esquisser le moindre geste : je ne m'imagine pas lui conter mes rencontres sexuelles aléatoires, mes nouveaux souvenirs nauséabonds ou le vague à l'âme qui me submerge dès que le soleil me délaisse.

Mon ventre émet une plainte qui me reproche de ne pas l'avoir nourri depuis l'aube. Comme un spectre, je me dirige vers la cuisine : le réfrigérateur m'offre seulement un yaourt aux abricots que la lumière tamisée rend presque menaçant, et mes placards ne me proposent que des condiments et un paquet de gâteaux trop gras. Je pourrais certes commander une pizza ou un repas plus élaboré, mais détailler mes besoins à un opérateur anonyme est au-delà de mes forces.

Je ressens des pulsions contraires : échapper à ma prison et éviter mes congénères, m'exhorter à l'action et me terrer au calme, quérir le beau et me complaire dans la pénombre, chercher des solutions et me laisser porter par le flot. Comment font les autres ? Sont-ils plus intelligents, malins, volontaires, ou simplement inconscients ? L'absence de contraintes et de rythme de mon quotidien a-t-elle inoculé un poison de langueur dans mes veines ?

La sonnerie du téléphone résonne dans la pièce. Posé comme un oiseau de proie sur la table du salon, il projette des éclats bigarrés vers le plafond tendu et tressaille au rythme des vibrations. Comme un fantôme, je m'approche et m'en saisis avant qu'il ne se taise. Une voix d'homme jeune en jaillit :

« Allô ? »

Sans répondre, je m'allonge sur le tapis, la tête calée sur un coussin qui traîne. Je regarde mon écran qui affiche un numéro en zéro sept que je ne connais pas.

« Allô ? C'est Sadio. Charlotte ?

– Oui.

– Tu te souviens de moi ?

– Oui, bien sûr. »

Ces quelques mots achèvent de me tirer de ma rêverie. J'essaie de compter le nombre de jours qui me sépare de mon agression ; je parviens seulement à conclure qu'elle date de plus d'une semaine.

« Cela s'est bien passé chez les chtars ?

– Ils ont pris ma déposition.

– Ils ont une piste ?

– Je ne sais pas ; ils ne m'ont pas rappelée. »

Le silence s'installe entre nous. Sadio ignore sans doute qu'il est la première personne à laquelle je parle depuis quatre jours, et que son appel impromptu m'extirpe de ma mélancolie funeste.

« Charlotte, j'ai un souci. Je ne voulais pas te contacter, mais je ne sais pas vers qui me tourner…

– Je t'écoute.

– Pas au téléphone, je n'ai pas confiance. On peut se voir ?

– C'est urgent ?

– Un peu, mais je ne suis pas libre demain… Lundi, si tu veux ? »

Je réfléchis à un lieu neutre, à mi-chemin entre nos deux territoires culturels :

« Place de Clichy, à neuf heures ?

– OK. »

Je ne l'entends plus au bout de la ligne et je me demande s'il a déjà raccroché. Il s'éclaircit la voix et finit par souffler :

« À lundi, Charlotte.

– À lundi. »

Comme je repose le téléphone sur le tapis et que je demeure immobile, les bras en croix, je me demande si Sadio ne vient pas de me sauver la vie une deuxième fois.

STANCE 24

ZOÉ

Samedi 24 mars

Je me connecte à nouveau sur le forum avec mon pseudonyme, Rose, pour consulter les réponses à mes posts. Sur le premier fil de discussion, où j'avais évoqué mon désir d'enfant malgré mes supposés problèmes de stérilité, j'ai reçu beaucoup de témoignages de soutien et quelques conseils sur les règles de l'adoption, en France et à l'étranger. Si mon cas était réel, cette sollicitude virtuelle me mettrait-elle un peu de baume au cœur ? Sur le second fil, où les échanges sont plus orientés vers l'engagement social en vue d'obtenir la possibilité d'accéder à la procréation médicalement assistée pour les femmes seules ou homosexuelles, je me fends d'une petite remarque banale sur l'égalité des droits, afin d'étoffer un peu l'activité de mon profil. Je me rends enfin sur le dernier sujet, plus polémique, où les débats sur la gestation pour autrui suscitent invectives et comparaisons historiques des deux côtés de la barrière. Je vérifie que mes commentaires en faveur de sa légalisation en France ont bien provoqué leur lot d'insultes et d'images peu flatteuses. Maya m'avait prévenue : les discussions apportent peu d'éléments concrets et servent plutôt de défouloir aux âmes en peine. J'ai accédé à sa demande de me faire passer pour une célibataire stérile en quête d'un moyen d'avoir un enfant par le biais d'une GPA et d'un don de sperme.

Alors que je m'apprête, un peu lasse, à laisser une poignée de messages qui témoignent de ma curiosité, je reçois un message privé d'une utilisatrice nommée Jade. Je clique sur l'enveloppe virtuelle pour lire :

« Bonjour,

J'ai vu que tu t'intéressais à la GPA. Sais-tu que certains pays ne sont pas aussi obtus que la France ? ; –) »

Je lui réponds presque aussitôt :

« Bonjour,

Oui, je sais : les États-Unis, le Canada, la Russie, la Grèce, par exemple. Mais quelle est l'utilité si l'État français ne me reconnaît pas comme mère de l'enfant ? »

Sur la droite de l'écran, un petit onglet clignote pour me signaler une demande de conversation en direct. J'accepte et je retrouve Jade sur un mode plus interactif.

Jade : Normalement, l'idée est que
le père reconnaisse le bébé
à l'étranger pour figurer dans l'acte
de naissance, et que la mère porteuse
renonce à ses droits sur l'enfant.
Cela ouvre alors la possibilité
d'une adoption pour toi…

Rose : Sauf que je n'ai pas de père
en vue…

Jade : C'est plus compliqué
dans ce cas.

Rose : Je sais. Pour la France,
tout contrat de GPA est nul,
car la mère légale est toujours
celle qui accouche, même si cela
se déroule à l'étranger.

Jade : Exact.

Rose : Tant que la législation
ne changera pas, je serai bloquée.

Jade : Il y a quand même
des solutions…

Rose : Ah oui ? Je ne vois pas.

Jade : Tu en es où de ta réflexion :
au début ou tu es décidée ?

Rose : Décidée et motivée !

Jade : Les pistes auxquelles je pense
ne sont pas gratuites…

Les échanges prennent exactement la tournure qu'avait prévue Maya lors de notre discussion d'avant-hier. Elle m'a demandé de semer des messages sur plusieurs sujets et d'attendre qu'une bonne âme me contacte pour me faire miroiter une solution miracle.

Rose : Ce n'est pas vraiment
mon souci. À quoi penses-tu ?

Jade : Je ne peux rien écrire ici.
Donne-moi ton numéro si tu veux.

Rose : Je préfère ne pas le donner
sur les forums.

Jade : C'est toi qui choisis…

Je ne réponds pas, pour voir si mon interlocutrice insiste, mais elle me laisse mariner, sans me relancer. Au bout d'une poignée de minutes, je reprends la conversation :

Rose : Tu as vraiment un plan
pour une femme seule sans référent
masculin ?

Jade : Oui.

Rose : Et par e-mail ?

Jade : C'est comme sur le forum :
les écrits restent…

Je n'hésite que pour la forme. J'ai déjà prévu un numéro virtuel qui préservera mon identité, et que je pourrai annuler à loisir. À nouveau, Jade me laisse patienter sans me presser, pour me montrer que c'est elle qui me rend un service et non l'inverse.

Rose : Si je te le donne,
tu m'appelleras quand ?

Jade : Tout de suite. Je te file les infos
et tu en fais ce que tu veux.

Je laisse passer deux minutes pour étayer mon hésitation, puis je lui écris mon numéro temporaire. Comme elle ne réagit pas, je songe à la relancer, mais la sonnerie de mon téléphone retentit dans mon appartement. Bien que l'appel soit masqué, je réponds aussitôt :

« Allô ?

– Salut, c'est Jade. Rose ?

– Oui.

– Ce sera plus simple comme cela.

– C'est quoi, ton plan ?

– Cela dépend de ta situation. Tu habites Paris ?

– Oui.

– Un bon point, déjà. Tu as la nationalité française ?

– Oui.

– Tu es célibataire ou en couple avec une femme ?

– Célibataire. Hétérosexuelle. Et stérile…

– Quel âge as-tu ? »

Comme me l'a recommandé Maya, je me vieillis d'une poignée d'années :

« Vingt-neuf ans.

– Tu as encore le temps de trouver un mec…

– Cela ne résoudra pas mon problème de stérilité : le précédent m'a plaquée pour cela. Entre les hommes qui ne veulent pas d'enfants, ceux qui ne souhaitent pas s'engager dans des démarches compliquées pour en avoir un et ceux que je ne toucherais pas, même avec des gants, il me reste qui ?

– Oui, je comprends. »

Le silence s'installe entre nous. Je me demande combien de femmes Jade a harponnées ainsi : elle a l'intelligence de ne pas forcer la situation et de laisser son interlocutrice prendre l'initiative. Je feins de m'agacer et je répète :

« Alors, c'est quoi ton plan ?

– Le souci pour toi, c'est que tu ne peux pas passer par l'adoption après que la mère porteuse a renoncé à ses droits puisque tu ne peux pas t'appuyer sur un père.

– Ça, je le sais déjà.

– Il te faut donc trois choses : un don de sperme, une mère naturelle et un moyen de faire reconnaître l'enfant par l'État français. En théorie, c'est impossible…

– Et en pratique ?

– Si les papiers te désignaient comme la mère naturelle, tu n'aurais plus de problème administratif.

– Aucun hôpital n'acceptera.
– En France, non.
– Même à l'étranger, les règles sont strictes.
– Les règles, oui ; leur application, moins. »

Je réfléchis quelques instants : même si Maya m'avait prévenue, la discussion prend une tournure plus inquiétante. D'une petite voix, je m'enquiers :

« C'est illégal, non ?
– Il faut savoir ce que tu veux…
– Dans quel pays ?
– C'est un peu tôt pour répondre à cette question…
– C'est cher ?
– Pour la mère et les papiers, cela se chiffre à environ cinquante mille euros.
– Ah oui, quand même !
– Il faut rémunérer la mère, les médecins, les intermédiaires, plus les pots-de-vin… L'avantage est que tu es sûre du résultat : tu ne paies pas pour des essais, mais pour un enfant. Les échographies sont réalisées pendant la grossesse, et le bébé est examiné à la naissance : pas de mauvaise surprise. »

Une boule m'étreint la gorge : est-il possible que ce type de transaction se réalise après seulement quelques heures à traîner sur les forums ? Des femmes acceptent-elles d'acheter un enfant comme un bien de consommation en négociant les options ?

« Comment sais-tu tout cela ?
– Ma meilleure amie est passée par là l'année dernière.

– Et pour le don de sperme ?

– Soit tu te débrouilles pour fournir les échantillons, et ils te facturent l'envoi pas trop cher, soit ils s'occupent du donneur eux-mêmes. C'est ce qu'elle avait fait : elle y a laissé entre dix et quinze mille euros de plus.

– Et le père vient d'où, dans ce cas ?

– De France. Tu définis tes critères : plus ils sont stricts, plus tu raques.

– Et pour les autorités françaises ?

– Mon amie s'était rendue sur place un mois avant l'accouchement, c'est le minimum. Le certificat de naissance indiquait son nom, sans mention de père, et elle est revenue en France après avoir inscrit son enfant au consulat.

– C'est quand même un peu suspect de partir le ventre plat et de réapparaître un ou deux mois plus tard avec un bébé, non ?

– C'est à toi de gérer. Jusqu'à quatre ou cinq mois de grossesse, c'est plausible. Ensuite, c'est plus délicat en effet : le mieux est de disparaître de la circulation entre le cinquième et le neuvième mois, même si c'est difficile. »

Je gratte le papier pour ne pas perdre le moindre détail. Si les informations sont données sur un ton léger, elles sont assez précises pour se projeter.

« Tu es sûre que cela marche ?

– Cela a marché pour elle.

– Quelle société organise cela ? »

Jade éclate de rire :

« Ce n'est pas une société : tu imagines bien qu'ils n'ont pas pignon sur rue. Tout se passe discrètement, sous le manteau, en cash.

– Cinquante ou soixante mille euros en cash ! À quel moment faut-il payer ?

– Je n'ai pas les détails : une petite partie au début et le reste au retour, je crois.

– Tu n'as aucune garantie, en fait. S'ils prennent ton argent et s'envolent dans la nature, tu n'as aucun recours.

– C'est le danger : c'est aussi pour cela que tu règles l'essentiel du coût à la fin.

– Là, ce sont eux qui courent un risque : tu peux ne pas les payer.

– Je ne te le conseillerais pas… Ils te connaissent, tu es dans l'illégalité, c'est un peu chaud, non ?

– Tu sais où je peux les contacter ?

– Je peux me renseigner auprès de mon amie, si tu veux… »

Je marque un nouveau temps d'arrêt : la réaction normale est maintenant de s'interroger sur la sollicitude de Jade.

« Ne le prends pas mal, mais tu ne me connais pas : pourquoi ferais-tu cela pour moi ?

– Je te dirais bien que c'est par altruisme, mais ce ne serait pas très juste. Mon amie s'est un peu endettée sur ce coup. Elle touchera cinq mille euros si elle trouve une nouvelle cliente, mais elle ne veut pas intervenir directement sur le forum : c'est trop risqué, et elle a autre chose à faire en ce moment avec le bébé.

– Je vois. Et toi, tu y gagnes quoi ?

– Elle m'en reverse deux mille.

– Et vous en êtes à combien de clientes ?

– Tu serais la première. Alors, qu'en penses-tu ?

– C'est tentant…

– Attends : si je l'appelle, cela veut dire que le fonctionnement te va, que tu as assez d'argent et que tu es prête à rentrer dans le processus dans les mois qui viennent. Je n'ai pas envie de gâcher mon temps ni le sien. »

Je détecte le piège : un accord trop rapide paraîtrait suspect.

« Je suis obligée de te répondre tout de suite ?

– Non, réfléchis. Fais gaffe quand même : leur activité n'est pas officielle, et mon amie peut perdre le lien du jour au lendemain. Plus tu attends, moins tu as de chances de pouvoir les joindre.

– Je t'envoie un message sur le forum ?

– Non, donne-moi ton délai de réflexion et je te recontacterai.

– Pas longtemps… Deux jours ?

– OK, je te rappelle lundi ou mardi. Ah, dernière chose : n'en parle pas autour de toi. Je peux déjà te dire que tout le monde te déconseillera de le faire. Et si tu t'engages quand même, mieux vaut limiter le nombre de personnes au courant.

– Oui, bien sûr. Merci Jade.

– De rien. À bientôt ! Ciao !

– Ciao. »

Je reste songeuse un moment. Jusque maintenant, je n'ai pris aucun risque : mes connexions Internet sont masquées, mon numéro de téléphone n'est que virtuel, tout comme les informations que j'ai données à mon sujet.

Ce n'est qu'un jeu. Un jeu grisant.

À l'origine, j'ai accédé à la requête de Maya pour lui rendre service et parce que mon agenda était vide pendant quelques jours. Il est si simple de se glisser dans la peau d'une autre, de s'imaginer et de se construire une nouvelle vie, plus belle ou plus excitante. Je dois reconnaître que j'ai aimé jouer avec le feu, sans trop de risque de me brûler. J'ai hâte de retrouver Maya pour en discuter avec elle. Je voudrais l'appeler ou lui envoyer un message pour lui conter ma réussite, mais je suis contrainte de patienter : elle m'a dit qu'elle passerait me voir dès que possible. D'ordinaire, je ne me laisse pas enfermer dans l'attente, ni avec mes connaissances ni avec mes soupirants ; pourtant, j'ai cru Maya quand elle m'a avoué qu'elle n'était pas libre ni de ses mouvements ni de ses communications, et qu'elle me sollicitait pour jouer le rôle d'appât parce qu'elle ne pouvait l'assumer en toute discrétion.

Maya est une bête traquée. Toutefois, je sens qu'elle n'est ni passive ni veule. Elle est plus libre que les ombres que je croise à longueur de journée, engluées dans les contraintes personnelles, les inféodations professionnelles, les carcans sociaux et les marais numériques. Elle aussi, elle est grisante…

INTERMÈDE

Samedi 24 mars

L'homme est tellement absorbé dans l'observation de l'appartement de Charlotte qu'il ne m'entend pas pousser la grille du square. Je me dirige vers lui en prenant soin de rester sur l'allée goudronnée pour éviter que les graviers ne crissent sous mes pieds. Sur le banc sont posés un sac, un téléphone avec des écouteurs, des jumelles et un dictaphone. La silhouette massive est affalée plutôt qu'assise, occupée à griffonner quelques mots au stylo-bille sur un carnet Moleskine.

Je quitte l'allée pour l'herbe, ma main agrippée à la crosse de mon pistolet dans la poche droite de ma parka. Il se retourne enfin, surpris par ma présence, et je le reconnais aussitôt, même si le visage s'est flétri, que la chair s'est gorgée de graisse et que la chevelure en broussaille a laissé la place à une calvitie naissante.

« Bonjour Benjamin, dis-je. J'aurais dû penser à toi plus tôt... »

Comme il s'apprête à se lever, je dévoile mon arme et lui intime d'un geste de rester immobile. Je sens que l'étonnement se mue peu à peu en confusion teintée de peur.

« Ce n'est pas ce que tu crois », souffle-t-il enfin.

Je ricane :

« Ah oui ? Et à quoi te servent les jumelles ? À observer le vol des hiboux dans le ciel parisien ?

– Je ne fais rien de mal !

– Tu ne comprends pas : je n'ai besoin ni de preuves ni d'aveux. Nous savons tous deux pourquoi tu es là, près de l'immeuble de Charlotte, une semaine après l'avoir agressée dans la rue avec une batte et un couteau. »

Il fronce les sourcils et paraît perdu pendant un bref moment.

« J'ai pris mes précautions, menace-t-il.

– Bien sûr que non. Et tu sais pourquoi, Benjamin ? Parce que tu es trop bête pour ça. Tu as mal analysé la situation, comme avant, comme toujours.

– Pourquoi as-tu tué Stanislas ? C'est de l'histoire ancienne…

– Pour vous deux peut-être, pas pour elle.

– Je n'y étais pour rien !

– Tu l'as couvert.

– C'était mon ami.

– Non, pas ton ami, ton âme damnée. Ou plutôt, vous étiez l'âme damnée l'un de l'autre. Sauf que Stanislas était beaucoup plus intelligent que toi.

Tu n'es qu'un homme de main, sans envergure, une petite frappe. Même maintenant, tu suis les consignes d'un fantôme qui a eu la présence d'esprit de te prévenir discrètement quelques minutes avant de mourir…

– Tu ne sais pas où tu mets les pieds, j'ai des amis puissants.

– Non, pas des amis, un employeur. Et il serait sans doute fâché de savoir que ses récents problèmes trouvent leur source dans tes bêtises passées : c'est pour cela que tu n'as rien dit à personne. Malgré tes limites intellectuelles, tu as l'instinct de survie, un peu comme une bête sauvage… »

Je sais que mes paroles ne lui accordent que peu d'espoir et qu'il va bientôt tenter un geste violent.

Je ne lui en laisse pas le temps.

La balle du Glock l'atteint en pleine poitrine et il s'écroule en sol. À moins de trois mètres, le calibre neuf millimètres est efficace. Je m'approche et je lui loge trois projectiles dans la tête et deux autres dans le cœur.

J'enfile ma cagoule : les détonations ont sans doute alerté les riverains, et il ne me reste que quelques minutes pour m'évanouir dans la ville. Je récupère les affaires de Benjamin et je quitte le square en direction d'une artère peu passante.

Les caméras de surveillance créent un réseau qui permet de suivre un individu de rue en rue, un peu comme ces films d'antan où un chien retrouvait la trace d'un suspect dans les bois à partir d'un vêtement porté récemment. Il lui fallait tromper l'odorat des chiens grâce au passage dans un cours d'eau, en général glacée. Et dans la Cité lumière du vingt et unième siècle, ma rivière se nomme zone noire, ces espaces encore à l'abri des caméras. Elles sont peu nombreuses dans la capitale, mais je les connais et je sais comment m'éclipser, me perdre dans la foule, modifier mon apparence et resurgir sans l'ombre d'un soupçon.

Tout en marchant, je feuillette le carnet et j'écoute le dictaphone de Benjamin avant d'effacer les enregistrements. Les informations qu'il a consignées ne sont pas assez explicites pour orienter les enquêteurs ; cela me rassure un peu : cela signifie qu'il n'a sans doute pas laissé de pistes exploitables à son domicile.

Je vais devoir confier à la Seine les derniers objets de Benjamin. Je devrais aussi lui offrir mon pistolet, mais je ne peux m'y résoudre : en dénicher un autre serait trop compliqué. Je dois lui trouver une nouvelle demeure, à l'abri des regards. Aujourd'hui, je n'avais pas le choix : même si le couteau me sied mieux, je préfère éviter que la police ne lie ce meurtre à celui de Stanislas Pellaut.

STANCE 25

ALEXIS

Lundi 26 mars

Les caresses de Natalia sur mon dos éveillent moult ondes de désir. Elle imprime de lents mouvements circulaires qui tracent d'invisibles liens entre mon cou et la naissance de mes muscles pectoraux, tandis que sa cuisse s'insinue entre mes jambes pour flatter mon intimité. La jeune femme ne se hâte pas, et cette langueur complète ses nombreux attraits : j'oublie presque que notre relation est tarifée et je m'abandonne à ses effleurements, les yeux clos. Elle se saisit de mon bras droit et l'étire vers l'oreiller ; ses doigts glissent le long de ma peau jusqu'à mon poignet, puis suivent le chemin inverse pour retrouver ma nuque. Natalia s'y attarde un moment avant de faire subir le même sort à mon bras gauche. Je sens qu'elle se relève un peu pour imprimer plus de force au massage de mes épaules.

Mon retour auprès d'elle n'est pas lié à mon enquête. Lors de notre première rencontre, elle a réussi à distiller une graine de manque qui a éclos moins de deux semaines plus tard, et je me suis résolu à me délester de quelques billets pour retrouver le satin de sa peau et la lumière de son sourire. Je sais que je m'achète une illusion, mais je m'en moque. Et j'ai vu trop de désespoir et de malheur lorsque je portais l'uniforme aux quatre coins de la planète pour m'interroger sur le sort d'une femme qui décide de vivre de ses charmes en indépendante dans la capitale.

Natalia est allongée de tout son long sur moi, comme une seconde peau. Je sens ses jambes sur les miennes, son pubis sur mes fesses, ses seins sur mon dos, son souffle sur mes cheveux. Le double cliquetis me prend par surprise et je perçois le métal qui m'étreint les poignets. Comme je tente de me libérer, elle se relève vivement et s'écarte aussitôt. Je lève la tête pour constater que je suis bien emprisonné par une paire de menottes fixées au lit. Je tire un coup sec pour vérifier la solidité du bois, en vain. Je fusille alors la jeune femme du regard ; je sais d'expérience qu'il faut éviter la soumission et placer l'autre dans une situation psychologique inconfortable pour la discussion qui va suivre.

Debout, les bras le long du corps, splendide de nudité, Natalia paraît confuse et hors d'haleine. Ses cheveux blonds décoiffés et sa mine apeurée la rendent encore plus désirable que dans son rôle de catin. À l'évidence, elle avait préparé son coup, mais sans envisager la suite avec assez de sérénité. C'est peut-être mon unique chance de reprendre la main…

« C'est ridicule, détache-moi ! »

Elle secoue la tête sans répondre. Je peux presque lire le dilemme dans son esprit : elle a peur de poursuivre son plan jusqu'à son terme et elle craint mes réactions en cas de marche arrière. Je choisis un ton plus doucereux :

« Tu m'expliques ?

– Qui es-tu ?

– Je te l'ai déjà dit, le cousin de Lucile.

– C'est faux : elle n'a pas de cousin. »

J'hésite un instant : je peux poursuivre ma fable en contournant ses objections, quitte à jouer sur l'ambiguïté du degré de cousinage, ou choisir une autre voie. Je décide de lui laisser l'initiative :

« Comment le sais-tu ?

– Je me suis renseignée. »

Je soupire, sans la moindre agressivité, comme s'il s'agissait d'un simple malentendu :

« Tu vas me garder longtemps comme cela ? Laisse-moi partir.

– Je vais prévenir la police.

– Ah oui ? Pour leur dire quoi ? Qu'un client t'a menti sur son degré de parenté avec une de tes amies ?

– Une amie assassinée.

– Tu prends un gros risque : le propriétaire ne te fera pas de cadeau quand il connaîtra ta véritable activité. C'est un cas de dénonciation de bail.

– Je sais.

– Écoute, Natalia, cela n'a aucun sens. Tu ne crois quand même pas que j'ai quelque chose à voir avec le meurtre de Lucile.

– Et pourquoi pas ? »

Pendant qu'elle m'observe en silence, j'analyse mes options. Si elle s'approche un peu, je pourrai sans doute l'étourdir d'un coup de pied ou de genou, mais je ne sais pas où elle a rangé les clés ; je suis seulement certain qu'elle ne les a pas sur elle. Je n'ai pas d'autre choix que de la convaincre ; reste à décider si j'opte pour la vérité ou pour un nouveau mensonge. Je feins de capituler :

« D'accord. Dis-moi ce que tu veux savoir... »

Elle paraît surprise par cette victoire facile, qui la détourne de son intention initiale :

« Comment connais-tu Lucile ?

– Je ne la connais pas.

– Pourquoi cherches-tu des renseignements sur elle ?

– Parce qu'elle est victime d'un tueur que je veux retrouver.

– Pourquoi ? »

Je la fixe droit dans les yeux :

« Parce qu'il a assassiné un ami et que je veux le venger.

– Pourquoi ne pas laisser la police enquêter ?

– J'ai plus de liberté qu'eux ; je ne suis pas obligé de respecter les règles.

– Qui t'a donné mon nom ?

– Sibelle Carpentier, la sœur de Lucile.

– Je ne l'ai jamais rencontrée.

– Je sais. Elle ne connaissait pas ton nom, mais elle m'a donné assez d'informations pour que je te retrouve. »

Elle s'assied dans un fauteuil, toujours hors de portée.

« Qu'est-ce qui me prouve que tu dis vrai ?

– Honnêtement ? Rien.

– Cela ne me suffit pas : je ne vais pas te libérer avec si peu. Même si tu es sincère, je prends beaucoup moins de risques en appelant la police.

– C'est juste. »

Je laisse le silence s'installer entre nous ; je sais qu'elle réfléchit à mes paroles et qu'elle me posera bientôt une question. Elle finit par murmurer :

« Et si tu le trouves ?

– Je le tuerai.

– Ce n'est pas si facile de tuer quelqu'un… »

La charge émotive de sa voix me surprend : elle n'a pas prononcé sa phrase à la légère, comme une évidence qui s'envole avec le vent. Je ne sais rien d'elle, de son histoire, de son passé ; je ne connais que son corps et son timbre teinté d'un charmant accent slave. Elle croise les jambes sans prendre la peine de s'habiller.

« Les hommes… J'en ai vu : des timides, des frustrés, des polis, des violents, des déprimés, des égocentriques, des gentils, des paumés. Lorsqu'ils abandonnent leurs vêtements sur mon parquet, ils laissent aussi tomber leur masque, et il me suffit de quelques minutes pour deviner leur personnalité. Rares sont ceux qui ont su me tromper. Tu y es parvenu sur le moment. Puis j'ai pensé à tes yeux qui observent sans en avoir l'air, à ta voix posée qui ne dévie pas d'un demi-ton, à tes gestes et ton regard quand ton désir enfle et qu'il explose. Je n'avais pas revu de tels signes depuis mon arrivée en France.

– Où étais-tu avant ?

– À Riga, en Lettonie. Je n'y suis restée que quelques mois. J'ai croisé pas mal de militaires à l'époque : certains étaient un peu comme toi. Pas beaucoup, quelques-uns. Je n'ai jamais eu de problèmes avec eux : ils venaient le matin, seuls, lorsque les lieux étaient vides ; ils n'étaient pas ivres ; ils ne m'arnaquaient pas ; ils ne me violentaient pas. C'était déjà bien. Mais ils sentaient la mort. »

Elle frissonne, malgré la chaleur dans l'appartement : « Et toi, c'est l'effet que tu m'as fait à retardement.

– Et tu as cru que j'étais l'assassin de Lucile ? »

Elle sourit :

« Ne te réjouis pas trop vite. Je ne suis pas encore convaincue que tu ne l'es pas. Tu es militaire ?

– Je l'étais.

– Où ?

– La Légion étrangère. »

Je passe sous silence mes années au sein de la DGSE. Elle hoche la tête, comme pour juger de la véracité de mes réponses.

« Et comment s'appelait l'homme que tu souhaites venger ?

– Tu es sûre de vouloir le savoir ? »

Elle joue avec ses cheveux comme une adolescente, et je la sens lasse de cette tension.

« Tu as raison. Ne me dis rien. Tu dis peut-être la vérité… Mais si je me trompe et que je te libère, je ne verrai pas le soleil se lever demain matin. »

– Regarde dans mon blouson, il y a une petite poche au niveau du dos, sous la doublure. »

Elle hausse les sourcils :

« Une arme ?

– Non. »

Sans me quitter des yeux, elle se saisit du blouson et en extrait un téléphone portable, un modèle plutôt ancien avec un petit écran. Elle me le montre et m'interroge du regard.

« Trois, cinq, deux, sept. »

Comme elle compose le code, j'ajoute :

« Dans la galerie, tu as une seule photographie : regarde-la. »

Il s'agit du cliché du Nouvel An que m'a fait suivre Sibelle. Les deux amies sont enlacées, et les stigmates de la fête sont partout : champagne, robes de soirée, coussins moelleux, lumières chaudes. Natalia observe les détails comme si elle découvrait l'image pour la première fois ; je la sens émue, même si elle parvient à retenir ses larmes.

« Je me souviens de ce selfie ; je ne l'ai envoyé qu'à Lucile. Cela ne prouve rien, malheureusement : tu aurais très bien pu l'obtenir le jour de sa mort en fouillant dans son téléphone. »

Elle reporte son attention sur mon appareil, qui ne contient aucune fiche de contact ; tous les historiques d'appels, de messages et de navigation sont vides. Après avoir exploré les différents menus, elle me demande :

« Tu n'as pas d'amis ?

– Peu, et je connais leurs coordonnées par cœur. »

Comme elle retourne le téléphone pour l'observer sous toutes ses coutures, il se met à sonner. Elle m'interroge du regard avant de préciser :

« Numéro masqué. »

Sans me demander la permission, elle prend l'appel :

« Oui ?… Une amie… Je vais voir s'il est disponible. Qui dois-je annoncer ?… C'est un peu vague… Si vous le dites… »

Natalia coupe le micro et me souffle :

« C'est une femme. Elle n'a pas voulu me donner son nom ; elle m'a seulement dit qu'elle oubliait tous les rendez-vous. Je te la passe ?

– C'est toi qui décides…

– Si tu lui donnes mon nom ou mon adresse, j'appelle la police aussitôt. »

Méfiante, elle s'approche du lit et dépose le téléphone près de moi, avant de se placer hors de portée.

« Bonjour. Je ne suis pas seul : ni nom ni détail s'il te plaît. »

La voix argentine de Tanja résonne dans l'appartement :

« C'était juste pour te dire que c'est prêt.

– Tu as réussi ?

– Tu en doutes ?

– Non, tu es la meilleure. Je passe chez toi dès que je peux.

– Je suis là toute la journée.

– Je vais essayer, mais je ne te garantis rien. Ah, dernier détail : je viendrai en personne, ne donne aucune information à quelqu'un d'autre, quoi qu'il prétende.

– Compris. »

Tanja coupe la conversation. Un sourire narquois éclaire le visage de Natalia :

« Si j'appelle la police, ils retrouveront les coordonnées de ta très secrète camarade.

– Non.

– Un numéro masqué n'est pas un problème pour eux.

– En théorie, non. Avec elle, si ; elle prend ses précautions.

– Elle t'aide dans ton enquête ?

– Correct. »

Le silence retombe dans la pièce. Natalia ne semble plus aussi effrayée ; elle lutte plutôt contre l'indécision. Elle agrippe un kimono court et l'enfile avant de se rasseoir dans le fauteuil. Le temps ne joue pas pour moi : la brigade criminelle se moque des activités d'une prostituée de luxe, et la logique devrait pousser la jeune femme à les appeler. Je lance une nouvelle salve :

« Quelle était ta relation avec Lucile ?

– Nous en avons déjà parlé : c'était une amie.

– Si tu tenais à elle, souviens-toi que je suis ta meilleure chance…

– De trouver le meurtrier ?

– De la venger. »

Elle jauge ma réponse un moment puis murmure :

« Tu sais ce que m'a dit un policier un peu bavard sur les autres victimes, sans doute pour me rassurer ?

– Non.

– Qu'elles n'avaient aucun lien avec Lucile ou entre elles.

– Il y en a sûrement un, mais il est difficile à trouver.

– Tu as une idée ?

– Pas encore, des débuts de piste seulement. »

Elle se lève et je comprends que sa décision est prise. Elle s'approche du lit et récupère mon téléphone d'un mouvement leste. Puis elle se retourne et ouvre le tiroir de son bureau au coin de la pièce. Elle en sort une clé et ondule vers moi, vaporeuse et énigmatique. Sans un mot, elle me libère de mes entraves et recule contre le mur, les mains le long du corps.

« Si les policiers ont raison, mon lien avec Lucile me place en dehors de la liste des victimes potentielles. Et je n'imagine pas le tueur avec une complice féminine : ton amie t'a peut-être sauvé tout à l'heure, tu peux la remercier… »

Je frotte mes poignets endoloris avant de me lever et de lui faire face. Elle me lance un regard bravache, mais je sens qu'elle crève de peur.

« Tu vas me frapper ? »

Ses yeux clignent comme un phare pris de folie dans la tempête. À l'accoutumée, la crainte des coups suscite attaque, fuite, protection ou un déluge de mots. Pas pour Natalia. Elle sait que les paroles ne changeront rien. Elle a misé sur un numéro, comme à la roulette, et elle attend que la bille cesse de tourner et se stabilise enfin. Les jeux sont faits. Il ne lui reste que l'espoir et la peur. Je devine qu'elle a déjà été battue, peut-être dans un bordel de Riga. Je m'approche encore et je lève la main pour écarter une mèche blonde qui barre son visage, avant de la rassurer :

« Non. »

Sa respiration s'accélère pourtant. Elle pose alors sa main droite sur mon épaule et laisse glisser son kimono au sol :

« Nous n'avions pas terminé… »

STANCE 26

CHARLOTTE

Lundi 26 mars

Dans la brasserie, la serveuse dresse déjà les tables en prévision du déjeuner, tandis que le patron multiplie les allers-retours vers le sous-sol au moyen du monte-charge. Sacs de pâtes, de riz, de pommes de terre, cassettes de viande de bœuf, de porc, de veau, de poulet, caisses d'eau, de bière, de vin : les ingrédients de maints festins de Bacchus défilent sous nos yeux les uns après les autres. Lorsque la trappe sur le plancher se referme enfin, je me tourne à nouveau vers Sadio :

« Tu es venu en voiture ?

– Non, en métro. C'était celle d'un ami, l'autre jour…

– Où habites-tu ?

– Dans le neuf trois. »

Malgré leurs limites artificielles, les départements franciliens suscitent une certaine adhésion, en particulier auprès des jeunes des populations défavorisées. Les provinciaux se réclament souvent d'une région, parfois non officielle, ou d'une ville : plutôt Breton, Chti, Alsacien, Basque ou Lyonnais, Marseillais, Toulousain, Bordelais que représentant d'un numéro de département vide de sens.

« Où, exactement ? »

À l'inverse de certains Parisiens, je ne range pas toutes les communes de la petite couronne nord dans un magma banlieusard. Sadio s'en sort avec une pirouette :

« La cité de l'église du sacre des reines de France. »

À mon tour d'être surprise : je ne suis pas férue d'histoire et sa référence n'éveille en moi aucun écho. Il ne me laisse pas réfléchir longtemps :

« Saint-Denis.

– Tu t'intéresses à l'histoire ?

– Oui, plus qu'au rap ou au foot. Cela t'étonne ? »

Dans le ton de sa voix, je perçois une pointe d'irritation, mâtinée de lassitude.

« Non, Sadio. Je ne te connais pas, c'est tout… »

Plus que ma réponse, c'est la douceur de ma voix qui l'apaise :

« Pardon. C'est juste que…

– Je comprends. Qu'est-ce que je peux faire pour toi ? »

Il jette un coup d'œil autour de lui pour s'assurer que personne ne peut nous entendre, puis il prend une longue inspiration :

« J'ai reçu mon OQTF.

– Ton quoi ?

– Mon « Obligation de quitter le territoire français ». Attends, je vais commencer par le début.

– Je veux bien, oui…

– Je viens de Côte d'Ivoire. Je suis arrivé en France en passant par l'Espagne il y a un an et demi. J'ai déposé une demande d'asile grâce à une association d'aide aux réfugiés. La première décision a été négative, et j'ai alors tenté un recours.

– Et ils t'ont redit non.

– C'est ça. Je suis donc obligé de quitter la France.

– Dans quel délai ?

– Aujourd'hui, il me reste vingt-sept jours.

– Tu es en danger dans ton pays ? »

Il se cale dans son fauteuil, croise les bras et lève les yeux au plafond.

« C'est ce que j'ai écrit dans mon dossier.

– Et c'est vrai ?

– Non. »

Il se penche vers moi :

« C'est un jeu de dupes : en dehors de quelques pays, si nous venons ici, c'est que nous n'avons pas d'avenir là-bas. Nous essayons de passer entre les mailles du filet, pas pour profiter du système, mais simplement pour avoir une vie, un travail, une famille…

– Et que peux-tu faire ? »

Il lève deux doigts en l'air :

« Rentrer chez moi ou rester ici, en situation irrégulière.

– Et ?

– À ton avis ? J'ai eu assez de mal à venir jusqu'ici. Et si la police me chope, ils me renverront en Côte d'Ivoire, ce qui revient au même qu'un départ volontaire. Je n'ai rien à perdre à essayer de rester. »

Son raisonnement est logique. C'est peut-être cela le problème : tout le monde suit un raisonnement logique. Sadio et les migrants cherchent une vie meilleure qu'ils pensent ne pouvoir trouver qu'en Europe ; les autorités et les juges appliquent des lois qui correspondent aux opinions de la majorité des électeurs ; les associations essaient de limiter les excès et de rendre les situations personnelles plus humaines ; les passeurs s'enrichissent grâce aux rêves des uns et aux règles des autres.

Sadio s'approche de la table et baisse encore la voix :

« J'ai un petit service à te demander…

– Tu ne penses pas à un mariage blanc, j'espère ? »

Il me décoche un sourire immense, frais comme la rosée :

« Non, trop risqué pour toi. Et ni le mariage ni le PACS ne résoudraient mon problème.

– Tu es peut-être déjà marié ? »

Il secoue la tête et les mains en signe de dénégation, avant de demander :

« Et toi ?
– Non.
– Pourquoi ? »

Sans le vouloir, la simplicité de la question de Sadio parvient presque à me dérider. Oui, pourquoi ? Je n'ai pas envie de lui conter mes heures sombres, seule dans mon appartement, ou les ratés successifs de ma vie amoureuse. Candide, il poursuit :

« Tu dois crouler sous les demandes…
– Ben, non, pas vraiment.
– Une belle go comme toi ? »

La remarque est instinctive, mais elle se fiche en moi comme un éclat de métal. Comme je ne réagis pas, il a la délicatesse de poursuivre :

« De toute façon, il ne s'agit pas de cela. À partir du mois prochain, je peux être arrêté du jour au lendemain, pendant un contrôle de routine. Je ne compte pas prendre mes papiers avec moi : j'essaierai de m'en sortir en tchatchant. Mais s'ils me coffrent quand même, je préfère avoir deux ou trois trucs en sécurité.

– Comme quoi, par exemple ?

– Quelques fringues, mon passeport, un peu de cash…

– Combien ?

– Entre mille et deux mille euros.

– Et si tu es en prison, j'en fais quoi ?

– Soit j'envoie un ami les chercher, soit tu gardes cela au chaud pour moi. Au pire, tu pourras toujours me renvoyer un paquet à Abidjan si je suis déporté. »

Je ne réfléchis qu'un bref instant :

« Oui, bien sûr : cela ne pose aucun problème. Et comment… »

Il écarte les mains en signe d'impuissance :

« Comment je vais faire, sans papiers ?

– Oui.

– Comme les autres. Je vais essayer de trouver du taf sur les chantiers ou dans un restaurant pas trop regardant. S'ils acceptent de me payer en liquide. Sinon, je peux louer un passeport à un cousin en règle.

– Tu penses abuser un employeur comme cela ?

– Tu rigoles ? Ils ne font pas la différence entre un Noir et un autre et ils s'en foutent de toute façon. Ce qui leur importe, c'est de ne pas avoir de problème avec l'inspection du travail. Ils pourront toujours dire qu'ils ne savaient pas que les papiers étaient faux. Mains propres !

– Tu te feras choper, tôt ou tard.

– Peut-être. Je n'ai pas vraiment le choix, si ? De toute façon, je savais que cela se terminerait ainsi. »

Je ne réponds pas. La situation voudrait que nous échangions quelques banalités, deux ou trois détails insignifiants sur nos vies puis que nous nous quittions avec de belles promesses de rendez-vous à une date vague. Je ne veux pas de cela. Je ne veux plus de cela. J'en ai assez de me comporter comme je suis censée le faire ; je veux choisir, profiter, assumer, me tromper, même. Je désire des éclats de soleil et des pluies glacées, des mots francs, soyeux ou rêches, des pleurs et des rires en cascade, de l'or et de la fange. Je n'ai pas envie de m'apitoyer sur le sort de Sadio, pour ensuite l'oublier au fil des heures et des jours.

Je sors mon portefeuille de mon sac et je devance ses protestations :

« C'est pour moi. »

Je laisse quelques pièces sur la table et je l'entraîne au-dehors. Même au milieu de la matinée, la place de Clichy est encombrée de voitures : les fumées d'échappement s'accrochent à ma gorge et me piquent les yeux. Nous traversons quelques rues pour glaner un peu de répit ; face à la devanture étroite d'un buraliste, je lui demande :

« Tu as quelque chose de prévu aujourd'hui ?

– À part te voir ? Non.

– Tu es déjà allé à Montmartre ? »

Il secoue la tête, presque honteux.

« Allez, je t'emmène. Il faut quand même que tu profites de Paris, tu ne sais pas combien de temps cela va durer… »

Il s'esclaffe aussitôt de ma remarque ironique et m'emboîte le pas. Sur le chemin, nous papotons sur les sujets les plus badins : tout sauf nos situations personnelles. Lui comme moi en avons assez de ressasser nos malheurs, même auprès d'oreilles compatissantes. Voitures, touristes, crottes de chien, taxis, boulangeries, poubelles, chaque carte postale est prétexte à un délire plus ou moins assumé. Nous nous hissons peu à peu vers le Sacré-Cœur, jusqu'à ce que la place du Tertre se dévoile enfin devant nous. Même une matinée de la semaine, la foule se presse autour des peintres et des caricaturistes, avant de se réfugier dans les bars et les restaurants qui encerclent le pavé. Bien que les âmes de Toulouse-Lautrec, Modigliani et Picasso aient déserté les lieux depuis longtemps, Sadio et moi errons un moment dans les travées en ignorant les sollicitations plus ou moins insistantes. Nous rejoignons alors la basilique par la rue Azaïs, en slalomant entre les grappes de touristes, les groupes scolaires et les aficionados des selfies.

Le Sacré-Cœur se dresse enfin, et je regrette de ne pouvoir en profiter seule avec Sadio, sans pollution sonore ou visuelle. Les statues équestres se détachent devant la pierre blanche : pour une fois, Jeanne d'Arc et Saint Louis font respecter la parité sur le parvis de l'un des édifices les plus célèbres de Paris. Comme je m'étonne de la teinte stable des pierres, alors que la plupart des édifices parisiens noircissent au fil du temps, Sadio me souffle :

« C'est à cause de la roche : c'est du travertin, comme pour l'Arc-de-Triomphe. »

Je me demande d'abord s'il se moque de moi puis je comprends qu'il est sérieux :

« Comment sais-tu cela si tu n'es jamais venu ?

– Je l'ai lu quelque part.

– Ici ou en Côte d'Ivoire ?

– Je ne sais plus. »

Nous nous retournons de concert pour contempler la vue : au-delà des pelouses et des premiers immeubles, je distingue au loin les tours Eiffel et Montparnasse. Les deux vigies de Paris ne bénéficient pas de la même estime : symbole reconnu pour l'une, tache sordide pour l'autre. Comme je cherche des yeux les monuments les plus célèbres, comme Notre-Dame ou le Louvre, je ressens une subite tiédeur me monter au visage. Inquiète, je me tourne vers Sadio qui observe la ville, serein. Je chancelle sous les assauts de la deuxième vague de chaleur ; sans un mot, je tends le bras pour m'appuyer sur l'épaule de Sadio, mais je n'en ai pas le temps : je m'écroule au sol comme un poids mort.

STANCE 27

ZOÉ

Lundi 26 mars

Je relis le SMS matinal de Bérénice : « *Bonne chance pour le tournage ! Je sais que cela sera un peu dur, mais j'ai confiance.* » Je ne peux m'empêcher de penser qu'elle m'envoie justement ce message parce qu'elle s'inquiète de mes réactions parfois instinctives. Je suis habillée d'un jean, d'un simple top blanc et d'un Perfecto noir ; mes cheveux roux sont lâchés dans mon dos ; mon maquillage est minimal et naturel, à l'exception du mascara, qui allonge et épaissit mes cils. Assise sur un cube de plastique, je regarde l'écran de retour pour m'assurer que la caméra capte mon profil de trois quarts ; je me cambre et j'incline un peu la tête pour rétablir la symétrie.

Le réalisateur demande le silence sur le plateau puis il annonce :

« Moteur, s'il vous plaît. »

Le cadreur répond :

« Ça tourne à l'image. »

Après un bref silence, le chef opérateur souffle :

« Ça tourne au son. »

Le clapman présente l'ardoise avec les détails de la séquence, puis le cadreur confirme :

« Cadré.

– Action ! »

Une poignée de secondes meurent avant que je ne reçoive une gerbe d'eau en plein visage. Comme je marque un mouvement instinctif de recul, je jure intérieurement. Je ne m'attendais pas à ce que l'eau fût si froide, même si je sais que c'est la condition *sine qua non* pour que le mascara ne coule pas, et que c'est justement ce que la publicité veut souligner.

« Coupez ! »

J'ai à peine rouvert les yeux que le coiffeur s'affaire sur ma chevelure, tandis que la maquilleuse effectue d'infimes retouches, qu'une assistante éponge ma peau et qu'une autre tourbillonne autour de moi avec un sèche-cheveux qu'elle oriente surtout vers mes vêtements. Comme ils s'éloignent tous d'un pas, le réalisateur s'approche de moi :

« Prête ?

– Oui. Désolée, je n'aurais pas dû réagir.

– Je ne m'attendais pas à réussir cette prise au premier essai… »

Tout le monde se replace pour le rituel de tournage et je reçois ma deuxième gerbe d'eau en pleine face. Si je demeure à peu près immobile, je sais que mon visage s'est tendu avant l'impact. Le réalisateur a laissé la séquence se conclure ; il la visionne sur son écran pendant que mes anges gardiens s'affairent autour de moi une nouvelle fois. Il hoche la tête et annonce :

« On la refait quand tout le monde est prêt. »

Tout le monde, c'est surtout moi. Comme l'assistante finit de m'éponger les pommettes et les tempes, je sens que mon jean commence à devenir humide. C'est léger, mais je ne doute pas que la succession de prises aura bientôt raison de la toile.

La même séquence est filmée encore et encore. Au bout d'une douzaine d'essais, je repars dans les loges pour enfiler des vêtements identiques, mais secs. La maquilleuse me suit pour affiner son ouvrage avec un peu plus d'application. À mon retour, je jette un coup d'œil vers le coin où se sont groupés les clients, autour d'un écran de contrôle. Je ne veux pas les décevoir : c'est la première fois que je tourne une publicité pour une marque aussi prestigieuse. Je doute un instant : si je sais apprivoiser l'objectif ou défiler, je n'ai jamais appris à jouer. Certes, mon rôle reste limité, mais la caméra m'effarouche plus que l'appareil photo.

C'est finalement la vingt-deuxième prise qui satisfera le réalisateur. Il ne la visionne pas moins de huit fois avant de se retourner vers les clients pour demander leur validation. Au milieu, la femme au tailleur strict lui sourit en signe d'approbation. Il se lève :

« On la garde ! »

Sans concertation aucune, l'équipe applaudit. Je ne sais pas s'il s'agit d'une coutume ou s'ils sont soulagés d'un poids dont ils pensaient peut-être ne jamais se débarrasser. Le réalisateur décrète une pause d'une dizaine de minutes. J'en profite pour aller me changer une nouvelle fois ; même si le plateau est bien chauffé, je frissonne dans mes vêtements humides. Lorsque je réapparais, habillée, recoiffée, avec un maquillage impeccable, le second décor est déjà installé. Un gros ventilateur est posé à un mètre cinquante de hauteur. Quand le technicien le met en marche, quelques feuilles s'envolent dans un tourbillon de papier. Un assistant m'informe que la prochaine scène sera plus simple que la précédente : je dois regarder derrière la caméra, au loin, le menton un peu relevé et les yeux grands ouverts, tandis que ma chevelure flotte au vent. Puis je suis censée effectuer trois ou quatre pas avec un déhanché minimal. L'assistant m'explique que je serai cadrée en plan rapproché poitrine et que le fond vert permettra l'incrustation ultérieure d'un paysage côtier qui évoquera les tempêtes hivernales.

Les trois premières prises sont coupées à cause de mes cheveux qui n'ondulent pas comme le souhaiterait le réalisateur. Il décide de placer un deuxième ventilateur pour obtenir plus de symétrie pendant que le coiffeur s'affaire autour de moi pour démêler les mèches qui se sont déjà enchevêtrées. Au bout d'une demi-heure de tournage, le réalisateur et les clients semblent satisfaits du résultat : ma crinière ondoie sans cacher mon visage, mon regard est profond et soutenu, mes bras sont bien placés le long de mon corps, et ma démarche leur paraît assez féline.

Le réalisateur décrète une pause déjeuner. Je sens le fumet de volaille, rehaussé par les graines de coriandre. Un jeune assistant vient s'asseoir à mes côtés : je reconnais celui qui m'a aspergé le visage une vingtaine de fois :

« Tu es mon bourreau… »

Il écarte les mains en signe d'impuissance :

« J'avoue. J'espère que tu ne m'en veux pas trop…

– Non, bien sûr.

– Je croyais que le monde des mannequins était tout rose, et je m'aperçois que c'est parfois difficile.

– Je ne suis pas trop à plaindre aujourd'hui, c'est un bon contrat.

– À ma connaissance, je ne suis pas censé te torturer cet après-midi.

– Excellente nouvelle !

– Moi non plus, je ne suis pas à plaindre : je n'ai pas tous les jours l'occasion de croiser une aussi jolie fille. »

Je ne réponds pas. La remarque n'est pas vulgaire, ni même grivoise ; elle arrive seulement un peu tôt, à peine une minute après nos premiers mots. Je repense à la théorie de Grégoire : selon lui, si les jolies femmes ont le luxe du choix, les plus belles intimident tant les hommes que seuls les dragueurs les plus sûrs d'eux tentent leur chance. Mon soupirant confirme cette hypothèse ; nullement embarrassé par mon silence, il enchaîne aussitôt :

« Le tournage devrait se terminer vers dix-huit heures. Je connais un bon endroit pour se détendre dans le quartier.

– Je ne serai pas libre, malheureusement…

– Une autre fois ? »

Il ne me laisse pas répondre et sort son téléphone portable, comme pour échanger nos numéros. La technique est bien rodée : refuser paraîtrait hautain, et nous devons nous côtoyer encore plusieurs heures sur le plateau. La maquilleuse nous observe à quelques pas, mal à l'aise. Pourtant, je ne ressens aucune gêne : j'ai abandonné depuis plusieurs années les concessions à la bienséance, à l'ennui et à l'inconfort. Le temps, c'est la vie, il est précieux : gâcher l'un, c'est gâcher l'autre.

Avant qu'il ne me donne son numéro et ne me demande le mien, je m'approche un peu de lui et je murmure :

« Ne le prends pas mal, mais nous allons en rester là. »

Il patiente quelques secondes, en attente d'une suite qui ne vient pas. Il hausse un sourcil interrogateur pour accentuer la pression, mais je demeure silencieuse. Il se décide enfin à me demander :

« Est-ce que tu peux au moins m'expliquer…

– … Non. Je ne te dois ni raison ou excuses. Tu sembles assez intelligent : je suis sûre que tu en trouveras une dizaine par toi-même, certaines à mon avantage, d'autres moins. Peu importe… »

Lui offrir une cause m'exposerait à un argumentaire bien rodé, tandis que mes paroles et mon attitude ne lui laissent aucune ouverture. Il se raidit :

« Comme tu veux. »

Il se lève pour rejoindre un petit groupe. La maquilleuse a suivi la scène de loin ; elle ne percevait pas notre échange, mais la conclusion est sans équivoque. Elle m'adresse un regard empli d'admiration et s'approche, pendant que le traiteur commence à servir les plats. Je l'invite d'un geste à s'asseoir à mes côtés.

« Tu es la première, dit-elle.

– La première à quoi ?

– À l'envoyer paître. D'habitude, il parvient à ses fins, avec plus ou moins d'insistance. »

Nous récupérons un plateau composé d'un plat de poulet agrémenté de pommes rissolées et de quelques légumes, d'un morceau de pain et d'une petite bouteille d'eau. Je sais que tout le monde m'espionne du coin de l'œil, pour vérifier si je ne mange que trois haricots et une demi-carotte.

La sonnerie de mon téléphone interrompt mon repas. Je m'écarte de quelques pas. Le numéro est masqué :

« Allô, Jade ?

– Oui.

– Je me doutais…

– Je t'appelle un peu tôt, mais je serai occupée demain. Tu as eu le temps de réfléchir ?

– Oui : je suis partante.

– Sûre ?

– Certaine !

– Tu crois que tu pourras réunir la somme ?

– Oui, j'aurais juste besoin d'un petit délai.

– Ce n'est pas un problème. Il faudrait se rencontrer… Tu es libre vendredi ?

– Oui. »

Nous convenons d'un lieu de rendez-vous dans un café, dans le quartier de l'Opéra, en début d'après-midi. Jade conclut notre arrangement par une description sommaire :

« Je suis brune, avec une queue-de-cheval, et je serai habillée en bleu. »

J'hésite une fraction de seconde : c'est la première fois que je vais dévoiler de vrais éléments, et non les détails d'un personnage factice, quitter le champ virtuel et me livrer en chair et en os, sans masque ni fard.

« Je suis rousse, les cheveux longs.

– Nous devrions nous retrouver. À samedi !

– À samedi. »

Elle raccroche. Il me tarde de discuter détails et stratégie avec Maya. Comme je ne sais pas quand elle pourra se libérer, j'ai bloqué toutes mes soirées de la semaine. Je ne perds pas l'ironie de la situation : moi qui suis si attachée à ma liberté, j'accepte sans contrainte de me lier à mon appartement, pour une histoire un peu folle.

STANCE 28

ALEXIS

Lundi 26 mars

Sur le parvis des Halles, les jeunes traînent par petits groupes : de trois, quatre, parfois une dizaine d'individus. Les silhouettes solitaires ne flânent pas, elles s'évanouissent dans les rues adjacentes ou sont happées par les escalators du centre commercial ; je suis le seul à marcher à pas lents, ce qui m'attire quelque attention. Comme je semble ne m'intéresser à rien, ni personne, la faune locale me laisse en paix. Je sais que dans ce contexte, une simple parole, un regard appuyé ou un geste un peu brusque peut déclencher une spirale de violence. Je ne crains pourtant pas pour mon intégrité physique : je connais les codes, ils sont les mêmes partout.

Je saisis enfin le détail qui me chiffonne depuis quelques minutes. Parmi ces groupes, aucune femme n'est présente. Les hommes sont jeunes, parfois adolescents : ils parlent fort, adoptent des attitudes viriles, se chicanent entre eux, et les grappes humaines occupent des territoires tacites que les autres respectent plus ou moins inconsciemment. L'espace masculin, où la femme n'est pas proscrite, mais seulement incongrue, n'est pas mort malgré les beaux discours sur la mixité. Certes, les exclusions sont rares : dans les écoles se côtoient filles et garçons, les formations les plus prestigieuses sont accessibles aux étudiantes, aucun club de sport n'envisagerait de réserver l'entrée aux seuls mâles, les entreprises s'efforcent de féminiser leurs rangs. C'est plus insidieux. Ce n'est plus l'interdit qui régit, c'est le sentiment d'inconfort, dans les cités comme dans des lieux plus feutrés.

Quelques souvenirs de la Libye de Mouammar Kadhafi me reviennent en mémoire. Je me rappelle les rues animées de Tripoli que j'arpentais à la tombée de la nuit, elles aussi privées de présence féminine. Le régime se plaçait pourtant à la pointe du féminisme régional : l'arsenal législatif se voulait progressiste, le nouveau code autorisait notamment la transmission de la nationalité libyenne aux enfants nés de l'union d'une ressortissante libyenne et d'un étranger musulman, les Amazones du colonel Kadhafi passionnaient les salles de rédaction autour du globe, la propre fille unique du leader tenait un rôle humanitaire important après de brillantes études de droit en France. Je me trouvais dans la capitale le soir de la victoire de l'équipe d'Algérie sur l'Égypte lors d'un match d'appui au Soudan, synonyme de qualification pour la coupe du Monde de football en Afrique du Sud. Lorsque le coup de sifflet final a validé le ticket algérien sur le plus petit des scores, la foule a débordé des rues, des maisons, des échoppes. Les Libyens avaient clairement choisi leur camp. Pourtant, malgré les chants, les cris, les drapeaux algériens aux balcons, la liesse vespérale ne laissait de place aux femmes que sur la plage arrière des voitures ou dans leur logis.

Aujourd'hui, si aucune loi n'interdit le parvis à une femme, seule ou en groupe, pas une n'est tentée. Au mieux, l'environnement ne semble pas propice à un moment plaisant ; au pire, il paraît hostile. Et de tels lieux foisonnent, sur tout le territoire, dans tous les milieux, parmi toutes les classes d'âge.

J'abandonne la fontaine des Innocents et je suis la trace pavée vers l'église Saint-Eustache, que je contourne pour enfin atteindre la rue du Jour. L'obscurité s'est invitée depuis plusieurs heures et les fenêtres s'assombrissent les unes après les autres ; les Parisiens rejoignent un à un le monde des rêves malgré les hululements métalliques et les éclats de voix humaines. Si je ne connaissais pas Tanja, j'hésiterais sans doute à sonner chez elle alors que minuit s'approche, mais la jeune femme est un oiseau de nuit, un *labous-noz*, comme disait ma grand-mère maternelle bretonnante lorsqu'elle me reprochait mes virées adolescentes nocturnes.

« Oui ?

– C'est Alexis.

– Ah, quand même ! Monte. »

Je souris aux boîtes aux lettres : si Tanja attend ma venue avec autant d'impatience, c'est qu'elle a trouvé quelque chose d'intéressant. Je pousse la porte entrouverte et je pénètre dans un capharnaüm de papiers, d'écrans, de câbles et d'objets divers. Bien qu'habitué à son désordre, je reste coi devant un tel fouillis. Son visage émerge entre deux unités centrales :

« Salut ! »

Elle jaillit et agrippe deux poufs qui paressent dans un coin : elle s'affale sur le premier et m'invite à l'imiter. Elle place son ordinateur entre nous deux et se frotte les mains, comme une magicienne avant son tour fétiche :

« Il m'a donné du fil à retordre, c'est comme cela que vous dites en français, non ?

– Oui.

– D'habitude, il y a un code pour Windows, souvent d'autres pour les logiciels professionnels, et parfois des mots de passe pour les fichiers personnels.

– Et là ?

– Plusieurs strates de protection, un nombre d'essais limité avant la suppression des fichiers, des zones pièges… Et nous avons eu de la chance sur le timing. Tu me l'as apporté vendredi soir et j'ai pu travailler tranquillement ce week-end : certains accès que j'ai craqués dimanche ne fonctionnaient plus lundi matin. Ils ont dû se rendre compte du vol et ont tout bloqué. Enfin, quand je dis chance : tu as bien calculé ton coup, j'imagine…

– À ton avis ? »

Sans répondre, elle me décoche une œillade avant de poursuivre :

« J'ai plusieurs informations intéressantes… »

Elle pianote sur son ordinateur et ouvre un tableur qui contient une liste de noms avec des informations personnelles détaillées, telles que l'adresse, le numéro de téléphone, l'e-mail, l'âge, mais aussi des montants en euros, des dates, des noms. Comme elle fait défiler les lignes, elle me demande :

« Tu ne remarques rien ?

– Pour l'instant, non…

– Regarde les prénoms. »

Je me concentre sur la deuxième colonne : Aurélie, Tiphaine, Laëtitia, Soraya, Audrey, Julie, Déborah, Delphine, Hélène…

« D'accord, que des femmes.

– Mieux que cela : toutes nées entre 1973 et 1991, au milieu des années quatre-vingt pour la majorité d'entre elles.

– Quel niveau de protection pour ton fichier ?

– Ce n'était pas un fichier : j'ai fait une extraction d'un logiciel maison, très bien défendu. Normalement, je n'aurais pas dû pouvoir accéder à ces données : c'est une sauvegarde automatique mal effacée qui m'a permis de trouver la clé. »

Le tableur m'indique que la liste contient cinquante-quatre noms, et le classement par date suggère une activité qui dure depuis presque six ans. Tanja reprend la main sur le fichier :

« J'ai essayé de réfléchir à la signification d'une telle liste de femmes.

– Prostitution ?

– J'y ai pensé. La moyenne d'âge serait plus faible, non ?

– Oui, sans doute.

– Regarde les colonnes K et L. »

Elles contiennent toutes deux des dates : la première est libellée « départ », et la seconde, « arrivée ». Je note seulement que quelques mois les séparent l'une de l'autre. Comme Tanja hausse un sourcil interrogatif, un sourire narquois aux lèvres, j'essaie de trouver un lien entre ces dates, en vain :

« Vas-y, balance !

– Combien de temps entre les deux dates ? »

Comme je commence à compter sur mes doigts tout en essayant d'effectuer de tête quelques soustractions, Tanja éclate de rire :

« Ne te fatigue pas : entre huit mois et neuf mois et une semaine. Cela te parle comme durée pour un fichier de femmes ? »

J'écarquille les yeux :

« Des grossesses ?

– C'est la durée habituelle, non ?

– Intéressant… Autre chose ?

– Colonne R. »

Je décale le curseur pour découvrir une liste de mots dans un alphabet que je ne connais pas. Comme j'insiste un peu, je reconnais des signes cyrilliques dans certaines cases.

« Du russe ?

– Des prénoms, slaves pour certains. Cela ne concerne que vingt pour cent des cases.

– Et le reste ?

– Des prénoms également, écrits en alphabet géorgien. Tous sont féminins.

– Une traduction de la deuxième colonne ?

– Non, ils n'ont rien à voir.

– Très *girly* ce fichier !

– Pas seulement : colonnes W et X, tu trouveras un prénom masculin et un nom, pour les deux tiers des lignes environ.

– Français, slave ou géorgien ?

– Cela ressemble à une liste de Français, pas forcément de souche. »

Comme j'essaie d'assembler les pièces du puzzle, mon regard se fige sur les Polaroids au mur. Sur les clichés, Tanja pose à côté de personnages divers : un trentenaire bedonnant, une ballerine élancée, un boucher aux muscles saillants, un vieil homme édenté, une femme enceinte, un adolescent à la beauté insolente. En arrière-plan, les venelles pavées et les foules anonymes côtoient les falaises abruptes, les forêts de feuillus, les dunes blondes et les champs labourés.

Elle me laisse observer à ma guise, puis murmure :

« Quand je me balade ou que je pars en voyage, je ramène avec moi des portraits d'inconnus plutôt que des selfies. »

Je reconnais la place Stanislas de Nancy, les murailles malouines, un taxi londonien, les canaux d'Amsterdam. Les paysages sont plus difficiles à identifier : une végétation méditerranéenne, un phare au cœur de la tempête, une immensité boisée, un geyser brûlant dans la neige. Ces clichés me rappellent que je ne sais pas grand-chose de Tanja, de sa famille, de ses amis, de son histoire, de son quotidien. Néanmoins, je ne doute pas d'elle : les liens dépendent plus des moments intenses que des longues heures passées à se frôler, des poignées de main les yeux dans les yeux que de la litanie des informations administratives.

Je ne commente ni ne questionne. Si elle veut évoquer sa vie un jour, je l'écouterai avec plaisir, mais je ne l'envisage que comme un cadeau et non une réponse.

« Et les autres logiciels ?

– J'en ai cramé plusieurs en essayant de les craquer. J'ai réussi à récupérer quelques données d'une autre source, très incomplète. Cela ressemble à des extraits de comptes : je n'ai que quelques chiffres sans lien entre eux, sans formules de calcul. Ceux qui ont fait cela savaient s'y prendre : je ne crois pas qu'une unité spécialisée aurait… »

Je l'interromps :

« Ne t'inquiète pas, je sais que tu es une crack.

– Merci. Sinon, j'ai aussi de la musique et quelques photos, sans grand intérêt à mon avis. Je t'ai tout mis sur la clé USB. »

Le ton de sa voix ne descend pas à la fin de sa phrase, comme si elle hésitait à la compléter. Je la regarde dans les yeux sans la brusquer, pour l'inviter à poursuivre. Elle prend une profonde inspiration, puis souffle :

« J'ai aussi réussi à récupérer un code pour me connecter à un site de stockage. C'est surtout à cela que je pensais quand je parlais des accès tout à l'heure.

– Il ne fonctionne plus ?

– Non, depuis neuf heures ce matin. Ne t'inquiète pas : j'ai tout downloadé ce week-end.

– Tu es une perle. Qu'as-tu trouvé ?

– Une douzaine de vidéos. Chaque séquence dure environ trois minutes et suit le même schéma : une femme s'approche et s'assied sur une chaise ou un fauteuil, puis elle commence à s'exprimer dans une langue étrangère que je ne connais pas. Je suis Slovaque : ce n'est pas du russe ni un autre idiome slave.

– Du géorgien ?

– Peut-être, je ne sais pas.

– Les femmes sont habillées ?

– Oui, rien d'équivoque. »

Je vais devoir trouver quelqu'un capable d'identifier la langue, puis de la traduire, sans trop attirer l'attention. Mentalement, je balaie les connaissances qui pourraient m'aiguiller vers le bon interlocuteur ; j'ai fréquenté de multiples nationalités pendant mes quinze ans à la Légion, et j'ai conservé quelques contacts qui pourraient s'avérer utiles. Je peine à retrouver le nom d'un jeune sous-officier qui venait du Caucase, d'Azerbaïdjan si mes souvenirs ne me trahissent pas. Issu du rang, son calme et son courage l'avaient propulsé au grade de sergent au bout de six ans de service. Je ne l'ai pas revu depuis presque dix ans et j'ignore s'il vit toujours en France. Azder Kouliev ! Oui, je me le rappelle, maintenant ; j'ai encore à l'esprit l'accent caucasien qui teintait son nom lorsqu'il se présentait, comme s'il me le murmurait à l'oreille. Il serait néanmoins risqué de le contacter, même par l'intermédiaire de Diego. Tanja perçoit mon hésitation :

« Ne t'inquiète pas pour la traduction, je me débrouillerai. Il y a autre chose… Toutes les vidéos se ressemblent, sauf une. Elle est beaucoup plus longue, très bien protégée, avec un logiciel de cryptage que je ne connaissais pas.

– Tu as réussi à la craquer ?

– Pas encore. »

Comme je surprends son petit sourire en coin, je m'abstiens de la questionner sur ses chances de réussite…

INTERMÈDE

Lundi 26 mars

La pression se relâche de plus en plus. Je peux maintenant m'éclipser presque tous les soirs, et parfois même pendant la journée. J'en profite pour explorer les mondes interlopes de la Ville lumière, que je ne connais que de réputation. Je glane mon lot de regards suspicieux, mais je n'en ai cure.

Je sais que le temps fuit et qu'il m'échappera un jour. Cela ne m'effraie pas ; je suis intime avec la mort. Je possède un avantage sur toutes les ombres que je croise. Elles ont toutes quelque chose à perdre : un partenaire, un ami, un métier, de l'argent...

Moi, non.

J'ai tout à gagner. J'ai tant connu la pénombre, l'isolement et la solitude que chaque éclat, même vicié, est une bénédiction. Je me repais des rames de métro bondées, des fumées d'échappement, du bruit des marteaux-piqueurs et des sandwichs insipides.

Et ce soir, je n'ai ni cible à espionner, ni arme à récupérer, ni vie à ôter. J'aimerais glisser dans la rue sans but et sans destination en esquissant de temps à autre un petit pas de danse, et me sentir un peu comme l'Ankou, le serviteur de la mort, à qui l'on aurait accordé une permission parmi les vivants.

C'est une nuit particulière : je pourrais me dérober, mais mon absence serait sans doute remarquée et signalée. Quel gâchis ! Il y a tant d'instants à savourer.

Demain. Oui, demain, je serai libre...

STANCE 29

CHARLOTTE

Mardi 27 mars

Je me tourne d'un côté et de l'autre dans un demi-sommeil, sans parvenir à me débarrasser de ma douleur dorsale. Le matelas est trop dur. Le goût dans ma bouche est rance et les odeurs sont agressives, chimiques. Mes yeux s'ouvrent en grand pour glaner un indice : le réveil numérique sur la commode en formica indique quatre heures quarante. Je me dresse sur mon lit et j'allume le lumignon : un cathéter me lie à une perfusion. La chambre blanche se veut paisible et rassurante, mais mon âme hurle d'inconfort et d'angoisse.

Puis la mémoire me revient : Sadio, la syncope à Montmartre, le camion de pompiers, l'hôpital, les urgences, les examens médicaux. Des talons claquent dans le couloir ; le rythme binaire ralentit soudain pour s'interrompre devant ma porte. La poignée tourne doucement, et une infirmière apparaît sur le seuil, sans doute attirée par la lumière. Quand elle me voit éveillée, elle chuchote :

« Vous ne dormez pas ? »

C'est une question qui n'appelle aucune réponse. Elle s'approche en laissant la porte entrouverte. Elle est jeune, vingt-cinq ans au plus. Je me surprends à me demander si je la trouve belle ou laide, sans pouvoir trancher dans un sens ou dans un autre, comme si cela avait la moindre importance. En l'étudiant un peu mieux, je prends conscience que c'est la douceur de son visage qui attire l'attention plutôt que ses traits ou sa silhouette.

« Vous allez bien ? »

Il me faut quelques secondes pour comprendre que la question s'adresse à moi. Je prends le temps de réfléchir au lieu de donner un assentiment de convenance. Je ne ressens pas de douleur, seulement une sensation de fatigue intense, encore plus présente que ces dernières semaines, et une impression de décalage, comme si je n'étais pas à ma place.

« Je ne sais pas.

– Vous devriez essayer de dormir un petit peu, il est encore tôt. »

Oui, bien sûr, elle a raison. Je suis si lasse. Je me repose beaucoup ces derniers temps, pourtant. J'abandonne mes soirées à Morphée depuis bientôt deux semaines, et le soleil est déjà bien rond quand je m'éveille. Et aujourd'hui, je n'ai pas envie de dormir : je le ressens comme une petite mort.

Je veux respirer de l’air frais, froid, même, pas cette atmosphère tiède imprégnée d’éther. Je la rassure d’un sourire un peu forcé pour retrouver ma solitude. Elle m’allonge et remonte les draps sur moi, dans un geste presque maternel, et elle vérifie la transfusion avant de s’éclipser.

Je laisse les bruits de talons s’évanouir puis, bien seule dans la chambre, je repousse la couverture avec d’infinies précautions. Mes pieds touchent enfin le sol ; je reste un instant immobile, pour m’habituer à la station debout. Tout va bien, je n’ai pas d’étourdissement, et les lieux demeurent silencieux. Je retire l’aiguille de mon avant-bras et je coupe la transfusion, et j’avise un placard à l’entrée que j’ouvre en priant pour qu’il ne grince pas. J’y trouve mes vêtements et mon sac ; une rapide inspection me confirme que rien ne manque. J’essaie d’allumer mon portable dans un geste machinal, mais la batterie est à plat. Je m’habille à la hâte et je laisse la chemise de nuit, trop grande pour moi, sur le lit.

Je quitte alors la chambre en frôlant le mur dans le couloir du service. Quand j’en atteins l’extrémité, je rejoins la cage d’escalier éclairée par une lumière blafarde et je descends les trois étages à pied. Une fois dans le hall, j’adopte une attitude différente : je presse le pas, avec une mine assurée. Je sais que les hôpitaux parisiens sont immenses, et que personne n’en connaît tous ses acteurs. Même la nuit, le va-et-vient des médecins, des internes, des externes, des infirmiers et des aides-soignants est incessant. À chaque carrefour, je choisis la voie la plus illuminée, sans hésitation aucune. Au passage, je glane le nom des lieux : l'hôpital Lariboisière, un géant du nord de la ville. Je trouve enfin une porte qui me mène vers l'extérieur, un jardin intérieur sur lequel ricochent les lumières des fenêtres. Des groupes de fumeurs échangent quelques anecdotes dans le froid, tandis que des ombres emmitouflées strient les allées de lignes éphémères. Je me dirige alors vers l'entrée principale, que je franchis sans encombre.

Une fois au-dehors, je repère rapidement la gare du Nord. Comme un phare dans la tempête, elle m'attire. Je la rejoins par la station de taxis ; sans réfléchir, je m'engouffre dans une berline allemande. Le conducteur pose son téléphone et démarre son moteur :

« Bonjour, Madame. Où allez-vous ? »

Je lui donne mon adresse et je me cale dans le siège de cuir, tandis que les rues de Paris commencent à peine à s'animer. Je pense à la chanson de Jacques Dutronc, *Il est cinq heures, Paris s'éveille*. Si je ne repère ni travestis ni amoureux, les camions de livraison profitent de voies encore peu encombrées, et les boulangers sont déjà au travail.

« Vous venez d'où, aussi tôt ? »

La voix grave du chauffeur, un homme entre deux âges, me fait sursauter. Je me demande d'abord s'il soupçonne ma fuite avant de comprendre qu'il envisage plutôt une arrivée en train.

« De nulle part. »

Mon ton est froid ; je n'ai pas envie de parler. Il le comprend aussitôt et n'essaie pas de relancer la conversation. La nuit est un moment spécial : elle est aventure, contrainte, fantasme, crainte, beauté. Les chauffeurs de taxi sont des témoins privilégiés de ces instants particuliers et ils se sont adaptés à la faune, aux mœurs, aux rites. La voiture écume la zone de la veille, le boulevard au pied de la butte Montmartre, la place de Clichy, puis elle rejoint les quartiers plus huppés, le dix-septième arrondissement de Paris, pour me déposer au pied de mon immeuble. Le compteur indique douze euros et des poussières. Je fouille mon portefeuille et j'en sors trois billets de cinq euros. Sans attendre la monnaie, je me réfugie dans le hall. L'ascenseur me tend les bras ; lorsque ses portes se referment, je me sens comme dans une bulle. Il me libère en face de mon logis. Je retire mes chaussures et je pose mon sac dans l'entrée. Ma première pensée va à mon téléphone : je le branche sans l'allumer. Je ne sais si je suis devenue moins dépendante ou si je devine que ma messagerie sera vide, comme une confirmation muette de ma solitude.

Je ne voulais pas rester à Lariboisière. Je n'ai rien à redire sur les lieux, le personnel médical ou la qualité des soins, c'est juste que je ne supporte pas les hôpitaux. Jusqu'à ma récente discussion avec le docteur Dulac, la gynécologue qui m'a suivie pour mon avortement lorsque je n'étais encore qu'une adolescente, je ne m'expliquais pas cette répulsion ; maintenant que j'ai replongé dans mes tourments adolescents, je possède les clés et les codes. Cela ne me rend pas plus sage ou plus sereine pour autant.

Je monte la température dans la salle de bains. Après avoir accueilli le vent glacé dans les rues, j'ai besoin d'un doux cocon chaud. Je sais qu'une dizaine de minutes seront suffisantes pour que les degrés s'invitent dans la pièce. Mon regard se pose sur le téléphone : autant percer l'abcès tout de suite. Je l'allume et je lui laisse une poignée de secondes pour se mettre à jour. Contre toute attente, j'ai quelques messages. Sadio m'a envoyé cinq SMS en moins de vingt heures, au début assez neutres, puis de plus en plus inquiets. J'ai également un bref message vocal de Corentin, qui me demande de le rappeler.

Je me débarrasse de mes vêtements et je m'assieds près du radiateur pour voler la chaleur qui dissipera mes frissons. J'aime ce moment : la salle d'eau est encore trop fraîche à mon goût, et je savoure les volutes chaudes que le métal m'accorde. Peu à peu, mon corps se relâche, il n'a plus besoin d'adapter sa température intérieure. Je sombre dans un monde lénifiant : mes mouvements sont lents et ma respiration profonde. J'ouvre la porte de la douche et je tourne à peine le robinet bleu. Je retourne me réfugier près du radiateur pour me repaître du fracas des gouttes glacées sur la faïence. Les yeux clos, guidée par l'alliance de la chaleur et de la musique récursive des éclats d'eau, je flotte dans un espace hypnagogique. Je ne pense plus, je laisse mon esprit musarder à sa guise entre formes et couleurs, réelles ou imaginaires. Le temps a perdu sa signification : j'ondoie entre deux mondes en ricochant sur les filaments sonores, et j'ai le sentiment de me régénérer, de retrouver l'énergie qui m'a fuie. Je n'avais plus ressenti cette sensation depuis des mois et je comprends à quel point elle me manquait. Je voudrais prolonger la magie, mais le jusant s'invite. Je sais que les perceptions vont refluer, pour ensuite se déliter. Je les laisse s'éteindre sans crainte ni regret.

Les yeux enfin ouverts, je me glisse dans la cabine de douche et règle la température sur trente-huit degrés. Machinalement, ma main agrippe le savon et je m'enduis le corps de crème, moins pour me débarrasser de ma transpiration que pour gommer les mauvaises ondes des dernières heures. Je me rince à la hâte et je ferme le robinet, en me sentant un peu coupable d'avoir gaspillé autant d'eau pour étayer ma transe.

Je me sèche sans trop insister et j'enfile un peignoir immaculé. Puis je reprends mon téléphone pour envoyer un SMS rassurant à Sadio. Il ne le lira que dans quelques heures, mais je lui dois bien cela : c'est la troisième fois qu'il me sert d'ange gardien. J'ai à peine franchi le seuil de la pièce que je ressens une vibration dans ma poche. Je consulte le message aussitôt :

« ☺ Et ils ont trouvé quelque chose, les médecins ? Moi, je te propose un déjeuner ivoirien : tu verras, cela soigne tout. Maladies, blessures, même les problèmes de cœur. Garanti ! Fais-moi signe quand tu seras complètement remise… »

Je devrais peut-être pleurer, mais sa saillie m'amuse. C'est déjà ça…

STANCE 30

ZOÉ

Mercredi 28 mars

Excitée comme une adolescente pour sa première sortie en boîte, Maya trépigne sur le pavé en essayant de se réchauffer. Comme les prétendants se font refouler les uns après les autres, Maya me lance un regard inquiet. C'est maintenant le tour de deux jeunes couples d'une vingtaine d'années. Les hommes sont fidèles au style casual chic en vogue dans les night-clubs haut de gamme du monde entier ; la femme brune a opté pour une robe courte et des bas noirs qui dévoilent ses longues jambes fuselées tandis que la blonde a choisi un chemisier asymétrique au faux look grunge et un jean de marque troué aux genoux.

Maya se hisse sur la pointe des pieds et me susurre à l'oreille :

« Tu crois qu'ils vont rentrer ?

– Dans un club, oui. Mais ici, non… »

Elle contemple à nouveau le quatuor avant de revenir à la charge :

« Pourquoi ? »

Je me penche vers elle :

« C'est la jeunesse dorée du dix-septième arrondissement. Ils ont les moyens : claquer deux cents ou trois cents euros dans la nuit ne leur poserait pas de problème. Ici, c'est une soirée privée : la personne qui l'organise s'en moque. Elle a ses invités, et le physionomiste ne laissera entrer qu'un tout petit nombre d'élus avec un profil particulier, pas eux. Le maître des lieux en connaît probablement déjà des centaines comme cela ; il n'a pas besoin de quatre échantillons supplémentaires.

– Quel genre de profils ?

– Atypiques. Cela dépend des consignes : peut-être des étudiantes, des looks vraiment destroy, des gays, je ne sais pas. Une ambiance… Pour que lui et ses amis se disent qu'ils ont vécu un moment différent, qu'ils se sont encanaillés l'espace d'une soirée. »

Pendant que les deux femmes tentent en vain d'amadouer le physionomiste pour les convaincre de les laisser passer, Maya me dévisage de la tête aux pieds, puis lance un regard affolé vers ses propres vêtements :

« On va se faire jeter !

– Pas sûr… »

Si les deux hommes ne semblent pas accorder tellement d'importance au refus du gorille, leurs compagnes distillent tous les signes non verbaux de la frustration : lèvres pincées, regards furibonds, bras croisés, débit plus rapide. Le groupe se décale enfin pour rejoindre le boulevard illuminé. Je franchis les quelques pas qui nous séparent de la porte cochère ; je sais qu'il a déjà décidé s'il nous laisserait entrer pendant que nous étions dans la file : inutile de surjouer :

« Bonjour.

– Bonjour, soyez les bienvenues… »

Le physionomiste s'écarte et nous invite d'un geste à entrer. Je le remercie d'un sourire tandis que Maya me suit, incrédule :

« Il s'est passé quoi, là ? Tu le connais ?

– Je ne l'ai jamais vu. Tu m'as dit que tu voulais danser, non ? Le mercredi, il n'y a guère que les soirées privées pour s'amuser. Profite ! Je n'en avais qu'une sur ma liste ce soir. »

Elle ne me demande aucune précision et se contente d'un large sourire. Elle prend ma main et nous pénétrons dans une cour pavée au bout de laquelle trône un pavillon particulier, illuminé de mille feux chamarrés. Je remercie mentalement Bérénice : elle m'envoie chaque semaine des invitations pour des soirées privées aux quatre coins de la capitale, auxquelles je ne me suis pas rendue depuis au moins trois ans. Je la sais rigoureuse : elle distille sans doute un book à chaque organisateur au cas où l'un de ses mannequins se déplacerait. Plus que l'argent, la beauté est un sauf-conduit, surtout quand elle est validée par un statut officiel.

À mesure que nous avançons, Maya est de plus en plus solaire. Dans le hall, une hôtesse nous accueille, nous débarrasse de nos manteaux et nous suggère de pénétrer dans la salle de réception. J'avise les tables aux nappes blanches sur lesquelles trônent alcools, jus de fruits, petits fours et mignardises. Trois portes sont ouvertes, comme autant d'invites à changer d'ambiance, et un escalier en pierre se hisse jusqu'à l'étage d'où s'échappe une musique riche en bpm, les *beats per minute.* Au jugé, j'estime le nombre d'invités dans la grande salle à une soixantaine avec une majorité de trentenaires, plus féminine que masculine. Maya m'interroge du regard, comme si elle avait peur qu'un mauvais choix n'ait valeur d'expulsion. Comme nous rejoignons le buffet, une femme s'approche avec deux coupes de champagne qu'elle nous offre dans un sourire avant même de se présenter.

« Vous êtes Zoé Vermondois, n'est-ce pas ? Je ne connais pas votre amie… »

La communication entre l'intérieur et l'extérieur est au millimètre…

« Je vous présente Maya. Vous êtes l'organisatrice ?

– Non, c'est mademoiselle Aycelin, qui fête son départ pour Londres. Je suis Alix. Je vous la présenterai tout à l'heure… Mon rôle est de m'assurer que tout le monde passe un merveilleux moment. Si vous avez besoin de quelque chose, n'hésitez pas à venir me voir.

– Je vous remercie, nous allons explorer un peu…

– Très bonne décision. »

Lorsqu'elle s'éclipse pour rejoindre un homme seul, perdu au milieu de la salle, je distingue le fil d'une oreillette qui serpente entre les rubans de ses cheveux. Au passage, elle glane une coupe et aborde sa cible avec un naturel désarmant. J'imagine qu'elle va passer la soirée à voleter d'un groupe à l'autre et à répondre aux requêtes des uns et des autres.

Sans nous concerter, nous nous dirigeons vers la même porte : elle nous dévoile un couloir éclairé de bougies au sol qui débouche sur une grande pièce où sont installés de larges fauteuils confortables. Une dizaine de masseuses s'affairent sur les nuques et les épaules des invités : les hommes ont laissé tomber la veste et déboutonné le haut de la chemise ; les femmes ont dégrafé les colliers. La file d'attente est courte, mais j'ai plus envie de découverte que de relaxation :

« Plus tard ? »

Maya acquiesce, et nous rebroussons chemin. La deuxième zone est un peu en contrebas : elle abrite de nombreuses alcôves intimes, un bar et une piste de danse. La musique new wave des années quatre-vingt semble aimanter les convives vers les lumières qui valsent sur les murs et le sol. Je sens Maya alléchée, mais je la tire par la manche pour poursuivre notre périple. La troisième salle est un lieu calme, où discuter assis est la règle. Nous n'y errons qu'une poignée de secondes avant de rejoindre notre point de départ pour gravir l'escalier qui mène à l'étage. Les couloirs latéraux sont condamnés et deux cerbères montent la garde pour s'assurer que personne n'outrepasse l'interdiction. Reste le hall central, habillé de rideaux qui masquent les portes privées, elles aussi sous surveillance. Comme nous approchons du faisceau de lumière, les basses nous susurrent un chant de sirènes urbain et contemporain. Une fois le seuil franchi, les aigus se joignent à la fête. Je repère de suite le DJ qui s'agite sur une estrade improvisée : je ne le reconnais pas, mais je devine qu'il s'agit d'un professionnel et non d'un étudiant qui arrondit ses fins de mois. La musique est ici plus électronique ; comme au rez-de-chaussée, elle aimante les invités vers elle. Certains esquissent juste quelques pas, un verre à la main, tandis que d'autres ont déjà épousé la cadence d'une techno qui prend peu à peu possession de leurs corps.

Les étincelles dans les iris de Maya me confirment que nous avons trouvé notre refuge. Bientôt, elle se déhanche en rythme avec le son : elle ne danse pas, elle s'abandonne aux impulsions électroniques qui la guident dans son voyage intérieur. Sa chair déchiffre les harmonies sans effort, sans se soucier des pas et des gestes qu'il conviendrait de composer en ces circonstances. Maya épouse la mélodie, au point que le DJ n'a d'yeux que pour elle, ravi de voir que son art est perçu avec autant d'acuité. Un peu en retrait, je distingue les cibles que Maya contamine : elles se détachent de leur conversation, posent leur verre, prêtent plus d'attention au rythme récursif et aux ornements sonores, puis elles s'éclipsent pour gagner la piste, toujours avec Maya en ligne de mire. La magie dure quelques minutes, à cheval sur deux morceaux, jusqu'à ce que la trop forte densité brise le fragile équilibre. Si Maya demeure en résonance avec la musique, les invités alentour l'empêchent de projeter son aura.

Je préfère rester en lisière, ni au cœur ni étrangère à l'action. J'ondule, les yeux mi-clos, et je laisse le hasard me balader autour des groupes et des danseurs solitaires. Je ne cherche pas le contact ou la complicité ; je m'attelle à quérir des pétales d'émotion que les haut-parleurs sécrètent. À l'inverse de Maya, je ne plonge pas dans le volcan ; je l'observe de loin avec un mélange d'admiration et d'effroi.

J'imaginais une longue discussion avec Maya, pour échafauder des plans et des scénarios avant de voir Jade, mais la décision est simple, en vérité : je vais continuer à tirer le fil de laine pour démêler la pelote. Et j'ai hâte de partager les dernières heures du jour avec Maya, de nous amuser des mêmes broutilles, de danser l'une avec l'autre et de croquer les mêmes mets délicats.

C'est mieux ainsi.

STANCE 31

ALEXIS

Jeudi 29 mars

La sonnerie de mon téléphone m'arrache à mon sommeil. Je prends la communication masquée avant même d'allumer :

« Oui ? »

Au bout du fil, j'entends une respiration saccadée. J'en profite pour me caler contre mon oreiller. Le réveil indique trois heures et quart. Je répète sur un ton neutre :

« Oui ?

– C'est Tanja. »

Je ne lui parle pas de l'heure : si elle m'appelle au milieu de la nuit, c'est qu'elle a une bonne raison :

« Je t'écoute.

– J'ai craqué la vidéo…

– Quelque chose d'intéressant ?

– Oui… Je crois. Je n'ai regardé que le début… »

Je perçois les reniflements et les pleurs.

« Tanja, ça va ?

– Viens, s'il te plaît…

– Maintenant ?

– Oui, je ne réussirai pas à dormir de toute façon.

– J'arrive. »

Je m'habille à la hâte et je rejoins la station de taxis la plus proche. Le chauffeur à moitié endormi me mène à bon port, et je n'ai même pas besoin de sonner pour que la porte de l'immeuble pivote : Tanja guettait mon arrivée. D'habitude, je n'aime pas prendre d'arme avec moi : inutile de tomber pour un simple contrôle. Toutefois, les circonstances me conseillent la prudence : lorsque je ne décide ni du lieu ni du moment, je préfère assurer mes arrières. Je charge une balle dans le canon de mon neuf millimètres, puis je gravis les escaliers. Sur le palier, la porte est entrouverte. Je la pousse : Tanja est affalée sur un pouf, une tasse de thé à la main. Elle avise mon pistolet et souffle, sans la moindre inquiétude :

« Pas de stress, il n'y a personne, c'est juste que je ne suis pas habituée. »

Je parcours la pièce du regard, avant de ranger mon arme et de m'asseoir à côté d'elle :

« Habituée à quoi ?

– À ce genre de vidéos. Elle a été prise avec un téléphone portable. Et… Je…

– Montre-la-moi, ce sera plus simple. »

Tanja acquiesce sans répondre. Elle pose l'ordinateur sur ses genoux et le contact avec les touches semble lui redonner de la contenance. Ses doigts volettent sur le clavier, et elle lance la vidéo en plein écran.

« Je te préviens, c'est rude. »

Je me retiens de lui dire que j'en ai vu d'autres, parfois de près. Elle se lève, erre quelques secondes avant de mettre un peu d'ordre dans la pièce. L'écran est pour l'instant noir ; comme je monte un peu le volume, elle attrape son iPod et un casque audio, qu'elle place sur ses oreilles. Je me doute que le rangement et la musique ne constituent pas sa priorité du moment et qu'elle souhaite seulement éviter de se replonger dans la vidéo. Machinalement, je regarde la durée de la séquence : dix-sept minutes.

Le son démarre d'abord : j'entends des froissements de vêtements, des paroles étouffées, des bruits indistincts. Puis l'image s'éclaircit, tout en restant très confuse. Je comprends que le téléphone est sorti d'une poche et posé sur un plan horizontal : comme la caméra peine à focaliser sur le plafond blanc, je perçois quelques mots :

« Non… Attention… Sois sage maintenant… Allez… »

L'image devient de nouveau floue, puis elle se stabilise sur une femme au sol. Plus que ses vêtements froissés ou sa chevelure décoiffée, c'est sa position en chien de fusil qui attire l'attention. Son bras est replié devant son visage, comme pour se protéger d'un coup. À quelques pas, un sac à main et un manteau en cuir gisent sur le parquet. Sur la gauche de l'écran, une chaussure Richelieu noire et le bas d'un pantalon anthracite sont visibles ; l'inconnu se met en mouvement et pousse du pied les objets qui se sont échappés du sac, avant de lancer :

« Elle est un peu moins hautaine, maintenant… »

L'homme au téléphone émet un grognement qui vaut assentiment et se décale pour saisir les traits de la femme. Bien que les mèches acajou cachent le côté gauche de son visage, les yeux sombres suivent le mouvement de l'inconnu avec inquiétude. La femme n'esquisse pourtant aucun geste ; je ne sais pas si elle est tétanisée ou si elle craint une réaction de violence. La caméra tourne autour d'elle comme un vautour sûr de la faiblesse de sa proie. Je n'ai jamais rencontré Lucile Carpentier, mais je la reconnais sans peine : même allongée sur le sol, le visage gribouillé de peur, elle dégage un magnétisme hypnotique. Comme aucune parole n'est prononcée, elle se redresse lentement sur les coudes, avant de murmurer :

« Laissez-moi partir. Je ne dirais rien, je vous le promets. Vous n'entendrez plus jamais parler de moi. »

Je vérifie le chronomètre : il s'est écoulé moins de deux minutes. Je pressens ce qui va se passer : j'ai déjà entendu les fanfaronnades malsaines ; j'ai déjà recueilli des témoignages, parfois de filles à peine pubères ; j'ai déjà retrouvé des corps nus, mutilés, même démembrés. Je lève les yeux vers Tanja qui me tourne le dos : jusqu'où a-t-elle regardé ?

Personne ne répond à la supplique de Lucile Carpentier. L'homme aux chaussures Richelieu s'approche et s'agenouille à côté d'elle ; il ne se hâte pas, comme pour se gaver de l'effroi de sa victime. Il observe son corps avec concupiscence, puis étend une main qu'il pose sur l'épaule gauche. Lucile se tend sans oser le repousser ; il s'enhardit alors et emprisonne un sein dans sa paume, un sourire malveillant aux lèvres.

« Non… S'il vous plaît… »

Comme il se tourne, grimaçant, vers son acolyte, je l'identifie : Stanislas Pellaut, la première victime du meurtrier en série. J'en déduis qu'ils ne tueront pas Lucile : Stanislas est mort deux mois avant elle. Je ne peux m'empêcher de penser que ce fumier n'aura pas survécu à son méfait bien longtemps. Il agrippe le bas du pull moulant de la jeune femme et ordonne :

« Enlève ça !

– Je vous en prie… »

La gifle retentit dans la pièce, et Lucile retombe sur le plancher, étourdie.

« Ta gueule ! Arrête de geindre ! Retire-moi ça. Tout de suite ! »

Elle approuve comme une marionnette désarticulée et se débarrasse de son pull en cachemire qu'elle pose avec précaution à côté d'elle. Stanislas Pellaut ne peut détacher son regard de la poitrine nue ; il salive presque d'excitation :

« Vise-moi cette chienne ! Elle ne porte même pas de soutien-gorge. »

Il tapote alors la cuisse de Lucile pour lui imposer le palier suivant : soumise, elle ôte ses chaussures à talon et se déhanche sur le sol pour retirer son jean slim. Le string de dentelle noire trace des courbes harmonieuses sur la peau dorée ; Stanislas accroche l'élastique de l'index et le tire vers le bas pour dévoiler un pubis où se dessine seulement un fin triangle de poils ras. La jeune femme serre les jambes, comme si cette vaine protection pouvait préserver son intimité. D'un coup sec, il baisse le dernier rempart de tissu jusqu'aux chevilles et l'envoie valser au loin. Lucile ne proteste pas lorsque la grosse main se pose sur son ventre.

Son compagnon l'encourage d'un commentaire lapidaire :

« Cela ne la dérange peut-être pas tant que cela… »

Les paupières closes, Lucile ne le dément pas. Elle sait que ses suppliques ne servent à rien et qu'elle ne peut lutter contre deux hommes. Stanislas joue avec la chevelure, caresse les hanches, malaxe les seins, agace les tétons, puis il intime à la jeune femme d'écarter les cuisses. Comme elle s'exécute sans ouvrir les yeux, il se déleste de ses vêtements et enfile un préservatif sur son membre dressé. Il se place sur Lucile et pèse de tout son poids ; elle émet une plainte rauque qui suinte autant l'inconfort que l'impuissance. Stanislas empoigne une jambe et se fraye un chemin en elle, pétri de l'orgueil des conquérants qui viennent de vaincre sans péril. Lucile ne réagit plus, elle le laisse s'exciter sur son ouvrage, en accédant à ses requêtes sans barguigner : « tourne la tête », « lève les bras », « cambre-toi ! »…

L'homme à la caméra ne perd pas une miette du spectacle : il alterne entre plans larges et zooms sur le visage de Lucile. Lorsque Stanislas s'abandonne enfin dans un râle, l'horloge de la vidéo marque exactement dix minutes. Il se retire alors et tend la main pour récupérer le téléphone.

« Non, je le garde, cela me fera un beau souvenir. »

Je ne peux m'empêcher de penser que cela permet aussi à l'inconnu de ne pas apparaître sur l'enregistrement. Pendant qu'il se déshabille, Lucile se recroqueville sur le côté et entrouvre les yeux. Il claque sa large paume sur les fesses de la jeune femme et lui ordonne :

« Mets-toi à quatre pattes ! »

Elle obtempère et enfouit son visage dans son pull en boule. Comme il la saisit par les hanches, elle s'anime enfin et gémit :

« Le préservatif… »

L'homme cadre le dos de sa victime et lui assène une deuxième fessée, plus violente que la première :

« C'est très bien ainsi. Tu vas voir : tu vas adorer… »

Hors champ, la voix de Stanislas intervient :

« Cette petite pute a raison : tu ne sais pas où elle a traîné avant, et c'est mieux de ne pas laisser de traces…

– T'inquiète, elle ne fera pas d'histoires ensuite… »

Il place ses mains autour de son cou et hausse la voix :

« N'est-ce pas ? Tu n'iras pas te plaindre comme une petite pisseuse ? »

Dans un sanglot, Lucile hoquette :

« Non, je ne dirai rien. Ne me faites pas de mal s'il vous plaît… »

Sans prévenir, il la pénètre alors à la hussarde et entame aussitôt un va-et-vient régulier, en ahanant son plaisir. Lucile tangue sous les assauts de son bourreau ; elle pose les mains à plat sur le plancher pour éviter de basculer. Je devine qu'elle craint les coups ou un sort plus funeste si elle laissait le sexe s'échapper de ses nymphes.

La vidéo semble bégayer tant le rythme et les positions restent constants. Au bout d'une poignée de minutes, il déplace son téléphone et filme sa proie sous tous les angles, sans cesser ses oscillations. Jugeant que Lucile s'est un peu affaissée, il la relève et accélère la cadence : je m'attends à un orgasme proche, mais il patiente encore une longue minute avant de jouir dans le corps de son jouet. Il se retire alors lentement, et le sperme coule le long des cuisses de Lucile. Elle s'écroule au sol et cache son visage dans son pull pour masquer ses pleurs. L'homme se penche alors vers elle et murmure :

« Tu as deux solutions maintenant : soit tu rentres chez toi, tu prends une bonne douche et tu retrouves ta vie de petite salope bourgeoise, soit tu vas porter plainte à la police. »

Il laisse le silence s'installer avant de poursuivre sur un ton si calme qu'il inspire l'angoisse :

« Tu ne connais ni nos noms, ni nos adresses, ni nos numéros de téléphone. Si la police mène l'enquête à partir des éléments dont tu disposes, je l'apprendrai. Ce serait dommage, non ? Et je te débusquerai avant qu'ils ne m'identifient. Fais-moi confiance, je suis un spécialiste. Même sous protection, tu ne m'échapperas pas. Et là, je ne me contenterai pas de jouer gentiment comme aujourd'hui : je te défoncerai. Ensuite, je t'arracherai les membres et le cœur de mes propres mains. Tu comprends ? »

Comme Lucile reste immobile en sanglotant, il lui tire les cheveux pour l'obliger à lever la tête.

« Je n'ai pas entendu. Tu comprends ?

– Oui, oui… Je ne dirai rien.

– Bien, tu es une gentille fille… »

La vidéo se coupe sur cette phrase faussement rassurante. Jamais le visage du deuxième homme n'est apparu à l'écran : par hasard ou à dessein, il est demeuré anonyme. Pourtant, je n'ai pas besoin de l'image : j'ai immédiatement reconnu le timbre sourd de sa voix et ses intonations caractéristiques. Je savais déjà que Marin n'était pas un saint, mais je ne l'imaginais pas capable d'un viol.

Intérieurement, je ricane de mon propre aveuglement qui m'a permis de ne jamais me poser les questions qui gênent. Depuis toujours, je connais le versant sombre de Marin : la violence n'était pas pour lui un terrain interdit, et s'il respecte l'autorité, il n'a cure des règles. Du côté pile, jamais il n'aurait délaissé un légionnaire en danger ; du côté face, il aurait pu venger la mort de l'un de nous avec une extrême cruauté. Toutefois, je n'aurais pas cru qu'il puisse agir de la sorte en France, où le risque est beaucoup plus grand que dans les jungles ou les villages perdus dans lesquels nous avons tous deux évolué, là où les lois sont inexistantes.

Près de moi, Tanja a retiré son casque : une larme naît au coin de son œil droit ; elle l'essuie avec sa manche en reniflant. Je lui tends un mouchoir et je la prends par les épaules :

« Je suis désolé que tu aies vu cela.

– Tu la connais ? »

Je pourrais mentir ou me réfugier derrière le secret ; je sais que Tanja n'insisterait pas.

« De loin.

– Tu vas les retrouver, ces salauds ?

– Quelqu'un s'en est chargé avant moi : ils sont morts. »

Je n’ose pas lui avouer que je recherche le meurtrier de l’un des deux violeurs. Pour venger une ordure, certes, mais une ordure qui m’a sauvé la vie, quand je pissais le sang sur la caillasse malienne.

Et ici, maintenant, je me sens sale.

STANCE 32

CHARLOTTE

Jeudi 29 mars

Je me sens un peu ballonnée.

J'ai un peu trop fait honneur au kedjenou de poulet qu'avaient préparé les deux amies de Sadio et que nous avons dégusté à six dans une cuisine étriquée de Saint-Ouen. Le déjeuner était délicieux et l'ambiance plaisante, sans hypocrisie ou jeu de rôles. Je suis restée avec eux plus longtemps que je ne l'imaginais, presque trois heures. Sadio paraissait heureux de me retrouver en pleine forme. Quand je lui ai expliqué que j'étais partie à cinq heures du matin, il a éclaté de rire et m'a dit :

« Tu es une guerrière, toi : tu désarmes un keum avec une batte et tu t'enfuis d'un hôpital toute seule en pleine nuit ! »

Au moment du dessert, je me suis demandé si l'une des deux jeunes femmes était l'amante de

Sadio. Je n'ai pas osé poser la question et je n'ai pas réussi à conclure, même si je suppose que leurs liens sont plutôt familiaux, peut-être un cousinage du premier ou du deuxième degré. Nous nous sommes quittés comme des amis de toujours, avec une dernière douceur à la noix de coco dégustée sur le pas de la porte.

Parvenue sur la place de la mairie de Saint-Ouen, je dégaine mon téléphone pour appeler Corentin. À la deuxième sonnerie, il décroche :

« Salut Charlotte.

– Hello. Je suis désolée, j'aurais dû te rappeler plus tôt… »

Comme nous échangeons quelques banalités, je remonte l'avenue Gabriel Péri en direction du périphérique. Je préfère marcher un peu au lieu de m'enterrer dans les entrailles du métro. Corentin s'éclaircit la gorge avant de m'annoncer :

« Elorri a changé d'avis. »

Je ne suis pas certaine de comprendre les implications de sa phrase. Une bouffée d'espoir me submerge, au point que je me fige sur le trottoir, devant une échoppe de téléphonie internationale.

« C'est-à-dire ?

– Elle est d'accord, sous conditions.

– Et toi ?

– Oui, bien sûr. Tu sais, j'ai toujours été d'accord… »

Je pousse un cri de joie. Un groupe d'adolescents me regarde comme si j'avais perdu la raison ; le plus âgé hausse les épaules dans un geste que n'aurait pas renié un titi parisien des années trente.

« Quelles conditions ?

– Pas de reconnaissance en paternité, pas de contact avec toi ou avec l'enfant après la naissance, pas de pension alimentaire. Tant qu'il est mineur, c'est toi qui as la main et nous devons nous contenter de ta parole…

– Je te la donne et je n'ai jamais trahi un serment.

– Nous te demandons aussi de faire ton possible pour éviter de révéler mon nom, à l'enfance, à l'adolescence et à l'âge adulte. Mais je sais que nous ne pouvons pas tout planifier, surtout vingt ans à l'avance. Fais de ton mieux…

– Je te le promets. Corentin, je ne sais pas comment…

– Tu peux surtout remercier Elorri ; c'est un grand sacrifice pour elle.

– Je l'appellerai.

– Non, il ne vaut mieux pas… »

Je suis prise d'un doute ; je me demande si Corentin a bien obtenu l'accord de sa compagne ou s'il agit en secret.

« Tu es sûr…

– … Elle a dit oui, ne t'inquiète pas. »

Il reste un sujet à discuter, mais je n'ose l'aborder. À l'unisson, nous soufflons :

« Et… »

Je pouffe. Comme il se tait, je reprends sur un ton guilleret :

« Pour l'insémination, pas de rapport sexuel, j'imagine ?

– Euh… Non… »

La méthode artisanale, avec une pipette de Doliprane, est réputée moins fiable que la méthode naturelle avec pénétration et éjaculation, mais elle a aussi ma préférence. Je ne veux pas trop imaginer les détails pratiques qui nous permettront de procéder ; nous pourrons y réfléchir plus tard.

Plongée dans mes pensées, je réalise soudain que Corentin ne parle plus. Je souffle :

« Tu es toujours là ?

– Fidèle au poste. »

Je ne sais comment lui montrer ma reconnaissance. Je choisis la simplicité et la franchise :

« Merci, Corentin, merci ! »

Je le sens gêné, mais je n'en ai cure. Je n'ai pas envie de faire semblant de n'être qu'un peu joyeuse, un peu excitée. Je suis aux anges et je veux qu'il le sache ; j'en ai assez de moduler, ou de nuancer. Il murmure :

« On se rappelle.

– Oui. À bientôt… »

Comme je m'approche de la capitale par la face nord, mes pieds volent sur l'asphalte. Ici et maintenant, Saint-Ouen me paraît la plus belle des villes. Même le grondement sourd des voitures sur le périphérique fredonne une douce mélopée. Je voudrais arrêter le premier venu pour partager ma joie avec lui : peut-être cette grand-mère au cabas écossais ou ces deux frères qui cheminent en s'échangeant un ballon de basket ou ce grand escogriffe aux tatouages colorés.

Des flashs imaginaires m'assaillent : un fauteuil dans un cabinet de gynécologie, mon ventre rond face au miroir, les rayures sur les listes de prénoms, un lit à barreaux posé au milieu de la chambre, des doudous, hochets, mobiles en tous genres. J'entrevois enfin une lueur chaude au fond de ce puits glacé dans lequel je sombrais un peu plus chaque jour. Et je sens le contact rêche de la corde qui va me tirer de là : je mettrai peut-être des semaines, des mois pour remonter ces murs de pierre, mais je retrouverai le soleil.

La vie est belle !

Une vibration dans ma poche interrompt mon délire ouaté. C'est un numéro de fixe en provenance de la région parisienne :

« Allô ?

– Madame Amorose ? »

Je ne reconnais pas la voix de la femme au bout du fil.

« Oui, qui est à l'appareil ?

– Hôpital Lariboisière : je suis la secrétaire du docteur Zimmermann. Ne quittez pas, je vous le passe… »

Je raccroche au nez de la musique d'ambiance et j'éteins mon portable. Je n'ai nulle envie de m'expliquer sur ma fugue nocturne, et encore moins de retourner là-bas pour des examens complémentaires.

Mon attention mentale se reporte vers Corentin : je me souviens encore de ce premier jour de classe en terminale. Nous nous connaissions tous depuis au moins deux ans, pour le meilleur ou pour le pire ; il était le seul nouveau, l'attraction de ce début septembre avec la rituelle loterie des professeurs. La liste définitive a déclenché son lot de soulagements, de soupirs et de surprises, sauf pour lui. Il n'a même pas accordé un coup d'œil aux noms, puisqu'il ne connaissait personne. Dans l'escalier, il ne pipait mot, se contentant d'observer ; en moins de vingt minutes, il avait identifié les principales affinités et animosités. Moins d'une semaine plus tard, il avait acquis la confiance des trente élèves de la classe au point d'être désigné candidat d'office au poste de délégué, à l'unanimité. Les clans étaient très présents : seul Corentin apportait un peu de neutralité, sans historique de tensions avec quiconque. Lorsque le nom de Corentin a été proposé, puis accepté, sans qu'aucun autre candidat ne se déclare, j'ai vu une vague de soulagement submerger notre professeur principal. En octobre, Corentin avait étendu son influence sur les neuf classes de terminale. Il s'entendait avec les intellectuels et les cancres, les fayots et les perturbateurs, les filles et les garçons. Même les ego démesurés l'appréciaient, parce qu'il était toujours en retrait, bienveillant : il était peut-être le seul que Stanislas et Benjamin considéraient avec un peu de respect. Une lolita de première, que personne n'avait remarquée jusqu'alors, a brisé bien des cœurs le jour où elle s'est affichée à son bras un matin de novembre.

Pourtant, personne ne le connaissait vraiment. Il se livrait peu et esquivait les questions comme un boxeur de mots, pour ensuite reporter l'attention sur son interlocuteur, trop heureux de s'épancher. Peu à peu, je suis rentré dans son cocon, non comme une amoureuse, mais comme une amie. Il m'a dévoilé qu'il habitait seul en ville, grâce à un pécule dont il ne m'a jamais avoué la provenance. En recollant les morceaux de son histoire, j'ai compris qu'il se débrouillait sans l'aide d'un adulte depuis l'âge de quinze ans, en utilisant divers subterfuges. Je l'admirais : nous devions tous négocier nos sorties et nos libertés d'adolescents, et lui allait et venait comme il l'entendait.

Après le lycée, je ne le croisais qu'une ou deux fois par an, sans que cela affecte la profondeur de nos relations. Nous parlions peu de nos cours, de nos amis et de nos amours, mais plutôt de sujets sans intérêt apparent : les pièges de la vie étudiante, l'âme des foules, les contraintes invisibles, et, toujours, la mer. Elle exerçait sur lui une fascination absolue. Il avait passé son enfance sur les flots, depuis sa Bretagne natale vers les plages mélanésiennes, en passant par les fjords scandinaves, les côtes africaines fouettées par l'Atlantique et les îles secrètes de l'Orient. Je ne sais pas qui l'avait accompagné dans ses périples. Ses parents, sa famille, des amis, un groupe à géométrie variable ? Il avait réintégré le cursus scolaire classique en seconde, avec un an d'avance, des images et des langues plein la tête. Dérouler ses journées dans l'enceinte bétonnée d'un lycée ou d'une université aurait dû le rendre fou, mais il s'y était adapté sans heurts. Ces années d'errance et de voyage lui avaient peut-être permis de se fondre dans n'importe quel paysage.

Puis nos rencontres se sont espacées, sans toutefois perdre en intensité. Nos routes se sont toujours croisées lors des moments clés, au moins pour moi. Je me suis souvent demandé pourquoi il appréciait ma présence, alors que je ne pouvais lui offrir qu'un horizon banal, sans fenêtre vers le monde. Après tout, quelle importance ? J'ai aussi le droit d'avoir un peu de chance, parfois…

Si les anges gardiens existent, le mien se nomme Corentin.

INTERMÈDE

Vendredi 30 mars

La place pavée accueille quatre cafés et autant de restaurants. Tous ont déployé leurs tables au-dehors pour profiter des rayons du soleil qui ricochent sur les pare-brise et les montures métalliques des lunettes. Le printemps s'imagine déjà maître des lieux, alors que l'hiver n'est que tapi, pour mieux surprendre les imprudents aux jambes ou aux bras nus.

Anonyme grâce à mon hoodie, j'observe mon sucre se dissoudre dans mon café brûlant et je fais mine de lire un article pour me donner une contenance. Zoé apparaît enfin au coin de la rue. Même habillée d'un simple jean et d'un pull large, elle aimante les regards sur son passage. Les hommes y consacrent une fraction de seconde s'ils sont accompagnés, beaucoup plus de temps s'ils sont seuls, tandis que la gent féminine détaille sa silhouette en quête d'une vaine imperfection. Dans un recoin de la terrasse, je fais mine de m'intéresser aux molettes de mon appareil photo et j'en profite pour voler une dizaine de portraits. Zoé s'installe au milieu de la terrasse de l'établissement voisin, puis manipule son téléphone une poignée de minutes avant qu'une femme ne la rejoigne. De loin, je lui donne une trentaine d'années : elle a opté pour une longue robe bleu outremer et un ruban de la même couleur pour dompter sa queue-de-cheval.

Je pose l'appareil photo sur la table. Je le recouvre de mon magazine et je zoome en toute discrétion. Bien qu'elles soient distantes d'une quinzaine de mètres, l'absence d'obstacles dans ma ligne de mire et la stabilité de mon objectif me permettent de les figer dans une série de clichés nets : si je ne capte que la chevelure de Zoé, je saisis le visage de l'inconnue de trois quarts.

Elles discutent pendant une vingtaine de minutes, comme deux amies qui se connaîtraient depuis toujours. Le langage corporel devient de plus en plus intime : les visages et les mains s'approchent, les sourires éclosent, les hochements de tête sont légion. Lorsqu'elles agrippent leur sac pour savoir laquelle réglera la note en premier, je range mon appareil dans son boîtier et je glisse un billet de cinq euros sous la tasse. Je les laisse slalomer entre les tables sans esquisser le moindre geste. Tout se joue en une fraction de seconde. Au moment où je songe à me lever en leur tournant le dos, un homme assis dans ma ligne de mire à l'autre extrémité de la terrasse me devance et rejoint le trottoir opposé sans leur lancer un regard. Alors que les mâles du café se tortillent pour obtenir un meilleur angle de vue, son indifférence sonne faux.

Je reste immobile.

Les deux femmes échangent une bise d'au revoir ; l'homme est toujours pendu à son téléphone. Il ne parle pas, mais opine à intervalles réguliers, comme s'il approuvait les paroles de son correspondant invisible. Rien n'attire l'attention chez lui : cheveux châtain foncé, taille moyenne, ses vêtements ne permettent pas de juger de sa corpulence. Il pourrait tout aussi bien être mince, athlétique ou arborer une bedaine naissante. Une casquette à large visière et une écharpe sombre lui cachent le visage ; son sac à dos est aussi neutre que possible. Au moment où Zoé et l'inconnue optent pour deux rues différentes, je me demande s'il va suivre l'une, l'autre, ou demeurer sur place pour poursuivre sa conversation. D'abord, il ne réagit pas, puis il se meut lentement, sans but précis. Il range enfin son téléphone, baisse la tête et emprunte la même rue que l'inconnue. En dehors de son peu d'intérêt pour le sexe opposé, son attitude n'inspire pas le moindre soupçon. Je ne sais pas moi-même s'il s'agit d'un témoin préoccupé par son appel ou d'un professionnel de la filature.

La prudence me dicte de ne suivre aucune des deux : peut-être d'autres complices aussi discrets ont-ils emboîté le pas de Zoé. Je jure intérieurement :

je n'aurai pas mille occasions comme celle-ci. Je me lève enfin et me dirige vers la même rue que celle que l'homme vient de choisir, en prenant soin de laisser une bonne distance entre nous.

STANCE 33

ZOÉ

Dimanche 1er avril

La bise est distante et le bonjour glacial.

Grégoire ne m'a pourtant pas habituée à ce que ses soucis personnels et professionnels se ressentent dans son attitude. Sur le ton le plus neutre possible, je m'enquiers :

« Un problème ?

– Oui. »

Il sort une enveloppe brune au format A5 de sa poche et la lance sur la table : avec l'élan, elle arrête sa course à quelques centimètres de ma main. Le geste ne me plaît pas : une remarque acide me brûle les lèvres, mais la curiosité est plus forte. Je me saisis de l'enveloppe et j'en extrais une quinzaine de clichés. J'identifie tout de suite le lieu et le moment : mon rendez-vous avec Jade deux jours plus tôt. Les premières photos m'ont épinglée en solitaire dans le café, tandis que les suivantes nous réunissent toutes deux et que les quatre dernières dévoilent le visage de Jade en gros plan.

Grégoire s'est affalé sur le canapé, sans me quitter des yeux.

« Tu m'espionnes ?

– Ce n'est pas moi, pas même un collègue.

– C'est qui alors ?

– C'est plutôt à moi de poser les questions. »

Je ricane :

« Tu te crois où ? Tu es chez moi ici, pas dans ton commissariat ! »

Il ne répond pas. Les mains jointes sous le menton, il m'observe comme un félin, les yeux mi-clos. Je jurerais qu'il scanne mon esprit, à la recherche de l'indice ou du détail compromettant. Il finit par souffler :

« Assieds-toi s'il te plaît. Tu es dans la merde, Zoé… »

Avec n'importe qui d'autre, je me serais emportée et je l'aurais chassé de mon appartement. Pas avec Grégoire. C'est la seule personne en qui j'ai réellement confiance. D'où viennent ces photos ? La logique voudrait que je soupçonne Maya, puisqu'elle connaissait les détails de mon rendez-vous, mais je sais, ou plutôt je sens, que ce n'est pas elle. Cela ne serait pas cohérent…

J'essaie de détourner l'attention de Grégoire :

« Je croyais que tu travaillais uniquement sur l'affaire du tueur en série…

– Exact. »

Son visage n'a même pas tressailli ; seuls ses yeux ont bougé pour appuyer le poids de sa confirmation. Je me sens de moins en moins à l'aise :

« C'est ridicule. Quel rapport entre les meurtres et…

– Et quoi ?

– Ben, ces photos.

– Je ne sais pas, c'est à toi de me le dire…

– Cela n'a aucun sens : qu'est-ce qui te fait croire qu'il y a un lien ? »

Grégoire prend une profonde respiration :

« Nous avons reçu une clé USB hier avec un certain nombre de fichiers liés aux meurtres. L'enquête était enlisée, et ces éléments nous permettent de redémarrer sur de nouvelles bases. Et il y avait ces images. Tu imagines ma surprise. Comment s'appelle la fille ? »

Je me pince les lèvres, butée. Je déteste cette ambiance de suspicion ; je voudrais seulement disposer d'un peu de temps et de calme pour réfléchir sereinement.

« Zoé, je suis là pour t'aider. Mon chef m'a accordé de t'interroger chez toi plutôt qu'au poste, en GAV.

– En GAV ?

– En garde à vue.

– Ah oui, carrément ! Il me fait une faveur, en somme.

– Non, il me fait une faveur ; toi, il s'en moque. Comment s'appelle la fille ?

– Jade. »

J'ai craché le nom sans réfléchir.

« Non, elle s'appelle Jessica Breunet.

– Pourquoi me poser la question si tu connais la réponse ?

– Le nom de Jessica Breunet ne te dit rien ?

– Non !

– C'est une amie ?

– Non, c'est la première fois que je la voyais.

– Comment l'as-tu rencontrée ?

– C'est une longue histoire.

– J'ai le temps… »

Je crois qu'avec un autre flic, je me serais tue. Mais Grégoire n'est pas un flic, c'est mon cousin, presque mon frère puisque nous sommes tous deux enfants uniques. Je lui conte toute l'histoire depuis mes heures passées sur le forum, sans trop m'attarder sur le rôle de Maya. Je conclus en le rassurant :

« Jade n'a ni mon nom ni mon adresse et j'ai utilisé un numéro virtuel. Elle ne peut pas faire le lien avec moi. »

Grégoire hausse les sourcils, puis me prend par le coude sans un mot pour m'amener devant le grand miroir de ma chambre. Il laisse les secondes s'égrener avant de me demander :

« Qu'est-ce que tu vois ? »

Je secoue la tête ; je ne comprends pas où il veut en venir. Il darde sur moi un regard aiguisé :

« Je vais t'aider : je vois une jeune femme belle comme le jour, comme j'en croise une tous les six mois. Tu mesures un mètre soixante-treize, tu as des mensurations parfaites, ton visage est parsemé de taches de rousseur, tes longs cheveux roux sont inoubliables. Si j'interroge les personnes assises à la terrasse en même temps que toi, elles se souviendront toutes de toi. Toutes, sans exception. »

Je proteste faiblement :

« Cela ne veut pas dire qu'elle peut me retrouver.

– Rappelle-moi : la publicité que tu tournais cette semaine, c'était pour quelle marque ?

– Giorgio Armani.

– Et tu crois qu'ils ne vont passer le clip qu'au cinéma de Villedieu-les-Poêles le mardi soir plutôt que sur YouTube ? »

Je souris à l'évocation de la petite ville normande que nous avons découverte un jour par hasard. Villedieu-les-Poêles, c'est le Tataouine de Grégoire, presque un lieu mythique de son imaginaire. Je capitule :

« Tu as raison, j'ai merdé. »

Mes épaules s'affaissent. Je lui prends la main et je le ramène dans le séjour :

« Je suis désolée.

– Qui est cette Maya ?

– Une femme que j'ai rencontrée par hasard.

– Par hasard ? Admettons. Tu connais son nom de famille ?

– Non.

– Son numéro de téléphone ?

– Elle n'en a pas.

– Tu rigoles ? Son adresse, son e-mail… »

Je secoue la tête en signe de dénégation.

« Tu n'as aucun moyen de la joindre ?

– Non, c'est elle qui me contacte. »

Grégoire émet un petit sifflement admiratif.

« Heureusement que c'est toi qui me racontes cela ; j'aurais du mal à croire la version d'une inconnue. Si je résume : tu as rencontré une femme par hasard, elle sait où tu habites, elle connaît ton adresse, ton métier, mais tu ignores tout d'elle. Elle est parvenue à te convaincre de te faire passer pour une jeune femme stérile prête à payer cinquante mille euros pour une GPA dans un pays étranger, dans un cadre illégal. Et tu acceptes un rendez-vous avec un contact de cette organisation sans prévenir personne, pas même ton sympathique cousin, pourtant d'excellent conseil.

– C'est à peu près cela, oui…

– Fabuleux. »

Il sort un carnet à la couverture mauve et l'ouvre sur une page vierge. Il griffonne quelques notes avant de poursuivre :

« Revenons à ta conversation avec Jessica Breunet : qu'en ressort-il ?

– Elle se propose comme intermédiaire. Cela ne me coûterait rien de plus, puisqu'elle serait rémunérée par les organisateurs de ce petit trafic. Elle m'a fourni quelques détails supplémentaires.

Pour le père, ils ont un réseau d'une centaine de donneurs anonymes en France, varié et d'excellente qualité d'après eux.

– C'est-à-dire ?

– Pas d'antécédents de maladies, pas de tares génétiques, études supérieures : souvent des étudiants. En sélectionnant l'origine ethnique et des critères physiques comme la taille, le poids, la couleur des yeux et des cheveux, cela me reviendrait à environ douze mille euros. D'après ce que Jade m'a expliqué, le donneur en touche un cinquième. C'est totalement anonyme. Pas trop compliqué, pas trop long : un bon deal pour eux…

– D'accord. Quelque chose d'autre ?

– Je l'ai interrogée sur le pays : au début, elle ne voulait rien me dire, mais je lui ai précisé que c'était un élément bloquant pour moi, et elle a fini par cracher le morceau. La Géorgie. »

Touché.

À son regard pétillant, je comprends que Grégoire raccroche cette information à des éléments déjà existants. Il gribouille le mot sur son carnet, puis dessine deux flèches vers le bas :

« Je ne connais pas les règles du pays en matière de GPA, avoue-t-il.

– Je me suis renseignée : la GPA est légale depuis 1997, et seulement accessible aux couples hétérosexuels mariés.

– Et ils ont donc un moyen de contourner la législation locale…

– Oui. Elle ne m'a pas expliqué comment. La mère porteuse accouche, mais sur les papiers officiels, je serai la mère, sans recours à une GPA et sans reconnaissance du père, de toute façon inconnu.

– Quel bordel ! »

Grégoire passe la main dans ses cheveux pour les ébouriffer. Je reconnais là un tic qui resurgit lorsqu'il réfléchit. Il complète sa phrase :

« Nous avons aussi reçu une liste de femmes qui ont sans doute suivi ce parcours depuis six ans, avec tous les détails qui nous permettent de les identifier. Une petite dizaine par an. Assez pour que cela soit très rentable ; pas trop pour rester discret.

– Cela signifie qu'il y a plus de cinquante gamins de moins de six ans qui ont passé toute leur vie en France et dont la nationalité peut être remise en cause du jour au lendemain ?

– Je ne sais pas. J'imagine que les autorités ne vont pas les renvoyer en Géorgie, surtout sans connaître leur mère biologique. C'est une décision plus politique que légale. Autre chose ?

– C'est à peu près tout. Si je suis partante, je dois lui payer un acompte de cinq mille euros à la fin du mois.

– Que lui as-tu dit ?

– Que j'étais intéressée. Elle me recontactera jeudi…

– Les évènements des derniers jours vont peut-être les rendre plus prudents. Ou au contraire, plus entreprenants, je ne sais pas. Tu n'as rien de prévu jeudi ?

– Non, pas pour l'instant…

– Tant mieux. Tu le passeras au commissariat avec l'équipe technique : ce sera plus simple pour les enregistrements.

– J'ai le choix ? »

Il semble peser le pour et le contre un instant :

« Non, pas vraiment… »

Un peu gêné, il toussote :

« Pour ton téléphone…

– … Je vais être mise sur écoute.

– C'est déjà fait depuis ce midi.

– Génial. »

Il déchire une feuille et écrit dix chiffres au stylo avant de me la tendre :

« Si Jade appelle trop tôt, dis-lui qu'elle aura la réponse jeudi comme prévu. Et si c'est Maya, fais durer la conversation le plus longtemps possible. Et donne-lui rendez-vous dès que possible, dans une zone pas trop dense de préférence.

– Pour faciliter votre intervention.

– Exact. »

Si la procédure ne me surprend guère, je n'ai aucune envie de trahir Maya. L'envisager me noue la gorge et m'inspire une répulsion instinctive. Grégoire perçoit ma réticence :

« Écoute, Maya te manipule depuis votre rencontre. Il est même probable que vous ne vous soyez pas croisées par hasard. »

Je meurs d'envie de répliquer, mais le souvenir de ma première virée nocturne avec Maya m'en empêche. Je me rappelle mon éveil hébété le lendemain, ma gêne et ma colère lorsque j'ai compris qu'elle m'avait ramenée chez moi et déposée ivre morte sur le lit. Je n'ai pas conté l'épisode à Grégoire, car je connais déjà sa question : « Était-ce vraiment l'alcool ? »

Sur un ton calme, il poursuit :

« Dernier point : je vais affecter une unité de protection devant ton immeuble. Ce n'est que temporaire, mais c'est plus sûr.

– Et si je sors ?

– Préviens-nous avant. Ils te suivront à distance ; tu ne les remarqueras même pas.

– Inutile. »

L'inquiétude voile ses yeux, et je comprends qu'il est vain d'argumenter. Il murmure :

« Zoé, je ne veux pas te stresser, mais j'ai six cadavres sur les bras, plus une vidéo pas très glamour… Je tiens à toi. Qui me cuisinera des pâtes au saumon si tu n'es plus là ? »

STANCE 34

ALEXIS

Mardi 3 avril

Diego et moi cheminons sur les berges de la Seine. Près des poubelles, deux surmulots glanent leur pitance sans trop se soucier de notre présence ou du bruit des voitures. Ils grignotent quelques restes, et le plus gros d'entre eux s'enfuit avec un résidu de sandwich dans la gueule.

« Ils te bénissent au Bastion… murmure Diego.

– Le Bastion ?

– C'est le nouveau siège de la police judiciaire, près de la porte de Clichy. Tu sais que nous avons quitté le Quai des Orfèvres en septembre ?

– Oui, je me souviens.

– Grâce à tes fichiers, l'enquête a redémarré sur de nouvelles bases. Les collègues étaient comme des fous !

– Je me suis dit que ce serait bien de donner un bon coup de pied dans la fourmilière…

– Ils ont placé la société « Bien être, bien vivre » sous surveillance discrète. Ils ont identifié quatre cibles : le gérant, les deux employés et la femme que tu as photographiée.

– Laquelle, la brune ?

– Oui, elle s'appelle Jessica Breunet. »

Il sort une enveloppe de sa poche. Les documents résument les éléments factuels sur ces quatre personnes, et les photos au téléobjectif sous différents angles permettent de les reconnaître. Je ne vois aucune mention de la femme rousse attablée avec Jessica Breunet.

« Ils n'ont pas identifié…

– … Si, si.

– Tu n'as rien sur elle ?

– Elle s'appelle Zoé Vermandois, mannequin de son état. Tu trouveras toutes les informations que tu souhaites si tu tapes son nom sur Internet, sauf une.

– Laquelle ?

– C'est la cousine de Grégoire Rannou, chargé de l'enquête. »

J'émets un petit sifflement entre mes lèvres pincées :

« Un hasard ?

– Apparemment, oui. Il tirait la tronche quand il a vu les photos… Il a géré tout seul la question. Le contact est lié à une histoire de trafic d'enfants à l'étranger, peut-être avec la société comme entité de couverture.

– Où ?

– En Géorgie. »

Le pays d'origine d'Hugues Janelidze. Cela confirme les informations du fichier craqué par Tanja, en particulier les caractères en alphabets cyrillique et géorgien.

« Tu as l'adresse de la demoiselle ?

– Non. Je sais qu'une unité la protège, ou la surveille, comme tu préfères, mais les coordonnées ne sont pas référencées sur les documents. Et les collègues sont discrets ; Grégoire est un peu tendu à ce sujet. Je n'ai pas trop creusé…

– Tu as bien fait. »

Sous l'arche d'un pont en pierre, nous contournons un groupe de clochards avant de poursuivre notre conversation :

« C'est toi qui as pris les photos ? me demande Diego.

– Oui.

– J'espère que tu n'étais pas reconnaissable.

– Pourquoi ?

– Grâce à Zoé Vermondois, ils ont le jour et l'heure exacte du rendez-vous. Les équipes sont en train d'éplucher les enregistrements des caméras de vidéosurveillance pour identifier le photographe, d'où il vient, où il va ensuite…

– Ne t'inquiète pas, j'ai pris mes précautions. Écharpe, casquette, perruque, lentilles de couleur : aucune chance d'être reconnu. »

Nous marchons en silence le long de l'onde, semblable à deux frères. C'est la réalité : nous sommes des frères d'armes, unis par le sang. Pas le nôtre, celui des autres : nos compagnons parfois, nos ennemis souvent. Nous avons respiré le même air sec dans le Sahara, exploré les mêmes montagnes dans l'Hindou Kouch, sécurisé le même aéroport à Abidjan.

Je devine les images et les sons dans la tête de Diego. Il revit cet après-midi de chaleur intense : la poussière sur les cailloux ocre, les liens autour de ses poignets, l'éclat du jour sur la lame qui devait lui trancher la gorge et la balle qui s'est fichée dans la tempe de son bourreau, à plus d'un kilomètre de mon index, encore sur la détente. Je me rappelle l'urgence et l'impuissance dans les yeux de mes compagnons, ma respiration profonde pour abaisser le rythme cardiaque à moins de cinquante battements par minute, les lunettes de soleil ajustées sur mon nez, mes genoux et mon épaule gauche calés contre la roche, les quelques secondes de calme pour se figer, se concentrer sur la cible, et enfin la course de la dernière phalange, sans à-coup, pour ne pas dévier de plus d'un ou deux centièmes de mil angulaire.

Nous n'étions pas assez proches pour intervenir ; seul mon tir pouvait le sauver. Quand le Pachtoune s'est écroulé sur le sol, Diego a réagi le premier : il s'est réfugié derrière un rocher tandis que mes balles fauchaient deux hommes indécis et que les autres fuyaient pour échapper à cette menace invisible. La patrouille a récupéré Diego indemne moins de dix minutes plus tard. Je me souviens de ses mots lorsqu'il nous a rejoints, les poignets striés de traces rouges et le visage abîmé par les coups :

« Je savais que c'était toi. Merci. »

Tuer n'est jamais anodin, même à des centaines de mètres. Dans la Légion, j'ai abattu soixante-trois soldats ennemis en mode sniper, et je me souviens de chacun d'entre eux, de la distance de tir, du jour, de l'heure, du lieu et de l'enjeu. Je n'ai jamais fait de cauchemars ; aucun fantôme n'est venu hanter mes nuits. Comme le décrivait Simo Häyä, le légendaire petit tireur finlandais surnommé la Mort blanche, nous faisons ce que l'on nous a demandé de faire, du mieux que nous pouvons. Diego est l'un des seuls à savoir que j'ai rejoint le service action de la DGSE après mes quinze ans à la Légion et mon ultime mission malienne au sein de l'opération Serval.

À la DGSE, j'étais plutôt affecté aux opérations *homo*, qui désignent les missions spéciales, souvent des assassinats. En plus des tirs à longue distance, je suis devenu un expert en explosifs, même si je ne les appréciais guère. À mon arrivée, la doctrine avait changé : la France réglait ses comptes et répliquait aux attentats et aux prises d'otages. En quatre ans, j'ai éliminé cinquante-sept cibles : des militaires, des rebelles et des civils. Dont trois femmes : une Iranienne, officier responsable de la formation de l'armée régulière syrienne dans le nord-est du pays, une Française embrigadée dans les rangs de l'État islamique et une femme politique soudanaise. Je me souviens de ce dernier tir parce qu'il était inhabituel et plus conforme aux clichés cinématographiques. J'étais placé sur le toit d'un immeuble de Khartoum alors que la lune noire surplombait la ville. Ce n'était pas ma première opération nocturne, mais la distance, la position, la présence de gardes du corps et le manque de temps rendaient ma tâche délicate. Je n'avais qu'une trentaine de secondes pour agir sur une cible en mouvement, entre sa voiture blindée et le siège du gouvernement. Ma première balle l'a touchée au thorax, la deuxième à la tête alors qu'elle gisait au sol.

Diego est le seul qui connaisse mon histoire : mon passé de légionnaire, mes années au service action, ma mort supposée. Il est resté dix ans dans la Légion avant de rejoindre la brigade criminelle afin de concilier son désir de servir et sa vie de famille. Je sais que je le place face à un dilemme qui écorne son intégrité. Sans ralentir le pas, je pose la main sur son épaule :

« Je suis désolé de te demander tout cela. »

Il tourne à peine le visage, et un sourire se dessine sur ses traits burinés :

« Tu te rappelles la devise : Honneur et fidélité. Pour moi, c'est la Légion, toi, la France, la police. Dans cet ordre. »

STANCE 35

CHARLOTTE

Mercredi 4 avril

Assise sur le canapé de mon salon, Elsa Pellaut ressemble à une bête traquée. Je sens qu'il ne faut pas la brusquer, qu'un mot maladroit ou un regard en biais pourrait la faire fuir. Par peur qu'elle ne filtre ses mots dans un lieu public, j'ai évité le bar du quartier. J'apporte le plateau avec une bouilloire d'eau chaude, trois boîtes de thé en vrac et quelques biscuits, riches en beurre et en calories.

« Menthe, fruits rouges ou jasmin ?

– Menthe, merci. »

Je prépare nos deux tasses et je lui propose un gâteau qu'elle croque du bout des dents. J'ai tellement perdu l'habitude d'inviter quelqu'un chez moi que j'ai peur de ne pas assez prendre soin d'Elsa. Comme elle le repose au bord de sa soucoupe, j'ai l'impression qu'elle va se lever et me quitter sans la moindre explication. Elle prend une longue inspiration avant de souffler :

« Je ne sais pas pourquoi je vous ai appelée. Enfin, si, je le sais très bien… La police est venue m'interroger avant-hier. Ils avaient de nouveaux éléments… »

Elle avale une lampée de thé avant de poursuivre.

« Stanislas et l'une des victimes s'étaient déjà rencontrés. Il s'agit de la seule femme…

– Sa maîtresse ? »

Aussitôt prononcés, je regrette mes mots. Elsa Pellaut hoche la tête, les yeux dans le vide, comme pour réfléchir.

« Non. J'aurais préféré.

– Pardon, ma question n'était pas très adroite.

– Je n'en suis plus là. Je sais que Stanislas m'a trompée, à plusieurs reprises ; je devine aussi qu'il fréquentait des… des…

– … Des professionnelles ? »

Elle sourit sans joie :

« C'est élégamment dit. C'est moins vulgaire que putes et plus neutre que prostituées… Je devrais m'en offusquer, mais c'est le cadet de mes soucis. Je croyais que j'en avais fini avec Stanislas, que les infidélités et les coups n'étaient plus que les mauvais souvenirs de ma vie d'antan. »

Elle repose sa tasse avec précaution. Je sens qu'elle veut me révéler quelque chose, sans oser prononcer les paroles qui la hantent. Elle change de sujet :

« Vous connaissez Benjamin Cochet ? »

Les images défilent : une large carrure au milieu des silhouettes adolescentes, un rictus malsain, des yeux enfoncés dans leurs orbites, un rire trop bruyant, des bagarres dans la cour du lycée. Personne ne comprenait pourquoi Stanislas et lui étaient amis, alors que tout les opposait : un élève brillant et un cancre, un fils de la bourgeoisie locale et un enfant au père alcoolique, un latiniste esthète et un adepte de la musculation. L'un discutait poésie avec les professeurs ; l'autre rackettait les plus jeunes près des toilettes. Et la dernière image se fige : je vois encore Benjamin accoudé à un chêne lorsque j'ai émergé de ce buisson maudit. Stanislas s'était déjà éclipsé, mais la présence de son estafier distillait une menace latente et un message de soutien clair à son ami. Il m'a lancé un clin d'œil pervers qui a fini de me souiller, puis il a allumé une cigarette avant de quitter le parc.

La main d'Elsa sur mon bras me tire de mon errance mentale :

« Charlotte ? »

Elle m'observe avec un regard différent, teinté de bienveillance et de tristesse partagée. Comme j'ai peur qu'elle ne me demande des explications, j'enchaîne :

« Pardonnez-moi. Oui, je le connais : Stanislas et lui étaient amis au lycée.

– Ils le sont restés ensuite. »

Elle frissonne :

« Je ne l'ai jamais apprécié. Trop…

– Ne vous fatiguez pas, je comprends.

– Il est mort. »

Je réprime un soupir de soulagement. Se réjouir du décès d'un homme n'est pas socialement acceptable, mais Elsa n'est pas dupe :

« Moi aussi, cela m'a apaisée. C'est mal, non ? »

J'écarte sa question d'un geste badin.

« Comment l'avez-vous appris ?

– Grâce aux policiers.

– C'est récent ?

– Une dizaine de jours.

– Une autre victime du tueur en série ?

– A priori, non : il est mort par balles, et non au couteau. Il était fiché pour plusieurs délits ; je crois qu'il a même fait un passage par la case prison. »

Elle se rapproche et sa voix baisse d'un demi-ton :

« Ce n'est pas pour cela que les enquêteurs sont venus me voir. Ils étaient deux : le capitaine Grégoire Rannou et une psychologue. Ils ont reçu une vidéo sur laquelle apparaissent Stanislas et la femme.

– Ils vous l'ont montrée ?

– Non, ils ont refusé. Ils ont évoqué le secret de l'enquête, mais j'ai vite compris que l'enregistrement était trop sordide. »

Pour se donner une contenance, elle se saisit de la tasse et l'entoure de ses deux paumes :

« Je suis censée n'en parler à personne. Mais je ne peux pas garder cela pour moi, cela me ronge. Et je ne peux pas non plus en discuter avec mes fils, ma famille et mes amis. J'ai trop honte. Honte d'avoir été si naïve et si bête, d'être restée si longtemps avec un monstre, de ne pas avoir eu le courage de m'enfuir plus tôt. Ils ont extrait des images d'une femme à terre pour savoir si je la connaissais. Je ne l'avais jamais vue. Et sur une simple photo, la peur et le dégoût dansaient dans ses iris. Un peu comme vous tout à l'heure… »

Elle n'attend aucune confirmation. Elle a vécu dans les égouts pendant si longtemps qu'elle interprète les signes, les mots et les silences mieux qui quiconque :

« Je suis désolée. Je suis venue vous voir parce que je croyais que nous partagions des fragments de la même histoire, mais que vous n'aviez été qu'effleurée.

– Vous ne pouviez pas savoir.

– C'était lequel des deux ?

– Stanislas.

– L'ange était peut-être encore pire que le démon… Le capitaine m'a dit qu'un deuxième homme était présent et actif sur les lieux. Quand ils m'ont demandé d'écouter un enregistrement de sa voix, j'étais certaine qu'il s'agirait de Benjamin.

– Et alors ?

– Non, ce n'était pas lui. Mon cher mari avait déniché une autre âme noire. »

Je ressens l'amertume d'Elsa : ces nouvelles la replongent dans son enfer domestique, et elle ne parvient pas à se débarrasser d'une forme de culpabilité : de n'avoir pas vu, pas compris, pas agi. C'est ce qui nous différencie l'une de l'autre : les morts de Stanislas et de Benjamin ont dissipé mes douleurs passées au moment où je les exhumais du cimetière de mon âme. Comme Elsa hoche la tête en rythme, je voudrais lui crier de se détacher, de renaître, de commencer une nouvelle vie plus belle que la précédente. Je sais que ce n'est pas si simple : elle marche sur un chemin long et sinueux.

Lovée en boule sur les coussins, elle ajoute :

« Stanislas avait beaucoup de relations et quelques amis. Je ne me suis jamais sentie à l'aise avec eux : j'avais l'impression que l'estime de mon mari était proportionnelle à la répulsion qu'ils m'inspiraient… »

Elle hésite un instant :

« Sauf peut-être Corentin. »

Je reçois le prénom comme une gifle :

« Corentin comment ?

– Je ne sais pas. Il n'est venu que trois ou quatre fois à la maison : un ami du lycée, je crois.

– Brun, les yeux bleus, mince, discret ?

– Oui. »

Si chacun est libre de côtoyer qui il veut, savoir que Stanislas et Corentin avaient gardé le contact me laisse un arrière-goût amer. Je devrais passer outre, mais je meurs d'envie de gratter cette petite croûte mémorielle. Je me souviens à temps que Corentin a sollicité de la discrétion à son sujet. Nous continuons à bavarder, avec beaucoup de phrases courtes et de silences. Je comprends maintenant ce qu'Elsa Pellaut souhaite me demander.

Rien.

Elle n'a ni question ni requête. Elle cherche seulement une personne bienveillante, qui l'écoutera sans la juger, sans essayer de lui donner pistes et conseils, qui lui témoignera de l'empathie plutôt que de la sympathie, sans trop de contagion émotionnelle. Je joue alors le rôle qu'elle attend : elle sait que ses paroles mourront dans mon oreille sans s'envoler ailleurs au gré des vents. Tandis qu'elle évoque de lointains souvenirs heureux au sein desquels ses enfants sont omniprésents, je songe à ses deux fils. Comment leurs psychés ont-elles intégré les mots et les actes de leur père ? Vont-ils être influencés, consciemment ou non, ou se construire en réaction à une figure qu'ils ont sans doute haïe à certains moments de leur vie ? Si l'époque actuelle se focalise sur l'acquis, je pressens la puissance muette de l'inné. Mes yeux cherchent le magazine que je lisais tout à l'heure : il gît sur un fauteuil isolé, ouvert à la page où je l'ai abandonné. L'article s'intéresse aux enfants de parents divorcés, qui ont eux-mêmes plus de chances de divorcer. L'étude tente de clarifier les rôles respectifs des gènes et de l'éducation. Les registres nationaux suédois leur ont offert une mine d'informations, y compris les détails des parents biologiques et adoptifs, leur permettant ainsi d'appliquer les outils statistiques appropriés sur presque vingt mille cas. Leur conclusion est sans appel : le divorce d'au moins un des parents biologiques, que l'enfant ait vécu avec lui ou non, augmente la probabilité de divorce de l'enfant de vingt pour cent, tandis que le divorce des parents adoptifs n'a pas le moindre impact. Si les gènes ont un tel impact sur la probabilité de divorce de sa descendance, qu'en est-il de la violence ? Chacun écrit sa propre vie, mais l'encre n'est-elle pas déjà teintée à la naissance ?

Elsa esquisse un sourire de temps à autre : il suffit à adoucir ses traits et à la rendre plus humaine, plus chaude. Notre conversation ne mène nulle part, mais je m'en moque : si elle permet à Elsa de cheminer avec un peu plus de confiance et d'espérance, ma journée n'aura pas été vaine…

STANCE 36

ZOÉ

Jeudi 5 avril

Je m'ennuie.

Je patiente dans les locaux de la police judiciaire depuis huit heures ce matin. Mon téléphone portable est en charge et relié à un ordinateur, lui-même connecté à plusieurs logiciels dont je ne connais pas la fonction. L'informaticien de l'équipe, Hamid, est vissé à son siège : il navigue entre deux logiciels pendant que nous attendons l'appel de Jade. Des pixels clignotent sur son écran : la souris volette d'une fenêtre à une autre, à un rythme trop rapide pour que je puisse saisir le sens de ses actions. Dans la pièce voisine travaillent Grégoire et son équipe ; à tour de rôle, un volontaire vient me tenir compagnie quelques minutes pour briser ma solitude.

Les consignes sont simples : je dois laisser sonner trois fois avant de décrocher, être le plus naturelle possible, prolonger la conversation en demandant des précisions. Hamid perçoit ma langueur : d'un signe de la main, il me fait signe de le rejoindre devant l'écran. Sur une carte pulse un point rouge immobile.

« C'est quoi ?

– La position de Jessica Breunet : elle n'a pas bougé depuis ce matin.

– Elle est chez elle ?

– Oui. »

Elle habite rue de Lappe, près de la place de la Bastille, dans une zone riche en restaurants et en bars. Maintenant que j'ai plus d'informations, je sais que Jade n'existe pas : il n'y a pas de bonne copine qui veut aider une amie qui vient d'accoucher en prenant quelques billets au passage. Seule demeure Jessica Breunet, employée par la société « Bien être, bien vivre ». Quel est son rôle, au-delà de sa fonction de rabatteuse sur les forums Internet ?

Mon téléphone vibre soudain : ce n'est qu'un SMS de Bérénice qui me félicite pour ma séance de vidéo avec Armani. Le client est ravi ; il souhaite même organiser une nouvelle session à l'automne. Ce genre de propositions ne se refuse pas : c'est bien rémunéré, et être choisie par de grands noms me rend plus visible pour décrocher d'autres contrats. C'est un cercle vertueux : lorsqu'un visage devient connu, il acquiert plus de valeur pour les jeunes marques en quête de reconnaissance.

Mon attente forcée me replonge dans mes pensées. Invariablement, elles convergent vers Maya. Je ne l'ai pas revue depuis la soirée privée de la semaine dernière. J'étais heureuse de partager avec elle ces moments de détente et d'abandon, sans but aucun. La voir profiter de la vie avec une insouciance presque juvénile est une belle cure de jouvence pour moi, qui compte pourtant une douzaine d'années de moins qu'elle. Je n'ai pu lui raconter ni ma première rencontre avec Jade, ni l'accélération des évènements depuis. J'ai peur pour elle. Je sais que, tôt ou tard, elle reviendra vers moi et qu'elle se fichera dans la toile d'araignée policière, telle une libellule étourdie.

Je reporte mon attention sur les lieux. Ils ne correspondent pas aux clichés des films noirs : ni murs défraîchis, ni vapeurs de cigarette, ni va-et-vient incessants, ni inspecteurs bourrus mal rasés. Les locaux sont récents, truffés d'ordinateurs et les policiers sont jeunes, moins de trente ans pour la plupart. Seuls le mobilier usagé et les chattertons autour d'une imprimante hors d'âge trahissent un manque de moyens chronique. J'ai vu passer six membres de l'équipe de Grégoire, et la même pensée m'est venue chaque fois : il ne ressemble pas à un flic. Hamid s'apparente plutôt à un geek absorbé par une session de NieR : Automata, La légende de Zelda ou Super Mario Odyssey qu'à un statisticien à la recherche d'indices sur un tueur en série. Le minois adolescent et la silhouette banale de Mathilde, l'adjointe de Grégoire, ne cadrent pas avec les gants élimés et les chaussures de boxe française posés au pied de son bureau. Antoine, le grand escogriffe à la chevelure en bataille qui m'a accueillie, paraît plus intéressé par les magazines sportifs empilés sur son bureau que par la traque des malfaisants qui écument la capitale. Et qui devinerait que Grégoire, qui déambule dans les rues de Paris, sans parvenir à marcher droit sur les trottoirs, chapeaute le groupe chargé de l'affaire la plus sensible du moment ?

Comme s'il savait que je pense à lui, mon cousin déboule dans la pièce avec trois boîtes de pizza. Comme nous nous attaquons à notre déjeuner, moins par faim que pour passer le temps, Grégoire tente de me remonter le moral :

« C'est un peu long, je suis désolé. Elle t'a appelée à quel moment de la journée la dernière fois ?

– À peu près à cette heure-là.

– Croisons les doigts…

– Et si elle ne se manifeste pas aujourd'hui ? »

Grégoire prend un air faussement contrit.

« J'ai compris : je reviens demain, c'est cela ?

– C'est mieux. »

Sa formulation est élégante : elle me donne l'illusion du choix. Pour détourner la conversation, il se tourne vers Hamid :

« Du nouveau sur le photographe ?

– Non. Il débouche d'une petite rue sans que je puisse le tracer avant, et il s'éclipse de la même manière.

– Tu as une photo ?

– Oui. »

Il pianote un instant sur son clavier, puis hausse les sourcils, dépité du résultat. Grégoire se tourne vers moi :

« Tu veux jeter un œil ? Tu l'as peut-être repéré. »

Les portraits de mauvaise qualité, même agrandis, ne me disent rien : l'homme représente la quintessence de la moyenne, sans détail marquant :

« J'étais plutôt concentrée sur Jade… »

Grégoire ne relève pas l'utilisation du pseudonyme. Il préfère peut-être que je conserve ce prénom en tête afin d'éviter les lapsus lors de ma future discussion. Comme je termine la dernière part de ma pizza blanche, mon téléphone vibre sur la table. Grégoire lève trois doigts pour m'intimer de patienter quelques secondes. Hamid me place un casque sur les oreilles et me signale le début de la conversation d'un geste bref. Les autres membres de l'équipe jaillissent de la pièce adjacente comme des Zébulons tournicotants.

« Oui ?

– Salut, c'est Jade.

– Salut. J'attendais ton appel.

– J'espère que tu es toujours partante, parce qu'ils sont d'accord.

– Top ! »

J'essaye de doser mon enthousiasme : ni excessif, ni trop neutre. Grégoire hoche la tête en signe d'assentiment.

« Tu as réfléchi pour le donneur ? me demande Jade.

– Ça m'intéresse.

– Tu as des préférences ?

– Oui : roux, yeux bleus, grand, mince, études supérieures. Et aucun souci de santé bien sûr.

– OK. La seule difficulté, c'est la couleur des cheveux : les roux ne sont pas nombreux.

– Je me doute, mais…

– … Tu voudrais que le bébé te ressemble le plus possible.

– Oui. »

Ma requête n'a sans doute rien d'inhabituel : comme le père n'est qu'un fantôme génétique, autant que ses phénotypes se rapprochent le plus possible de ceux de la mère.

« En ce qui concerne l'acompte ?

– J'ai déjà les cinq mille euros.

– Très bien. J'ai une bonne nouvelle pour toi : en discutant avec eux, j'ai réussi à limiter le prix du donneur à dix mille euros pour une demande telle que la tienne. Il te restera cinquante-cinq mille euros à verser.

– Merci, c'est gentil.

– Le délai est en général un peu inférieur à un an ; tu seras mise au courant au fil de l'eau de toute façon. Juste un détail : tu es certaine de pouvoir réunir la somme ? Ils ne sont pas du genre à accepter les excuses ou les retards au moment du paiement final… »

Je perçois la menace sous-jacente, mais ma voix ne tremble pas :

« Certaine.

– Quand tu auras payé l'acompte, il n'y aura plus de retour en arrière possible. Même si tu changes d'avis, tu leur devras toujours cinquante-cinq mille euros, nous sommes d'accord ?

– Nous sommes d'accord.

– Parfait. Quand peux-tu verser les cinq mille euros ?

– En liquide ?

– Oui, bien sûr. Pas de coupures supérieures à cent euros.

– À partir de lundi. C'est à toi que je les donne ? »

Elle éclate de rire :

« Non, surtout pas : je ne veux même pas voir l'argent. Je t'enverrai un SMS pour te donner un lieu et une heure de rendez-vous dès que possible. Quand es-tu libre la semaine prochaine ?

– Euh… Attends. »

J'interroge Grégoire du regard : il griffonne quelques mots sur une feuille et la place sous mes yeux.

« Mardi ou mercredi, en journée.

– D'accord. Je te tiens au courant.

– Si tu peux m'éviter un rendez-vous dans un endroit glauque, je…

– … Ne t'inquiète pas, ce n'est pas le genre de la maison. A priori, nous ne nous parlerons plus : je te souhaite tout le bonheur du monde avec ton bébé.

– Merci.

– À ton service. Ciao !

– Ciao. »

Grégoire lève le doigt pour intimer le silence à tous jusqu'à ce qu'Hamid lui confirme que la conversation est bien coupée. À leurs regards guillerets, je comprends qu'ils sont satisfaits de la tournure de la discussion. Grégoire pose sa main sur mon épaule :

« Tu as été parfaite, cousine. Nous allons essayer de nous passer de toi pour la suite…

– Compliqué pour un flagrant délit, lâche Mathilde à l'instinct.

– Nous ferons au mieux », conclut Grégoire.

Les moues simultanées de Mathilde et d'Antoine augurent une explication tendue après mon départ. Je regroupe mes affaires et je me lève, indécise :

« Je peux rentrer chez moi ?

– Oui, bien entendu. Quelqu'un va te raccompagner… »

Je suis soulagée de m'être débarrassée de cette épreuve. Pourtant, ce n'est pas la pensée qui occupe mon esprit : cela fait plus d'une semaine que je n'ai pas vu Maya, que je n'ai pas entendu sa voix suave, que je n'ai pas frôlé le grain de sa peau.

Elle me manque.

INTERMÈDE

Vendredi 6 avril

Les policiers sont si faciles à repérer que je flaire le piège.

Deux hommes patientent dans une voiture banalisée, sous un lampadaire blafard. Depuis leurs sièges, ils peuvent à loisir épier le carrefour et l'entrée de l'immeuble de Zoé. Je ne commets pas l'erreur de me poster moi-même en observation ; je poursuis ma route sans lever la tête ni détourner le regard. Il me faut quelques instants pour voir les trois caméras temporaires qui couvrent les zones propices à une attente discrète, dans l'angle mort de la voiture. Je devine que les images sont retransmises en direct aux policiers, leur permettant ainsi d'assurer leurs arrières et de débusquer d'éventuels curieux.

Malin…

Mon bonnet bien vissé sur le crâne et mon visage enfoui dans ma parka, je dédaigne la station de métro la plus proche au profit d'une ligne plus éloignée. La rame me mène dans l'est de Paris, entre République et Bastille. Je marche encore une quinzaine de minutes, afin de rejoindre la ruelle dans laquelle se trouve l'immeuble de Jessica Breunet. Une œillade rapide me confirme que son appartement est vide : aucune lumière ne filtre à travers les deux fenêtres du dernier étage. Si les voitures ne peuvent pas stationner sur la chaussée, je ne doute pas de la présence de policiers dans les environs. À leur place, je choisirais une table avec vue sur la porte d'entrée. Je réalise qu'une bonne dizaine de groupes dans les bars à proximité peuvent correspondre à cette description : ces deux amoureux qui se tiennent la main en chuchotant, ce trio d'amis habillés aux couleurs de leur club, ces deux hommes en costume qui échangent quelques papiers, ces consommateurs isolés pianotant sur leur téléphone.

J'ai déjà repéré les lieux hier et récupéré le code après moins d'une heure d'observation. Je compose les six chiffres sur le cadran et pousse la lourde porte pour pénétrer à l'intérieur de l'immeuble. Je me hisse jusqu'au cinquième étage par les escaliers grinçants : comme je l'imaginais, le palier donne sur deux appartements, celui de Jessica Breunet et un second, sur cour. Pour attendre ma cible, j'ai besoin de savoir si l'autre demeure est occupée. Je m'en approche pour lire le nom sur la petite étiquette : « Monsieur et Madame Dalle ». Il n'y a pas de judas, c'est déjà cela... Je sonne et je colle mon oreille à la porte : personne ne m'ouvre et je ne perçois ni mots ni déplacements. Je tente ma chance une deuxième fois, d'une manière plus insistante. Pas de réponse. Ma montre indique dix-neuf heures. Si Jessica rentre directement du travail, elle ne devrait pas tarder ; si elle profite du vendredi pour sortir, je ne la verrai pas de sitôt. Je m'accorde quarante-cinq minutes, pas une de plus. Comme il n'y a pas d'ascenseur, mon plan est simple : si les pas franchissent le quatrième étage, j'emprunterai à mon tour les escaliers dans l'autre sens. Si je croise les voisins, je m'éclipserai sans un mot ; s'il s'agit de Jessica Breunet, je lui planterai mon poignard dans le ventre au moment propice, puis je la finirai ensuite sur les marches d'au moins deux coups à la gorge.

Après quarante minutes d'attente immobile, alors que je m'apprête à plier bagage, j'entends enfin des pas au niveau du troisième étage. Vont-ils s'arrêter au quatrième ou poursuivre leur route dans ma direction ? Sur le palier d'en dessous, le bruit est un instant étouffé par le tapis, puis le claquement sur le bois me donne le signal de la descente. Je reconnais bientôt la longue chevelure brune de Jessica ; dans ma poche, ma main se crispe sur le manche. À dessein, je me rapproche du mur extérieur, pour lui laisser la partie pentue dans le virage. Lorsque nos corps sont sur le point de se frôler, je feins de me placer de profil pour lui offrir plus d'espace, et mon poing jaillit pour planter ma lame au niveau du foie. Dans un geste presque naturel, elle pivote au moment de la frappe, déviant ainsi le poignard qui l'accroche pourtant, tandis que son pied fauche ma jambe d'appui. Nous tombons lourdement sur les marches que nous dévalons en roulé-boulé. Mes épaules tapent le mur du palier inférieur ; je me redresse aussitôt le poignard en main. Jessica est encore plus rapide : elle profite de son élan pour jaillir et s'enfuir par les escaliers. Je la poursuis, mais j'ai un demi-étage de retard. Elle franchit la porte du hall une poignée de secondes avant moi. J'ai peur qu'elle ne hurle dans la rue, mais elle se contente de courir. Je sors et je discerne le jeune couple qui quitte le café à la hâte, sans maintenant paraître se soucier l'un de l'autre.

J'opte pour la direction opposée. La parade de Jessica n'est pas due à la chance : dévier une arme blanche et contre-attaquer en un seul mouvement dans un escalier étroit n'est pas à la portée d'une débutante, même méfiante. Un peu plus loin sur le trottoir, je regarde le poignard avant de le ranger dans son fourreau : il est taché de sang.

STANCE 37

ALEXIS

Samedi 7 avril

Diego ne s'embarrasse pas de fioritures :

« C'est toi qui as planté Jessica Breunet ? »

Je biaise :

« Pourquoi penses-tu à moi ?

– Tu n'étais pas mauvais non plus avec un couteau…

– Elle est encore vivante, non ?

– Oui, juste blessée.

– Donc ce n'est pas moi… »

Ma remarque arrache un sourire sardonique à Diego ; il choisit ne pas approfondir. J'ai suivi les règles de prudence usuelles : toujours un endroit et un horaire différents. Ce matin, nous discutons sur un banc au pied du centre Pompidou, devant un groupe de *street dancers* qui tentent l'un après l'autre des figures hardies.

« Ils sont dingues au Bastion. L'attaque a fait s'envoler les suspects comme une nuée de moineaux : ceux qui étaient de près ou de loin liés à "Bien être, bien vivre" se sont volatilisés. Les équipes de surveillance n'ont rien vu ; les téléphones sous écoute sont morts ; les appartements ont été abandonnés : ils étaient loués de toute façon.

– Grégoire Rannou va lancer des mandats d'arrêt ?

– Sans doute, mais cela prendra du temps.

– Reste Jessica Breunet.

– Si elle parle… Ils l'interrogent en ce moment. »

Diego joue avec un caillou dans sa paume, il le retourne dans tous les sens avant de le passer d'une main à l'autre. Je sens qu'il veut me dire quelque chose. Il ferme enfin le poing sur la pierre et souffle :

« Fais attention Alexis, tu es en ligne de mire.

– Vraiment ?

– Mets-toi à leur place : ils savent que tu as suivi Jessica, que tu l'as prise en photo. Tu connais peut-être son lieu de travail, son adresse personnelle…

– Et pourquoi leur aurais-je envoyé des clichés ?

– Ils n'en sont pas là ; tu es leur seule piste. Et comme tu as aussi mitraillé sa cousine, je peux t'assurer que Grégoire est motivé ; il n'a pas envie de la retrouver avec une lame dans le ventre. Et encore, ils ne possèdent aucun élément sur ton passé de…

– … De tueur ? »

Il pose sa large main sur mon épaule :

« Tu n'as fait que ton devoir, Alexis : toi et moi le savons. Mais vu de l'extérieur, pour un civil, l'amalgame est tentant. »

Les danseurs répètent leurs passes, au rythme d'une bande sonore d'*Asian Dub Foundation*. À tour de rôle, ils enchaînent les pas et les figures, aériennes ou au sol. Des jumeaux déroulent des mouvements symétriques sans même se regarder ; une jeune fille aux cheveux crépus mime une progression robotique en intégrant gestes saccadés et *moondance* ; un homme albinos, petit et trapu, se lance dans une série d'acrobaties que ne renierait pas un club de gymnastique.

Diego et moi nous quittons sur une franche poignée de main. J'aimerais rester un peu pour observer les danseurs, mais la règle est claire : je viens de discuter ici avec un policier de la brigade criminelle, et il faut abandonner un lieu chaud dès que possible, pour éviter d'être repéré, parfois par hasard. Je descends la rue Beaubourg vers la Seine. Je m'étonne toujours de la densité des trottoirs parisiens en pleine journée. Même si je sais que tout le monde ne travaille pas dans un bureau, un commerce ou une usine, croiser tant de femmes et d'hommes, de tous âges et conditions sociales, titille ma fibre paranoïaque. Combien d'entre eux jouent, comme moi, une partition entre ombre et lumière ? Maladies fictives, services au noir, rencontres adultérines, trafics en tous genres, j'alimente mes délires d'indices insignifiants : un regard circulaire, un portable soudain éteint, un maquillage peaufiné dans un rétroviseur, un billet de deux cents euros dans une bourse râpée. À force d'esquiver les pièges, je décèle moult signes imaginaires, et chaque détail se mue en une ligne à analyser.

Sur le pont d'Arcole, seuls les touristes stationnent ; les Parisiens pressent le pas et fuient la brise d'est qui s'insinue dans les plus fins espaces et glace la peau. Mon téléphone vibre dans ma poche ; le numéro m'est inconnu.

« Oui ?

– Bonjour, c'est Natalia. »

Je regarde l'écran comme si je lui reprochais l'appel : seules une poignée de personnes connaissent ce numéro. Je suis sûr de ne l'avoir jamais donné à l'escort girl et d'avoir toujours précédé mes communications de l'option de secret. Comme si elle lisait dans mes pensées, elle ajoute :

« Je me suis envoyé un SMS quand j'avais ton téléphone en main, lorsque tu étais sur le lit, puis je l'ai effacé ensuite. »

Elle a au moins le tact de ne pas me rappeler ma position inconfortable, nu et attaché.

« Je ne connais même pas ton nom. »

J'opte pour un alias récurrent :

« Timothée.

– Je vais être directe : je t'appelle pour te proposer mes services.

– Je n'ai rien à redire sur la qualité de tes prestations, mais je préférerais que ce soit moi qui te contacte. »

Pendant que je parle, je me demande si je dois considérer que ce numéro est brûlé, et donc m'en procurer un autre. Ce qui m'ennuie le plus, c'est que la police pourrait identifier mes correspondants non cryptés si elle l'obtient ; Tanja et Diego ont pris leurs précautions, mais Charlotte et Sibelle Carpentier ont communiqué avec moi sans artifices.

Elle éclate de rire au bout de fil :

« Je ne pensais pas à ce type de services ! J'ai beaucoup réfléchi ces derniers jours : je veux t'aider à retrouver l'assassin de Lucile. »

Immobile sur le pont, je lève les yeux au ciel :

« C'est très gentil de ta part, j'apprécie ta démarche.

– En général, une phrase comme celle-ci est complétée par un mais.

– Mais je travaille seul.

– Ah oui ? Et la jeune femme qui t'a appelé ?

– C'est différent : elle a des compétences spécifiques.

– C'est-à-dire ?

– C'est secret, je suis désolé. »

La ligne est ténue : je dois refuser son offre sans la vexer, pour qu'elle ne dévoile pas mon numéro. J'hésite à lui parler du viol de Lucile : quoique valide, l'argument en révélerait trop sur moi. J'opte pour une version plus douce :

« Et elle est en retrait : elle n'est pas exposée. Ce n'est pas un jeu, c'est dangereux.

– Tu crois que j'ai grandi dans du coton toute ma vie ?

– Je sais bien que non. Nous en sommes à six cadavres, je ne veux pas que tu prennes des risques.

– Écoute Timothée, ou quel que soit ton vrai nom, je ne suis pas en sucre et j'ai vécu des situations bien plus périlleuses. Je ne suis peut-être pas aussi douée que toi, mais il existe des lieux où tu ne peux pas te rendre, des personnes à qui tu ne peux pas parler, des appels que tu ne peux pas passer, des endroits où tu attireras moins l'attention en couple. Je ne suis pas qu'une simple poupée de chair : je garde mon sang-froid, je suis intelligente, fiable et discrète. Et, comme toi, je veux venger Lucile. »

Elle marque un point. Après tout, pourquoi ne pas conserver ce bel atout dans ma manche ? Je ne veux pas l'exposer ni risquer d'être repéré par sa faute, mais elle pourrait sans doute être utile dans certaines situations, et j'ai plus confiance dans une catin qui a percé les frontières avec son corps pour seul bagage que dans une Parisienne de toujours à la vie bien réglée.

« D'accord. Trois conditions.

– Je t'écoute.

– Un : tu n'en parles à personne, jamais. Aucune allusion.

– Cela va de soi.

– Deux : tu effaces mon numéro de tes contacts.

– Je ne l'ai pas enregistré et je ne l'ai écrit nulle part ; je l'ai appris par cœur.

– Bien, c'est un bon début. Trois : si tu acceptes une mission, tu suis les consignes à la lettre. Pas de zèle, pas d'initiatives : nous ne sommes pas dans un film d'action.

– Compris.

– Bien, je te tiens au courant.

– Merci. Ah, dernier détail…

– Oui ?

– Si tu as besoin de moi pour une raison plus… classique, tu sais où me joindre. Mais là, ce sera payant.

– Je ne dis pas non. À bientôt Natalia.

– À bientôt. »

Si j'écoutais mes pulsions, je la rejoindrais dès ce soir, mais j'ai un rendez-vous tôt demain, et je dois m'y présenter en pleine forme.

STANCE 38

CHARLOTTE

Samedi 7 avril

Corentin m'a promis une visite demain matin, un ou deux jours avant mon pic d'ovulation. Tout est en ordre : nous sommes d'accord sur les conditions, et j'ai préparé récipients et pipettes. Si Internet n'existait pas, je me serais même procuré des revues érotiques…

Mais j'ai besoin de savoir.

Vu l'âge d'Elorri, j'opte pour Facebook : j'ai plus de chances de la trouver sur ce réseau social que sur Instagram ou Snapshat. Je ne connais pas son patronyme, mais son prénom basque est rare. Bientôt, je bénis ma fortune, et aussi ma mémoire photographique, même si je n'ai vu qu'un seul cliché d'elle : je l'identifie parmi sept homonymes grâce à sa photo de présentation. Par curiosité, je cherche quelques informations supplémentaires, mais je reste sur ma faim : son profil n'est pas public. Je lui envoie un bref message avec mes coordonnées, en espérant qu'elle consulte son compte de temps en temps. Je ne sais pas moi-même si je souhaite une connexion tardive : au moins, j'aurai la conscience à peu près tranquille lorsque j'injecterai la semence de Corentin en moi.

Comme j'hésite entre sortir et flemmarder sur mon canapé, la sonnerie résonne dans la pièce :

« Oui ?

– Bonjour, c'est Elorri.

– Ah, merci de m'appeler aussi vite !

– Je t'en prie. C'est au sujet de Corentin, n'est-ce pas ? »

Le tutoiement lui vient naturellement. Mon cœur bat la chamade : est-elle effectivement informée de l'accord de son compagnon ? J'aimerais qu'elle me réponde sans que j'aie besoin de la questionner ; égoïstement, je ne sais toujours pas si je renoncerais à mes projets par honnêteté intellectuelle envers elle si elle ignorait la situation :

« Oui.

– Je me doutais. Quand as-tu appris la nouvelle ? »

Sa question me désarçonne : quoique vague, elle ne s'intègre pas complètement à la situation. Je ne sais comment répondre sans me dévoiler. Parle-t-elle de l'insémination artisanale ou de tout autre chose ? Mon court silence la surprend :

« Attends... Tu n'es pas au courant ?

– Au courant de quoi ? »

Il sera toujours temps de me rattraper plus tard si j'ai été trop prudente. Le bruit de fond se dissipe peu à peu ; je comprends qu'Elorri s'isole pour glaner un peu plus d'intimité.

« De la mort de Corentin, souffle-t-elle. »

La plainte m'a échappé. Je sens mon cœur exploser dans ma poitrine : ai-je vraiment perdu un ami cher et le futur père de mon enfant quelques jours après qu'il a illuminé ma vie ?

« Tu ne savais pas ? »

Je m'affale sur le fauteuil, les genoux repliés contre mon torse. Je voudrais couper la conversation pour feindre l'ignorance, mais je suis avide de détails, même s'ils me transpercent. J'essaie d'ordonner mes questions, mais Elorri me devance :

« J'ai failli ne pas être prévenue moi non plus. Corentin était si secret… »

L'incongruité de sa phrase stoppe mes larmes naissantes :

« Comment… Quand…

– Je vais te raconter ce que je sais, ce sera plus simple… J'ai reçu la visite d'un officier en uniforme dans une salle de réunion vitrée au travail : tous les collègues se demandaient ce que faisait un militaire dans notre pépinière de start-up. Il a posé son képi blanc sur la table et il m'a dit que Corentin était mort en mission.

– En mission ? Quelle mission ?

– Tu savais que Corentin avait été légionnaire ?

– Non.

– Moi non plus : c'était avant notre rencontre.

– Il ne l'était plus alors…

– Non, mais il travaillait toujours pour le gouvernement.

– Ça, je le sais : au ministère des Affaires étrangères…

– C'était la version officielle, y compris pour moi. Bien pratique : cela expliquait ses absences à répétition.

– C'est ridicule : Corentin n'a jamais évoqué l'armée ou la Légion ! »

Elorri laisse quelques secondes s'égrener avant de répondre :

« Avec moi non plus, si cela peut te rassurer.

– Comment est-ce possible, vous avez vécu ensemble pendant… »

Comme je fouille ma mémoire, elle complète :

« … Presque deux ans, oui. »

Deux ans ? Je les croyais ensemble depuis plus de quatre ans. La situation m'échappe et je déteste cette sensation. Les questions éclosent si vite dans mon esprit que je ne sais où commencer :

« Je suis perdue… Corentin n'était plus militaire ?

– Si, mais il n'était plus légionnaire.

– Pourquoi un légionnaire viendrait-il t'annoncer sa mort s'il avait quitté ce corps ?

– À ton avis ? S'il travaillait toujours dans l'armée, que je n'étais pas au courant alors que je partageais ses jours et ses nuits…

– Les services secrets ?

– Tu vois une autre explication ?

– Tu n'es pas censée garder… le secret, justement ?

– Je m'en moque ! C'est leur problème, pas le mien ! »

Sa voix charrie des éclats de courroux. Je me souviens du portrait que m'avait esquissé Corentin : « Elorri, c'est une panthère : souvent tendre comme un chaton, mais son coup de patte est meurtrier. »

« Et que t'a dit cet officier ?

– Que Corentin avait servi sa patrie pendant de longues années, qu'il était mort en héros, que la France reconnaissante l'avait décoré de la Légion d'honneur à titre posthume, bla-bla-bla…

– C'était quand ?

– Il y a un an, jour pour jour. »

Mon sang se glace.

C'est impossible. Je n'ai pas pris un verre avec un fantôme au cœur du Paris breton, et personne n'aurait pu si bien imiter sa voix lorsqu'il m'a donné son accord pour l'insémination artisanale.

« Le pire, c'est que je n'ai pu prévenir personne, poursuit Elorri. Corentin n'avait pas de famille et je ne lui connaissais pas d'amis, sauf toi.

– Et pourquoi ne m'as-tu pas appelée ? »

Je perçois un soupir qu'elle ne cherche pas à masquer :

« Je ne connaissais que ton prénom. Ne le prends pas mal, mais dénicher une Charlotte d'environ quarante ans avec les maigres indices dont je disposais, c'était mission impossible.

– Oui. C'est plus simple de retrouver une Elorri.

– Je savais que tu m'appellerais un jour… »

Quelle attitude adopter ? Si je sais que Corentin est vivant, j'ignore à quel jeu joue Elorri. Et je dois éclaircir quelque chose…

« Tu as dit tout à l'heure que vous êtes restés en couple presque deux ans…

– Oui, nous nous sommes séparés il y a deux ans. Tu ne le savais pas ? »

Je peux bien lui avouer cela :

« Non. Corentin ne m'a… pardon, ne m'avait rien dit.

– Je crois qu'il a emporté beaucoup de secrets dans sa tombe. Il faut que tu saches quelque chose…

– Oui ?

– Tu es la seule personne dont il m'a parlé, peut-être son unique amie. J'ai même frôlé la jalousie un moment.

– Il ne s'est jamais rien…

– Je l'ai vite compris, ne t'inquiète pas. »

La bienséance voudrait que nous échangions des propos badins sur nos vies et que nous flattions la mémoire de Corentin, avant une vague allusion à un contact ultérieur. Je comprends qu'Elorri se moque autant que moi des conventions, ce qui ne m'étonne guère : elle ne serait pas restée aussi longtemps avec lui dans le cas contraire. Je la remercie d'une phrase simple et sincère et nous nous quittons sans engagement ni fioritures.

Lorsque le silence retombe, j'essuie les sillons de sel sur mes joues, tracés pendant les quelques minutes où j'ai cru Corentin disparu. Le chagrin n'est plus, mais les vapeurs d'abandon sont plus lentes à se dissiper. Je jure que ma vie ne se poursuivra pas ainsi, dans une si lourde solitude : soit je parviens à façonner un environnement où les sentiments humains reprennent leur place, soit je chois dans un abîme de noirceur que je ne veux même pas envisager.

Tout à l'heure, j'ai aimé la franchise d'Elorri, même si je sais que l'histoire est différente. Les questions jaillissent une à une dans mon crâne, sur la mort officielle de Corentin, sa relation de couple, son passé. Toutefois, mon inquiétude principale est ailleurs : viendra-t-il chez moi demain pour honorer sa promesse ?

STANCE 39

ZOÉ

Samedi 7 avril

Une pièce vide à la blancheur immaculée meublée d'une table basique et de deux chaises occupe tout l'écran. Quelques secondes plus tard, deux policiers amènent Jessica Breunet, menottée vers l'avant, et l'asseyent face à la caméra. À peine une minute plus tard, Grégoire apparaît et s'installe face à Jessica après un bref salut. Il s'assure que la caméra fonctionne, puis il commence par les questions administratives d'usage avant de s'intéresser au déroulement de l'agression.

Je me tourne vers l'équipe sans viser personne en particulier :

« Vous n'êtes pas deux pour les interrogatoires ?

– Le gentil et le méchant ? » demande Mathilde.

Comme elle rit franchement, je me sens un peu vexée. Elle pose alors sa main sur mon avant-bras pour me dérider :

« Les techniques ont beaucoup changé. Nous utilisons une méthode canadienne, plus proche d'une conversation que d'un interrogatoire. L'idée est de se détacher du formalisme, de mettre le suspect en confiance et de le laisser parler, avec le maximum de détails. En général, il se coupe ou le récit présente des incohérences, et nous le plaçons face à ses contradictions. Et le meilleur dans cet exercice, c'est ton cousin.

– Où est-il, d'ailleurs ?

– En chemin : il a quitté l'hôpital après nous avoir envoyé la vidéo. Il préfère que nous la regardions sans lui, pour ne pas polluer notre ressenti. »

J'observe Jessica avec un peu plus d'attention. Son langage corporel est très différent de celui dont elle usait lors de notre rencontre dans le café. La trentenaire désinvolte et soucieuse de son look a laissé la place à une femme confiante, au regard insolent ; elle ne se donne même pas la peine de feindre l'inquiétude. Ses yeux ne papillonnent plus, ils sont plantés dans ceux de son interlocuteur ; ses mains sont immobiles sur la table.

La voix de Grégoire emplit la pièce :

« À quoi ressemblait votre agresseur ?

– Je vous l'ai dit : je n'ai pas eu le temps de le voir.

– À quel moment vous a-t-il attaquée ?

– Entre le quatrième et le cinquième étage : je montais, il descendait.

– Il vous paraissait menaçant ?

– Non.

– Et comment êtes-vous parvenue à lui échapper ?

– Cela s'est passé trop vite. J'ai reçu un coup de couteau et je suis tombée. Lui aussi. Je me suis relevée la première et je me suis enfuie.

– Vous n'avez pas crié…

– Je ne pensais qu'à courir.

– Et ensuite, quand les deux policiers vous ont rattrapée ?

– Je ne savais pas qu'ils étaient flics.

– Vous avez mis K.O. la femme d'un coup de coude au menton…

– Un geste réflexe. »

Je note le geste d'agacement de Mathilde.

« Un problème ?

– Elle se moque de nous. Son attitude ne colle pas avec son discours : elle n'essaie même pas de faire semblant ! Elle ne parle que pour la caméra, en vue du procès.

– Que risque-t-elle ?

– Pas grand-chose pour l'instant : elle se présentera comme une subalterne.

– C'est peut-être le cas… »

Le rictus de Mathilde me cueille à froid :

« Regarde-la. Elle a échappé seule à un tueur qui a éliminé six personnes au couteau. Tu serais aussi sereine à sa place ? Avec une blessure à l'arme blanche et deux côtes cassées ?

– Sans doute pas, en effet… »

J'écoute Jessica expliquer son rôle dans la société, qu'elle décrit comme essentiellement administratif. Elle reste plus vague lorsque la question de l'activité commerciale est abordée, se retranchant derrière une ignorance de façade. Après plus de quarante minutes de discussion, Grégoire aborde enfin le sujet central.

« Nous sommes surtout intéressés par l'activité de trafic de bébés. »

Le visage de Jessica se crispe une fraction de seconde :

« Je ne sais pas de quoi vous parlez.

– Nous vous avons informée de l'infraction dont vous êtes soupçonnée au début de la garde à vue.

– Oui, mais cela n'a aucun sens.

– Nous avons des listes de femmes en France et en Géorgie, des dates, des informations… »

Elle secoue les mains en signe de dénégation :

« Demandez plutôt à mon boss.

– Il n'est plus là. Ni lui ni votre collègue ; ils ont tous deux disparu moins d'une heure après votre agression. Il ne reste que vous…

– Je vous rappelle que je suis une victime dans cette affaire.

– En ce qui concerne l'attaque au couteau, oui. Et pour le reste ?

– Je ne suis pas mêlée à tout cela.

– Madame Breunet, votre téléphone portable est sous écoute. »

Jessica semble soupeser les mots de Grégoire. Je l'imagine scanner sa mémoire pour lister ses conversations des dernières semaines. Elle finit par lâcher :

« Je ne suis pas obligée de répondre à vos questions.

– C'est votre droit, en effet. Je préférerais échanger avec vous : si vous n'avez joué qu'un rôle mineur, autant le clarifier tout de suite… »

Elle hésite. Je sens qu'elle soupèse les deux options : se taire et laisser la main à un avocat ou admettre sa participation pour en atténuer l'impact. Grégoire se lève pour se dégourdir les jambes. Jessica l'ignore ; elle reste prostrée sur sa chaise, les yeux dans le vide.

« C'est l'instant crucial, murmure Mathilde. Soit la digue craque, soit elle se referme comme une huître. »

Je m'attends à ce que Grégoire l'assaille de nouvelles questions, mais il reste silencieux et se rassied face à la suspecte. Elle lui lance un regard de défi, comme pour se rassurer elle-même.

« J'imagine que cela n'a pas dû être facile pour vous… »

La phrase de Grégoire, chuchotée sur le ton de la confidence, me surprend autant qu'elle désarçonne Jessica. Elle s'attendait à une mise en cause, une accusation, une sentence péremptoire, et non à une marque d'empathie.

« Non.

– Tout le monde fait des erreurs, vous savez…

– Je ne veux pas aller en prison.

– Nous ne sommes pas dans un film américain : je n'ai pas le pouvoir de négocier quelque chose pour vous. Votre sincérité vous aidera ; ne payez pas pour les autres, ceux qui ont vraiment profité de ce trafic. Même si vous êtes condamnée, avec les remises de peine, vous ne resterez sans doute pas trop longtemps derrière les barreaux. Vous êtes jeune : vous aurez le temps de reconstruire votre vie. »

Comme elle renifle, Grégoire lui tend un mouchoir qu'elle saisit avec une grimace de douleur.

« Vous avez toujours mal ?

– Oui, sur certains mouvements.

– Deux côtes cassées, vous en avez pour un mois…

– Cela vous est déjà arrivé ?

– Oui, l'année dernière.

– En poursuivant un suspect ?

– Si seulement… Je me suis pris les pieds dans mon tapis de salle de bains et je suis tombé sur le rebord de la baignoire. »

Comme Jessica lâche un sourire, Mathilde approuve d'un hochement de tête :

« Bien, Grégoire, bien… »

Ils échangent encore quelques phrases dans une ambiance plus proche de la discussion amicale que de l'interrogatoire de police. Après un court silence, Jessica souffle enfin :

« C'est Daniel qui gérait tout.

– Daniel Hoarau, votre boss ?

– Oui. Au début, Angel et moi ne nous occupions que de la face visible de la société.

– Et ensuite ?

– Je ne gagnais pas beaucoup, à peine plus que le Smic. Dans une ville comme Paris, c'est compliqué.

– Oui, bien sûr…

– Il m'a proposé d'arrondir mes fins de mois, en liquide, en échange de petits services. Des appels, des rendez-vous. Cela ne me semblait ni difficile ni risqué : au bout de trois mois, je doublais mon salaire. En cash. Je viens de l'assistance publique, tout n'a pas été simple pour moi : j'ai dû apprendre à me défendre très jeune, physiquement et moralement. Et c'est la première fois de ma vie que j'ai eu l'impression d'avoir de la chance.

– Quand avez-vous compris la nature de l'activité réelle de la société ?

– Peu à peu. Je me suis sentie piégée, et je m'étais habituée à mon nouveau style de vie.

– Et Angel ?

– Nous n'en parlions pas. Je crois qu'il a suivi un chemin similaire. Il aimait les endroits branchés, les filles, les voitures…

– Vous n'étiez que trois ?

– Dans la société, oui, mais Daniel avait beaucoup de contacts à l'extérieur, des consultants, comme il disait.

– Vous en connaissiez certains ?

– De nom, sans les avoir rencontrés : je voyais les factures passer. Daniel était très organisé et précautionneux : il segmentait très bien.

– Une idée sur le lieu où il aurait pu trouver refuge ?

– Aucune.

– Vous savez pourquoi il a disparu si vite ? »

Elle soupire, avant d'avouer :

« J'ai envoyé un mot de code par SMS. C'était la procédure…

– Vous savez qu'il possède un permis de séjour russe ?

– Non. »

Mathilde se penche vers moi :

« Il a pris un train pour Londres, puis un avion pour Moscou dans la foulée. Et la Russie n'a pas d'accord d'extradition de ses ressortissants avec nous.

– Il est d'origine russe ?

– Pas du tout, il vient de Lyon. Il a obtenu ce permis l'année dernière, sans avoir jamais habité dans le pays.

– C'est possible ?

– Avec le bon prix, tout est possible. »

Jessica explique que l'activité supposée de la société ne lui prenait qu'une à deux heures de travail par jour. Elle passait l'essentiel de son temps sur les forums pour dénicher des femmes en recherche de solutions pour avoir un enfant. Puis elle assurait les premiers contacts, par téléphone d'abord et dans un café ensuite, comme avec moi. Une fois l'accord obtenu, elle transférait le dossier à Daniel, et s'occupait du cas suivant.

« Combien de femmes avez-vous rabattues ainsi ?

– Je ne sais pas exactement : une quarantaine environ.

– Et elles ont toutes eu un bébé ?

– Je ne sais pas. »

Grégoire sort un dossier cartonné de son cartable et le pose devant lui :

« J'ai ici plusieurs photographies. Acceptez-vous de les regarder et de me dire si vous reconnaissez quelqu'un ?

– Oui. »

Jessica étudie les photos une à une et conclut toujours par un signe de dénégation, à l'exception de la dernière, qu'elle prend en main pour l'observer en détail.

« C'est Lucile Carpentier.

– Exact.

– Je l'ai rencontrée une fois : elle était stérile et voulait un enfant. »

Elle lâche le cliché comme s'il lui brûlait les doigts, puis elle se cale sur sa chaise, les bras croisés :

« Ce n'est pas le trafic qui vous intéresse, en fait.

– Pourquoi me dites-vous cela ?

– Elle a été tuée, non ?

– Oui. Comment l'avez-vous appris ?

– C'est Daniel qui me l'a annoncé. Il m'a juste affirmé que cela n'avait rien à voir avec eux, mais que la police pourrait me contacter puisque nous avions échangé plusieurs coups de téléphone les semaines précédentes. J'étais en connexion privée, mais ce n'est pas un souci pour vous. Il m'a conseillé quelques phrases banales.

– Et ?

– Rien : cela m'a un peu affectée le jour même, et j'ai oublié l'histoire. Et les hommes sur les autres photos, ils…

– Oui, tués également. Vous les connaissez ?

– Non.

– Je peux vous donner leurs noms ?

– OK.

– Stanislas Pellaut, Marin Kaliszewski, Bilal Touati, Hugues Janelidze…

Jessica lève le doigt pour interrompre Grégoire : « Oui, c'était l'un de nos consultants.

– Que faisait-il pour la société ?

– Officiellement, du conseil en développement personnel. Officieusement, aucune idée.

– Anthony Dos Santos, Benjamin Cochet ?

– Non. Comment ont-ils été tués ?

– Au couteau, à leur domicile ou dans leur immeuble, sauf le dernier. Cela vous parle ?

– Vous cherchez à m'effrayer ?

– Non, je sais que vous êtes courageuse. »

Jessica marque néanmoins un temps d'arrêt avant de poursuivre :

« Vous pensez que mon agresseur est le tueur ?
– C'est plausible.
– Pourquoi m'aurait-il attaquée ?
– C'est à vous de me le dire.
– Je n'en ai pas la moindre idée.
– Avez-vous reçu des menaces ou repéré des personnes suspectes récemment ?
– Non.
– Des disputes, des bagarres, des conflits ?
– Aucun.
– Vous avez un petit ami ? »
Elle ricane :
« Non, merci. Je n'ai pas de temps à perdre avec un homme : cela commence toujours en douceur, puis il grignote votre liberté. Ou pire… Ne le prenez pas mal : je ne dis pas cela pour vous.
– Pas d'offense.
– Vous avez une copine, vous ? »
Grégoire hésite un instant. Je devine qu'il brûle d'envie de lui dire que cela ne la concerne pas tandis que l'image de Clara s'invite dans son esprit.
« Non. »
Jessica paraît surprise :
« Bizarre, vous êtes plutôt mignon… »
Comme sa phrase reste en suspens, Grégoire complète :
« Pour un flic.
– Oui, voilà », approuve-t-elle.
Si la discussion ne se déroulait pas dans une salle d'interrogatoire, je pourrais presque croire

qu'ils se cherchent l'un l'autre, et que la journée se conclura sur un baiser langoureux. Je me tourne vers Mathilde :

« Qu'allez-vous en faire ?

– Nous allons contacter le Procureur de la République en vue d'un déferrement. Nous n'avons pas envie qu'elle s'enfuie elle aussi. »

Je reporte mon attention sur Jessica : en dépit de son rôle si peu glorieux, je ne peux pas m'empêcher d'éprouver de la compassion pour elle. Le monde est rarement blanc ou noir, et trop souvent d'un gris un peu sale.

STANCE 40

ALEXIS

Dimanche 8 avril

Une dernière fois, je vérifie mes poches : à part une clé, un téléphone éteint et un porte-monnaie uniquement empli d'espèces, elles sont vides. Je suis devant l'immeuble à l'heure exacte : les usages conseillent d'arriver à un dîner avec un petit quart d'heure de retard, mais comment se comporter dans une telle situation ?

Je compose le code et je monte directement au troisième étage, non sans noter qu'aucune caméra n'habille les lieux. Devant la porte, je presse la sonnette et je me décale d'un pas. Les clés tournent dans la serrure, et Charlotte apparaît dans l'embrasure : elle lance un regard inquiet au couloir, puis elle s'écarte pour me laisser le passage. Après un chaste baiser, je lui tends un bouquet de roses multicolores, qu'elle accueille avec un franc sourire.

Nous n’avons pas échangé un mot.

Je pends mon manteau dans l’entrée pendant qu’elle s’affaire à trouver un vase pour les fleurs. Elle a opté pour une tenue sombre, sobre et élégante : la jupe et le chemisier cintré mettent en valeur sa fine silhouette qui n’a guère évolué depuis nos années de lycée, lorsque je m’appelais encore Corentin.

Pourtant, Corentin Guyader est mort l’année dernière, tombé en héros pour la France. Il n’avait ni famille ni compagne et pas d’ami connu. Le cercueil plombé a été porté de la chapelle au cimetière par quatre légionnaires, sous le regard d’une hiérarchie militaire émue, puis déposé en terre au moment où la bruine s’est invitée à la cérémonie, pour un ultime hommage.

Seuls Diego et Charlotte savent que je suis encore vivant. Ce matin de mars, je n’aurais pas dû retourner dans ce bar ancré à quelques encablures de la gare Montparnasse. Les photos de phares, les plaintes des bombardes et des binious, et la ténacité d’une femme en manque d’enfant m’ont piégé. Je ne peux pas la laisser commettre un impair par inadvertance, pas plus que je ne m’imagine la priver de son souffle. Je suis contraint d’utiliser une arme dont je ne me suis pas servi depuis longtemps : la franchise.

« Charlotte…

– Oui ?

– Je ne t’ai pas tout dit. »

Elle ne paraît ni surprise ni curieuse. Elle se contente de s'asseoir sur le dossier d'un fauteuil, les jambes croisées.

« Je sais.

– Tu ne sais pas tout.

– J'ai parlé à Elorri… »

Elle perçoit le voile dans mes yeux et complète :

« Ne t'inquiète pas : tu m'avais demandé d'être discrète, tu te souviens ?

– Officiellement…

– … Tu es mort.

– Et je dois le rester.

– Cela ne me pose pas de souci ; cela simplifie même la situation.

– Et que diras-tu à ton enfant quand il te questionnera ?

– J'ai le temps d'y réfléchir : je trouverai une histoire qui te préserve et ne l'empêche pas de grandir. Il existe des problèmes plus graves dans les familles.

– Cela signifie que tu n'as pas changé d'avis…

– Oh non ! Toi non plus, j'espère ?

– Je ne serais pas là sinon. »

Elle s'éclipse un instant dans la cuisine et revient avec deux verres de jus de fruits. Le liquide est jaune, un peu trouble :

« C'est quoi ?

– Goûte… »

Je perçois la douceur de l'ananas et les pointes exotiques des fruits de la passion et du citron vert ;

je discerne aussi une saveur fraîche que je n'arrive pas à identifier. Une lampée supplémentaire ne m'apporte pas d'informations complémentaires. Charlotte finit par me livrer l'ingrédient inconnu, le litchi, ainsi qu'un autre que je n'avais pas senti, la pomme. Cette brève discussion sur des détails fruités a dissipé ma gêne l'espace d'un instant. Maintenant que j'ai vidé mon verre de deux traits, je ne sais plus quelle attitude adopter. Je cherche en vain un sujet de conversation approprié pour meubler le lourd silence, puis j'abandonne les dorures verbales :

« Comment veux-tu procéder ?

– J'ai installé un fauteuil dans la salle de bains, et tu trouveras un récipient en verre sur l'évier. Cela te convient ? »

Je hausse les sourcils et j'écarte les paumes en signe d'ignorance.

« Tu as besoin d'autre chose ? me demande-t-elle.

– Non.

– Je t'attends ici… »

Je me dirige vers la pièce comme un pénitent. Elle a pris soin d'allumer le chauffage pour me protéger du froid une fois déshabillé. Après avoir fermé la porte, je me déleste de mon pull, mon jean et mes chaussures ; je garde ma chemise, mon caleçon et mes chaussettes. Je reste immobile quelques minutes : je ne ressens pas la moindre envie de me masturber, même pour la bonne cause. Ce n'est pas une question de stimulation intellectuelle, je ne crois pas que des images érotiques, figées ou animées, m'aideraient beaucoup. À regret, j'initie les premiers mouvements en me focalisant sur mon dernier coït, deux semaines plus tôt, avec Natalia. Je clos les paupières pour me rappeler ses traits harmonieux, ses immenses yeux saphir, la cascatelle blonde de sa chevelure, le grain soyeux de sa peau, ses jambes élancées, sa silhouette céleste et le galbe de sa poitrine. Je revois aussi sa respiration saccadée, ses mots coquins, son déhanché, son sourire mutin au moment de ma jouissance.

Au moment où je parviens enfin à obtenir une érection à peu près digne, trois petits coups sont frappés à la porte, avant qu'elle ne pivote doucement. Agacé, je replace ma chemise sur mon caleçon à la hâte et je pose mes mains sur les accoudoirs. Charlotte se glisse dans la pièce et murmure :

« Tu n'as pas terminé ?

– Euh… Non.

– Je t'ai interrompu ?

– Un peu, oui…

– Je suis désolée. »

Pourtant, elle ne prend pas congé. Elle s'approche en silence et pose sa main sur la mienne, puis se penche vers moi :

« Tu pensais à moi quand tu te caressais ? »

J'opte pour la franchise :

« Non.

– À qui ?

– Une amie.

– Dis-moi comment elle s'appelle… »

Je pourrais mentir, mais je n'en ressens ni le besoin ni l'envie :

« Natalia.

– Française ?

– Russe.

– Elle est jolie ?

– Sublime.

– C'est un fantasme ou vous avez déjà fait l'amour ?

– Les deux.

– Tu as joui en elle ?

– À quelques micromètres de latex près, oui. »

Charlotte pousse doucement mon poignet et s'assied sur l'accoudoir. Ses doigts glissent sur le velours pour ensuite masser ma cuisse par de lents mouvements circulaires.

« Je préférerais que tu penses à moi, ce matin. Je peux t'aider ? »

Je hoche la tête à l'instinct, sans même réfléchir. Sa main remonte le long de ma jambe et se fige un instant sur mes bourses, qu'elle caresse à travers le coton avec une infinie délicatesse. Elle passe son autre main autour de mon cou et se rapproche encore de moi :

« Regarde-moi. »

Comme je tourne la tête vers elle, elle me lèche les lèvres avant de m'embrasser avec fougue, tandis que ses doigts franchissent le rempart de tissu et empoignent ma verge pour un mouvement de va-et-vient. Elle redonne de la vigueur à mon membre qui se dresse vers elle en signe de connivence. Son autre main déboutonne ma chemise ; après avoir libéré le dernier lien, elle s'interrompt un instant pour me débarrasser de tous mes vêtements. Puis Charlotte reprend son ouvrage, assise sur le même accoudoir. Son chemisier n'est pas entrouvert et sa jupe est à peine remontée ; pourtant, je ne souhaite pas la voir nue, elle m'excite encore plus ainsi. Elle ne se hâte pas et laisse mon désir enfler peu à peu : tantôt elle me flatte du bout des doigts ou de la pointe de l'ongle, tantôt elle masse ma hampe avec ardeur. Elle accélère un peu le rythme avant de me demander :

« Et maintenant, tu penses à moi ? »

La respiration haletante, j'approuve. Sans cesser ses caresses, elle déboutonne son chemisier de haut en bas pour laisser apparaître la naissance de ses seins, libres de tout soutien.

« Tu préfères les bas ou les collants ? »

Mon regard se pose sur ses jambes, recouvertes d'un film noir presque opaque.

« Les bas. »

Elle relève un peu sa jupe pour dévoiler les motifs de dentelle qui marquent le début de la zone auto-fixante :

« Ce matin, j'ai hésité entre le slip, le tanga et le string. Tu devines ? »

Je ne parviens pas à me concentrer pour mener une réflexion sensée. Au hasard, je lance :

« Le tanga ?

– Perdu.

– Le string ?

– Non.

– Le slip, donc.

– Non plus. Comme je n'arrivais pas à me décider, je les ai tous laissés dans le tiroir… »

Le bas de sa jupe n'est qu'à quelques centimètres de ses nymphes ; je sens l'excitation croître et le chemin vers l'orgasme s'éclaircir. Elle saisit le récipient en verre sur l'évier : je m'attends à ce qu'elle accélère la cadence pour récolter le fruit de ses gestes et de ses mots, mais elle desserre son étreinte et ralentit la mesure. Elle me montre la coupelle, la tourne devant mes yeux, puis l'éloigne en allongeant son bras vers le mur. Elle lâche alors le récipient et il explose sur le sol dans un bruit argentin ; les éclats de verre jaillissent et parsèment le carrelage sombre. Je m'écrie :

« Que…

– … J'ai une autre idée. »

INTERMÈDE

Dimanche 8 avril

Je pourrais m'éveiller, affleurer la conscience, mais je préfère demeurer dans le monde des songes. D'autres jours et d'autres nuits s'offriront à moi. Je ressens moins ce sentiment de manque, d'urgence ; je sais que je peux m'enfuir presque à ma guise, maintenant.

Je me demande ce qu'est devenue Jessica. Mon poignard l'a touchée sur le côté droit, juste au-dessus du bassin, mais il n'a sans doute pas atteint d'organe vital. L'artère et la veine fémorales sont plus centrales, et le sang aurait giclé si l'une d'elles avait été sectionnée. En plein cœur de Paris, si près de l'hôpital Saint-Antoine, sa prise en charge a dû être rapide : elle s'en sortira avec une petite cicatrice.

C'est mon premier échec.

Les flics sont-ils en train de l'interroger malgré sa blessure ? Vont-ils commettre la même erreur que moi et la sous-estimer ?

STANCE 41

CHARLOTTE

Dimanche 8 avril

Je sens que Corentin n'est pas si loin de la jouissance : il me faut maintenant le ralentir. Je lui ai un peu menti : si je ne porte aucune lingerie, c'est parce que je l'ai retirée avant de me glisser dans la pièce. Ce matin, je n'avais aucun plan, sauf de me laisser guider par mon instinct.

Je me lève et, face à lui, je fais tomber ma jupe sur le carrelage. Mon chemisier entrouvert dévoile mon intimité : il se contente de projeter des ombres mouvantes sur mon pubis. Je m'approche du fauteuil et je place mes genoux sur les deux accoudoirs, mes nymphes à quelques centimètres de son visage. Comme il pose ses mains sur mes jambes gainées de bas noirs, je me cambre, impudique, et je perds mes doigts dans sa chevelure. Je progresse encore vers lui et j'exerce une infime pression sur l'arrière de son crâne : il comprend le message et gratifie mon mont de Vénus glabre d'une pluie de baisers. Sa langue se réveille enfin. Audacieuse, elle flatte mes lèvres avant de s'attarder sur mon clitoris : elle papillonne autour de sa cible, puis replonge vers mon sexe. Il m'embrasse, me lèche, et je laisse le désir monter, réchauffer mon corps. Ma main descend vers son membre pour m'assurer qu'il demeure tendu ; je le cajole un moment, puis l'abandonne pour me concentrer sur mon plaisir. Corentin alterne mouvements lents, appuyés et suaves errances sur ma peau. Comme mon bassin ondoie au rythme de sa langue, je sens un doigt humide s'insinuer en moi. Les oscillations indolentes de son majeur m'excitent, mais j'en veux plus : je saisis son index pour l'inciter à rejoindre son compère. À cet instant, je capte mon reflet dans le miroir : impudique, j'ondule et je gémis, sous les assauts conjugués de ses doigts et de sa bouche.

C'est le moment.

Je resserre les genoux et je glisse le long de son corps. Ma main empoigne sa verge que je guide en moi. Il écarte les pans de mon chemisier et sa langue trouve un nouveau refuge sur mes seins : ses arabesques circulaires sont aussi douces que son bassin est conquérant. J'accélère le rythme pour m'approcher de ma petite mort, sans savoir si Corentin est sur le point d'exploser ou s'il peut endurer ma chevauchée amazone. Quand il pose ses paumes sur mes fesses pour m'encourager, je les suis du regard dans le miroir. Me découvrir ainsi, dans un tel état d'excitation, m'incite à coller mon pubis au sien pour enfin atteindre l'orgasme. D'ordinaire plutôt silencieuse, je lâche un bref cri sourd.

Corentin n'a pas encore joui : je veux sentir sa semence en moi, tout de suite. Mon bassin ondule à nouveau, de plus en plus vite, tandis que je glisse ma main derrière mon dos pour lui flatter les bourses. Il ne résiste que quelques secondes avant de se tendre et de jaillir en moi dans une plainte rauque. Il est essoufflé, mais je m'en moque : je l'embrasse à pleine bouche pour prolonger l'instant. Enfin, je me dégage, en contractant mon sexe pour ne pas perdre le précieux liquide.

La pièce est un champ de bataille : les vêtements traînent par terre et le carrelage est tapissé de morceaux de verre. J'ouvre le placard et j'offre un peignoir trop grand pour moi à Corentin pour qu'il patiente au salon, pendant que je nettoie et que je m'accorde une douche fraîche. Il me faut une dizaine de minutes pour traquer les esquilles de verre et dix autres pour me laver. Je dépose mon linge dans le bac et j'enfile mon kimono ivoire.

Pendant que Corentin se douche à son tour, je prépare un plateau de douceurs sucrées et deux infusions fruitées. Il me rejoint au moment où je verse l'eau bouillante dans les tasses.

« Tu as un peu de temps ?

– Oui, bien sûr. »

J'avais peur qu'il ne s'éclipse comme un voleur. C'est important pour moi de ne pas brusquer l'instant : c'est peut-être le début d'une nouvelle ère. Corentin délaisse les morceaux de sucre pour verser une large cuillerée de miel qui se mêle au liquide. Je veux l'entendre et je me moque du contenu ; seul compte le son de sa voix et le tempo de ses silences. Je cherche un sujet, n'importe lequel, mais il me devance :

« Ce n'était pas censé se passer ainsi…

– Ce n'est pas comme si tu étais toujours avec Elorri. »

Je pourrais lui demander pourquoi il m'a menti, mais je m'en moque au fond : lui aussi vit avec ses démons, qui l'ont peut-être poussé à disparaître administrativement. Soudain, je suis prise d'un doute :

« Tu es en couple avec quelqu'un d'autre ?

– Cela changerait quelque chose ? »

Touché. Si c'était si important pour moi, je m'en serais préoccupée en amont. Il trempe les lèvres dans l'infusion avant de poursuivre :

« Je suis seul.

– Et cette Natalia ?

– Une amie.

– Elle a l'air de te faire de l'effet.

– Jalouse ? »

Je sais que nous ne deviendrons jamais un couple ; j'aimerais seulement passer quelques jours seule avec lui. J'écarte sa question d'un sourire bienveillant, et je lui demande :

« Tu es libre demain soir ? »

Il réfléchit un instant :

« Cela dépend du moment.

– Ton heure sera la mienne !

– À partir de dix-neuf heures ? »

Je lui tends la main en signe d'accord ; comme il la serre, je murmure :

« Tu accepterais de passer la nuit avec moi ensuite ? »

J'ai essayé de poser ma question sur le ton le plus neutre possible, mais ma voix a vibré à la fin de ma phrase. Je n'ose croiser son regard. Il me répond d'une simple syllabe :

« Oui.

– Merci.

– Ne te sens pas obligée de casser la vaisselle, cette fois-ci… »

Sans lui lâcher la main, je m'installe à califourchon sur ses genoux :

« Plains-toi ! Cela n'avait pas l'air de trop t'ennuyer tout à l'heure.

– J'ai le sens du sacrifice…

– Oh, le rustre ! »

Je l'embrasse dans le cou pour moduler mon propos et je m'installe à nouveau à ses côtés, un peu plus près que tout à l'heure. Pour la première fois depuis des mois, je me sens bien, même si je sais que notre coït n'implique pas une fécondation automatique. Les secondes sont douces, paisibles, et la matinée s'écoule ainsi, autour de mots et d'instants fugaces. Le hasard se meut en architecte merveilleux ; nous laissons aussi le silence s'inviter sans qu'il ternisse l'ambiance. C'est un peu comme si le temps se figeait, avant de reprendre sa marche forcée. Corentin apprécie également cette déconnexion, loin des arènes dans lesquelles il se démène sans doute. Je ne lui pose pas de questions indiscrètes ; s'il ressent le besoin de parler, je serai là pour lui. Demain, peut-être…

Lorsque je referme la porte derrière Corentin, mon cœur se serre ; pourtant, je ne suis pas amoureuse de lui et je ne le serai jamais. Il est la bonne personne pour me permettre d'avancer dans ma vie et c'est déjà beaucoup ; il m'offrira peut-être la clé d'un nouveau monde que j'explorerai sans lui. Savoir que mon enfant se façonnera en partie sur les fondations génétiques d'un homme que j'admire, à défaut d'aimer, me rassure.

Mon téléphone me tire de ma rêverie. Sans vérifier le numéro, je décroche :

« Allô ?

– Vous êtes Charlotte Amorose ? me demande un homme à la voix grave.

– C'est moi.

– Je suis le docteur Zimmermann. Je travaille à l'hôpital Lariboisière, dans le service de neurologie. Vous nous avez quittés un peu brutalement la semaine dernière…

– Je n'aime pas les hôpitaux.

– Je ne connais pas beaucoup de patients qui les adorent… »

La remarque est formulée sur un ton léger, sans reproche dans la voix. Il poursuit :

« Vous avez reçu nos courriers ?

– Je n'ai pas ouvert ma boîte aux lettres depuis plusieurs jours.

– Peu importe. Nous avons fait des examens, à la suite de vos malaises, à Montmartre et dans le camion de pompiers.

– Je suis désolée : j'aurais dû répondre à vos appels. Et je dois vous régler…

– Il ne s'agit pas de cela pour l'instant. Vous avez un médecin traitant pour que je lui transmette les résultats ?

– Non, il est parti à la retraite en décembre.

– Ah… D'accord… Quand pouvez-vous venir me voir ? »

Je le sens ennuyé. J'imagine qu'il ne peut se décharger sur un confrère généraliste à qui il confierait la mission de m'informer.

« Vous avez quelque chose à me dire ?

– Oui.

– Je vous écoute.

– Non, pas par téléphone. Quand êtes-vous disponible ?

– Je ne viendrai pas. Si vous voulez me donner les résultats des tests, c'est maintenant.

– Je ne suis sûr de rien. Des examens complémentaires seraient nécessaires… Si vous préférez contacter un médecin généraliste, cela me convient aussi. Vous aurez besoin d'un référent de toute façon.

– Écoutez docteur, j'imagine que vous êtes très occupé. Ne perdez pas votre temps : quel est le problème ? »

Il soupire. Je m'en veux de le brusquer ainsi : bien que débordé, il prend le temps nécessaire pour me convaincre de suivre la procédure classique.

« C'est moins vos syncopes que ce qui s'est passé pendant votre inconscience qui m'ennuie.

– C'est-à-dire ?

– Des raideurs soudaines, beaucoup de salive…

– Qui vous a dit cela ?

– Les pompiers et la personne qui les a appelés.

– Qu'en concluez-vous ?

– Pas grand-chose pour l'instant : la prise de sang et l'IRM sont normales. Il faudrait approfondir… »

Je regarde mon écran comme s'il me jouait un mauvais tour. Je réprime l'envie de jeter mon téléphone sur le sol pour le faire taire.

« Madame Amorose ?

– Oui… »

Le docteur Zimmermann sent que je vais m'éclipser, mais il ne m'en laisse pas le temps :

« Écoutez, je vous expliquerai tout cela en détail. Je vous attends… »

J'entends quelques clics de souris et je comprends qu'il consulte son agenda :

« … Demain, à quinze heures, dans le service. Ne soyez pas en retard ; je dois aller au bloc ensuite. C'est d'accord ? »

Je n'hésite qu'un instant :

« D'accord.

– Vous retrouverez le chemin ? La dernière fois, vous l'aviez parcouru de nuit… »

Malgré moi, je souris à sa boutade :

« Oui, ne vous inquiétez pas. Merci.

– À demain. »

En moins de trois heures, je viens de faire l'amour à mon ami d'enfance, officiellement décédé, dans le dessein avoué de procréer, et d'apprendre que j'ai un problème neurologique assez important pour qu'un spécialiste prenne la peine de me contacter directement un dimanche midi.

C'est un peu trop pour moi…

STANCE 42

ZOÉ

Dimanche 8 avril

« Pas question ! »

Si Grégoire est catégorique, je n'abandonne pas si facilement :

« Je suis dans l'histoire jusqu'au cou de toute façon.

– C'est non : j'irai avec Mathilde.

– Et comment vas-tu communiquer avec tes pairs en Géorgie ?

– Ils parlent sans doute un peu anglais.

– J'espère que Mathilde est douée, parce que, dans mes souvenirs, tu n'étais pas un cador.

– Elle… Bon… Nous nous débrouillerons sur place ; au pire, nous trouverons un interprète. »

Je m'approche de lui avec un large sourire et je tapote sa tête de l'index :

« Tu te rappelles que j'ai fait des études de Langues étrangères appliquées à la Sorbonne en parallèle de mon métier de mannequin ? Je t'aide, il y avait deux langues : l'anglais et une autre d'un tout petit pays au nord de la Géorgie. Tu sais, avec Moscou comme capitale… À ton avis, *tovarich*[1] , à Tbilissi, quelles langues étrangères parlent-ils : vaguement anglais et surtout russe, non ?

– Ah, Zoé, tu es chiante !

– Comme cela, tu pourras veiller sur ta chère cousine, et cela libérera ton équipe de protection : que des avantages ! »

Je sais qu'il n'a pas le temps de préparer son déplacement. L'avion décollera mardi après-midi, et Grégoire a encore mille détails à régler. Il consulte sa montre et se lève aussitôt :

« Il faut que je retourne au Bastion. Je t'appelle tout à l'heure pour te dire… »

Je sens que j'ai gagné la partie :

« D'accord. Je commence à préparer ma valise. »

Il ne réplique même pas et quitte mon appartement à la hâte, me laissant seule avec ma petite victoire. Je ne sais pas pourquoi cette affaire m'attire tant : je ne connais aucune des victimes et je ne m'identifie pas non plus à ces femmes en quête désespérée d'enfants. J'ouvre ma penderie pour en extraire les vêtements les plus chauds : j'imagine que le mois de mars en Géorgie est encore froid.

Deux coups sourds sur ma porte me tirent de mes préparatifs. Je soupçonne Grégoire d'avoir oublié

---

1. Camarade.

quelque chose chez moi. Je scrute la pièce pour voir s'il y a laissé ses clés, son téléphone ou même un livre ; lorsque j'ouvre la porte, mon regard porte une vingtaine de centimètres trop haut : Maya se tient immobile sur le palier. Comme une voleuse, je vérifie les alentours avant de chuchoter :

« Entre ! »

Elle pénètre dans l'appartement, se débarrasse de son manteau et de son écharpe sur un dossier de chaise, avant de s'asseoir sur le canapé, les jambes croisées. Mon esprit est traversé de mille questions qui me pétrifient. Comme elle m'observe avec une interrogation muette dans les iris, je chuchote :

« Tu dois faire attention, je suis surveillée.

– Je sais : une voiture de flics en bas et quelques caméras dispersées.

– Et tu es quand même montée ?

– Cela fait dix jours que je ne t'ai pas vue ! J'ai essayé de venir avant, mais je n'ai trouvé la faille qu'aujourd'hui.

– Comment…

– Je me suis jointe à un groupe de fêtards. D'ailleurs, il devrait y avoir un peu de bruit au troisième, ce soir…

– Que leur as-tu dit ?

– Que je voulais faire une surprise à mon copain.

– Tu prends des risques.

– Avec une écharpe qui me cache la moitié du visage ? Zen… »

Maya a réponse à tout, et son insouciance est contagieuse. Je devrais sans doute prévenir Grégoire d'un message discret et retenir Maya le temps que ses collègues traversent la rue et montent à mon appartement, mais je m'accorde un répit avant de prendre ma décision. Je raconte à Maya mon rendez-vous avec Jade, les photographies de notre discussion transmises aux autorités, l'agression au couteau. Toutefois, je tais l'interrogatoire et mon lien de parenté avec le capitaine de police chargé de l'enquête, comme si je voulais cloisonner ma vie et protéger Grégoire et Maya, y compris l'un de l'autre.

« Tu leur as parlé de moi ? me demande-t-elle.

– Bien obligé. L'avantage, c'est que je ne connais rien de toi.

– Ils ne t'ont pas dit de les prévenir si je reprenais contact avec toi ? »

Je sens le rouge me monter aux joues et j'avale ma salive avec difficulté.

« Si.

– Appelle-les si c'est ce que tu veux. Ici, je suis prise au piège. »

Elle ne paraît pas soucieuse. Une arrestation n'est-elle qu'une bagatelle pour Maya ? Je m'assieds à mon tour, face à elle, et je plante mes yeux dans les siens :

« Avec la description que je leur ai donnée, ils ne te retrouveront jamais. J'ai besoin de savoir. Pourquoi t'intéresses-tu tant à cette organisation ?

– C’est personnel.

– Je ne vais pas me contenter de cette réponse. Tu as eu affaire à eux par le passé ? »

Maya se penche vers moi : nos visages se touchent presque lorsqu’elle me demande :

« Tu veux vraiment savoir ? Je te préviens : l’histoire est glauque. »

Je prends son avertissement au sérieux : je réfléchis quelques secondes avant de hocher la tête en signe d’assentiment. Maya se cale au fond des coussins :

« D’accord. Tu sais maintenant que “Bien être, bien vivre” n’est qu’une vitrine sur le développement personnel qui masque des activités plus opaques. Ils ont organisé un trafic de bébés en ayant recours à des mères porteuses à l’étranger et en falsifiant les certificats de naissance pour faire croire que la mère naturelle est française. Grâce à ta discussion avec Jade, nous savons que le pays en question est la Géorgie ; il en existe peut-être d’autres. Mais ce n’est pas tout… »

Je me retiens de poser d’autres questions pour laisser Maya poursuivre.

« Ils ont aussi mis en place un réseau de prostitution en région parisienne, avec des filles issues des pays de l’Est. Leurs deux activités sont complémentaires.

– Les filles sont à la fois mères porteuses et… »

Elle secoue les doigts en riant :

« Non, non, tu n'y es pas du tout. Ce ne sont pas les mêmes : les prostituées sont plutôt originaires de Russie et des pays sur sa façade occidentale, pas du Caucase. La société fonctionne avec une tête, Daniel Hoarau, le gérant, et deux employés : Angel Ribera et Jessica Breunet, que tu connais sous le nom de Jade. Mais tu ne peux pas faire tourner ce double business à trois. Daniel Hoarau utilise des hommes de main en les payant via sa société pour des missions de conseil fictives et d'autres qu'il rémunère autrement… En nature.

– En leur fournissant des filles, tu veux dire ?

– C'est un bon deal pour lui : cela ne lui coûte presque rien, il a un réseau de spécialistes sous la main qu'il tient par les couilles, dans les deux sens du terme. Les mecs ont leur vie bien rangée, avec bobonne et les gamins ; en général, ils n'ont pas besoin de fric, leur existence est déjà confortable. Ce sont des experts dans leur domaine et ils rendent quelques services : fiscalité, informatique, papiers administratifs. En échange, ils se retrouvent au pieu avec des bombes atomiques, beaucoup plus bonnes que la plus bonne de tes copines, comme dirait NTM. Comme dans la chanson, je te laisse imaginer la suite…

– Il y a quand même plus simple : ils pourraient se payer une pute avec leurs propres deniers.

– Ce n'est pas si facile : il faut retirer l'argent d'un compte en banque familial, passer des coups de fil sur son portable, risquer des rencontres douteuses. Là, c'est garanti, pas de mauvaises surprises. »

Je me sens mal à l'aise. Maya lève l'index pour marquer un point supplémentaire :

« Sans compter que cela leur permet aussi d'assouvir leurs fantasmes, disons… inavouables.

– C'est… C'est…

– Glauque, je t'avais prévenu. Les services secrets l'enseignent sur toute la planète : il y a trois leviers pour agir sur un homme, ou une femme : le sexe, l'argent et certaines considérations psychologiques.

– Par exemple ?

– L'amour, la haine, la vengeance, le sentiment d'appartenance, religieux ou patriotique…

– Tu as une bien sombre opinion du monde…

– Zoé, le monde est dégueulasse ! Cela n'a pas changé depuis des siècles, des millénaires. C'est ainsi. »

Je capte mon reflet dans le miroir : mes joues empourprées témoignent d'un émoi que je ne cherche pas à dissimuler.

« Et quel rapport avec les meurtres ?

– Toutes les victimes étaient liées à la société : Hugues Janelidze était consultant, en réalité un homme de main qui intervenait lorsqu'il fallait recadrer une fille.

– Recadrer ?

– Tu veux que je te fasse un dessin ? Ce n'était pas un tendre… À son crédit, il ne les touchait pas sexuellement, à l'inverse de Marin Kaliszewski, un ancien légionnaire. Il était payé en nature, et je plains les filles. Ces deux ordures ont été tuées au couteau.

– Il y a combien de victimes en tout ?

– Six. Stanislas Pellaut apportait ses connaissances en fiscalité ; grâce à son carnet d'adresses, Bilal Touati pouvait trouver le spécialiste de n'importe quel sujet en quelques heures ; Anthony Dos Santos maîtrisait la sécurité informatique. Aucun n'était rémunéré.

– Et le sixième ?

– C'est une femme : Lucile Carpentier. La thèse la plus plausible, c'est qu'elle les ait contactés pour un enfant.

– Pourquoi a-t-elle été tuée ?

– Cela a dérapé.

– C'est-à-dire ? »

Maya marque une pause. Je me demande si elle ne veut pas me révéler toutes les informations ou si elle préfère me préserver. Elle se décide enfin :

« Elle a été violée par Marin Kaliszewski et Stanislas Pellaut.

– Comment le sais-tu ?

– J'ai vu la vidéo.

– Tu as… vu… la vidéo ? »

Je me lève d'un bond, comme pour m'éloigner le plus possible de Maya, qui me paraît soudain toxique. Ma voix monte alors dans les aigus :

« Attends, tu as vu cette femme se faire violer par deux hommes, tu savais qu'elle avait été tuée ensuite, et tu m'as envoyée dans la gueule du loup ?

– J'ai commis une erreur. Pendant la fête privée, tu m'as informée que tu allais rencontrer Jade, mais j'étais déjà trop saoule pour t'écouter. Je n'ai pas réagi, alors que j'aurais dû t'en dissuader.

– Facile à dire, à présent !

– Pourquoi as-tu seulement effleuré le sujet ce soir-là ?

– Ah ! N'essaie pas de me culpabiliser, maintenant ! »

Je repense aux mots de Grégoire, à la manipulation qu'il évoquait lorsqu'il parlait de Maya. Je me sens tellement idiote : elle m'a menée par le bout du nez, sans que je réagisse.

« Ma proposition tient toujours, souffle-t-elle.

– Laquelle ?

– Tu peux appeler les flics. Ton immeuble n'a qu'une sortie, ils n'auront aucun mal à m'attraper.

– Ah oui ? »

Je la prends au mot et je saisis mon téléphone. Je le déverrouille et sélectionne le numéro d'urgence que m'a donné Grégoire ; mes doigts pianotent pour rédiger un bref message : « Maya est chez moi. Elle ne semble pas armée. Montez svp. »

Il ne me reste plus qu'à appuyer sur le bouton d'envoi. Maya m'observe m'énerver toute seule : elle paraît triste, mais n'esquisse pas le moindre geste. Je la défie :

« Cela va être compliqué pour toi de t'expliquer face à la police.

– C'est sûr.

– Ils seront curieux de savoir comment tu as récolté toutes ces informations.

– Les flics sont curieux ; c'est leur nature. »

Je m'attendais à ce qu'elle essaie de me convaincre ou qu'elle tente de me confisquer mon téléphone. Elle reste immobile, la tête un peu penchée, alors qu'elle ne sait même pas si j'ai déjà envoyé mon message. Au coin de ses yeux, une perle d'eau grossit ; plus que les mots, cette larme salée accrochée à ses longs cils noirs me désarme. Sur un ton si bas que je peine à distinguer les syllabes, elle murmure :

« J'ai d'abord songé à te manipuler, Zoé, mais pas comme tu le crois. Et tu m'as désamorcée en deux phrases et un sourire dans le bar où nous nous sommes rencontrées, sans même t'en rendre compte.

– Tu peux préciser ?

– Je sais que tu connais l'officier chargé de l'enquête. Je t'ai suivie après vous avoir vus discuter ensemble dans le jardin des Tuileries : j'espérais glaner quelques renseignements utiles. Je pensais qu'il s'agissait de ton petit ami ; j'ai ensuite compris que non.

– Et le soir où tu m'as ramenée chez moi ?

– Oui, et alors ?

– Tu m'as droguée ? »

Elle écarquille ses grands yeux noirs, tandis que sa bouche dessine un ovale presque parfait :

« Non ! Tu étais vraiment imbibée d'alcool. Tu ne te rappelles plus ? Je t'avoue que je n'ai pas résisté à l'envie d'espionner ton téléphone, mais je n'ai même pas fouillé ton appartement. Qui est Grégoire Rannou pour toi ?

– Mon cousin.

– Je me doutais d'une relation de ce type-là… Quand je t'ai demandé de m'aider, je me suis dit que tu aurais quelqu'un de sûr vers qui te retourner s'il m'arrivait quelque chose.

– Tu es en danger ? »

Elle écarte ma question d'une moue frivole :

« Mon seul regret, c'est de ne pas t'avoir empêchée d'aller à ce rendez-vous avec Jade. Je suis désolée. Si tu veux me livrer, vas-y ; si tu veux que je disparaisse de ta vie, dis-le-moi. »

Je pose mon téléphone pour me rasseoir près d'elle :

« Qui es-tu Maya ? Comment sais-tu tout cela ?

– Je chasse les démons.

– Les tiens ?

– Non, ceux de quelqu'un d'autre. »

STANCE 43

ALEXIS

Lundi 9 avril

J'observe Natalia de la tête aux pieds.

Certes, elle a fait un effort pour paraître aussi ordinaire que possible : son jean délavé est identique à des millions d'autres ; son pull et son manteau arborent une étiquette commune, H&M, Zara ou une énième marque internationale jeune et branchée ; ses Stan Smith sont aussi bien portées par les adolescentes parisiennes que par leurs mères. Rien n'attire l'attention dans son accoutrement. Le problème, c'est qu'une liane gracile d'un mètre quatre-vingts au délicat minois slave, avec des yeux profonds comme des lacs arctiques, passe rarement inaperçue…

Elle perçoit ma réticence :

« Je ne te plais pas ?

– Si. »

Je ne peux m'empêcher de lâcher un franc sourire avant de poursuivre :

« Justement. »

Je m'approche d'elle pour vérifier que l'oreillette est bien fixée, puis je m'écarte de quelques pas :

« Tu m'entends, Natalia ?

– *Loud and clear* ! Et toi ?

– Parfait. »

Je sors un plan de ma poche et je pointe mon index sur notre position actuelle :

« Nous sommes ici. Tu vas contourner le parking et pénétrer dans l'hôpital par l'entrée principale. Ne t'arrête pas à l'accueil et garde la tête basse, à cause des caméras ; ensuite, trace tout droit jusque la batterie d'ascenseurs au bout du couloir. Tu montes au troisième et tu prends sur ta gauche vers le service de médecine interne. Surtout, tu ne demandes rien à personne ; tu peux même parler dans le micro, cela donnera l'impression que tu es en communication.

– D'accord.

– Au vu des fenêtres, il y a une dizaine de chambres de chaque côté, mais je n'en suis pas sûr. J'ai besoin que tu repères si l'une d'entre elles est surveillée par des policiers devant la porte. Dès que tu as l'info, tu te replies ; tu peux éventuellement faire semblant de rentrer dans une chambre et feindre une erreur.

– Et si je ne trouve rien ?

– Tu reviens et nous avisons ensemble, mais je pense que c'est là qu'ils gardent une femme.

– D'accord. Elle est malade ?

– Blessée. Tu te sens prête ?

– Ce n'est pas trop compliqué ! Tu aurais pu te débrouiller sans moi…

– Non. Cela paraît simple, mais tu me rends un grand service. »

Son visage s'illumine d'une lueur qui éclaire autant ses lèvres que ses iris. Elle lève un pouce et se détourne en direction du parking. Je ne lâche sa silhouette du regard que lorsqu'elle disparaît derrière un monospace mal garé. Je me pose alors sur un banc, mon téléphone dans les mains pour me donner une contenance. La voix de Natalia résonne :

« J'arrive à l'entrée... Il y a la queue à l'accueil... Je vois le couloir... »

Je ne perçois plus que le métronome de ses pas qui couinent sur le sol en plastique.

« Je suis au pied de l'ascenseur... »

J'entends le signal caractéristique de l'arrivée de la cabine, puis le son des parois métalliques qui se referment. À peine une minute plus tard, Natalie reprend sa marche ; je devine qu'elle pousse la porte battante.

« J'y suis... Salle des infirmières sur la droite avec deux fenêtres... Toilettes à gauche...

– Ne t'arrête pas, avance d'un pas décidé.

– Le couloir fait un petit coude à droite : sept chambres de chaque côté avant le virage… Et… OK, je les vois… Je rentre dans une chambre… »

J'entends deux coups sourds frappés à la porte, puis la voix de Natalia retentit à nouveau :

« Oh, pardon… »

À nouveau, je distingue le couinement de ses pas ; comme aucun mot n'est échangé, je devine qu'elle quitte le service. J'hésite à lui poser une question, mais je ne veux pas la placer dans une mauvaise situation. C'est elle qui reprend l'initiative :

« Je descends par les escaliers… Après le coude, trois chambres de chaque côté, deux flics discutent devant la porte du fond, à droite.

– En uniforme ?

– Oui. J'arrive… »

Sa silhouette altière jaillit enfin du parking ; Natalia retire son oreillette et s'apprête à me parler. Je l'interromps d'un geste :

« Plus tard. Allons-y ! »

Une fois que nous sommes éloignés de l'hôpital, elle me donne quelques autres détails sur la topographie du service. J'ai déjà une bonne vision des lieux et je peux donc en déduire la localisation précise de Jessica Breunet. J'imagine que la porte est verrouillée et que la fenêtre est sécurisée.

« Les flics t'ont vue ?

– Non, j'ai plongé dans la première chambre et je suis partie en leur tournant le dos.

– Il y avait une infirmière dans la pièce ?

– Non, seulement une vieille femme qui n'a même pas levé la tête quand je suis entrée.

– Le scénario idéal… Je te remercie, Natalia.

– De rien. Tu m'en dis un peu plus sur ton enquête ? »

Je m'attendais à une question de ce genre. Je lui livre quelques fragments complémentaires :

« Lucile avait pris contact avec un groupe clandestin pour se mettre en relation avec une mère porteuse.

– Ce sont des membres de cette organisation qui l'ont tuée ?

– Je l'ignore.

– Tu sais qui ils sont ?

– Oui, mais ils ont été repérés : les flics sont à leurs trousses.

– Et cette femme à l'hôpital en faisait partie ?

– Oui.

– Tu ne peux pas faire grand-chose si elle est gardée par la police…

– Malheureusement, non. »

Je m'attends à d'autres questions, mais Natalia se satisfait de ces éclaircissements.

« Je ne veux pas te retarder. Si tu as besoin de moi, tu sais où me trouver…

– Oui.

– Tu me tiendras au courant ? »

Sans attendre la réponse, elle dépose un baiser léger sur ma joue, puis se dirige vers la bouche de métro la plus proche. Je me retiens de la rappeler :

je n'ai rien de prévu avant ce soir, et le charme de Natalia est toujours aussi envoûtant. Pourtant, le visage de Charlotte s'imprime dans mon esprit. Je lui ai promis de la rejoindre et je veux lui offrir les meilleures chances de fécondation ; ce n'est pas le moment de voleter d'un lit à l'autre.

À cet instant précis, je ne me sens pas bien : les silhouettes parisiennes me paraissent vaines et superficielles. Si ce n'était pour venger celui qui m'a sauvé, je serais déjà loin, vers l'Orient, en train d'enchaîner voyages et rencontres. Dans les villes occidentales, les citadins pataugent dans l'illusion que leur quotidien ne subira que des modifications graduelles : un job mieux payé, une relation amoureuse qui se construit, des enfants qui grandissent, un emprunt qui se rembourse… Ah, quelle erreur ! La vie n'est jamais continue : lorsque l'on croit cheminer sur un rythme régulier, le hasard vient s'en mêler, qu'il s'appelle cancer ou accident, coup de foudre ou séparation. Au moins, dans les pays dits en développement, personne ne se berce de tant de chimères : ils savent dans leur chair que le sommeil de la bête n'est pas si profond, et qu'il suffit de quelques centaines d'hommes et d'une dizaine de caisses de kalachnikovs pour tout changer. Crever comme un chien dans le caniveau pour un regard de travers ou une mauvaise ethnie sur sa carte d'identité. Devenir le maître du monde, jouir du pouvoir absolu de vie et de mort sur des millions d'ombres qui n'ont même plus de nom, et saillir chaque soir une femme différente, si jolie que vous n'auriez pas osé la guigner deux semaines plus tôt.

Oui, c'est dégueulasse, odieux, infâme, mais la vie n'est pas belle : elle n'a jamais été linéaire et elle ne le sera jamais. J'ai aperçu un milicien à l'uniforme taché du sang des villageois qu'il avait tués le matin sortir un billet pour acheter un bonbon à un gamin qui traînait sur la chaussée ; j'ai observé un criminel de guerre aider une vieille infirme à traverser la rue avant de monter dans une jeep funeste ; j'ai aussi vu des pères de famille se muer en assassins, des enfants en soldats sans pitié, des jeunes filles en égéries des massacres de masse.

À la Légion, nous avions la chance de vivre dans un cadre, avec la perspective d'un retour et un code de l'honneur. L'honneur… En dehors de quelques poches de résistance, ce mot n'a plus aucun sens, nulle part sur la planète. J'ai croisé tant de mercenaires venus pour défendre un idéal, en Afrique, en Asie centrale ou dans le Caucase. Au bout de quelques semaines, ils pariaient leur existence sur une décision prise après une cuite ou une rencontre fortuite. Les médias cherchent une explication, un raisonnement, une logique. Ce n'est pas ainsi que cela fonctionne : tout se joue à l'instinct. La rationalité cartésienne n'a rien à voir là-dedans, sinon pourquoi risquer sa vie pour une liasse de dollars dépensée dans des alcools de mauvaise qualité ?

Je m'énerve tout seul.

J'ai presque envie de gifler le premier passant, non par cruauté gratuite, mais pour lui apprendre que sa réalité n'a pas de sens, qu'il est impuissant face au désordre, à la violence, et qu'il doit se réveiller s'il ne veut pas s'effondrer à la première secousse. Paris est un gigantesque *Truman Show*, et nous ne sommes qu'une poignée à nous en rendre compte. Cette ville n'appartient pas aux cadres du privé, aux fonctionnaires, aux bobos et encore moins aux politiques ; elle pulse au rythme des dealers, des putes, des pickpockets et des tarés en tous genres.

Des gens comme Marin, comme moi, comme celui que je cherche.

STANCE 44

CHARLOTTE

Lundi 9 avril

Maintenant que je suis face à lui, le docteur Zimmerman ne s'embarrasse pas de préliminaires :

« Avez-vous déjà eu des crises d'épilepsie ?

– Non.

– Des problèmes neurologiques ?

– Aucun. »

Il saisit quelques informations sur son bloc-notes, d'une écriture ronde, presque féminine. Je me dandine sur mon fauteuil, mal à l'aise :

« Que vous ont dit les pompiers ?

– Les signes ne sont pas francs. Vous saliviez pendant votre phase d'inconscience avec de faibles convulsions. Prenez-vous des médicaments en ce moment ? Des antidépresseurs, des somnifères ?

– Non.

– Quelle est votre consommation d'alcool ?

– Je ne bois pas. Jamais.

– Vous fumez ?

– Non.

– Avant de répondre à la prochaine question, souvenez-vous que je suis médecin : je suis là pour vous aider, pas vous juger. Consommez-vous des drogues ?

– Non.

– Avez-vous subi un traumatisme crânien récemment ? »

Je secoue la tête en signe de dénégation.

« Et plus jeune ?

– Non plus.

– J'aurais besoin d'éléments sur vos antécédents familiaux. Vos parents ou vos grands-parents ont-ils été victimes de tumeurs cérébrales, de ruptures d'anévrisme, d'accidents vasculaires cérébraux ?

– Non.

– Pas de pathologies neurologiques ?

– Par exemple ?

– Épilepsie, sclérose en plaques, maladies de Parkinson ou d'Alzheimer…

– Pas à ma connaissance. »

Comme il griffonne quelques observations, j'en profite pour étudier le lieu. Un médecin organise-t-il son cabinet dans une optique pratique, se crée-t-il un cocon où transparaissent ses affinités, ou envoie-t-il un message subtil sur l'image qu'il souhaite projeter à ses patients et confrères ? Quelle que soit la réponse, le docteur Zimmermann a choisi un style épuré : les meubles contemporains n'ont pas de vitrines ; aucun bibelot n'orne son bureau ; seuls deux tableaux abstraits aux couleurs chatoyantes cassent l'harmonie des teintes boisées de la pièce.

« Quel âge ont vos parents ?

– Je n'ai pas connu mon père biologique ; il est mort avant ma naissance. Ma mère et mon beau-père sont décédés dans un accident de voiture il y a dix ans.

– Vos frères ou sœurs ?

– Je suis fille unique.

– Avez-vous suivi un traitement psychiatrique ?

– Jamais.

– Êtes-vous fatiguée en ce moment ? »

J'hésite un instant, avant de répondre :

« Oui. Je dors beaucoup, mais je me réveille fatiguée.

– Si une personne dort avec vous, vous a-t-elle parlé de ronflements, de moments où vous retenez votre respiration ? »

J'essaie de conserver un ton le plus neutre possible :

« Je vis seule. »

Le docteur Zimmerman déplie sa longue carcasse haute de presque deux mètres. Il contourne le bureau et approche une machine sur roulettes de fauteuil médical :

« Asseyez-vous s'il vous plaît et essayez de vous détendre. »

Je retire mes chaussures et je prends place sur le fauteuil, tandis que le médecin effectue quelques réglages. Il se saisit d'une poignée de connecteurs et me souffle :

« C'est un appareil à électroencéphalogramme. Rassurez-vous, ce n'est pas douloureux et cela ne prend que quelques minutes. »

J'acquiesce en silence. Il me fixe les électrodes une à une sur le crâne, du front à l'occiput. Je ferme les yeux, autant pour glaner un peu de calme que pour éviter le regard du neurologue.

Au bout de quelques minutes, il m'annonce :

« C'est terminé. »

Je rouvre les paupières, en conservant ma position semi-allongée :

« Alors.

– Tout est normal.

– D'où vient le problème, alors ? »

Il écarte les mains et lâche un soupir :

« Je ne sais pas. Vos symptômes ne sont pas francs, vous n'avez aucun facteur de risque, si ce n'est une certaine fatigue. Je préférerais vous faire passer un test de tomographie photonique : cela consiste à vous injecter une toute petite quantité de matériau radioactif, afin de voir comment le sang entre dans votre cerveau, y circule et en sort. Cela demande un peu de préparation : il faudrait prendre un autre rendez-vous.

– D'accord.

– Lundi prochain, dix heures ? »

J'approuve sans feindre de m'interroger sur ma disponibilité : mes journées sont libres de toute façon. Je l'aime bien ce médecin : malgré sa taille et sa fonction, il ne me prend pas de haut et il a la délicatesse de ne pas me rappeler ma fugue nocturne.

Une fois revenue chez moi, j'ai à peine le temps de me débarrasser de mon manteau que l'interphone résonne dans l'appartement. L'horloge indique cinq heures, trop tôt pour Corentin, et mon cercle d'amis est aussi vide que mon lit :

« Oui ?

– C'est Sadio.

– Ah… Je ne t'attendais pas.

– Tu n'as pas reçu mon SMS ? »

J'attrape mon téléphone pour vérifier ma messagerie : l'écran est noir. Je ne me rappelle pourtant pas avoir éteint mon portable ; j'espère qu'il ne m'a pas lâchée.

« Je te dérange. Je repasserai un autre jour…

– Non, monte : je t'ouvre. »

Je profite des quelques minutes de latence pour allumer mon téléphone et ranger deux ou trois babioles, comme si cela avait la moindre importance. Enfin, Sadio pousse la porte et s'avance, comme à regret :

« Tu es sûre que je ne t'embête pas ?

– Certaine. Je viens seulement de lire ton message : tu veux me laisser tes affaires ?

– Oui. »

Il ouvre son sac à dos et en retire un passeport et une liasse de billets de cinquante euros, qu'il me tend. Un peu gênée, je les prends ; je devine qu'ils constituent l'essentiel des richesses de Sadio.

« Combien ?

– Deux mille. »

Sadio extrait une petite poche en toile de son sac et l'ouvre pour me montrer l'intérieur : j'y vois quelques vêtements, comme il me l'avait annoncé dans le café de la place de Clichy. Je lève la main :

« Tu n'es pas obligé de tout déballer !

– Si, je veux que tu sois absolument confiante sur le contenu, que tu voies qu'il n'y a rien d'autre. »

Je le laisse me détailler les vêtements, exhiber les doublures et les poches, puis tout remettre en ordre. Enfin, il me décoche un sourire lumineux :

« Et voilà ! Merci.

– Je garde cela au chaud. Si je n'arrive pas à te joindre, j'en fais quoi ?

– Ne t'inquiète pas : je te préviendrai. Si je ne peux venir moi-même, j'enverrai un ami : ne lui donne ce qu'il te demande que s'il te fournit un mot de passe.

– Lequel ?

– Un truc simple à retenir : Montmartre.

– D'accord. Et si j'ai besoin de te joindre, tu as un plan B ? »

Il griffonne deux prénoms, Akissi et Seiny, et deux numéros de téléphone sur un papier :

« Mes cousines chez qui nous avons déjeuné : elles sont sœurs. »

Sans me l'expliquer, je suis heureuse que leur relation soit familiale. Il me décrit ses efforts pour trouver un emploi sur les chantiers : il est plus simple de s'adresser à des petits sous-traitants que les grosses entreprises appellent pour compléter leurs effectifs. Les formalités administratives sont plus légères et les vérifications moins rigoureuses. En cas de contrôle, le maître d'ouvrage pourra toujours se défausser en plaidant l'ignorance : la sécurité juridique et la flexibilité justifient à leurs yeux le surcoût salarial. Muni du passeport et du permis de séjour d'un ami, Sadio n'a eu aucun mal à décrocher un contrat ; il devra seulement reverser vingt pour cent de sa solde à la fin de chaque mois. Pour le prête-nom, l'opération est fructueuse : il peut ainsi vivre sur le labeur d'une dizaine d'alias, tant qu'il prend garde à ne pas confier ses papiers à deux personnes travaillant dans la même société. Nous échangeons encore quelques phrases, puis Sadio prétexte un rendez-vous pour s'éclipser : je devine qu'il pense m'avoir dérangée, ce qui le met mal à l'aise.

Il me reste moins de deux heures avant l'arrivée de Corentin : j'en profite pour prendre une douche chaude, aérer la pièce, changer les draps et régler des détails de décoration insignifiants. Enfin, j'ouvre en grand les placards de ma garde-robe. Certes, la soirée n'est ni un dîner amoureux ni une rencontre libertine, mais je veux exciter la libido de mon amant d'un jour. Je convoite son désir avant même que nos corps s'approchent et que nos langues se mêlent. J'hésite entre un jean faussement décontracté qui moule mes fesses comme une seconde peau et une robe légère à peine échancrée. Après quelques essayages et contorsions devant le miroir, j'opte pour le pantalon, que je complète d'une paire de chaussures à petits talons, d'un ensemble de lingerie carmin et d'un top assorti à longues manches. Le maquillage ne me demande pas beaucoup d'efforts : je délaisse le fond de teint et le rouge à lèvres pour me concentrer sur mes yeux, que j'orne d'infimes touches polychromes. Je laisse mes cheveux libres : à l'intérieur, les mèches ne s'emmêleront pas au gré du vent. Enfin, je retrouve mon vieux collier de perles de Tahiti que j'affectionnais quand j'étais étudiante : sa double rangée affine mon cou et habille ma parure simple.

Pour peaufiner l'ambiance, j'allume une dizaine de bougies qui diffusent lueurs chaudes et fragrances musquées. La station musicale indique dix-huit heures cinquante. Je sais que Corentin sera à l'heure ; il n'a jamais compris la logique du retard de politesse. Sur l'étagère du meuble d'entrée, ma boîte de CD languit depuis des semaines. Comme une somnambule, je la saisis pour faire défiler les disques un par un. Je passe les titres les plus connus, trop communs, et les tempos rapides, le heavy metal et la techno étant peu adaptés aux préliminaires galants. Il me reste une poignée de possibilités, toutes plus ou moins liées au concept fumeux de musiques de monde. Un album attire mon attention : *Heaven's Dust.* Quels meilleurs augures que cette *Poussière de paradis* distillée par une voix féminine, un luth et des percussions ? Je consulte le nom des morceaux : *La Nef des fous* me paraît un bon prodrome dans ma vie actuelle… Je confie au hasard le soin de sélectionner les chansons suivantes pendant que j'erre dans mon propre appartement, en attente de l'homme que j'ai choisi pour devenir mère.

Quand l'interphone grésille soudain, je sursaute. Mon regard cherche l'écran digital : l'heure juste a été franchie huit secondes plus tôt. Corentin est ponctuel, comme à l'accoutumée.

INTERMÈDE

Mardi 10 avril

Du métro Villiers, je descends la rue de Miromesnil. Juste avant le boulevard Malesherbes, je pousse la porte cochère, qui me dévoile une première cour pavée, puis une seconde. Au fond se niche un petit magasin timide que j'atteins en franchissant une porte basse. Malgré l'absence d'indications, les travées étroites et l'horaire matinal, le lieu est déjà bien occupé. J'ignore le charabia pseudo-scientifique sur le pouvoir des pierres pour contempler les immenses géodes d'améthystes. Les plus hautes touchent presque mon épaule, et le moindre reflet décoche une pluie de filaments parme, mauves et violets. J'erre ensuite entre les casiers remplis de dizaines de pierres brutes semi-précieuses de toutes les teintes : les moins chères valent deux ou trois euros ; d'autres accèdent aux trois chiffres. Au fond du magasin trône une pièce noire ventrue aux éclats brillants.

Je sais qu'il s'agit d'une variété d'agate, qu'elle est composée de dioxyde de silicium, qu'elle a traversé les siècles avec son cortège de superstitions, mais, en cet instant précis, je m'en moque.

Je viens de repérer la silhouette d'Ornella, occupée à fouiller les casiers emplis de bracelets d'opale. Les détails remontent à la surface comme des bulles d'air : Auvergnate, comptable, deux enfants, passionnée de photographie. Je me niche dans une zone d'ombre pour qu'elle ne me repère pas. L'étroitesse des lieux me coupe toute retraite : le seul chemin se situe juste en face d'elle, et il suffirait qu'elle lève la tête au mauvais moment pour qu'elle me voie. Je pourrais certes donner le change et abréger la conversation, mais je ne veux pas laisser de trace. Je me faufile vers les grands échantillons de malachite importés du Congo. Quand Ornella se décale pour observer les colliers au mur, je jaillis et je traverse l'échoppe, tête baissée. J'ai presque atteint la sortie quand elle se tourne ; du coin de l'œil, je saisis son hésitation, mais je suis déjà dehors. Mes chaussures volent sur les pavés de la cour. Je m'enfuis de ce piège et je rejoins la rue en soufflant mon soulagement. Je gagne alors le boulevard Malesherbes, que je descends sans me retourner en direction de l'église Saint-Augustin.

Paris n'est pas encore assez grand...

STANCE 45

ZOÉ

Mercredi 11 avril

Dans le couloir du centre administratif de la police de Tbilissi, la capitale géorgienne, Mathilde ne peut retenir sa surprise en apprenant la nouvelle :

« Quand ?

– À l'instant, répond Grégoire. Une infirmière a trouvé bizarre que personne ne soit en faction devant la chambre de Jessica Breunet. Elle a poussé la porte : les deux policiers gisaient au sol.

– Comment vont-ils ?

– Ils sont sonnés ; l'un d'eux a sans doute la mâchoire fracturée.

– Et comment s'est-elle enfuie ensuite ?

– Je crois qu'elle est simplement sortie du service à pied.

– Fabuleux ! »

La sérénité de Grégoire tranche avec l'énervement croissant de sa collègue. Je devine qu'il a intégré la situation présente et qu'il se projette déjà dans l'après. Ne trouvant pas de relais à sa colère, Mathilde se force à son tour à l'analyse :

« J'imagine que le quartier grouille de policiers. Jessica est blessée, en pyjama, il est six heures trente du matin en France : elle n'ira sans doute pas loin…

– J'espère.

– Elle nous a bien endormis avec ses histoires ! Nous aurions dû nous méfier davantage ; tu ne t'échappes pas si facilement d'une agression au couteau dans un escalier étroit. »

L'arrivée d'un colosse interrompt notre discussion. Son physique de lutteur, sa tête ronde posée sur un cou de taureau, ses yeux perçants et sa démarche lente distillent des filaments d'autorité. Si Grégoire garde une contenance de dandy, je le sens touché par l'ascendant de son homologue géorgien. Sans surprise, les poignées de main sont énergiques et la voix grave. Evgeni Tcheishvili est chargé de l'affaire côté géorgien ; il s'avère qu'il parle aussi mal anglais que mon cousin, et que notre échange se déroulera donc en russe. Intérieurement, je m'en réjouis : cela signifie que toutes les informations transiteront par mon intermédiaire et que je n'en perdrai pas une miette.

Le policier m'encourage à utiliser son prénom et il nous amène dans son bureau, jonché de dossiers multicolores. Il plonge vers le sol et en ressort avec une chemise mauve : il l'ouvre avec précaution, puis l'écarte comme si elle n'avait pas la moindre importance. En russe, il me décrit la situation :

« Grâce aux documents que vous nous avez transmis, nous sommes parvenus à identifier les deux cliniques dans lesquelles les accouchements ont lieu. Deux médecins et une sage-femme sont impliqués. »

Je lève la main pour lui demander de me laisser le temps de traduire. Grégoire demande aussitôt :

« Ont-ils pu les arrêter ? »

Je n'ai même pas besoin de fournir la version russe à Evgeni ; il me décoche un large sourire, presque effrayant :

« Ils sont en prison dans l'attente du procès. Tous ont avoué très vite : leur rôle se limitait à accueillir les femmes et à les faire accoucher sous un faux nom.

– Et les Géorgiennes ? »

Evgeni paraît peiné par ma question :

« Il ne s'agit pas de Géorgiennes, tous les noms étaient des pseudonymes.

– D'où venaient-elles alors ?

– De l'autre côté de la frontière, en Tchétchénie. Nous pensons que les femmes enceintes transitaient par la vallée de Pankissi, la région où vit la minorité tchétchène de Géorgie, à une centaine de kilomètres au nord-est de Tbilissi.

– Êtes-vous sûr qu'elles venaient de là-bas ?

– Nous avons des témoignages qui nous permettent de le supposer. Les femmes étaient acheminées à Tbilissi, où elles demeuraient pendant le dernier mois de leur grossesse.

– Et ensuite ?

– Elles accouchaient dans l'une des deux cliniques, y restaient quelques jours, puis étaient raccompagnées en Tchétchénie. Le bébé était référencé comme étant celui d'une Française et d'un père inconnu. Vous connaissez la suite… »

Comme je traduis au fur et à mesure, Grégoire me laisse poser les questions à ma guise, suivant le canevas qu'il m'a décrit au préalable. Mentalement, je coche les réponses déjà obtenues et les points encore en suspens :

« Cela signifie-t-il que vous ne pouvez pas interroger les femmes qui ont participé à ce trafic ?

– Exact. »

Evgeni s'accorde un instant de silence pour ménager le suspense :

« À une exception près… Nous sommes intervenus dès que possible, à partir des renseignements dont nous disposions, et cela nous a permis de mettre la main sur une jeune femme de vingt ans, sur le point d'accoucher.

– Où est-elle en ce moment ?

– Dans un hôpital militaire ; elle est bien traitée. Nous l'avons interrogée, bien entendu. La naissance est prévue pour la fin de la semaine : un garçon.

– Elle coopère avec vous ?

– Oui. Elle est beaucoup moins effrayée par nous que par l'idée de retourner dans son pays.

– Vous allez la renvoyer ?

– Pour l'instant, non. La décision est politique.

– Combien est-elle payée pour son rôle de mère porteuse ?

– Zéro. »

Comme je lève un sourcil interrogateur, Evgeni complète :

« Ou plutôt, elle n'est pas payée en argent… »

– Comment est-elle rémunérée alors ?

– Avez-vous entendu parler d'Argoun ? »

Il me laisse le temps de traduire ses propos et d'échanger avec Grégoire et Mathilde. Il semble attendre ma réponse avec gourmandise. Enfin, je souffle :

« Non.

– C'est une localité située près de Grozny, la capitale tchétchène. Elle a attiré l'attention sur elle l'année dernière, à la suite d'un article du magazine russe indépendant *Novaïa Gazeta*, repris dans les médias internationaux. Selon les journalistes, Argoun abriterait une prison secrète, voire même un camp de concentration, où seraient enfermés et torturés des homosexuels. Une première depuis la Seconde Guerre mondiale en Europe… Et les auteurs accusent le président du Parlement tchétchène et le chef de la police d'Argoun.

– Qu'ont répondu les autorités ?

– Un porte-parole du gouvernement a nié la présence de ces camps, puisque, je cite : on ne peut pas emprisonner et harceler quelqu'un qui n'existe pas dans la République. Officiellement, il n'y a aucun homosexuel en Tchétchénie. Vous allez me dire : tout cela est bien triste, mais quel rapport avec notre affaire ? Si les gays sont les premières victimes de la persécution, les lesbiennes ne sont pas non plus épargnées. Tout le monde a entendu des rumeurs de camps de "redressement" à l'intérieur desquels les détenues seraient soumises à des traitements dégradants, voire à de la torture ; on parle même de viols dans un but de… rééducation. Ni preuves ni témoignages n'ont été apportés. Jusque maintenant.

– Vous voulez dire que…

– Il semble que ces femmes viennent d'une prison officieuse du sud du pays. Elles achèteraient leur liberté en louant leur utérus. D'après la femme que nous avons interrogée, leur accord permettrait de bénéficier d'un traitement plus humain et d'éviter les violences, y compris sexuelles. Toutefois, je ne souhaiterais à personne de se retrouver dans la peau d'une jeune Tchétchène qui retourne chez elle après des mois d'absence, avec une étiquette de lesbienne et une virginité disparue.

– Cette histoire vous paraît plausible ?

– Plausible, oui ; vraie, je l'ignore. Les mères porteuses sont-elles issues de tels camps ? Ou seulement certaines ? »

Il écarte les paumes en signe d'ignorance, avant de murmurer :

« Si cette version est juste et que l'existence d'une telle filière a vraiment été éventée, je ne sais pas ce qu'il va advenir des femmes enceintes là-bas… »

Un instant, je m'imagine à la place de l'une de ces femmes, enfermée pour mon orientation sexuelle et contrainte de porter un enfant que je devrais abandonner à la naissance, afin de protéger ma pudeur et d'acheter ma propre liberté. Quoique confrontés à la fureur et à la brutalité au quotidien, mes deux compagnons paraissent aussi mal à l'aise que moi. Même Evgeni, malgré son assurance mâle affichée, laisse transparaître des pointes de colère et de dégoût. Il se penche vers moi :

« Je ne sais pas trop si vous êtes au courant de la situation géopolitique de notre pays, souffle-t-il.

– Pas vraiment…

– La Russie a envahi l'Ossétie du Sud et l'Abkhazie, deux provinces du nord-ouest de la Géorgie, lors de la guerre de 2008, et les relations diplomatiques entre nos deux pays sont gelées depuis. La Tchétchénie est une république de la Fédération de Russie, gérée d'une main de fer par Ramzan Kadyrov, désigné président en 2007 et soutenu par Vladimir Poutine. Autant dire qu'il vaut mieux oublier tout de suite l'idée d'une coopération avec les autorités tchétchènes dans votre dossier. »

Evgeni plonge la main dans le dossier mauve et remet à Grégoire une double page rédigée en anglais.

« Voici les informations que vous nous avez demandées sur l'une des victimes, Hugues Janelidze, un ancien citoyen géorgien qui a pris la nationalité française en 2003. Il revenait au pays deux ou trois fois par an, pour affaires ; il restait à Tbilissi une douzaine de jours. Son nom ne disait rien aux médecins que nous avons interrogés, mais ils l'ont tous deux identifié comme leur contact quand nous leur avons montré la photo que vous nous avez envoyée.

– Comment se sont-ils rencontrés ?

– Dans un cercle de poker. Le scénario est le même pour les deux : un soir, ils ont perdu beaucoup, et Hugues Janelidze a passé l'éponge en échange d'un petit service, créant ainsi un premier lien de confiance. Puis il les a rappelés quelques semaines plus tard pour leur proposer un deal plus rémunérateur. Les deux gynécologues étaient joueurs ; ils avaient un train de vie élevé ; la demande paraissait assez simple… Ils se sont laissés tenter. »

Grégoire et Mathilde s'enquièrent de détails complémentaires, volontiers fournis par Evgeni. Toutefois, il refuse de nous laisser voir les suspects : respect des procédures, susceptibilité nationale ou amour-propre, je ne sais pas… Puis les rôles s'inversent, je traduis les questions géorgiennes et les réponses françaises sur l'organisation du trafic dans l'Hexagone et les meurtres en série. J'apprends au passage qu'une victime par arme à feu semble être liée à l'affaire. Après une ultime poignée de main virile, Evgeni nous salue, et Grégoire nous entraîne dans la cour intérieure. Je pose la question qui me trotte dans la tête depuis presque une heure :

« Pourquoi vous êtes-vous déplacés ? Une conversation par téléphone ou par Skype aurait suffi.

– Ton avis sur Evgeni ? biaise Grégoire.

– Il est un peu crâneur, mais il me paraît franc.

– Tu penses qu'il nous cache quelque chose ?

– Difficile à dire… À l'instinct, je dirais non. »

Comme personne ne relaie ma phrase et que Mathilde ne cache plus son hilarité, je prends un peu la mouche :

« Et donc ?

– C'est un gros dossier pour la Géorgie comme pour la France : trafic de bébés, de femmes, multiples meurtres… Nous voulons savoir à qui nous avons affaire. Eux aussi. À distance, il ne nous aurait pas raconté la moitié de l'histoire.

– Et maintenant ?

– Nous serrons quelques paluches, nous nous promettons une collaboration bilatérale et retour à Paris dès ce soir. »

STANCE 46

ALEXIS

Mercredi 11 avril

Dans le doute, je me fie à mon intuition.

Et mon intuition me dicte de traîner près de l'hôpital où Jessica Breunet est hospitalisée. J'ai passé l'essentiel de la nuit à rôder aux abords de l'établissement à la recherche de silhouettes ou de signes suspects. Je n'ai croisé personne, pas même un flic. Ils sont trop confiants. Leur immobilité les condamne à subir ; ce sont les autres qui choisiront le moment et le *modus operandi*, et l'effet de surprise est primordial dans ces circonstances.

J'ai la fenêtre de la prisonnière en ligne de mire. Dans le couloir, toutes les vitres sont noires, sauf celles de la salle des infirmières, à travers lesquelles je distingue parfois une ombre fugace.

Je jure intérieurement : mon enquête est bloquée et je dépends des progrès de la police. Je dois rester à l'affût, en espérant que Grégoire Rannou coince le coupable. S'il y parvient, je serai en terrain connu : abattre un homme en position de sniper au cours d'un transfert, sans support logistique, n'est pas simple, mais les informations de Diego m'aideraient à organiser une telle opération.

Tout à coup, la chambre de Jessica s'allume. Machinalement, je regarde ma montre : six heures et quart. Il ne s'agit peut-être que d'une courte virée aux toilettes ou d'un éveil temporaire… Pourtant, mû par mon flair, je m'élance vers l'entrée du personnel que je sais ouverte à toute heure de la nuit. Il me faut moins de trois minutes pour atteindre le service de médecine interne. Immobile, je guette les sons : je ne perçois pas d'indices humains, seulement les signaux réguliers des instruments médicaux. Je m'approche du hublot avec précaution : une silhouette rase les murs, à peine éclairée par les lumières de sécurité. À l'instinct, je pousse la porte et je me dirige vers elle. Jessica Breunet se fige ; elle affiche un visage serein, malgré son pyjama et ses pieds nus. Cependant, je devine qu'elle va attendre le dernier moment pour décocher son attaque. L'imaginaire collectif présume que les combats sont une longue suite de coups, alors que la réalité est plus prosaïque : le premier impact décide en général du vainqueur. Jessica se recule d'un pas, comme pour accentuer sa fragilité, tout en cherchant mes yeux pour troubler ma défense. Soudain elle jaillit : son poing se dirige à pleine vitesse vers mon menton : s'il m'atteint, c'est la porte ouverte vers un K.O. qui ne lui prendra que quelques secondes. Je me décale sur la gauche sans riposter : son élan me permettrait pourtant de la faucher et de frapper au visage d'un fort crochet du droit. Je me contente de murmurer, sans même prendre la peine de me mettre en garde :

« Jessica, je suis venu te chercher. »

Plus que les mots ou mon calme, c'est la rapidité de mon esquive et l'absence de contre-attaque qui jouent en ma faveur. Je regarde ses pieds nus avec une mine ennuyée, et je pousse la porte de la première chambre : une femme d'une quarantaine d'années y ronfle. J'ouvre le placard et me saisis d'une paire de baskets et d'un blouson chaud ; une fois dehors, je pose les chaussures au sol et je tends le vêtement à Jessica. Elle s'habille à la hâte, et nous quittons le service sans échanger une parole. Sans nous concerter, nous optons pour les escaliers ; au rez-de-chaussée, elle hésite sur la direction. Je la prends par le coude :

« Par là, il y a des caméras de l'autre côté. »

Sur le parking, nous délaissons l'entrée principale pour nous diriger vers les urgences, ce qui nous permettra de rejoindre un trottoir proche de la station de métro. Comme elle veut s'y engager, je la retiens par la manche :

« Non : trop risqué. »

Je l'entraîne vers le boulevard. Un bus apparaît à l'horizon et je ne prends même pas la peine de vérifier le numéro ou la direction : quand il s'immobilise près de nous, je glisse un ticket dans la main de Jessica et nous nous installons à l'arrière après avoir validé, à l'abri du regard du chauffeur. Je me décide enfin à étudier le parcours : le bus nous amène vers le nord, et l'un de ses arrêts n'est qu'à une dizaine de minutes à pied de la porte de Clignancourt. Je me tourne vers elle :

« Blessée ?

– Ça va. Qui t'envoie ?

– Un ami de Daniel.

– Pierrick ? »

La ficelle est un peu grosse :

« Non, quelqu'un qui préfère rester anonyme. »

Je sais qu'elle réfléchit : elle va vite exclure les autorités, qui ne prendraient pas le risque de la laisser filer ainsi. Quant à son agresseur, je parie sur le fait qu'elle me juge assez différent pour ne pas envisager cette piste. Ne restent que ses anciens amis : elle doit leur témoigner assez de confiance pour ne pas les suspecter de vouloir l'éliminer. Elle demande enfin :

« C'est quoi le plan ?

– Je te trouve des papiers d'identité, de l'argent, des fringues. Et je t'amène à la frontière ou tu te débrouilles : comme tu préfères.

– Quel pays ?

– Tu choisis.

– Combien en cash ?

– Vingt mille.

– Je suis censée rembourser ?

– Non, tout est arrangé. »

Certes, je pourrais la violenter pour la faire parler, mais je suis un tueur, pas un tortionnaire. Je n'ai jamais agi de la sorte, et je n'ai pas envie de commencer avec une femme, blessée de surcroît. Il sera toujours temps de la menacer de la livrer aux autorités si ma petite imposture ne fonctionne pas. Elle prononce les mots que je crains :

« Je peux téléphoner ?

– Tu peux, mais je disparais dans la seconde.

– Et si je souhaite gérer seule ?

– Libre à toi… Tu veux descendre au prochain arrêt ? Toute la police est sur les dents : tu ne tiendras pas deux heures. »

Je ne pousse pas trop loin mon avantage. Mieux vaut la laisser mariner : elle a sûrement des amis qui peuvent l'aider, mais qui peut lui offrir une carte d'identité, vingt mille euros et une fuite vers l'étranger ? Elle reste muette pendant l'essentiel du trajet. Si je veux apprendre quelque chose, je dois gagner sa confiance, sans qu'elle ait l'impression d'être interrogée. Mon index pointe vers son ventre :

« Tu as besoin de médicaments ?

– Pas pour l'instant. Tu comptes descendre au terminus ?

– Presque : c'est la prochaine. »

Le bus se range sur le côté de la chaussée et nous empruntons un trottoir encombré d'une foule bigarrée qui chemine dans la même direction que nous malgré l'heure matinale. Des stands de fortune sont dressés sur le parcours : ils vendent de la nourriture ou des babioles à deux sous. Jessica se presse près de moi :

« Je te rappelle que je suis en pyjama.

– Je ne pense qu'à cela, ne t'inquiète pas. Les puces sont à deux cents mètres : tu devrais trouver ton bonheur là-bas. »

Nous nous faufilons dans les ruelles pour atteindre le premier marché. Une boutique en dur vend des habits de marque : vêtements et chaussures. Je chuchote :

« Choisis vite, il ne faut pas traîner. Quelque chose que tu peux mettre tout de suite, nous compléterons plus loin. »

Jessica se saisit d'un jean, d'un T-shirt, d'un sweat sombre à capuche, de chaussures de running et d'une paire de chaussettes. Elle s'éclipse dans une cabine et en ressort moins de deux minutes plus tard, habillée de pied en cap. La vendeuse se dirige enfin vers nous :

« Vous avez trouvé votre bonheur ?

– Oui, répond Jessica. Je garde tout sur moi ! Tu peux régler, chéri ? »

Je sors trois billets de cinquante euros, et la vendeuse me rend aussitôt la monnaie. Je ne prends pas la peine de vérifier, et nous poursuivons notre route dans les travées du marché. Je garde ses anciens vêtements dans un sac en plastique ; ce n'est pas le meilleur endroit pour s'en débarrasser.

Plus loin, un arnaqueur de rue attire le chaland avec un jeu de bonneteau : son complice, le baron, retourne la bonne carte trois fois sur quatre pour appâter les touristes. Instinctivement, je cherche les guetteurs : je repère une femme et deux hommes, placés à quelques mètres.

« Trois, confirme Jessica.

– Ils sont moins forts que vous… »

Piquée au vif, elle réplique :

« Il n'y avait pas d'arnaque chez nous : tu payais pour un service et tu l'obtenais ! »

Je feins de me repentir :

« C'est vrai : dommage que les corps aient commencé à tomber…

– Ce n'est pas nous qui avons commencé… »

Bingo ! Sa réplique sous-entend qu'ils ont eux aussi tué au moins une fois. Je lance ma première sonde :

« Je te dis cela au cas où tu serais reprise : la police a la vidéo. »

Tout en marchant, elle me lance des œillades méfiantes :

« Tu es sûr ?

– Certain.

– Pauvre fille…

– Tu la plains ?

– Ben oui, quand même, elle n'avait tué personne, après tout… »

Je laisse quelques secondes passer : si je devine que Jessica parle de Lucile Carpentier, je veux continuer à tirer la pelote. Je me souviens que Lucile est la seule victime pour laquelle des traces de lutte ont été retrouvées. Est-elle un simple dommage collatéral ? Doucement, tout doucement :

« Tout le monde commet des erreurs…

– Oui, même nous. »

Je commence à mieux cerner Jessica : elle n'est ni une enfant de chœur ni une professionnelle. Elle est téméraire, combative, rouée et méfiante, mais elle manque de rigueur et de self-control ; si je veux en tirer quelque chose, je dois la titiller. Je la laisse choisir des vêtements de rechange qu'elle glane çà et là dans les boutiques de fripes. Elle n'omet pas les pièces qui pourront couvrir son visage : écharpe, capuche, béret. De mon côté, si ma perruque poivre et sel et mes lentilles marron protègent un peu mon anonymat, le temps que je passe avec Jessica augmente le risque d'un portrait-robot conforme si elle collaborait avec les autorités dans l'avenir.

Comme nous quittons le marché aux puces, je lui murmure :

« Au sujet de ta garde à vue… »

Pour éviter toute sensation de menace, je prends soin de l'interroger dans une zone peuplée, sans esquisser le moindre geste équivoque. Jessica s'arrête net :

« J'ai joué la jeune femme vénale dépassée par les évènements et apeurée par la prison. Ils se dévoilaient de plus en plus : je leur ai balancé un ou deux os à ronger pour qu'ils relâchent la pression.

– C'est-à-dire ?

– J'ai reconnu Lucile sur photo. Inutile de nier : mon téléphone était sur écoute, je lui ai laissé plusieurs messages, qui doivent encore être sur les serveurs de son opérateur. Et je leur ai avoué que j'étais au courant du meurtre.

– OK, quoi d'autre ?

– Quand ils m'ont donné le nom d'Hugues Janelidze, je leur ai dit qu'il travaillait comme consultant pour nous. S'ils ne le savaient pas, ils allaient le découvrir vite en regardant les factures. De toute façon, il est mort…

– D'accord. Et ?

– C'est tout. J'ai chargé Daniel, comme prévu.

– Et sur ton agression ? »

Elle prend une voix affolée pour singer son interrogatoire :

« Cela s'est passé si vite, capitaine… Je ne pensais qu'à m'enfuir ! »

J'approuve d'un hochement de tête :

« Et en vrai ? »

Elle marque un silence pour accentuer son effet :

« Nous nous sommes plantés sur l'identité du tueur, mais nous n'avions pas tout faux non plus… »

STANCE 47

CHARLOTTE

Mercredi 11 avril

J'ai dormi seule.

Ce n'est pas inhabituel pour moi, bien sûr, mais j'ai apprécié la présence de Corentin dans mon lit la nuit précédente. La soirée a été douce et langoureuse, et Corentin a pris son temps, avant, pendant et après nos ébats, pour teinter de romantisme la raison première de sa venue. Le deviner à mes côtés alors que je m'assoupissais et au moment de mon réveil m'a apaisée pendant toute la journée d'hier, même après son départ.

Et ce matin, je suis à nouveau isolée au cœur de l'agrégat urbain. Je me traîne entre les pièces de mon appartement, sans joie ni envie. Mon horizon est fixé sur mon test de grossesse, dans une vingtaine de jours, et j'oscille entre espoir et fatalisme. Hier après-midi, mon humeur m'avait entraînée vers le centre de Paris, pour sentir la ville vibrer au rythme de ses monuments les plus emblématiques, vigies centenaires à peine troublées par les nuées de touristes admiratifs et les Parisiens blasés. Aujourd'hui, m'imaginer au-dehors me remplit de dégoût : je préfère demeurer dans mon cocon. Je dois me trouver une occupation pour atteindre le crépuscule sans devenir folle. Je me décide à ranger mon dressing qui abrite documents, souvenirs et objets en tous genres. C'est superflu, puisque tout est classé dans des boîtes métalliques et des cartons étiquetés, mais j'aime traquer l'inutile pour ne garder que l'essentiel, la quintessence de mon existence.

Assise à même le sol, je trie et me débarrasse des papiers anciens et de brochures encombrantes. Le tas destiné à la poubelle libère autant mes étagères que mon esprit. Je ne conserve que les documents officiels, les relevés de compte et quelques réminiscences mineures. Je m'attaque ensuite aux babioles : des badges d'entrée, des cartes de visite, un vieux lecteur de CD portable, des dés. Malgré mes efforts, je n'abandonne qu'une poignée d'entre eux au rebut. Puis mon attention se décale sur mes albums photos, témoins muets d'une époque où les souvenirs se déclinaient en argentique. Il me faut quelques secondes pour identifier mon malaise croissant. Si aucune étiquette ne fige les années, je range toujours mes albums dans l'ordre chronologique parce que j'ai choisi les couvertures pour suivre un anneau arc-en-ciel, du rouge au violet. Pourtant, le jaune côtoie le bleu, et l'orange effleure le vert. Ce n'est qu'un détail, mais il est loin d'être insignifiant pour moi ; jamais je n'aurais brisé une telle eurythmie. Je me souviens d'avoir feuilleté les pages au début de l'année et ma mémoire scanne les personnes qui ont pénétré dans mon antre depuis. J'écarte les livreurs, qui ne dépassent jamais le couloir, et le plombier, cantonné dans la salle de bains.

Restent Sadio, Corentin et Elsa Pellaut. Sadio était toujours près de moi ; Elsa n'a pas quitté mon salon ; seul Corentin a pu évoluer à sa guise. Je ne l'imagine pas parcourir mes albums pendant ma douche, mais peut-être voulait-il chasser l'ennui ? À moins que…

Et si un cambrioleur avait exploré mon logis sans que je m'aperçoive de sa venue ? Avec frénésie, je pousse les robes pour dégager une trappe murale tenue par quatre vis. Elle occulte des branchements électriques derrière la paroi. Je vais chercher mon tournevis pour libérer le cache. Quand j'ai emménagé, j'ai repéré cette planque qui me paraissait plus discrète qu'un coffre-fort. J'y ai ajouté un boîtier de dérivation d'où sortent des fils électriques qui se rejoignent en circuit fermé, pour donner l'illusion d'une utilité réelle. À l'intérieur, j'y range mes bijoux et de l'argent liquide. J'ouvre la boîte : tout est en place, mais la liasse me semble plus fine qu'auparavant. Je compte les billets : mille trois cent cinquante euros. C'est beaucoup moins que les quatre mille que je sais avoir dissimulés.

Perplexe, je m'assieds sur le parquet. Pourquoi un cambrioleur prendrait-il la peine de ne voler que les deux tiers de l'argent, en laissant les bagues et les colliers, pour ensuite refermer la trappe ?

Lasse de sautiller d'une hypothèse à une autre, je me force à faire le vide dans mon esprit et à examiner les différentes possibilités une à une. Aucune d'elles ne me paraît vraisemblable, ni Sadio, ni Elsa, ni Corentin, que j'imagine mal me dévaliser pendant ma douche ou mon sommeil, ni un Arsène Lupin moderne pris de remords au point d'abandonner une partie de mon magot.

Agacée, je m'astreins à vérifier mes effets personnels. Si rien d'autre ne manque, je décèle çà et là quelques petites dissonances : des cartons empilés à la hâte, des coffrets mal refermés, des alignements non respectés. Chaque irrégularité pourrait venir de moi, mais la poignée d'indices rend mon inattention de moins en moins plausible. Suis-je en train de devenir paranoïaque ? Je m'imagine de folles histoires sur un désordre infime et des millimètres de décalage. Les billets absents constituent le seul véritable élément tangible. Ma boîte traîne derrière le mur depuis plus de quatre ans. Je fouille ma mémoire pour savoir si je n'aurais pas pu utiliser une partie de l'argent pour changer des devises en vue d'un voyage ou payer un artisan au black. Rien ne flotte à la surface.

prochaine destination au hasard, en lançant une fléchette sur un planisphère accroché au mur, à la manière d'un Rahan moderne avec son coutelas pour seule boussole. Je clos les paupières et remue un peu la tête pour me désorienter, puis je tends mon doigt pour figer le globe. Je patiente quelques secondes : suis-je prête à me rendre sur le lieu que le sort me désigne ?

J'ouvre enfin les yeux : mon index est posé sur l'océan, à mi-chemin entre l'Antarctique et un chapelet d'îles que je ne connais pas. Je m'approche un peu pour en lire le nom : Kerguelen. Une brève recherche sur Internet me confirme que cette destination n'est pas accessible pour le commun des mortels, mais ce n'est pas l'information qui attire mon attention. Jadis, ce lieu hostile balayé par les vents se nommait îles de la Désolation.

J'hésite entre rires et pleurs.

Il y a quelques mois, un tel flou m'aurait titillée pendant des heures ; aujourd'hui, je m'apprête à renoncer aux comment et aux pourquoi sans états d'âme. Je suis si lasse que je m'astreins à me focaliser sur ce qui compte vraiment pour moi. Et seule la perspective d'une petite graine dans mon ventre parvient à m'extraire de la fange mentale dans laquelle je patauge. Même le prochain rendez-vous médical ne s'inscrit dans mes priorités que via le filtre d'une possible grossesse. Hier, j'ai passé des heures sur Internet pour essayer de déterminer la probabilité d'une fécondation à la suite des deux relations sexuelles avec Corentin. Au bout d'une heure, j'ai abandonné en pestant : les paramètres sont trop nombreux, et ma quatrième dizaine ne plaide pas en ma faveur. Avec Corentin, je n'ai pas évoqué de nouvelles tentatives lors de mon prochain cycle ; malgré mon asthénie, je crois encore en ma bonne étoile. Et bien qu'athée depuis l'adolescence, je suis à deux doigts de prier pour implorer mon petit miracle personnel.

Le calendrier de mon téléphone me confirme que les jours à venir sont presque tous vierges de rendez-vous. Avant, ma vie était vide de sens ; maintenant, elle est vide tout court. Mon regard tombe sur le globe terrestre qui attire à l'accoutumée plus de poussière que d'attention. Je m'en approche et imprime une rotation : comme les continents et les mers défilent trop vite pour que je les identifie, je pense à ces aventuriers qui choisissent leur

STANCE 48

ZOÉ

Jeudi 12 avril

Ma moue est boudeuse et mon regard dans le vague : le cliquetis du Nikon me confirme que mon attitude correspond aux attentes du photographe. S'il semble se morfondre autant que moi, il est lui aussi tributaire des exigences de la cliente, qui pense qu'un cliché réussi signifie qu'un mannequin doit s'abstenir de tout sourire et que son visage est censé refléter ennui et arrogance. J'enchaîne les tenues et les poses. Pas une ne me place dans une situation naturelle : mes membres et mon dos sont tordus, mes postures alambiquées et ma mine affectée.

Plus l'ambiance inspire la langueur, plus la femme chargée du marketing approuve bruyamment. Je la soupçonne de peu connaître la photographie, mais d'assouvir un fantasme ancien qui consiste à valider, ou non, la pertinence d'une image de mode. Jamais elle ne m'adresse la parole ni ne prononce mon prénom ; je suis le mannequin ou elle. Le paradoxe, c'est que je l'imagine aux avant-postes pour défendre le droit des femmes, le respect et l'égalité salariale. Pourtant, elle me fait ressentir mon statut d'objet, lisse et sans personnalité, avec une violence féroce. Pour elle, il n'y a aucune incohérence. Je suis jeune, belle ; j'exerce un métier glamour ; elle me paye. Peut-être est-elle un peu jalouse, maintenant qu'elle file vers ses quarante ans…

Les prises se succèdent, toutes aussi fades les unes que les autres. Quand le photographe suggère quelques accessoires pour atténuer la morosité du décor, il essuie un refus cassant. Je lis dans ses yeux qu'il jetait là sa dernière bouteille à la mer. Je devine la fin de l'après-midi : nous allons tous deux faire le job, tout en sachant que le résultat aurait pu être bien meilleur sans intervention extérieure.

Je passe une dizaine de minutes dans une position improbable, le cou tourné vers l'arrière pour simuler la surprise, et je ressens les premiers picotements dans mes muscles cervicaux. Quand la cliente donne enfin son aval à la série, j'adresse un signe discret au photographe pour lui signifier mon inconfort. Il se lève et exhibe son appareil :

« Quinze minutes de pause ! J'ai besoin de vider ma carte mémoire sur l'ordinateur. »

Je le remercie d'un sourire, car je sais qu'il a une poignée de cartes SD de rechange. Comme il feint de s'absorber dans les manipulations techniques, la cliente s'assied à ses côtés. Elle lui pose quelques questions qui se veulent professionnelles sur la lumière, la profondeur de champ, le traitement sur Photoshop. Sans montrer le moindre agacement, il répond, écoute les suggestions, approuve parfois d'un hochement de tête.

Je les laisse tous deux pour marcher sur le plateau en sirotant une bouteille d'eau. Je devrais peut-être me joindre à la discussion, mais je sens que ma meilleure chance d'être rappelée un jour consiste à demeurer dans ma situation passive, sans âme ni opinion. Mes pensées s'envolent vers Maya : je suis tiraillée entre l'envie de la retrouver et la crainte de la voir tomber aux mains de la police. Je l'imagine si mal entre quatre murs, elle qui incarne pour moi la liberté de l'oiseau qui explore l'espace alors que nous sommes confinés au plan. Elle est un oxymoron vivant : assurée et perplexe, logique et irrationnelle, prévoyante et téméraire.

Maya me manque.

Je ne désire rien de spécial, seulement laisser les secondes s'égrener à ses côtés, chez moi ou dans la rue, à l'aube ou à la brune, seules ou au milieu de la foule. Je sais qu'elle me surprendra, qu'elle égaiera ma journée d'un commentaire décalé, d'un sourire solaire ou d'une idée originale, aussi chaude que saugrenue. Chacun joue un rôle qu'il s'est approprié au fil des ans, au point de ne plus distinguer le costume de son propre soi. Nous nous imaginons libres, alors que nous courons de contrainte en contrainte, que nous pensons avoir choisies, voire même souhaitées. Pas Maya. Elle navigue dans un monde d'adultes avec l'insouciance de l'enfant, avant que la famille, l'école et le cercle amical ne l'aient encore trop altérée. Elle est une rivière de couleurs qui serpente entre les silhouettes grisâtres, trop habituées à la fadeur pour même s'en émouvoir.

Je croyais que le mannequinat m'offrirait cette liberté. À l'inverse de beaucoup de mes consœurs, je n'ai jamais fantasmé sur le milieu de la mode ; je ne me suis jamais identifiée à la princesse devant laquelle les nobles chevaliers tombent en pâmoison. La nature m'a donné la beauté, et je l'ai accueillie comme un sauf-conduit pour une vie plus autonome, moins rythmée par les diktats de l'entreprise et du salariat. Je n'ai pourtant jamais atteint ce nirvana de liberté que je désirais ; il est peut-être l'apanage des top models, qui peuvent barguigner, choisir, refuser. Et même pour elles, les mots de Baudelaire sonnent comme un augure funeste : oui, le temps est un joueur avide qui gagne sans tricher à tout coup, c'est la loi. Si elles ne meurent pas, elles fanent un peu plus chaque jour ; s'enfuient alors les attentions, les éloges, les cachets mirobolants, et la gloire grise d'autres compagnes au minois adolescent, plus lisses, plus sculpturales, plus belles.

Maya me paraît plus proche de cet idéal d'indépendance et de bonheur que la cohorte de sages, de stars du cinéma ou de la musique, de capitaines d'industrie ou de sportifs que les médias nous jettent en pâture à longueur de pages, de documentaires ou de sites web. Je me berce sans doute d'illusions sur elle, mais peu importe : elle me convainc l'espace d'un instant que la liberté est accessible au commun des mortels.

Le photographe a prolongé la pause de quelques minutes, mais je comprends à son attitude que la séance va reprendre bientôt. Je pressens qu'il sature des conseils éclairés de son interlocutrice, et qu'il ne souhaite pas poursuivre notre session au-delà des horaires habituels. Je laisse ma bouteille sur une table et je m'approche sans dire un mot. Comme la cliente suspend sa tirade pour respirer, il me lance :

« Tu es prête, Zoé ? Nous allons reprendre. »

Il se tourne vers la cliente et ajoute :

« Dans cet appartement, la lumière du jour est parfaite à cette heure : nous aurons à peine besoin de la sublimer, n'est-ce pas ?

– Euh, oui. Vous avez raison… »

Elle me lance un regard chargé de rancœur, coupable que je suis d'avoir interrompu leur conversation. La fin de l'après-midi s'écoule au ralenti. Comme le photographe a abandonné l'idée de rehausser les clichés, nous terminons un peu en avance. Au moment de mon départ, il me décoche un clin d'œil taquin, malgré les instants qu'il s'apprête à subir pour soigner sa relation commerciale, tandis que la cliente me gratifie d'une poignée de main molle et d'un sourire pincé.

Je me dirige vers le centre historique de Paris à pied, sans me hâter. Dans les jardins de Notre-Dame, je laisse mon portable dans son sac pour profiter du lent ballet des passants jusqu'à ce que Grégoire me rejoigne. Nous marchons sur les quais de Seine, trop tôt pour les fêtards, trop tard pour les touristes en train de se restaurer. Au loin, j'entends les cloches sonner neuf fois pour marquer l'heure exacte. Avec un brin de fierté, je songe que je n'ai guère besoin de ces repères humains puisque les dernières lueurs orangées lèchent l'onde du fleuve, avant de s'endormir au Ponant. Grégoire affiche sa mine des mauvais jours. J'espérais qu'il se confierait de lui-même, mais il attend peut-être un signal de ma part, par pudeur ou par orgueil :

« Du neuf dans ton enquête ?

– Oui et non. Oui, parce que la brigade financière nous apporte de nouveaux éléments chaque jour. Non, parce qu'aucun nom n'émerge, ni pour le réseau de prostitution ni pour les mères porteuses.

– Que sont devenues les femmes ?

– Lesquelles ? En Géorgie ou en France ?

– Les deux.

– En France, elles se sont volatilisées du jour au lendemain. Malheureusement, je pense que leur quotidien n'a pas changé : au lieu d'exercer à Paris, elles sont à Lyon, Marseille ou Rome.

– Je ne comprends pas : vous avez décapité l'organisation. »

Il secoue la tête, las.

« Ce n'est pas ainsi que cela fonctionne. Daniel Hoarau gérait les prostituées ; il payait une somme à des intermédiaires, et elles tournaient tous les mois. Chacun sa spécialité : un réseau fournit les filles et les amène d'une ville à la suivante ; un autre les loge et les exploite. L'un s'occupe de la marchandise, l'autre des clients. Tout le monde s'y retrouve. Et cela permet de renouveler l'offre : les habitués sont friands de nouveauté. Nous ne sommes pas dans un conte de fées moderne : nous n'avons sauvé personne.

– Et en Géorgie ?

– Ils ont fait un peu mieux que nous : ils en ont libéré une. Tu te rappelles la Tchétchène enceinte ? Elle a accouché d'un petit garçon, et la Géorgie lui accorde la nationalité sans faire trop de vagues.

– Elle va garder l'enfant ?

– C'est son souhait.

– Vous avez retrouvé Jade ? »

Ma question lui arrache enfin un sourire :

« Tu as toujours du mal à l'appeler Jessica. Elle court toujours. »

Après un court silence, il ajoute :

« Sans doute…

– Que veux-tu dire ?

– Elle s'est échappée d'un hôpital en plein Paris en pyjama. Normalement, nous aurions dû la coincer en moins de deux jours.

– Elle avait peut-être des complices…

– Tout juste. Les caméras l'ont repérée devant le parking avec un homme ; ils ont remonté le boulevard à pied, puis nous les avons perdus. Déjà, c'est un bon indice.

– Comment cela ?

– Si tu voulais fuir rapidement un quartier de Paris avec un minimum de discrétion, que ferais-tu ?

– Je prendrais le métro.

– Bien sûr. Sauf que les stations et les quais sont truffés de caméras. Jessica ou son ange gardien y ont pensé. Notre meilleure chance, c'est qu'elle se terre dans une planque.

– Tu n'as pas l'air d'y croire.

– Cela ne fait qu'un jour et demi, mais le temps ne joue pas en notre faveur. Elle est peut-être déjà à l'étranger avec de faux papiers, ou alors…

– Ou alors ?

– Une morte ne parle plus.

– Tu penses à ses propres amis ? »

Grégoire laisse ma question résonner sous l'arche du pont avant de répondre :

« Dans ce milieu, il y a peu d'amis. Et elle a déjà évité une première agression.

– Vous n'avez pas plus d'informations sur le tueur ?

– Non. C'est peut-être plus compliqué que cela : nous avons six meurtres au couteau en relation avec "Bien être, bien vivre", dont Lucile Carpentier, une cliente. Est-ce qu'il s'agit d'un réseau concurrent, d'un tueur en série, d'une vengeance, je ne sais pas.

– Et la victime par balle ?

– C'est une petite frappe qui leur rendait quelques services ponctuels, proche de Stanislas Pellaut. Y a-t-il un lien ? Je l'ignore. Il était impliqué dans une multitude de trafics : vols, drogue. La liste des possibles est longue…

– Au moins, vous avez démantelé le réseau.

– Mes supérieurs ne sont pas aussi indulgents que toi. Ils voient plutôt que nous n'avons aucun suspect sérieux pour une série de meurtres, que notre seule piste est une brindille qui s'est enfuie en fracassant la mâchoire d'un policier expérimenté d'un coup de coude, et que…

– Et que…

– Non, rien.

– Il s'agit de moi, n'est-ce pas ?

Grégoire soupire avant de conclure :

« Et que la propre cousine du commandant chargé de l'enquête est impliquée dans l'histoire. »

Je réprime l'envie de me justifier : Grégoire ne me reproche rien. Comme les secondes s'égrènent, je me sens de plus en plus fautive ; non seulement j'ai agi comme une idiote, mais j'ai aussi terni la carrière de l'une des seules personnes qui comptent pour moi. Sans ralentir le pas, je pose ma main sur son avant-bras :

« Je suis désolée, Grégoire. »

Il m'adresse un regard empreint de douceur :

« C'est ainsi. Tout le monde commet des erreurs… »

Son visage s'illumine enfin :

« Même le tueur… Un jour. »

INTERMÈDE

Jeudi 12 avril

La chance est une compagne versatile.

Lorsque j'ai éliminé Stanislas Pellaut, son ordinateur allumé a placé de nouvelles cibles dans ma ligne de mire. J'ai vu des messages, des notes, des photos et des vidéos, dont celle du viol de Lucile. Contre toute prudence, je n'ai quitté l'appartement que deux heures plus tard, malgré le cadavre à mes côtés.

Sur ma lame a coulé le sang de tous ces salauds. Marin Kaliszewski a ainsi payé le viol de Lucile Carpentier et d'autres victimes que je pressens le long de son chemin. Hugues Janelidze ne rétablira plus l'ordre parmi les filles indociles du réseau, à grand renfort de claques, de coups ou d'étranglements presque mortels. Bilal Touati et Anthony Dos Santos ne distilleront plus leurs précieux conseils en échange de nymphettes qu'ils pourraient tourmenter à loisir pour assouvir leurs plus sombres fantasmes.

Cerise sur le gâteau, Benjamin Cochet, l'ange noir de mon adolescence, est sorti du bois et je l'ai cueilli de six balles dans le corps.

Puis la chance s'est jouée de moi.

Jessica Breunet m'a échappé dans l'escalier, et je ne sais pas où la police l'a menée, pour l'interroger ou la protéger. Si je ne regrette pas d'avoir perdu Angel Ribera, un sous-fifre, je peste contre la fuite de Daniel Hoarau.

Ce n'est pas fini : la roue peut encore tourner...

STANCE 49

ALEXIS

Jeudi 12 avril

Près du périphérique comme le long des autoroutes ont poussé des hôtels affiliés à de grandes chaînes comme autant de champignons dans les sous-bois d'automne. Jessica et moi avons opté pour une de ces chambres à deux lits simples que les photos d'artiste en noir et blanc ne parviennent pas à réchauffer. Nous avons choisi un hôtel bas de gamme, qui nous préserve des caméras de surveillance. Trouver le sommeil me prendra un peu de temps : j'ai peur de me réveiller seul demain matin. Certes, elle aurait pu me fausser compagnie mille fois aujourd'hui, mais la pénombre apporte toujours son lot de fantasmes, même pour ceux qui ont appris à l'apprivoiser.

Pour limiter les risques, nous dînons dans la chambre : je suis allé chercher deux pizzas au coin de la rue. Elles sont gorgées de fromage bon marché, mais Jessica ne m'en tient pas rigueur. Comme un filament de mozzarella pend à la commissure de ses lèvres, je songe que notre séparation est proche. Ces deux jours nous ont rapprochés, et Jessica m'a livré des bribes d'information, sans pourtant me dévoiler d'éléments clés. Pour l'appâter, je lui ai déjà remis cinq mille euros en petites coupures rangées dans une trousse de toilette. Sans raison apparente, Jessica s'interrompt entre deux quartiers :

« Pour les vingt mille euros…

– Oui ? »

Je garde un ton badin, comme si la somme n'avait pas la moindre importance. Son regard se perd au loin, comme pour chercher la bonne formulation :

« Que me vaut une telle générosité ?

– Services rendus.

– En général ou pour quelque chose de particulier ? »

Je sens qu'il y a un fil à tirer ; aussi, je tente ma chance :

« Tu n'as pas affaire à des ingrats. Un service a compté plus que les autres : tu devines lequel, j'imagine… »

Je croque ma pizza à pleines dents, comme si nous connaissions tous deux la réponse, tels de vieux amis qui ont partagé des moments inavouables. Je prends soin de ne pas relancer la conversation, pour l'inciter à s'épancher. Enfin, elle chuchote :

« J'en garde un mauvais souvenir…

– Je comprends.

– Je ne veux pas être indiscrète, mais toi… »

Elle ne termine pas sa phrase. Je soupire sans lever la tête, autant pour conserver cette atmosphère de connivence que pour me donner le temps de la réflexion. Un mot importun ou un silence trop court pourrait briser le charme.

« J'ai rendu quelques services aussi…

– J'aurais préféré qu'ils t'appellent.

– Je n'étais pas disponible.

– Je sais. C'est ce qu'ils m'ont dit : Marin était mort, Hugues leur a opposé un refus catégorique, et les autres n'étaient pas disponibles. Les autres, c'était sans doute toi.

– Je ne connais pas la liste complète. »

Soudain, elle écarte le carton de pizza et se penche vers moi, les yeux exorbités :

« Je peux t'en parler ? J'ai cela en moi depuis plus d'un mois, cela me ronge. Je ne peux en discuter avec personne : ni mes amis, ni un psy, ni même un curé. »

Je fais mine d'hésiter un instant avant de souffler :

« Si tu veux… »

Aussitôt, elle attrape une serviette et s'essuie la bouche de peur que je ne change d'avis. Elle se lève et approche sa chaise de la mienne avant de se rasseoir :

« Quand j'ai accepté, je pensais que ce serait plus simple… »

Je hoche la tête en signe d'empathie.

« Daniel m'a fourni tout l'équipement et s'est chargé de s'en débarrasser ensuite. Je lui fais confiance sur ce point : c'est un roi de l'organisation, et il est plus rigoureux que je ne le serai jamais. »

Je comprends qu'elle me parle des détails pour éviter le sujet central. Je pressens la teneur de sa confession, mais je préfère ne pas la brusquer :

« Cela s'est déroulé comment ?

– Au début, comme prévu. J'ai sonné à son interphone un soir, et elle m'a ouvert sans méfiance. J'ai prétexté un besoin d'information sur le donneur pour entamer la discussion. Elle était beaucoup plus exigeante que la majorité des femmes : elle savait exactement ce qu'elle voulait et certains critères étaient pointus. Cela n'avait aucune importance de toute façon, j'étais en train de l'enfumer pour…

– Pour ?

– Pas pour l'endormir, elle n'avait aucune crainte. Je crois simplement que je retardais l'instant crucial. Quand elle me décrivait le père idéal, je ne pouvais m'empêcher de l'imaginer nue, avec ces deux ordures. »

Elle marque une pause ; je sens que les larmes sont proches.

« Pour me donner du courage, je l'imaginais avec un couteau, en train de planter ses deux bourreaux.

– Cela a marché ?

– Non. Cela me rapprochait encore d'elle : à sa place, je ne sais pas si j'aurais eu le cran de faire la même chose. Enfin… La même chose que ce que je croyais qu'elle avait fait. Alors, j'ai pensé à la thune que m'avait promise Daniel. Au moins, j'ai arrêté de trembler.

– Tu as parlé combien de temps avec elle ?

– Je ne sais pas. Vingt minutes, peut-être. »

Comme je hausse les sourcils, elle ricane :

« Oui, je sais, c'est idiot. J'augmente les risques et c'est encore plus dur ensuite. Bref, un moment elle s'est levée pour aller chercher des biscuits apéritifs. Elle est passée devant moi, j'ai pris le poignard dans mon sac et je l'ai attaquée par-derrière. Je me suis précipitée : j'ai visé la gorge et la lame a glissé. Je lui ai seulement entaillé le cou. J'ai essayé de lui donner un coup au corps, puis un autre : je l'ai touchée, mais elle se défendait, debout. Les bibelots tombaient un à un, et je commençais à paniquer : j'avais l'impression que le vacarme allait alerter les voisins. Heureusement qu'elle ne criait pas. J'ai retrouvé mes réflexes et je l'ai fauchée avec un balayage de sa jambe avant. Elle s'est écroulée dans un bruit mat.

– Et ?

– Je l'ai finie au sol, comme un animal. »

La digue a craqué. Les joues rougies par la honte, Jessica ne retient plus les gouttes salées qui dessinent de lents sillons sur son visage, tandis qu'elle serre les poings jusqu'à blanchir ses phalanges. Je pourrais la prendre dans mes bras pour la réconforter, mais je préfère lui tendre un mouchoir en papier : j'ai besoin d'en savoir davantage et je sais l'instant fugace. La jeune femme renifle et poursuit sa confession :

« Elle pissait le sang. J'en avais partout sur mes vêtements. Heureusement que Daniel m'avait conseillé de prendre des affaires de rechange.

– Tu avais des gants ?

– En rentrant, j'ai fait attention à ne rien toucher. Dans le feu de l'action, j'ai oublié ; je les ai mis ensuite. C'est n'importe quoi, non ? Tu parles d'une pro… Je ne pense pas avoir laissé de traces : je n'ai rien effleuré, rien bu, mes cheveux étaient coiffés en chignon serré, comme les hôtesses de l'air, je n'ai croisé personne. J'étais tellement peu sûre de moi que j'ai vérifié au moins trois fois que son pouls ne battait plus. J'ai clos ses paupières, comme dans les vieux films. Lucile était morte. »

C'est la première fois que Jessica prononce le nom de sa victime, comme pour enfin admettre sa culpabilité. Je laisse le prénom résonner quelques secondes avant de demander :

« Et ensuite ?

– Rien. J'ai donné les affaires et l'arme à Daniel : je l'ai presque engueulé. Il est resté calme et m'a payée cash, le double de ce que nous étions convenus. Je lui ai dit de ne plus jamais m'appeler pour… pour… »

Elle secoue la tête de dégoût avant de compléter :

« … Pour ça. Et voilà. Je n'en ai jamais parlé à personne, sauf à toi.

– Pourquoi moi ?

– Même si tu n'as pas les mêmes états d'âme, tu peux me comprendre sans me juger. »

Je la serre enfin contre moi. Elle sanglote sans retenue, comme une petite fille qui se croyait forte avant de comprendre que le monde alentour était beaucoup plus rude que ce qu'elle imaginait, et que les ors des adultes étaient tachés de stupre et de sang. Quant à moi, je commence à assembler les pièces du puzzle : je ne sais pas quand Daniel Hoarau et ses comparses ont obtenu la vidéo du viol, mais le double meurtre de Stanislas Pellaut et Marin a sans doute focalisé la suspicion sur la victime, Lucile Carpentier. Hugues Janelidze ayant refusé d'accomplir leurs basses œuvres, ils ont envoyé Jessica au charbon. Le répit n'aura pas duré longtemps : une semaine plus tard, Hugues était tué, puis Anthony Dos Santos dans la foulée. Cela me ramène à mon point de départ : si Lucile n'est qu'un dommage collatéral, qui a éliminé Marin ? Je tiens dans mes bras la seule personne encore vivante à avoir croisé l'assassin, et elle détient des informations précieuses. Je suis sur le point de questionner Jessica en douceur, mais elle ne m'en laisse pas le temps : elle murmure deux courtes phrases au creux de mon oreille.

« Tu es sûre ?

– Oui.

– Qui d'autre le sait ?

– Personne, pas même la police. »

Pour la première fois depuis longtemps, j'ai une longueur d'avance. Comme Jessica essuie ses larmes, à présent plus apaisée, je dois prendre une décision difficile. Les quinze mille euros n'ont aucune importance, et le risque d'être reconnu plaide pour une exfiltration de la jeune femme. Après ces heures passées ensemble, la remettre à la police est trop dangereux pour moi. Nous demeurons enlacés pendant de longues minutes, sans la moindre connotation sensuelle, puis Jessica se lève et se dirige vers la salle d'eau. Elle pousse la porte coulissante qui reste entrouverte et j'entends bientôt les éclats humides sur la paroi de douche. Malgré moi, je souris : maintenant qu'elle a soulagé son âme, Jessica ressent le besoin de laver son corps, comme si purger les impuretés physiques lui offrait une absolution plus complète.

J'attrape mon sac et j'en extrais mon pistolet Sig Sauer 226 que je déverrouille. Je récupère le silencieux dans une poche annexe et le visse sur l'arme, puis j'enclenche la première cartouche dans le canon. Je m'approche de la fente lumineuse pour guigner la douche : à travers la buée, je distingue la silhouette de Jessica qui me tourne le dos, immobile sous le jet brûlant. Je m'introduis dans la pièce et je franchis le dernier mètre à pas de loup, avant d'ouvrir la vitre d'un geste vif. Surprise, Jessica se retourne, mais la peur n'a pas le temps de colorer ses iris sombres, la balle la cueille entre les deux yeux et elle s'écroule sur le sol, alors que l'eau se teinte de carmin. Le corps est immobile ; je ramasse la douille et j'attends deux minutes avant de vérifier le pouls de la jeune femme : calme plat. Je tourne le robinet et referme la porte de la douche pour ranger nos affaires qui traînent partout. J'ai repéré un magasin discount face à l'hôtel : il est ouvert jusque vingt-deux heures. J'y trouverai sans doute du détergent et un grand sac à roulettes qui me permettra de transporter le cadavre : Jessica est un poids plume, elle ne doit pas peser plus de cinquante kilogrammes : j'arriverai à la hisser dans un coffre sans aide. Je ne peux pas la laisser ici : la chambre regorge d'empreintes digitales et de traces d'ADN. Je me donne quatre heures pour voler une voiture, nettoyer la salle d'eau de toute marque de sang, amener le corps dans la campagne, le lester et le faire disparaître dans la Marne avant de brûler le véhicule.

Lors des périodes de tension, je me focalise à l'extrême : je ne commets pas d'impair. Pourtant, je sais déjà que le souvenir de cette élimination se dissipera plus lentement que les autres. Certes, je protège ainsi mon identité, je minimise mes risques et je venge la mort de Lucile, comme je l'ai promis à Natalia. Toutefois, je répugne toujours autant à tuer les femmes, même coupables, et Jessica n'était plus une inconnue pour moi. Nos conversations l'avaient délestée de son statut de silhouette : son regard en coin et sa voix cassée me hanteront encore longtemps.

STANCE 50

CHARLOTTE

Vendredi 20 avril

Tout est blanc : le sol, les murs, le plafond, les chaises, la table, même les lampes et les poignées de porte. Les photographies alignent les montagnes enneigées, parfois rehaussées de rivières glacées, et les icebergs à la dérive entre les vagues, sous l'œil cobalt de cieux vierges de tout nuage.

Je réprime l'envie de me lever et de m'enfuir. Le test de tomographie photonique de lundi n'a rien révélé : le sang circule d'une manière normale dans mon cerveau. Le docteur Zimmermann ne m'a pas proposé d'examen complémentaire : pour lui l'épilepsie n'est pas établie, et il renâcle à me donner un traitement au long cours sans crise franche. Après un instant d'hésitation, il a prononcé les deux mots qui m'ont transpercée : épilepsie psychogène. Je me suis levée de mon siège d'un bond : je suis peut-être dépressive, mais je ne suis pas folle ! Sans s'offusquer, il m'a expliqué qu'il ne s'agissait que d'une possibilité à explorer et non d'une certitude, et que fermer une piste s'intégrait dans une démarche scientifique. Puis il m'a observée un moment avant de suggérer une autre méthode, selon ses propres termes. Quand j'ai parlé de psychanalyse et de psychothérapie, il a secoué les mains en signe de dénégation :

« Je pensais à quelque chose de plus court. »

Le grincement des gonds mal huilés me tire de ma rêverie. Un petit homme vêtu d'un costume noir, d'une chemise immaculée et d'une lavallière azur émerge ; il m'observe comme s'il paraissait surpris de me trouver ici. Je ressens le besoin de me justifier :

« Je m'appelle Charlotte Amorose, c'est le docteur Zimmermann qui m'envoie… »

Il réfléchit, comme si les deux noms n'évoquaient rien pour lui.

« Vous êtes bien Hippolyte de Leyris ?

– Oui, c'est moi. »

Contre toute attente, il ajoute :

« Je vous attendais, mademoiselle. »

Malgré mes efforts, je ne parviens pas à lui donner un âge : il est vieux, certes, mais jusqu'à quel point ? Sa chevelure blanche est encore très fournie, ses yeux bleus rient de mon étonnement, sa peau tannée trace une myriade de rides sur son visage. Un instant, je le crois septuagénaire ; un autre, je le pressens proche du siècle.

Si la salle d'attente affiche une sobriété monochrome, son cabinet se présente plutôt comme l'antre d'Arlequin. Il n'y a ni bureau ni meubles, seulement des assises de toutes formes et couleurs. Quand il m'invite à prendre place d'un geste suranné, j'opte pour un fauteuil moelleux aux tons bouton-d'or, près de la fenêtre ; il s'installe sur une chaise simple, un peu en décalage.

« Que puis-je faire pour vous, mademoiselle ?

– Le docteur Zimmermann vous a-t-il mis au courant ?

– Non, je préfère en savoir le moins possible. »

Me confier à un inconnu m'est difficile. Je ne me sens pas fière de moi en ce moment, et je préfère me terrer que d'exposer mes faiblesses en pleine lumière. S'en tenir aux faits me permet ne pas m'impliquer sur le registre de l'émotion :

« J'ai perdu connaissance à deux reprises, et les pompiers m'ont amenée à l'hôpital. Ils ont décrit des symptômes liés à une épilepsie, mais les tests n'ont rien révélé, et c'est la première fois que ces signes sont identifiés.

– Cela vous inquiète ?

– Un peu.

– Assez pour venir me voir… »

Je tergiverse quelques secondes avant de préciser :

« J'ai des projets de grossesse ; je voudrais juste m'assurer que…

– … Que vous n'avez rien de grave.
– Oui.
– Que connaissez-vous de moi ?
– Seulement que vous pratiquez l'hypnose.
– Et que savez-vous de l'hypnose, mademoiselle ? »

En quelques phrases, nous avons quitté le domaine de la description rationnelle pour nous centrer sur moi, mais je ne me sens pas prête. Je décide de contre-attaquer :

« Pourquoi m'appelez-vous mademoiselle ?
– Pardonnez-moi, je suis un vieil homme avec des usages un peu désuets. Vous êtes mariée ?
– Non.
– Le terme vous ennuie-t-il ?
– Il m'agace, parce qu'il me renvoie à une attente de la société à mon égard qui m'est pesante. Cela dit, je suis curieuse : comment savez-vous que je ne suis pas mariée ? »

Comme Hippolyte de Leyris médite longuement ma réponse, je me demande si sa réflexion est lente ou s'il utilise les ficelles de sa fonction. Il sort enfin de sa torpeur :

« Vous ne portez ni alliance ni bague. Beaucoup de couples vivent en concubinage, et rares sont les femmes qui n'arborent aucun bijou aux doigts, souvent le cadeau de leur compagnon. Savez-vous ce que font mes patients lorsque je viens les chercher ?
– Cela dépend, j'imagine. Certains lisent vos magazines…

– Plus maintenant. Tout le monde est penché sur son portable : pour répondre à un e-mail professionnel, prévoir un rendez-vous, organiser le quotidien des enfants, jouer, parfois. Vous, non…

– Et qu'en déduisez-vous ?

– Rien de définitif, c'est un élément parmi d'autres.

– Pour m'appeler mademoiselle ?

– Par exemple. »

Je crois que j'ai sous-estimé le vieux monsieur, que je soupçonne d'allonger ses périodes de réflexion pour apprivoiser ses interlocuteurs. Je me sens toutefois de plus en plus en confiance :

« Je sais que l'hypnose est un moyen de retrouver des souvenirs inconscients.

– C'est l'une des possibilités, en effet.

– J'avoue que je ne vois pas le lien avec l'épilepsie.

– En vérité, je n'en sais rien. Certains évènements passés peuvent avoir un impact inconscient sur le présent. Souhaiteriez-vous vous pencher sur une période précise de votre vie ?

– Proche ou lointaine ?

– À votre guise. »

Son attitude et son vocabulaire sont délicieusement vieille France. Contre attente, cela me rassure ; j'aurais beaucoup plus craint un gourou illuminé empli de belles phrases creuses. Je songe à Stanislas Pellaut et à ce jour maudit que j'ai enfoui dans ma mémoire pendant plus de vingt ans. Mon âme cache-t-elle d'autres cadavres aussi glauques ?

« Je dois vous faire une confidence : je ne sais pas si je suis réceptive à l'hypnose.

– Je vous rassure : moi non plus. »

Je suis à la croisée des chemins : pour donner une chance au vieux monsieur, je dois lui parler de mon viol. Je lui raconte ma discussion avec le docteur Duval, la gynécologue qui m'avait aidée à avorter lorsque j'étais adolescente et que le hasard avait replacée sur ma route. Le hasard ou mon inconscient… Puis je me décide enfin :

« Essayons ! Vous voulez bien m'hypnotiser ? »

Son sourire est chaleureux, mais il me corrige :

« Je ne vais pas vous hypnotiser comme dans les spectacles que vous avez peut-être à l'esprit. Il n'y a pas de pendule, de tête lourde, de perte de conscience. Nous cheminerons ensemble, si vous le voulez bien…

– D'accord.

– Je vous demande juste de fermer les yeux. »

Je m'exécute et le silence s'installe. Je ne perçois que ma propre respiration ; peu à peu, le calme me gagne et je me détends. La voix d'Hippolyte de Leyris me parvient alors, au moment où j'inspire une goulée d'air :

« Comment vous sentez-vous ?

– Mieux, j'étais fatiguée en arrivant.

– Prenez votre temps. Choisissez la position la plus confortable pour vous. »

Je me tasse un peu sur le fauteuil et je laisse ma tête venir en butée sur un coussin.

« Imaginez-vous dans un jardin, un magnifique jardin. Un lieu calme, apaisant…

– Oui.

– Vous pouvez me le décrire ?

– Les rosiers sont hauts et en fleur.

– De quelles couleurs ?

– Roses, rouges et jaunes.

– Et vous, où êtes-vous ?

– Je marche lentement, au cœur de mille parfums. Je cueille une fleur.

– Laquelle avez-vous choisie ?

– Une large rose aux pétales orangés.

– Vous pouvez la sentir ?

– Oui, le parfum est envoûtant.

– Levez les yeux, que remarquez-vous ?

– Un ciel bleu et des oiseaux colorés qui me survolent.

– Et par terre.

– Du sable.

– Bien. Pouvez-vous vous retourner ?

– Oui.

– Que voyez-vous ?

– D'autres fleurs et des arbres en loin.

– Quel genre d'arbres ?

– Des fruitiers, en fleurs aussi.

– Nous allons suivre le chemin d'où vous venez, d'accord ?

– Oui.

– Il monte ou il descend ?

– Il est plat.

– Avancez un peu…

– Je suis entourée de fleurs : des roses, des rhododendrons et des jonquilles au sol. Des oiseaux se posent et s'envolent. Je serpente dans le jardin.

– Vous vous sentez bien ?

– Oui, il fait chaud, mais pas trop.

– Très bien, continuez et décrivez ce que vous voyez.

– Le chemin s'élargit un peu, il est plus rectiligne. Il y a toujours des fleurs et quelques animaux sur les branches.

– Quel genre d'animaux ?

– Mignons : des oiseaux, des écureuils… Ils ne s'enfuient pas ; ils n'ont pas peur de moi. Je me sens légère, jeune. J'arrive à un carrefour près d'un tas de pierres : j'ai le choix entre une route en asphalte et un sentier.

– Vous savez où ils mènent ?

– La route se dirige vers la plaine, les champs. Le sentier s'enfonce vers la forêt.

– Pouvez-vous me la décrire ?

– Elle est dense, je n'en vois pas le bout.

– Et la route ?

– Elle trace tout droit.

– Où voulez-vous aller ?

– Je ne sais pas. Si je suis ma curiosité, j'ai plutôt envie de pénétrer dans la forêt, mais…

– Mais ?

– … J’ai un peu peur.
– Regardez autour de vous. Y a-t-il quelque chose par terre ?
– Non. Ah, si…
– De quoi s’agit-il ?
– Un masque, un masque blanc.
– Quelle expression reflète-t-il ?
– Rien, il est neutre.
– Peut-il vous être utile ?
– Oui, il pourrait me cacher.
– Pouvez-vous le placer sur votre visage ?
– Oui. »

Je sens mon corps se pencher et mes mains agripper le masque pour l’ajuster : il me va à la perfection.

« Voyez-vous autre chose ?
– Une cape sombre.
– Vous l’enfilez ?
– Oui. »

Mes mains tournoient autour de moi pour nouer le vêtement qui masque mes bras, mes jambes et mes habits.

« Très bien. Et maintenant, où voulez-vous aller ?
– Dans la forêt ! Je suis le sentier, il est un peu étroit, avec des pierres ; il descend un peu vers une zone plus dense. Il n’y a plus de fleurs ni d’animaux ; j’entends seulement le souffle du vent sur les feuilles.
– Regardez le ciel…
– Il est toujours bleu, avec de gros nuages blancs qui ressemblent à du coton. Les arbres sont hauts ;

certains ont des bourgeons, d'autres des parures d'automne, comme si les saisons étaient mélangées. J'arrive sur un promontoire : je vois un grand étang en contrebas.

– Comment est l'eau ?

– Sombre et agitée ; il y a plus de brise en bas.

– Pouvez-vous descendre ?

– Oui, il y a un chemin escarpé.

– Vous n'avez pas peur ?

– Non, je suis protégée : avec mon masque et ma cape, personne ne peut me reconnaître. Je suis la trace : elle me mène à une extrémité de l'étang. Je le contourne du côté ombragé.

– Pourquoi celui-ci ?

– Je sens qu'il y a quelque chose d'intéressant. Je suis obligée d'écarter les branchages et les fougères pour progresser… J'entends les vagues sur le lac… Je débouche sur une clairière, entourée de buissons avec des épines. Je m'approche du bord de l'eau. Oh !…

– Charlotte, que voyez-vous ?

– Deux corps allongés dans l'eau, sur le ventre.

– Ils nagent ?

– Non, ils sont immobiles. Je m'avance… L'eau est rouge à côté du premier, rouge sang.

– Vous le reconnaissez ?

– Non, pas encore. Je le retourne, il est lourd… Ah… Je n'y arrive pas… En faisant levier peut-être… Oui… Ça y est… Il bascule…

– Vous le reconnaissez, Charlotte ?

– C'est… C'est Stanislas… »

Je sens les larmes couler le long de mes joues, entre ma peau et le masque. Ce ne sont pas des gouttes de tristesse, mais de soulagement que je libère. Elles tombent une à une dans l'étang et chacune d'elles fait un peu monter le niveau de l'eau, de mes chevilles jusqu'à mes genoux. Je cours vers le deuxième corps et je le retourne à son tour :

« C'est Benjamin Cochet, l'ami de Stanislas ! Il est mort aussi… L'eau monte encore, j'en ai jusqu'aux genoux… Je pleure, c'est pour cela…

– Sortez de l'eau et regardez la clairière, vous voyez quelque chose ?

– Non, pas dans la clairière. Là…

– Où cela ?

– Là-bas !

– Où cela Charlotte ?

– De l'autre côté de l'étang.

– Que voyez-vous ?

– Je ne sais pas : une silhouette avec une cape comme la mienne et un masque.

– Comme le vôtre ?

– Non, il est rouge.

– Est-ce que vous reconnaissez cette personne ?

– Non. Je sens seulement qu'elle me protège. Elle a tué Stanislas et Benjamin. Oh… Elle est partie ; elle s'est volatilisée… Le niveau de l'étang monte encore.

– Rebroussez chemin, Charlotte.

Mes chaussures s'enfoncent dans le sol humide qui ressemble de plus en plus à un marigot. Je me protège le visage ; les branchages me lacèrent la peau. Le chemin se hisse enfin, pour rejoindre le promontoire. Je m'assieds par terre pour me reposer : mes vêtements sont sales, et mes bras sont striés de griffures.

« Je pense qu'elle est partie par là… »

Je me lève d'un bond et je me lance à sa poursuite. Je n'ai vu qu'une ombre ; il n'y a qu'un chemin, et les broussailles sont épaisses.

« Charlotte, dans quelle direction allez-vous ?

– Je m'enfonce dans la forêt.

– Vous avez toujours votre masque et votre cape ?

– Oui. »

Ma course me mène au bord d'une carrière au milieu de la forêt. La terre est écorchée et laisse entrevoir des filons d'ardoises. Le terrain exhibe monticules de pierres, falaises artificielles et cavités profondes, sèches ou emplies d'eau.

« Là !

– Votre ange gardien ?

– Oui, il est de l'autre côté de la carrière… Elle est immense, et il est trop loin…

– Vous distinguez autre chose d'intéressant ?

– C'est difficile : le ciel est sombre, maintenant, et il commence à pleuvoir… Je discerne quelque chose, en bas… Une voiture…

– Vous pouvez l'identifier ?

– Elle est trop loin… J'y vais !

– Où est l'ombre ?

– Elle a disparu. »

Je dévale la pente de terre, en tombant à terre à trois reprises. Je me relève aussitôt, mais le sol devient de plus en plus meuble, et j'ai du mal à progresser :

« Mes chaussures s'enfoncent dans la terre… Je suis essoufflée…

– Vous vous approchez de la voiture ?

– Oui… Mes muscles me font mal… Chaque pas est une torture… La pluie se calme un peu… Je ne peux plus lever les pieds… Je n'arrive plus à avancer… Je m'enfonce… Je m'enfonce !

– Pouvez-vous vous accrocher à quelque chose ?

– Non, je n'ai rien ! Je m'enfonce ! J'ai de la terre jusqu'au bassin ! À l'aide !

– Vous allez placer la cape sur votre visage et fermer les yeux.

Le vieil homme ne comprend pas ; je crie :

« Je suis prisonnière ! Je m'enfonce. À l'aide !

– Charlotte, écoutez-moi ! Placez la cape sur votre visage. »

Malgré moi, je m'exécute, alors que la terre atteint maintenant mes côtes.

« Fermez les yeux. Vous allez vous réveiller. La forêt et la carrière vont disparaître. Vous êtes à Paris, dans mon cabinet, en sécurité. Vous m'entendez ?

– Oui.

– Prenez trois longues respirations, puis ouvrez les yeux. Une… »

Je sens que je me suis stabilisée. Je suis toujours prisonnière, mais mon corps ne s'enfonce plus dans la terre glaise. Le masque et la cape me protègent.

« Deux… »

La pression diminue ; je sens que je peux commencer à remuer mes orteils, puis mes pieds et mes chevilles. La pluie a cessé. Je vois enfin la voiture.

« Trois… »

Je suis libre, enfin. Je rampe pour m'extraire du piège, tandis que je reprends peu à peu mes esprits. Quand j'ouvre les yeux, je suis allongée sur le sol de la salle d'attente, sans chaussures, les cheveux ébouriffés, avec mon écharpe sur la tête comme protection. Hippolyte de Leyris est penché vers moi ; il dégage une sérénité absolue.

« Vous allez bien, mademoiselle ? »

Je note qu'il ne m'appelle plus Charlotte, ce qui me ramène encore plus vers le monde réel. Je ne réponds pas, car l'important est ailleurs :

« J'ai reconnu la voiture : c'est celle dans laquelle ma mère et mon beau-père ont eu un accident mortel. »

STANCE 51

ZOÉ

Samedi 28 avril

Hamid est aux manettes devant le large écran qui inclut neuf plans. La vidéo est de meilleure qualité que ce que j'imaginais : les images sont nettes et en couleur et défilent en accéléré. La souris est positionnée sur le premier plan, qui comprend deux routes perpendiculaires ; la date, le vendredi 6 avril, et l'heure sont incrustées sur la zone de contrôle.

Hamid avance le curseur jusque 19 h 38 et lance l'enregistrement : une silhouette massive débouche de la ruelle et traverse l'avenue en diagonale. L'homme sort une cigarette et l'allume au pied d'un réverbère, tandis qu'Hamid zoome sur son visage. L'inconnu tire quelques bouffées de nicotine tout en pianotant sur son téléphone. Sur la droite de l'écran, les photos en gros plan s'accumulent, de face, de profil, de trois quarts. Il reste sur place une poignée de minutes, puis pénètre dans un bar.

« La première caméra est centrée sur l'une des extrémités de la rue où habite Jessica Breunet, commente Grégoire. L'homme s'appelle Sylvain Braset : il loge dans le quartier.

– Et qu'a-t-il de spécial ?

– Rien, il est blanc comme neige. »

Hamid avance l'enregistrement jusque 19 h 41 : un groupe de trois jeunes hommes déambulent. Ils poursuivent leur route vers le métro Ledru-Rollin, en passant d'un plan à l'autre. Les clichés s'accumulent un à un : je n'ai jamais vu leurs visages. Grégoire murmure :

« Nous les avons suivis avec les caméras de la RATP. Nous en avons perdu un, mais nous avons identifié les deux plus grands.

– Et alors ?

– Trois amis d'université venus boire quelques bières. »

Je me cale contre le dossier de la chaise :

« Tu vas me montrer toutes les personnes qui sont passées par là ?

– Nous avons fait de même de l'autre côté, mais il y a plus de monde.

– Ce n'est pas plus simple de regarder les enregistrements de la rue elle-même ? »

Il hausse les sourcils, un sourire espiègle aux lèvres. Je capitule :

« D'accord, il n'y a pas de caméra, c'est cela ?

– Exact. Je te confirme que nous avons observé tous les déplacements en provenance de la rue pendant la demi-heure qui a suivi l'agression de Jessica, des deux côtés. Rassure-toi, nous n'allons pas tout regarder.

– Et vous avez tracé tous les individus que vous avez repérés ?

– Sauf deux. Le premier a environ douze ans : nous n'avons pas trop insisté…

– Et le deuxième ? »

Hamid place le curseur à 19 h 43 : une silhouette de petite taille engoncée dans une parka, bonnet sur le crâne, débouche de la rue. La tête basse, elle oblique dans la rue de Charonne pour rejoindre un passage étroit. Quatre plans la captent, puis elle disparaît de l'image. Étonnée, je demande :

« Vous n'avez pas de photos ?

– Non, la personne n'a pas levé la tête. Elle a pénétré dans une zone noire, sans caméra.

– Pas de chance…

– Justement, cela n'a peut-être rien à voir avec la chance.

– Le passage débouche bien quelque part.

– Oui.

– Vous avez repéré l'inconnu à ce moment-là ? »

Grégoire secoue la tête en signe de dénégation.

« Comment est-ce possible ?

– Plusieurs hypothèses sont plausibles : il habite dans la rue, il a patienté plus longtemps que nous.

– Combien d'heures avez-vous visionnées ?

– Quarante-huit. Il a aussi pu monter dans une voiture ou emprunter un immeuble à plusieurs sorties ou modifier son apparence…

– Cela ne le rend pas coupable pour autant…

– C'est juste. »

Pendant que nous discutons, Hamid affiche un plan de Paris d'où se détachent quatre stations de métro : Bastille, Ledru-Rollin, Chemin Vert, Bréguet-Sabin. Grégoire les pointe du doigt une à une :

« Ce sont les stations à moins de dix minutes à pied du domicile de Jessica. Nous avons étudié tous les enregistrements de dix-neuf heures quarante à la fermeture des grilles.

– Cela a dû vous prendre un temps dingue !

– Je te confirme.

– Et le résultat ?

– Rien. »

Hamid explose de rire devant ma mine déconfite. Grégoire se tourne alors vers lui :

« Et c'est ce jeune homme qui a eu la bonne idée : au lieu de repérer l'individu après, pourquoi ne pas essayer avant ? »

L'écran affiche un nouveau plan, sans doute de l'autre extrémité de la rue. Le début indique seize heures, mais Hamid avance l'horloge de presque trois heures et lance la vidéo à un rythme normal pour bientôt l'arrêter sur une silhouette dont la chevelure est masquée par un béret anthracite. Je regarde les deux hommes d'un air ahuri :

« Ce n'est pas le même, le premier avait un bonnet noir.

– Exact, mais il s'agit bien du même.

– Il arrive avec un béret et repart avec un bonnet ?

– Oui. Bizarre, non ? Comme le dit l'adage, c'est souvent l'excès de précaution qui vous perd.

– Et vous avez réussi à remonter le fil ?

– Toujours pas : zone noire, tête baissée, même scénario. »

Comme je m'affaisse encore un peu plus sur mon siège, Grégoire lève l'index :

« Nous avons appliqué la même méthode sur les stations de métro, dans la direction d'où venait l'inconnu. Et nous avons eu plus de chance… »

Hamid lance une nouvelle série, près de la station Sully-Morland, à l'ouest de Bastille. Il ne garde qu'une fenêtre qui couvre une sortie secondaire. L'inconnu émerge de l'escalier et accorde une brève œillade à la plaque de la rue, comme pour se repérer. C'est suffisant pour capter le cliché d'un visage qui s'affiche en plein écran. Malgré le béret et l'écharpe, les traits fins et les immenses yeux noirs rehaussés de longs cils soyeux dissipent tout doute : il s'agit d'une femme. L'âge n'est pas déterminé, sans doute entre trente et quarante-cinq ans. D'une voix blanche, je demande :

« Vous avez d'autres photos ?

– Pas d'aussi bonne qualité. »

Grégoire prononce alors les mots que je crains :

« Tu la connais ? »

Je pourrais feindre l'ignorance ou le doute, mais mon embarras m'a déjà condamnée. Je ne peux que murmurer, comme si je me trahissais moi-même :

« Oui, c'est Maya. »

J'en veux un peu à Grégoire de m'avoir endormie avec de fausses pistes pendant un quart d'heure avant de me confronter au véritable sujet. Les heures qui suivent sont un cauchemar : je leur livre les jours, les heures et les endroits où Maya et moi nous sommes croisées, qui serviront à glaner d'autres clichés et à tracer leur cible jusqu'à sa tanière. Ils nous verront saoules dans les rues de Paris, côte à côte sur la place Vendôme, en ligne sur un trottoir devant un hôtel particulier. Je pourrais me taire ou feindre l'ignorance, mais j'ai assez embarrassé mon cousin ; je garde un seul épisode pour moi : notre dernière discussion au cœur de mon appartement. Dans quelques heures, la police disposera d'une multitude de photos, de nouveaux lieux, peut-être d'une adresse. Maya est en sursis. Tout le monde a un point faible, et le sien, c'est moi.

STANCE 52

ALEXIS

Samedi 28 avril

Assis sur un pouf, je regarde les doigts de Tanja voleter sur les touches. Elle s'interrompt enfin pour orienter l'écran dans ma direction, puis elle disparaît dans la cuisine pour rapporter deux grands bols de pop-corn. Elle m'en donne un et s'affale à mes côtés, le clavier sans fil sur les genoux et la souris sur le sol. Comme j'écarte les mains en signe d'incompréhension, elle souffle :

« Showtime ! Tu me payes bien, et je soigne mes bons clients. »

L'écran montre un petit salon bien ordonné, vide de toute présence humaine. La porte d'entrée est visible sur la gauche, une fenêtre lumineuse sur la droite. Sans le connaître, je devine qu'il s'agit de l'appartement de Zoé Vermondois ; Tanja a donc réussi à hacker son ordinateur. Je me souviens des mots que Jessica a susurrés à mon oreille, quelques minutes avant que je ne lui ôte la vie :

« Lucile n'a tué personne : elle est une victime innocente à double titre, de viol, puis de meurtre. Je ne connais pas mon agresseur dans l'escalier, mais je peux t'assurer qu'il s'agit d'une femme. »

Des prostituées en quête de liberté aux femmes en manque d'enfant, en passant par les épouses trompées, nombreuses sont celles qui détiennent un mobile sérieux pour éliminer Marin et Stanislas Pellaut. Je n'ai pas les moyens des autorités, mais Zoé me paraît une bonne piste. Elle était en relation avec Jessica, et son cousin dirige l'enquête : cela mérite d'être exploré. Grâce à Diego, je sais qu'elle était du voyage en Géorgie : même si elle est innocente de toute implication, je découvrirai peut-être des éléments intéressants.

« Quand es-tu parvenu à contrôler son ordinateur ?

– Hier soir.

– Cela t'a quand même pris un peu de temps…

– Il a fallu que je la convainque de lancer un malware ; elle est méfiante, ce n'est pas si évident.

– Comment as-tu procédé ?

– J'ai usurpé l'identité d'une agence de mannequins.

– Tu peux donc utiliser sa caméra à ta guise ?

– Oui.

– La petite lumière est active, dans ce cas ? »

Tanja me regarde comme si je lui soutenais que la Terre était plate.

« Bien sûr que non. »

Je lève les paumes en signe de reddition :

« Pas de souci, je me renseigne.

– J'ai aussi pris le contrôle du micro et je peux explorer ses fichiers en toute liberté.

– Tu as trouvé des pépites ?

– Beaucoup de photos. Je te montre mes préférées si tu veux ?

– D'accord. »

Tanja fait défiler une trentaine de clichés : aucun ne rentre dans la catégorie des photos de vacances ou des selfies. Les mises au point, les cadrages et les lumières sont professionnels, et l'éclat de Zoé jaillit à chaque image, en robe de soirée, en jean ou en lingerie, photographiée en pied ou en gros plan.

« Elle est belle, chuchote Tanja. Ne me dis pas que tu voulais seulement voler des photos d'elle. »

À mon tour, je l'observe comme si elle avait proféré une insanité. Elle se défend aussitôt :

« Je plaisante ! J'ai aussi trouvé le fichier Excel sur lequel elle stocke ses mots de passe : banque, réseaux sociaux, sites marchands…

– Cela signifie que tu pourrais usurper son identité sur Instagram, effectuer un virement depuis son compte ou payer sur Internet avec sa carte ?

– Oui, aucun problème. »

Les conséquences éclosent dans mon crâne plus vite que je ne peux les analyser. Devant mon air ahuri, Tanja lève la main :

« Ne t'inquiète pas ! Si je voulais voler de l'argent par ce biais, je pourrais le faire bien plus facilement qu'avec elle. J'observe, c'est tout. Et j'attends tes instructions… »

Elle marque une pause avant de conclure :

« … Tant que tu ne dépasses pas mes limites.

– Où les places-tu ?

– Cela dépend du donneur d'ordre.

– Et avec moi ? »

Elle gobe trois morceaux de pop-corn, un sourire goguenard aux lèvres :

« C'est presque *no limit*… J'ai confiance en toi, mais n'en profite pas trop !

– Tu as trouvé des pistes intéressantes ?

Comme nous devisons, elle affiche un document à l'écran :

« C'est une liste de communications à partir d'un numéro virtuel qu'elle a créé il y a un peu moins d'un mois. Elle a passé ou reçu moins de dix appels : tu devines le nom de son correspondant ?

– Jessica Breunet.

– Bingo. Bon, cela signifie que je ne t'apprends pas grand-chose. »

La silhouette de Jessica défile au ralenti dans mon esprit : elle ondule entre les échoppes du marché aux puces de Saint-Ouen, encore pleine de vie, tandis que sa voix teintée d'un léger voile du Sud résonne au lointain.

« Un peu quand même. Elle n'a pas utilisé ce numéro avant mars ?

– Non.

– Pourrais-tu vérifier si elle a communiqué avec Jessica Breunet à partir de sa ligne officielle ?

– C'est déjà fait : la réponse est négative.

– A-t-elle eu d'autres numéros virtuels ?

– À ma connaissance, non.

– Connais-tu le nom des personnes avec lesquelles elle communique le plus ? »

Tanja lève deux doigts en l'air :

« Grégoire Rannou, un officier de police de la brigade criminelle : c'est son cousin.

– Comment le sais-tu ?

– J'ai trouvé des photos d'eux datant de plus de douze ans.

– Montre… »

Tanja rapproche le bol de pop-corn de moi, et je me sers pendant que les images défilent : si les deux cousins ne se ressemblent pas physiquement, leurs moues devant l'objectif sont parfois semblables. Zoé ne maîtrisait pas encore l'art d'apprivoiser le temps figé ; sa grâce irradie pourtant de certains clichés, en particulier lorsqu'elle est photographiée par surprise. À la fin du panorama, je m'enquiers :

« Qui d'autre ?

– Bérénice Von Oldenburg, son agent, une ancienne mannequin qui a connu son heure de gloire au milieu des années quatre-vingt-dix.

– Logique.

– Zoé est partie la semaine dernière en Géorgie avec Grégoire Rannou, en qualité d'interprète.

– Elle parle géorgien ?
– Non, anglais et russe. Tiens, voilà son diplôme.
– La Sorbonne, 2015, d'accord.
– Le nom de leur homologue à Tbilissi t'intéresse ?
– Oui.
– Evgeni Tcheishvili. »

La conversation avec Tanja me donne le tournis : elle n'a pénétré dans l'intimité informatique de Zoé qu'hier soir et elle a déjà glané des informations que j'ai mis plusieurs semaines à amasser, grâce à une taupe dans les rangs de la police, ainsi que quelques détails que j'ignorais.

Concentrée, Tanja poursuit son énumération :

« Ses rentrées d'argent sont irrégulières, mais c'est lié à son métier, j'imagine. Ses dépenses n'ont rien d'étrange. Elle paye ses factures en retard ; elle sort rarement de Paris ; elle n'a pas de permis de conduire ; depuis le début de l'année, elle a consulté un dentiste, un gynécologue et un dermatologue.
– Un petit ami ?
– A priori, non.
– De quand date le précédent ?
– Je n'ai pas de trace pour l'instant ; je dois creuser.
– Ses meilleures copines ? »

Tanja secoue la tête en signe de dénégation :

« Quelques contacts de temps en temps. Elle semble plutôt solitaire…
– Pas d'indices d'addiction à la drogue ?
– Non, et c'est improbable.

– Pourquoi ?

– Elle ne retire presque jamais d'argent liquide ; elle règle tout en carte bleue, même pour les petits montants. Et les dealers sont assez peu friands de Visa ou d'American Express.

– Sauf si elle se fait elle-même payer au black…

– Dans ce milieu, cela me paraît risqué. »

Comme Tanja clôt les fenêtres une à une, je comprends qu'elle m'a donné toutes les informations dont elle dispose. Je réfléchis sur ce que je sais déjà, en dégustant les derniers morceaux de pop-corn.

« Je peux continuer à fouiller, me propose Tanja.

– Oui, s'il te plaît.

– Tu as des préférences ?

– Plutôt les évènements récents ou à venir.

– Quel degré de priorité ?

– Maximal. Si tu peux laisser tomber tout le reste un moment, cela me convient… »

Elle hausse les sourcils pour me signifier que cela va me coûter cher. J'abandonne une enveloppe sur la table de nuit, qui couvre son travail et inclut une avance pour la suite. Sans même vérifier son contenu, elle approuve :

« Je te tiens au courant… »

Je la salue et je rejoins le maelstrom humain de la station des Halles. Je n'ai qu'une vingtaine de minutes pour gagner le café au pied de l'appartement de Natalia. Quand je franchis la porte, je la repère aussitôt, assise sur une banquette sans âge.

J'exècre les brasseries parisiennes : les décors sont vieillots, l'atmosphère bruyante, l'intimité inexistante, l'accueil désagréable et les prix élevés. Les complaintes récurrentes sur l'arrivée des chaînes américaines ou l'éclosion des lieux alternatifs m'emplissent tantôt de lassitude tantôt de jubilation. Est-ce si étrange que les Parisiens et les touristes préfèrent des additions plus sages, des repas de meilleure qualité ou des regards moins méprisants ?

Natalia m'adresse un petit signe de connivence, sous l'œil blasé du serveur. Nous échangeons quelques phrases convenues, puis je l'entraîne au-dehors pour trouver un peu plus de discrétion. Nos pas nous mènent sur le boulevard et nous obliquons vers une rue résidentielle étroite. Enfin, je murmure :

« J'ai du nouveau.

– Bonne ou mauvaise nouvelle ? »

Je m'arrête et prends sa main dans la mienne pour l'inviter à se tourner vers moi. Comme je darde sur elle un regard grave, ses iris saphir reflètent une curiosité teintée d'inquiétude.

« Je vais d'abord te poser une question : ne réponds pas tout de suite. Ce que je veux te dire est confidentiel : personne d'autre ne doit être au courant. J'ai ta parole ? »

Elle hoche la tête, consciente des implications de sa réponse. Je n'ai pas besoin d'utiliser un sinon pour qu'elle devine les menaces sous-jacentes si elle venait à briser son serment.

« Tu as ma parole. »

Je la crois. Elle vient d'un monde où les papiers et les signatures ont moins d'importance que les promesses et les semonces. Sans effet de manche, je souffle :

« Lucile est vengée.

– Tu es certain ?

– Oui. »

Elle ne me demande aucune précision, ni sur l'identité de son meurtrier, ni sur mon enquête, ni sur le déroulé de ces derniers jours. Je songe à Sibelle Carpentier, à qui je ne dirai jamais que la meurtrière de sa sœur a rendu son ultime souffle dans un hôtel minable au bord du périphérique. Natalia reprend sa marche, ma main toujours dans la sienne ; cette fois, c'est moi qui la suis sans poser de questions. Nous contournons le bloc d'immeubles pour rejoindre le bas de sa résidence. Je m'attends à une phrase de remerciement ; elle compose le code de sa main libre, pousse la lourde porte et enjambe la barre au sol. Ses talons claquent sur le carrelage jusqu'à l'ascenseur qui patiente sagement au rez-de-chaussée :

« Si tu as quelque chose de prévu cet après-midi, tu peux annuler », susurre-t-elle, sans même me regarder.

Sa remarque n'appelle pas de réponse. Dans l'étroit ascenseur, nos vêtements s'effleurent : bottine contre soulier, jupe contre pantalon, foulard contre chemise. Elle lâche enfin ma main pour fouiller son sac à la recherche de son trousseau de clés. Comme elle libère les verrous, elle murmure sur un ton badin :

« Ne songe même pas à toucher ton portefeuille aujourd'hui. »

Le parquet craque sous nos pas ; je m'avance avec précaution pour préserver le silence tandis qu'elle abandonne son sac et sa veste sur le chemin. Elle se retourne, enroule ses mains autour de mon cou et distille de légers baisers sur ma joue.

« Je vais te faire une autre promesse : tu te souviendras longtemps de cette journée… »

INTERMÈDE

Dimanche 29 avril

La rue de Provence abrite commerces et restaurants, mais c'est surtout l'arrière-boutique des deux grands magasins de la capitale, Le Printemps et les Galeries Lafayette. Au boulevard Haussmann les vitrines alléchantes et les entrées officielles ; à la rue de Provence, les livraisons et les pauses cigarette de l'armada de petites mains qui s'occupent de ces deux paquebots de la mode parisienne. Les trottoirs sont étroits ; se croisent les professionnels, les locaux et les touristes un peu perdus. J'évite un urbain branché sur son téléphone portable, et je frôle un groupe de trois policiers en plein contrôle d'identité. Les deux hommes aux carrures imposantes entourent un suspect qui refuse d'ouvrir son sac, tandis que la femme se tient aux aguets à quelques pas. Son regard se pose sur moi au moment où je me décale sur la chaussée pour ne pas les percuter. Une poignée de secondes plus tard, j'entends sa voix rauque :

« S'il vous plaît, arrêtez-vous ! »

J'ignore l'injonction et je poursuis ma route, sans ralentir mon rythme. Ils sont déjà occupés, et je sais que les règles l'empêchent d'agir seule. Pourtant, je perçois un éclat de voix et le bruit des rangers sur l'asphalte. Sans même me retourner, je m'élance vers le carrefour, et je traverse la rue Mogador au milieu des voitures.

« Police ! Arrêtez-vous ! Dernière sommation ! »

Je plonge dans l'escalier qui mène à la station de RER Auber. En bas de la première volée de marches, je poursuis tout droit vers les Galeries Lafayette. Le garde me laisse passer puisque je n'ai pas de sac, et que sa seule consigne consiste à les fouiller, plus pour rassurer les clients que pour déjouer un possible attentat. Je prends les deux virages perpendiculaires à la hâte et j'aperçois les premiers rayons de chaussures. Je les ignore pour me décaler sur la droite : un espace de détente abrite quelques fauteuils, un tabouret, une petite table et une plante verte. Elle offre surtout une cabine d'essayage dans laquelle je m'engouffre. La zone d'accueil est située quelques mètres plus loin, mais elle est vide en ce milieu de matinée. J'ai à peine tiré le rideau que j'entends les pas lourds matraquer le parquet. Je devine que les policiers vont explorer l'immense sous-sol qui abrite une des plus riches collections de chaussures de la capitale, reliant les rues Mogador et Chaussée d'Antin. Si le temple souterrain est dédié aux escarpins, aux ballerines, aux mocassins, aux baskets, aux bottes et bottines, et même aux sandales et tongs, je songe avec nostalgie que les lieux accueillaient jadis une librairie. Les livres et les bandes dessinées n'étaient pas armés pour lutter contre le parangon du chic, qui se décline en mille marques, formes, couleurs, matières, hauteurs de talons. Les pas s'éloignent pour explorer les travées : je sais qu'il leur faudra à peine une minute pour rejoindre l'autre extrémité du magasin, et qu'une fois parvenus là-bas, les couloirs de métro et les escaliers leur offriront autant de pistes à suivre. Je glisse un œil au-dehors avant de quitter mon antre, puis je rebrousse chemin pour retrouver la rue. Je me dirige vers le nord pour me perdre dans le neuvième arrondissement. Si je suis optimiste, je considère que j'ai échappé à un contrôle aléatoire ; si je le suis moins, je dois m'inquiéter, car mon signalement est maintenant diffusé aux autorités.

STANCE 53

CHARLOTTE

Dimanche 29 avril

Depuis ma consultation d'hypnose, la semaine dernière, j'ai passé l'essentiel de mon temps en pyjama, terrée dans mon appartement. Je bénis les surgelés, qui me permettent de composer des repas à peu près équilibrés sans quitter mon logis.

Plusieurs nuits d'affilée, j'ai rêvé de la voiture : flambant neuve dans le garage familial, défoncée par sa chute dans le port de pêche, ou encore intacte dans la carrière. Il me semble avoir conservé plus de souvenirs de cette automobile que de ma mère, transparente de discrétion, ou de mon beau-père, accaparé par son travail. L'enquête a conclu à un accident : mon beau-père a enclenché la première plutôt que la marche arrière, alors qu'il était stationné entre les bittes d'amarrage et la plate-forme de débarquement du poisson. La voiture s'est écrasée contre un rocher douze mètres en contrebas ; les marées de vive-eau ne pardonnent pas en Bretagne.

Je ne suis pas retournée sur le port depuis le drame. Un groupe de jeunes a subi le même sort quelques mois plus tard. L'histoire est banale : le conducteur était ivre, il l'a payé de sa vie, ainsi que deux de ses amis ; seule une lycéenne assise à l'arrière avec sa ceinture de sécurité attachée a survécu, malgré de multiples fractures. La Mairie parle de butées en béton pour prévenir ce type d'accidents…

J'ai vendu la maison, les biens. Je n'ai conservé ni bibelot ni objet fétiche. Je ne garde ni un bon ni un mauvais souvenir de mon environnement familial : c'est une période fade que j'ai fuie avec bonheur une fois mon baccalauréat en poche. Les liens se sont vite distendus : deux ou trois appels par an pour les anniversaires, un repas de fête en fin d'année. J'ai passé les dix-huit premières années de mon existence avec deux personnes qui me sont devenues ensuite étrangères : elles ne faisaient plus partie de ma vie ni moi de la leur.

Pourquoi cette voiture me hante-t-elle ?

J'ai préféré ne pas voir les corps avant que les cercueils ne se referment, pour éviter les images de gueules cassées ; je n'ai gardé que des flashs, aussi rares que ternes. Après ma séance d'hypnose, Hippolyte de Leyris ne m'a donné aucun conseil en dehors d'un énigmatique « Peut-être à bientôt. » Je ne suis pas sûre de vouloir éclairer les limbes de mon passé : nous cachons tous des fantômes dans les recoins de notre âme, et j'ai déjà eu ma dose de révélations ces dernières semaines. Savoir qu'un salaud a abusé de mon corps adolescent et que j'ai souhaité éteindre la première étincelle de vie en moi ne m'apporte ni force ni réconfort. Je hais peu de maximes autant que le cliché du tout ce qui ne tue pas rend plus fort. Non, ce qui ne tue pas affaiblit, meurtrit, abîme, blesse, estropie…

Je n'ai plus rien à attendre de mon existence. ; il n'y a rien à peaufiner ou à réparer. Si je m'accroche à mon ancien monde, il me videra de toute substance vitale, goutte à goutte. Il reste une issue moins funeste que le suicide : je dois recréer une autre vie, loin. Rien ne me retient à Paris, ou même en France : ni parents, ni amis, ni compagnon, ni travail. Depuis ce matin, une petite voix intérieure me souffle de partir, de quitter ma geôle ouatée, de me retrouver ailleurs puisque je me suis perdue ici. Les belles décisions rationnelles ne m'ont menée que vers des impasses logiques et froides, et il n'y a aucune raison que cela change.

Je crois qu'il est temps d'écouter cette petite voix…

STANCE 54

ZOÉ

Lundi 30 avril

La sonnerie me cueille au moment où je m'apprête à sortir. L'aube est à peine née, mais j'ai besoin de vie, de paroles, de rires et de chants. Quand j'ouvre la porte, Maya se tient sur le palier, une bouteille de champagne à la main. Comme elle la lève à mon attention, je m'écarte pour l'inviter à entrer. Si elle est bien la tueuse au couteau, je devrais sans doute m'inquiéter ; pourtant, je ne ressens pas la moindre crainte, seulement une joie instinctive de la savoir encore libre.

Sans me demander mon avis, Maya pose son long manteau à capuche et range la bouteille dans le réfrigérateur, entre le lait et le jus de mangue. Quand elle revient vers moi, une vague de mélancolie me submerge :

« Ils t'ont identifiée, Maya. »

Ma remarque ne semble pas la troubler. Elle s'assied sur mon canapé, les jambes croisées, et me défie du regard :

« Je sais.

– Tu n'es pas en sécurité ici.

– Je ne suis en sécurité nulle part. »

Elle a raison, bien entendu. Tous les flics de France ont sa description, sa photographie, peut-être même son nom. Je m'installe à ses côtés :

« Cela m'étonne qu'ils ne t'aient pas encore coffrée.

– Je suis pleine de ressources. »

Je pointe la cuisine du doigt :

« Nous fêtons quelque chose ?

– Mon départ.

– Tu vas quitter le pays ?

– Je n'ai pas trop le choix…

– L'avis de recherche est sans doute international.

– Ils n'ont pas encore mon nom.

– Comment le sais-tu ?

– Ils m'auraient déjà arrêtée. J'ai un peu de temps… Et je ne voulais pas m'enfuir comme une voleuse, sans te saluer. »

Ma voix se brise presque lorsque je précise :

« Ils connaissent les détails de nos rencontres ; cela va leur faciliter la tâche.

– Ne t'inquiète pas, je prends mes précautions.

– Pas assez, apparemment.

– Ils ont eu de la chance une fois, c'est tout. Tu sais où ils m'ont identifiée ? »

Je n'hésite qu'une poignée de secondes :

« À la sortie du métro Sully-Morland. »

– Ah… Bien joué. »

La robe légère de Maya épouse les contours de sa silhouette sans mouler son corps. Le tissu grenat sur sa peau mate évoque les danseuses andalouses au port altier, leurs yeux noirs de mystère et leur parure rouge de fougue. Elle se penche vers moi :

« Je ne te propose pas un verre dans un bar, c'est trop risqué.

– C'est pour cela que tu as apporté une bouteille ? Pour nous saouler à domicile ?

– Pas du tout ! Le champagne, c'est pour après…

– Après quoi ? »

Maya dénoue ses jambes et pose sa main sur mon jean, un peu au-dessus du genou. Les yeux fichés dans les miens, elle attend une réaction, un rejet ou un assentiment, même tacite. Je demeure immobile, trop lâche pour l'encourager et trop envoûtée pour la repousser. Ma respiration devient plus saccadée, et je sens la chaleur m'envahir. Quand ses doigts ondulent sur ma cuisse pour d'infimes arabesques, je reste pétrifiée, les paupières closes. Maya ne se hâte pas ; elle se contente de se promener sur le tissu, toujours à distance de mon intimité. Ses caresses durent de longues minutes, avant qu'elle ne se décide enfin à délacer mes rangers hautes. Je la laisse faire, comme ensorcelée : la première chaussure plane dans l'appartement pour atterrir près du pied de table, bientôt suivie par la seconde. Les chaussettes se sont écrasées sur le parquet pendant le vol.

Par une douce pression de l'épaule, Maya me fait basculer sur le canapé. Elle place ses deux pouces sur la plante de mon pied droit, et les autres doigts sur le cou-de-pied, puis imprime de profonds massages près du talon. Allongée sur le ventre je me détends peu à peu tout en sentant la chaleur monter en moi. Les appuis demeurent juste en dessous du seuil de la douleur et distillent en moi de douces ondes de bien-être. Bientôt, Maya se concentre sur mes orteils : un à un, elle les palpe, les pétrit, et je m'abandonne à ses caresses. Au bout d'une dizaine de minutes, elle rétablit l'équilibre avec mon autre pied sans pour autant respecter une totale symétrie : ses paumes s'égarent parfois sur mes chevilles et mes mollets pour des effleurements discrets. Lorsque ses mains quittent ma peau, je me retiens de ne pas gémir. Elle se redresse et je sens ses doigts se glisser sous mon ventre que je soulève pour leur faciliter le passage ; adroits, ils libèrent ma ceinture et les quatre boutons de mon jean, puis s'enfuient vers mon dos pour détacher mon soutien-gorge. Comme je me tortille pour m'en débarrasser, Maya crochète le haut de mon pantalon au niveau des hanches et le retire avec une cruelle lenteur. Il rejoint alors mes rangers, informe sur le sol.

Je suis encore en territoire connu : plus jeune, j'ai parfois échangé baisers et caresses avec d'autres filles, même si mon triangle de Vénus est demeuré zone interdite pour la gent féminine. Et le lendemain, l'alcool a toujours justifié mon coupable abandon. Aujourd'hui, seulement vêtue d'un chemisier et d'une culotte, je ne peux me cacher derrière une bouteille traîtresse pour expliquer mon excitation. Les mains de Maya ont trouvé un nouveau terrain de jeu entre mes chevilles et la frontière de tissu. Conquérantes, elles explorent ma peau, et chaque appui, chaque frôlement, chaque étreinte m'échauffe ; mon bassin ondule maintenant sans vergogne, comme un appel muet qui reste sans réponse. Maya poursuit ses balades sensuelles, puis, au détour d'une plainte plus prononcée, elle ôte enfin ma culotte. Les cuisses à demi écartées, je me devine impudique, mais je ne suis plus en état de feindre l'indifférence ou l'hésitation. Maya glisse sur le sol et replie une jambe contre ma poitrine ; dans cette position, je sais que je lui dévoile mon intimité. C'est son souffle que je perçois d'abord, avant qu'elle ne frôle mes grandes lèvres pour y laisser ses empreintes de salive. Sans me demander dans quelle case me range l'instant, je profite des baisers de mon amante et de sa langue qui tournoie sur ma vulve glabre ; la voir ainsi à l'ouvrage m'excite autant que les caresses qu'elle me prodigue. Quand Maya se relève, je retire mon chemisier et j'aperçois un morceau de dentelle inconnue sur le plancher. Toujours vêtue de sa robe, elle s'assied derrière moi, une jambe sous mon ventre et l'autre repliée au-dessus de ma fesse, dans une position de ciseaux, jusqu'à ce que nos nymphes s'embrassent et échangent leur cyprine. Si les premières oscillations sont lentes, nous nous accordons bientôt sur un rythme plus soutenu et nous ne retenons plus nos gémissements. Je place ma tête sur l'accoudoir ; Maya caresse alors mes seins, les doigts humides de nos sécrétions, avant de s'allonger sur le canapé. Nos regards se croisent au-dessus de nos bassins enlacés ; je lui tends une main qu'elle saisit pour souder un peu plus nos émois. À l'horizon, je devine le plaisir plus que je ne l'aperçois ; il est encore trop flou. Comme Maya se lève pour fouiller son manteau, je me retourne.

« Je n'ai pas apporté qu'une bouteille de champagne… »

Elle revient vers moi, un vibromasseur bleuté à la main, et s'allonge à mes côtés. Elle m'embrasse et place l'objet sur ma vulve pour de douces caresses circulaires. Je sens les ondes de plaisir irradier dans tout mon corps et je tends mes hanches pour en demander plus. Lorsque le silicone se glisse en moi, je feule, les yeux mi-clos. Le rythme est lent et profond ; de temps à autre, le vibromasseur s'enfuit pour titiller mon clitoris, puis il revient dans son antre pour me rapprocher de la jouissance. Je sens que je rentre dans un tunnel de volupté et mon bassin se tend pour quémander un peu plus de vigueur. Maya comprend ma supplique muette et imprime une cadence plus élevée, tandis que sa main libre caresse mon petit bouton, humide des prémices de mon plaisir. Je demeure au bord de la jouissance de longues minutes, jusqu'à ce que Maya m'embrasse avec fougue et me susurre à l'oreille :

« Maintenant… Viens… »

Ses mots font sauter le dernier verrou et l'orgasme m'engloutit enfin dans une longue plainte onirique. Je ne me repose que quelques secondes avant de me redresser ; je vole le vibromasseur des mains de mon amante, que j'allonge sur le canapé. Je plonge vers sa vulve pour la gratifier de baisers saphiques, tandis que j'insinue en elle l'objet encore humide de mes propres sécrétions. Si Maya est plus silencieuse que moi, sa respiration la trahit ; ses expirations lascives sont presque des appels à la luxure. Ma langue et mon compagnon de silicone se conjuguent pour l'amener vers le plaisir. Son cri aigu me prend par surprise ; je ne savais pas sa petite mort si proche. Elle passe la main dans ma chevelure au moment où elle jouit, le mont de Vénus tendu vers ma bouche.

Je me redresse pour l'enlacer, et nos corps restent entremêlés, peau contre peau, hors du temps. Je crains de la laisser s'enfuir, vers un lieu où je ne la retrouverai sans doute jamais. Notre étreinte est un don, un échange, un partage, mais aussi un adieu. Nos mains s'unissent pour un baiser suave, puis nos visages s'éloignent, comme à regret.

Sans prendre la peine de se vêtir, Maya rejoint la cuisine et, triomphale, sort son trophée du frigidaire ; elle ouvre ensuite mes placards et se saisit de deux verres qui ressemblent vaguement à des coupes.

« Champagne ? Il doit être frais, maintenant…

– Volontiers. »

Elle déflore la bouteille et verse le liquide ambré avec attention. Accroupie sur le canapé, elle m'offre la coupe ; je m'en saisis avec soin et la lève dans sa direction :

« À quoi buvons-nous ?

– Soyons égoïstes : à nous.

– À nous ! »

Nos verres s'entrechoquent et tintent dans mon appartement. À l'unisson, nous laissons l'alcool de pinot noir flatter nos papilles.

« S'ils me coincent, tu m'apporteras des oranges en prison ?

– Ne dis pas cela ; tu vas t'en sortir… »

Je ne le pense pas. Comment peut-elle lutter contre les forces de police et de gendarmerie, alors que son visage est aussi clairement identifié ? Grégoire mène l'enquête : elle ne peut pas compter sur l'incompétence ; reste Dame chance, qui tisse parfois des miracles.

Ses lèvres humides de champagne, elle murmure :

« Quoi qu'il se passe, je ne suis pas venue ici ce matin.

– D'accord. »

Je voudrais lui dire les mots qui coulent de mon cœur, mais je sais que c'est vain : Maya est coupable de meurtre, et c'est la prison qui l'attend à brève ou longue échéance. La magie de ces dernières semaines ne résisterait pas aux affres du quotidien, a fortiori carcéral. Jusqu'à son départ, nous n'échangeons plus de paroles, seulement un langoureux baiser d'adieu, quelques chastes caresses et un peu de sel qui ruisselle en gouttes sur nos joues.

STANCE 55

ALEXIS

Lundi 30 avril

L'excitation est manifeste dans la voix de Tanja :

« J'ai du nouveau !

– Je t'écoute.

– Tu peux venir chez moi ?

– J'arrive… »

Je range le téléphone dans ma poche et je l'éteins avant de descendre les marches de la station de métro la plus proche. Quinze minutes me sont nécessaires pour rejoindre la jeune femme. L'appartement vide de Zoé Valmondois occupe l'essentiel de l'écran principal. Pendant qu'elle manipule ses fichiers, Tanja m'explique :

« Je ne l'épie pas en direct, mais j'ai une alerte qui me prévient quand il détecte du mouvement.

– Et tu as quelque chose ?

– Plutôt, oui… »

Elle me décoche un sourire énigmatique et termine ses derniers réglages :

« Je te laisse l'image et le son. Nous sommes ce matin à six heures vingt ; Zoé s'est réveillée avant, mais c'est à partir de maintenant que cela devient intéressant. Je n'ai vu le signal que plus tard : je ne me lève pas aussi tôt.

– Tu as tout visionné ?

– Non, des extraits. Je t'ai appelé dans la foulée. »

Les dix premières minutes, Zoé passe plusieurs fois devant la caméra à la hâte, d'abord en petite culotte et chemise, puis habillée de pied en cap. Je soupire :

« C'est un peu longuet…

– Attends ! Tu vas vite changer d'avis. »

La sonnette retentit, déformée par la distance et la piètre qualité du microphone. Zoé ouvre la porte, mais se tient dans le champ de vision ; lorsqu'elle se décale, elle dévoile son interlocutrice, qui prend ses aises dans le salon. Les voix sont féminines, mais trop indistinctes pour en saisir le sens. Tanja me souffle :

« J'ai travaillé sur les premiers échanges, pour enlever le bruit qui masque les mots. Je te passe l'enregistrement sonore sans l'image. »

Zoé : Ils t'ont identifiée, Maya. »

(Silence)

Maya : Je sais.

Zoé : Tu n'es pas en sécurité ici.

Maya : Je ne suis en sécurité nulle part. »

(Silence)

Zoé : Cela m'étonne qu'ils ne t'aient pas encore coffrée.

Maya : Je suis pleine de ressources. »

Zoé : Nous fêtons quelque chose ?

Maya : Mon départ.

Zoé : Tu vas quitter le pays ?

Maya : Je n'ai pas trop le choix…

Zoé : L'avis de recherche est sans doute international.

Maya : Ils n'ont pas encore mon nom.

Zoé : Comment le sais-tu ?

Maya : Ils m'auraient déjà arrêtée.
J'ai un peu de temps…
Et je ne voulais pas m'enfuir
comme une voleuse, sans te saluer.

Comme Tanja bascule à nouveau sur l'enregistrement, je parviens à glaner quelques mots, mais d'autres meurent dans un gargouillis inaudible. La voix de Zoé est claire et l'autre plus sourde, ce qui la rend moins perceptible. Puis les corps se rapprochent et les mains s'enhardissent, tandis que Tanja m'épie du coin de l'œil. Je me racle la gorge avant de demander :

« Il va se passer ce que je crois ?

– Imagine plusieurs scénarios, prends le plus chaud et multiplie-le par quatre…

– Ah… On peut sauter au prochain épisode tout de suite ? Tu me feras un compte rendu du reste quand tu auras clarifié les paroles.

– Pour les quarante minutes qui suivent, cela ne va pas me demander trop de travail. Étonnant…

– Pardon ?

– J'aurais pensé que cela t'intéresserait.

– Euh… Je… Tu me prends pour un voyeur ?

– Non, pour un homme. Zoé est magnifique et Maya est plutôt jolie, non ? »

Espiègle, Tanja s'approche de moi et me tend une clé USB :

« J'ai un double. Tu le veux ou ta morale t'empêche de visionner leurs ébats au calme ? »

Je prends le cylindre et le glisse dans la poche intérieure de mon blouson en jean :

« Tu ne diffuses cela à personne. »

Outrée, Tanja s'exclame :

« Bien sûr que non.

– Si je te demande de tout effacer plus tard, tu ne garderas aucune copie ?

– Promis : c'est toi qui payes, c'est toi qui décides. Si tu as dix minutes, je te nettoie les quelques phrases du début et leur discussion finale.

– Je ne suis pas pressé. »

Sur l'écran, les fenêtres s'ouvrent et se ferment ; je glane çà et là quelques lignes de code, des caractères romains et cyrilliques, des courbes sinusoïdales. Sans tourner la tête, Tanja me précise :

« Au fait, j'ai vérifié les e-mails de Zoé : aucun message d'une Maya. Plus surprenant encore : elle n'est pas dans le carnet d'adresses de son téléphone.

– Tu as accès à son portable ?

– Non, aux sauvegardes automatiques seulement. »

Le ballet de ses doigts sur le clavier s'interrompt soudain :

« Ce n'est pas parfait, mais je pense que leur conversation sera assez audible. »

Si les mots sont compréhensibles, ils ne nous apprennent rien de nouveau. Une fois seule, Zoé erre dans l'appartement pendant de longues minutes avant de s'enfermer dans la salle d'eau. Elle en ressort habillée comme au début de la séquence, se chausse et quitte les lieux en claquant la porte derrière elle. Tanja écarte les mains en signe d'impuissance :

« Je n'ai pas d'éléments pour t'aider à retrouver cette Maya.

– Je crois que j'ai une idée… »

J'abandonne Tanja dans son antre : je sais qu'elle va fouiller les moindres recoins virtuels du quotidien de Zoé pour glaner des informations complémentaires. Je suis à Paris depuis presque deux mois, à une poignée de semaines de la limite que je m'étais fixée pour retrouver l'assassin de Marin. Ce ne sont pas les obligations qui me contraignent, mais le risque de croiser un témoin de mon ancienne vie, avant ma mort officielle.

Je me suis éteint le 7 avril 2017, dans le désert syrien, au nord de la ville d'Al-Sukhnah, encore aux mains de l'État islamique. Leurs troupes se repliaient à la suite de l'offensive gouvernementale depuis Palmyre, reprise récemment. L'intervention russe auprès de l'armée de Bachar El Assad avait renversé les premiers triomphes sanglants de Daesh, et les revers se succédaient. Pendant la nuit, les miliciens avaient tiré des rafales de kalachnikov en l'air pour saluer les frappes du grand Satan américain sur la base aérienne de Shayrat, en représailles à l'attaque chimique de Khan Cheikhoun, trois jours plus tôt. Notre mission était toute autre : nos services de renseignements avaient localisé une unité francophone de Daesh et nous devions les éliminer. Sous François Hollande, le nombre d'opérations *homo* – des assassinats ciblés – en dehors de nos frontières avait explosé. Elles avaient un but punitif et dissuasif, via un message clair : « les ennemis de la France ne seront à l'abri nulle part. » Malgré la probable riposte américaine, nous avions été parachutés de nuit pour atterrir à moins de deux kilomètres de notre objectif. Nous n'étions que trois ; postés sur une petite colline, nous observions la bâtisse isolée qui accueillait une dizaine de miliciens : des Français et des Belges, qui avaient quitté leurs banlieues pour grossir les rangs des combattants de Daesh. Le but officiel était de les punir pour les actes de torture et l'assassinat de trois hommes et deux femmes en mission humanitaire, capturés lors d'un raid en 2016 ; l'objectif officieux était de prévenir le retour de ces hommes sur le sol national. Quand ils se sont regroupés à l'intérieur, mes compagnons ont tiré deux roquettes qui ont pulvérisé la maison, pendant que ma lunette guettait la fuite d'un éventuel survivant. Au bout de quelques minutes, ils sont descendus sur place, pour vérifier que personne ne se cachait, tandis que je les couvrais avec un fusil à visée nocturne. Je me suis détendu au moment où ils ont levé les bras pour me rassurer. Je ne sais pas ce qui a déclenché l'explosion : un fil tendu, une mine, un capteur… Les corps de mes compagnons ont été déchiquetés par l'impact.

La procédure était claire : je devais envoyer un signal, me replier dès que possible au point de contact pour me cacher, et attendre l'hélicoptère stationné sur une base militaire au nord de la Jordanie. Pourtant, mû par une curiosité malsaine, je me suis approché des décombres fumants. Sur place, les pierres se mêlaient aux fusils et aux membres sanguinolents, sans que je sache s'il s'agissait de ceux de mes frères d'armes ou de mes ennemis. Deux vieilles jeeps stationnaient un peu à l'écart, prêtes à mener les soldats vers un autre champ de bataille. Par acquit de conscience, j'ai fouillé la première en prenant soin d'éviter les pièges : j'y ai trouvé des kalachnikovs, des munitions et quelques grenades. La seconde abritait des vivres, des vêtements et une boîte métallique scellée par un cadenas. Le briser ne m'a pris que quelques minutes : elle recelait des liasses de billets. Mon premier décompte rapide s'élevait à plus de deux cent cinquante mille euros et autant de dollars, pour un poids d'environ quatre kilogrammes.

En quelques secondes, ma vie a défilé devant moi : mes proches, mes amis, les légionnaires et tant de visages au centre de ma lunette de visée. Je n'ai pas réfléchi, je n'ai pas pesé le pour ou le contre, je n'ai pas hésité. J'ai tiré une rafale sur mon émetteur radio et j'ai volé une jeep pour prendre la direction du nord. J'aurais dû mourir mille fois, dans la zone occupée par Daesh ou en territoire kurde. Toujours, les billets, les balles ou la chance m'ont sorti d'affaire. Je suis remonté vers l'Europe par la Turquie ; même sans passeport, mon faciès européen et l'argent m'ont permis de franchir les obstacles. J'ai traversé la Grèce, la mer Ionienne et l'Italie pour rejoindre la Côte d'Azur, où je me suis posé quelques mois pour régler les détails de ma nouvelle vie. Après mon périple, il me restait deux cent trente mille euros et deux cent dix mille dollars. J'ai déposé deux paquets de soixante mille euros dans les boîtes aux lettres des veuves de mes compagnons, avec un mot laconique, sans signature aucune :

Vous en aurez besoin un jour, pour vous ou pour vos enfants. N'en parlez pas.

J'ai acheté de nouvelles identités auprès d'un spécialiste réputé pour sa discrétion, puis j'ai ouvert des comptes dans des banques internationales avec ces nouveaux alias. Quand j'ai appris la mort de Marin, mon plan était fin prêt : train vers Rome, vol long-courrier vers Kuala Lumpur, puis bus pour rejoindre le sud de la Thaïlande. Là-bas, on ne me poserait pas trop de questions : le pays est assez sûr et ouvert aux touristes pour que je puisse m'y intégrer sans attirer l'attention. Les espaces de liberté disparaissent les uns après les autres ; les outils de surveillance, l'intelligence artificielle, les algorithmes et la génétique viendront bientôt à bout de nos derniers refuges.

Il me reste une dizaine de minutes avant mon rendez-vous avec Diego ; j'en profite pour acheter deux croissants avant de gagner le jardin du Palais-Royal. Dans un même réflexe pavlovien, les pigeons et les moineaux s'approchent des bancs pour quémander quelques miettes. Je m'imagine dessiner des formes sur le sol à l'aide de graines, attirant ainsi les volatiles pour peindre un éphémère tableau vivant. Quand Diego me rejoint, je lui tends le sac et nous mordons à pleines dents dans les viennoiseries gorgées de beurre. Entre deux bouchées, il me lance :

« Tu as des croissants ; moi, j'ai du biscuit pour toi.

– Raconte…

– J'ai une photo du tueur… »

Il s'interrompt pour ménager son effet, mais je le devance :

« La tueuse, plutôt, non ? »

Il manque de s'étouffer de surprise :

« Comment le sais-tu ?

– Je mène mon enquête…

– Tu as sa photo ?

– Non. »

Il me gratifie d'un sourire carnassier et me glisse une enveloppe brune. J'en extrais un cliché de caméra de surveillance ; il s'agit du même visage que celui qui s'affichait tout à l'heure sur l'écran de Tanja.

« Si tu connais son nom, les collègues seront intéressés, précise Diego.

– La photo a été diffusée ?

– Aux policiers et aux gendarmes uniquement : Grégoire Rannou ne veut pas l'alarmer. Une patrouille croit l'avoir repérée près des grands magasins, mais elle s'est enfuie.

– Quand ?

– Hier matin.

– S'il s'agit bien d'elle… Un appel à témoins public est prévu ?

– Pas pour l'instant. Les aéroports et les gares sont sous surveillance, comme tu t'en doutes. Si elle est à Paris, elle ne leur échappera pas longtemps. »

Je garde un ton neutre pour demander :

« Et Jessica Breunet ?

– Introuvable. »

À moins de draguer la Marne, il y a peu de chances qu'ils retrouvent un jour le corps. La partie va se terminer bientôt ; les autorités ont peut-être la force du nombre et les moyens techniques, mais j'ai un atout dans ma manche.

Un atout précieux.

STANCE 56

CHARLOTTE

Lundi 30 avril

Nouvelle vie, nouvelle coiffure.

Quand je pénètre dans le salon, l'employée me regarde comme si j'étais blessée :

« Qui vous a coupé les cheveux comme cela ?

– Moi, devant le miroir ce matin. Ainsi, je suis obligée de venir vous voir ; je n'aurai pas de regrets au dernier moment. »

Elle pousse un soupir de soulagement et m'invite à m'asseoir :

« Plutôt radical comme méthode ! »

Je ne me suis pas embêtée : les lames des ciseaux ont tracé tout droit en haut de ma nuque, et les mèches brunes sont tombées en désordre sur le carrelage. Sur le siège, je feuillette le catalogue que la coiffeuse m'a glissé dans les mains : une dizaine de modèles, plus belles les unes que les autres, déclinent de multiples versions de coupes féminines courtes. *Boyish*, déstructurée, rock, rasée, sixties, avec ou sans frange, je me perds un peu dans le vocabulaire. Enfin, un cliché présente une femme trentenaire, aux faux airs d'Anne Hathaway ; la légende est sobre : coupe garçonne courte. La voix féminine me cueille par surprise :

« Vous avez trouvé votre bonheur ? »

J'exhibe la photo comme un trophée, mais je sens sa réticence :

« Quelle longueur aviez-vous avant ?

– Jusqu'au milieu du dos.

– La coupe est belle, mais très courte… Vous êtes sûre de vous ?

– Oui. »

Elle passe la main dans ma chevelure pour en estimer la texture. Ses doigts sculptent des mouvements fugaces, à contre-courant du flux naturel.

« Vous avez quelques cheveux blancs. Très peu. Je vous suggère une couleur ou quelques mèches : un châtain foncé ou un acajou… »

Je décline d'un geste : le changement est déjà immense pour moi. Je porte les cheveux longs depuis l'enfance ; mes pointes ont oscillé entre les omoplates ou le creux des reins en fonction des modes et de mes envies. Les trente minutes qui suivent sont classiques : le ballet des ciseaux succède au shampoing ; seul le rasoir sur l'arrière de mon crâne est inhabituel. En dehors des premières mèches qui maculent le sol, je suis les mêmes étapes qu'un homme, à l'exception de la dizaine d'euros supplémentaires sur la facture.

Dans la rue, je ne reconnais pas mon reflet dans les miroirs, et le vent capricieux s'amuse à caresser ma nuque découverte. Je pourrais prendre le métro, mais je rejoins le quartier de la Bourse à pied : je sais qu'il abrite de nombreux magasins d'achat et de vente d'or. La vitrine du premier est sobre malgré le vert canard de la devanture ; une caméra pointe sur la porte d'entrée. Le vieil homme à l'intérieur me confirme que la taxe sera prélevée à la revente et que ma carte bleue me permet de régler le montant que je souhaite. Je quitte la boutique lestée de cent napoléons vingt francs or en sachets scellés, et plus pauvre de vingt mille euros sur mon compte. Sur mes instructions, je n'ai pas de plafond de paiement pendant deux jours, tant que je ne suis pas à découvert. Aussi, je répète la même opération dans quatre échoppes du quartier : les cinq cents pièces pèsent un peu plus de trois kilogrammes et prennent une place infime dans mon sac. Je décide de m'offrir une course en taxi pour rentrer chez moi ; il serait dommage de perdre une telle fortune dans un vol à l'arraché. Tôt ce matin, j'ai déjà retiré près de cinquante mille euros en liquide à l'agence centrale et je les ai cachés dans mon appartement. Mes comptes et mes livrets sont maintenant presque vides, dans un monde qui ne jure que par les richesses électroniques. Les octets et les relevés virtuels ont remplacé les trésors d'antan ;

on parle même de substituer la menue monnaie par des cartes ou des applications mobiles. Pourtant, l'or et l'argent s'échangent encore, et leur valeur ne cesse de croître. Est-ce le dernier soubresaut d'un îlot rétrograde qui n'a pas compris que le monde avait changé ou un simple signe de prudence à une époque où la politique et l'économie évoluent à une vitesse exponentielle ?

La Mercedes noire me dépose au pied de mon immeuble. Je m'y engouffre, le souffle un peu court ; je ne me calme que lorsque le verrou est tiré. Je répartis les napoléons et les billets dans diverses caches déjà préparées : sous une lame de parquet, au fond d'un vase, sous l'évacuation de la baignoire, dans une boîte de mouchoirs en papier, dans un paquet de pâtes. J'ai à peine terminé mon œuvre que l'interphone émet un bourdonnement caractéristique.

« Oui ?

– C'est Sadio. »

J'hésite une fraction de seconde : mon logis abrite toutes mes richesses, en billets et en or, certes bien cachées, mais je sens déjà mon pouls s'accélérer.

« Monte ! »

Lorsque j'ouvre la porte, je devine tout de suite qu'il y a un problème. La joie et l'insouciance de Sadio se sont envolées pour laisser la place aux stigmates de l'inquiétude. Comme il se balance d'un pied à l'autre, indécis, je l'installe sur le canapé :

« Raconte… »

Il garde d'abord le silence avant de murmurer :
« J'ai le seum…

– Que s'est-il passé ?

– L'inspection du travail a déboulé sur le chantier, avec des keufs en renfort. J'ai manqué de réflexes : tous les illégaux ont décampé par les trous de palissade aux premières lumières bleues. Je suis resté sur place, comme un bolos… Je croyais que mes faux papiers me protégeraient. Quand j'ai vu qu'ils prenaient les empreintes digitales, j'ai paniqué. J'ai visé un passage entre deux clôtures et j'ai couru. J'étais confiant : sur quatre cents mètres, j'étais imbattable à l'école.

– Ils t'ont poursuivi ?

– J'ai entendu des cris, mais j'ai continué. Je me doutais qu'ils n'allaient pas me tirer une balle dans le dos ; il y a des cow-boys chez les chtars, mais on n'est pas aux States !

– Et ils ont tiré ?

– Non, même pas en l'air. Quand je suis arrivé sur le boulevard, j'ai pris la descente à fond. Je pensais les avoir semés et j'ai jeté un coup d'œil par-dessus mon épaule : il y avait ce jeune keuf à moins de cinquante mètres ! J'ai accéléré à fond, tourné à droite, à gauche, je ne sais même plus… Quand j'ai à nouveau regardé, il n'était plus qu'à vingt mètres. C'était une machine de course le keum. Je te jure ! Chez moi, personne n'aurait pu me suivre, j'hallucinais ! On a continué comme cela pendant deux ou trois minutes ; j'entendais ses pas qui se rapprochaient. Je soufflais comme un bœuf, et lui était silencieux, tout en souplesse ; j'ai compris que je n'arriverais jamais à le larguer. Quand je l'ai senti juste derrière moi, je me suis arrêté net, je me suis retourné et je lui ai balancé un coup de poing, puis un deuxième… J'ai entendu les os craquer ; il s'est écroulé sans une plainte… »

Sadio secoue la tête, comme pour en chasser un mauvais souvenir.

« Ce n'est pas moi, ça ; je ne me suis jamais battu. Je vois encore son visage en sang quand il gisait à terre. Il était plus jeune que moi, taillé comme une gazelle : grand, fin, athlétique. Il était sur le trottoir, K.O., il ne bougeait plus. Je suis resté là quelques secondes, je ne savais pas quoi faire, puis je suis parti.

– Et le policier ?

– Aucune idée. Il est blessé… Ou même… »

Les larmes aux yeux, Sadio s'interrompt. Je me lève et je pianote sur mon ordinateur.

« Tu fais quoi ? s'étonne-t-il.

– Je regarde les nouvelles. Si un flic a été tué dans la rue à Paris à coups de poing, ils vont en parler rapidement.

– Pas bête. »

D'abord, je ne saisis que des informations déprimantes en provenance des quatre coins du monde : guerres, attentats, assassinats, élections truquées. Dans la rubrique Société, je ne trouve que des articles sur les sans-abri, les troubles dans les universités et sur les rails, les ratés des locations de vélos collectives à Paris.

« Alors ?

– Rien.

– C'est un peu tôt…

– C'est possible, je ne peux rien te garantir. »

Je retourne m'asseoir près de Sadio plutôt qu'en face de lui, pour lui témoigner mon soutien. Il paraît un peu plus apaisé : partager son histoire a déchargé sa conscience d'un poids.

« Tu es venu chez moi pour récupérer tes affaires ?

– Oui… Non… Je ne sais pas. Je dois partir ailleurs ; c'est trop risqué ici pour moi maintenant.

– Où ?

– Je pensais à la Belgique : je ne parle pas d'autre langue européenne que le français.

– Ils ont sans doute des accords d'extradition avec la France, non ?

– Probablement… »

Il secoue la tête à nouveau, comme pour s'éveiller d'un trop long cauchemar.

« Tu as une idée ?

– Peut-être. Viens… »

Je le prends par la main et je l'emmène dans ma chambre. Je l'abandonne au milieu de la pièce et je me déleste de mes vêtements : un à un, ils tombent sur le parquet. Puis je m'avance vers lui nue comme un ver ; son regard ricoche sur mon corps comme un galet plat sur une mer d'huile. J'en ressens une certaine fierté : m'exhiber ainsi sans artifice devant un jeune et beau mâle et lire le désir se refléter dans ses iris aiguise mes sens. Je m'approche de lui et enroule mes bras autour de son cou. Bientôt, ses vêtements rejoignent les miens sur le sol ; telle une araignée sybarite, je l'entraîne dans la toile de mon lit pour une étreinte amoureuse. La fécondation est aujourd'hui hors sujet puisque mon cycle et le préservatif que Sadio sort de sa poche servent de double antidote. Je prends d'abord quelques initiatives pour aiguiser son désir, puis je le laisse naviguer sur les vagues de mon corps. Je me repais de sa vigueur, de sa jeunesse et de son souffle court sur mon cou. Ensemble, nous sommes en phase, unis dans une communion charnelle ; les cambrures et les gémissements de l'autre sont des sextants vers les rives du plaisir. Je repousse l'orgasme pour qu'il enfle encore, puis je largue enfin les amarres. Je flotte sur l'onde, chahutée par des courants lascifs, et je chavire, un soupir de jouissance aux lèvres. Sadio accélère alors sa cadence et me rejoint quelques battements de cœur plus tard.

Je me repose sur son épaule et je perçois la somnolence qui le gagne peu à peu. Avant qu'il ne s'endorme, je murmure :

« Tu as pensé retourner en Côte d'Ivoire ? »

Ma question le sort de sa torpeur :

« Non, c'est trop tôt.

– Cela signifie que tu y retourneras un jour ?

– Oui, quand je serai riche.

– C'est-à-dire ?

– Quand je pourrai me payer un appartement à Abidjan, et qu'il me restera un peu d'argent pour lancer un business.

– Et cela fait quelle somme ? »

Je devine qu'il enchaîne les opérations de tête pour me fournir un chiffre. Enfin, il souffle :

« Quarante millions. »

Devant mon air ahuri, il ajoute :

« De francs CFA. Soixante mille euros environ.

– Et tu penses qu'il te faudra combien de temps pour les obtenir ?

– Quand j'ai décidé de venir ici, je tablais sur cinq ans…

– Et maintenant ? »

Il se redresse et noue ses mains derrière sa nuque :

« Si je suis optimiste : dix à quinze ans. Si je suis réaliste : jamais. Nous sommes des milliers dans mon cas, à croire que le courage et notre bonne étoile nous sauveront. J'ai croisé plein de cousins depuis que je suis arrivé à Paris. Pas un n'a plus de cinq mille euros de côté. Et encore, je parle de ceux qui triment et qui ne claquent pas leur thune dans les bars ou avec les filles.

– Si tu penses cela, pourquoi ne pas repartir tout de suite ?

– Et revenir les poches vides, comme un mesquine ? Je préfère encore galérer ici. »

Sadio ne semble pas abattu ; la vie lui a distribué des cartes, et il joue sa partie du mieux possible.

Je me lève sans un mot pour gagner la salle de bains. Comme la douche m'enveloppe de son nuage tiède, j'échafaude des scénarios romanesques, des fuites en couple, des aventures fabuleuses. Avant tout cela, je dois vérifier quelque chose : je coupe l'eau et laisse les gouttes perler sur la faïence, puis je me penche pour ouvrir le tiroir du meuble. Je saisis une boîte, retire l'emballage et le capuchon protecteur et je place le test de grossesse entre mes jambes. Il me faut quelques secondes pour me décontracter avant que le jet d'urine ne jaillisse sur la pointe absorbante et le sol de la baignoire. Je sais que je devrais attendre la prochaine aurore pour une meilleure précision, mais je suis trop impatiente. Je replace le capuchon et pose le test sur le lavabo près de ma brosse à dents. Je termine ma douche et me sèche pour atteindre les cinq minutes réglementaires. Encore nue, les pieds sur le carrelage, je déchiffre la sentence : les deux bandes colorées apparaissent dans les zones de contrôle et de résultat.

Je réprime un cri de joie : la petite graine de Corentin semble avoir germé dans mon ventre. Je ressens des bulles de quiétude ; pour la première fois depuis longtemps, je me sens belle et sereine.

INTERMÈDE

Lundi 30 avril

Je m'accorde un détour pour passer devant une rue près du parc Monceau. Je me souviens de ce jour où j'ai suivi Jessica Breunet pour la voir s'engouffrer dans l'immeuble au numéro cinq. Elle s'est enfuie une demi-heure plus tard, et je n'ai pas compris tout de suite qu'elle venait d'ôter la vie à Lucile Carpentier, pour lui faire payer mes exécutions. Lucile est peut-être la seule victime innocente de cette histoire, cette belle innocence dont je ne peux me prévaloir moi-même.

Je sais qu'il me faudra environ trente minutes pour rejoindre le Trocadéro à pied. Peu importe. Je dois attendre la fermeture du métro parisien, et il me reste presque une heure à tuer avant l'heure fatidique. Au moment où je franchis la Seine sur le pont d'Iéna, le lundi trépasse pour laisser la place au jour suivant. Je me mêle à la foule de touristes qui figent la tour Eiffel dans ses atours nocturnes.

Même si je doute de la qualité des clichés de nuit au bout d'une perche à selfie, je comprends l'émoi de ces apprentis photographes. La vieille dame de fer, en sujet principal ou en arrière-plan, attire toujours autant de prétendants, seuls, en couple ou en meute.

Je paresse un long moment dans une zone d'ombre, en observation, puis je rejoins la place Joffre, au sud-est des jardins. Je repère assez vite les vestiges d'une entrée, mais ce n'est pas ce qui m'intéresse ; l'accès à la station fantôme Champ-de-Mars, sur la ligne huit, se situe un peu plus loin. La serrure est verrouillée, bien entendu, mais un simple passe en vient à bout en moins de deux minutes. Je me glisse à l'intérieur et je referme la porte derrière moi. Le bruit des ventilateurs est assourdissant ; ma lampe torche éclaire les murs couverts de graffitis, travaux graphiques colorés ou basiques signatures de bandes. J'accède enfin au quai par un escalier étroit. Les métros ne circulent plus à cette heure, mais je m'assure qu'aucun clochard ou aventurier nocturne n'occupe les lieux. Je descends alors sur les voies pour récupérer la poche en plastique sous la plate-forme, en face d'un panneau de signalisation. Je remonte sur le quai et j'en extrais le Glock 17 et les cinq chargeurs de munitions, que je glisse dans mon sac, puis je rebrousse chemin. En haut de l'escalier, je reprends le même couloir qu'à l'aller et j'oblique à gauche pour regagner la sortie.

Soudain, une ombre jaillit d'une alcôve et se dresse devant moi. Je ne peux réprimer un petit cri de surprise. Comme je m'apprête à éclairer le visage de l'inconnu, il se saisit de ma torche et la pointe vers le sol.

« Pas de geste brusque ! »

Je connais cette voix...

STANCE 57

ZOÉ

Mardi 1er mai

« Il est plus de minuit, tu devrais te coucher, souffle Grégoire.

– Je n'ai pas sommeil. »

Il soupire et vient s'asseoir à mes côtés sur le canapé. Son ton ne recèle aucun reproche lorsqu'il me demande :

« Tu penses à Maya ?

– Oui. »

Je ne peux m'empêcher de l'interroger :

« Vous avez des pistes ?

– Pas depuis le contrôle policier de dimanche matin.

– Tu penses qu'elle s'est enfuie ?

– Non. À mon avis, elle se terre chez elle : c'est le seul endroit où elle est en sécurité. Nous allons diffuser son visage dans les journaux et à la télévision tout à l'heure. Hamid a fait du bon boulot : nous avons remonté sa piste à rebours à partir de la station Sully-Morland et nous avons des clichés nets de face. Le standard va crépiter de noms toute la journée : le temps de vérifier, nous connaîtrons son identité demain au plus tard.

– Et vous irez la cueillir chez elle ?

– La diffusion de la photo la fera sortir de sa tanière avant : elle ne devrait pas passer à travers les mailles du filet.

– Certains fugitifs s'échappent… »

Grégoire ne ricane pas, pour ne pas me blesser ; il murmure seulement :

« Ce sont des pros ; ils ont prévu leurs cavales ; ils ont des contacts. Pas Maya. L'histoire touche à sa fin. J'espère seulement… »

Gêné, il n'achève pas sa phrase. Je complète d'une voix un peu trop forte :

« … Qu'elle ne se suicidera pas, c'est cela ? »

Il hoche la tête sans répondre. D'une voix basse, il souffle :

« Je suis désolé que tu aies été mêlée à tout cela ; ce n'est pas ton monde. Que Maya t'ait manipulée ou non, elle n'en demeure pas moins une meurtrière : elle va passer quinze ou vingt ans à l'ombre. Tu dois l'oublier, Zoé. Ne gâche pas ta vie à cause d'une silhouette qui est passée dans ta vie au mauvais moment.

– Quel mauvais moment ?

– Je te connais… Tu te poses beaucoup de questions. Récemment encore plus que d'habitude. Tu t'es accrochée à une bouée de pacotille. Lâche-la…

– Je suis assez grande pour mener ma vie toute seule ! De quel droit me donnes-tu des leçons ? Tu n'es même pas capable de garder une copine plus de quelques mois ! »

Aussitôt prononcés, je regrette mes mots. Je prends les mains de mon cousin dans les miennes et je les serre un peu trop fort :

« Pardon, ce n'est pas ce que je voulais dire… »

Immobile, il soupire :

« Tu as raison. Il faut croire que nous ne sommes pas doués pour les relations humaines dans la famille. Mais ce n'est pas parce que je fais n'importe quoi que tu es obligée de m'imiter. »

Nous restons silencieux dans mon salon, sans ressentir de gêne particulière. Mon esprit divague vers le pinceau des maquilleuses, le crépitement des flashs, les portemanteaux solitaires dans les cabines, les messages de rappel de Bérénice, la soie sur ma peau nue, l'odeur de la laque dans les loges.

J'ai vingt-six ans.

En théorie, c'est l'apogée. Les études sont terminées, le teint est frais, le cœur est pris ; on discute vacances, achat d'appartement, mariage ou bébé, c'est selon. Pourtant, cette image d'Épinal est plus souvent chimérique que réelle, à cause de la crise économique, des fantômes dans nos âmes ou de la vacuité de l'époque. Et dans le mannequinat, vingt-six ans c'est l'insouciance disparue et le temps qui coule trop vite. Cette année, j'ai eu de la chance : le défilé Balmain m'a offert plus d'opportunités qu'à l'accoutumée. Je ne suis pas dupe, toutefois : une saison chasse l'autre, et les vents changent de cap. Certains top models parviennent à prolonger la magie ou à basculer vers le grand écran, mais je ne suis que mannequin. Personne ne viendra me proposer un contrat d'égérie pour une marque de luxe ou un rôle dans un film à gros budget. Certes, ma silhouette et mon visage aimantent toujours autant de regards admiratifs, concupiscents ou envieux, mais je croise dans la rue ou le métro des lolitas qui dégagent le même magnétisme, sans les ridules qui naissent au coin de mes yeux.

Grégoire a raison, bien entendu : Maya a surgi dans ma vie à une période particulière. Elle m'a offert la désinvolture, le mystère et la sensualité. Je ne souhaite pas connaître son vrai nom ; il sonnerait faux. Pour moi, elle restera Maya, celle qui a su animer mes jours et faire battre mon cœur. Mon cousin est lui aussi plongé dans ses pensées : réfléchit-il à ses affaires criminelles ou à toutes ces filles qu'il a laissé filer ? Je ne lui poserai pas la question…

STANCE 58

ALEXIS

Mardi 1er mai

La filature est un art subtil.

Trop loin, vous perdez la trace ; trop près, vous êtes repéré. Et si votre cible a le moindre doute, c'est presque mission impossible, à moins de disposer d'un équipement électronique ou d'une équipe de spécialistes. Aujourd'hui, j'ai eu de la chance : la foule était assez dense pour me cacher, pas pour engloutir les silhouettes. À deux reprises, j'ai perdu le contact, pour ensuite le retrouver au détour d'un carrefour. J'ai marché, couru, ralenti ; je me suis assis sur un banc ; j'ai erré au milieu de touristes ; j'ai même discuté avec une vieille Japonaise solitaire au pied de la tour Eiffel qui s'étonnait de me voir aller et venir sans but apparent.

À une heure du matin, mon périple m'a mené près de l'École-Militaire, dans l'un des arrondissements les plus calmes de Paris. Et maintenant, je suis quelques mètres plus bas, dans un tunnel bariolé de graffitis, une torche à la main. La voix féminine ricoche sur les parois :

« Tu n'es pas là par hasard… »

Je ne réponds pas : le timbre est familier, mais les intonations me sont inconnues. Avant tout, je dois penser à ma sécurité :

« Tu vas retirer ce sac et le poser à un mètre sur ta droite. »

Lentement, elle s'exécute et reprend la même position, les paumes ouvertes vers moi.

« Bien. Ouvre ta parka. »

Elle dévoile un jean et un pull, sans holster ou objet dans la ceinture. Ses poches ne sont pas bombées, la distance est bonne pour parer une éventuelle attaque, et ma main tient la crosse du pistolet dans ma poche droite. La voix jaillit comme un coup de tonnerre :

« Bravo, tu m'as trouvée avant les flics.

– J'avais un avantage sur eux.

– Pourquoi traînes-tu encore à Paris ?

– Je te cherchais.

– Je ne suis pas celle que tu crois. »

Je ricane :

« Ah oui ? Tu connais Marin Kaliszewski ?

– Oui, je l'ai saigné comme un porc.

– J'avais une dette envers lui ; il m'a sauvé la vie. »

Elle avance d'un pas, et son visage capte la lumière blafarde. Je lève la main pour lui intimer de ne pas s'approcher davantage. Je reconnais les yeux brou de noix sertis entre les cils soyeux, les taches de rousseur éparpillées sur les hautes pommettes, les lèvres que j'ai embrassées trois semaines plus tôt. La coupe de Charlotte est à la garçonne ; les mèches se rebellent de se savoir dorénavant si courtes.

« Et toi, tu connais Lucile Carpentier ? me demande-t-elle.

– Oui. Elle n'a pas eu de chance.

– Pas de chance ? Et ses bourreaux, Stanislas et Marin, tu crois qu'ils méritaient de s'en sortir indemnes ?

– Sans doute pas. Je me fous de Stanislas ; nous savons tous deux que c'était une ordure.

– Tout comme Marin. »

Elle a raison bien sûr, mais j'ai promis sur sa tombe que je le vengerais.

« Je ne suis pas celle que tu crois, répète-t-elle.

– Pas à moi, Charlotte. Même si tu avais une sœur jumelle, elle n'aurait pas cette petite cicatrice sur ton menton.

– Je suis Maya. »

Cette discussion n'a aucun sens. Je me demande si Charlotte cherche à émousser mon attention ou seulement à gagner du temps. Je devrais l'abattre tout de suite ; les mots rendront ma besogne encore plus difficile. J'espère presque un geste de trop de sa part pour pouvoir réagir à l'instinct. Sur un ton de colère contenue, sa voix devient rauque :

« Je te connais, nous sommes de la même trempe, toi et moi. Nous aurions pu bien nous entendre ; nous aurions peut-être pu être amants, qui sait ?

– Nous l'avons été à deux reprises au début du mois, tu ne te souviens pas ? »

Elle secoue la tête :

« Non, tu as fait l'amour avec Charlotte, pas avec moi. Parce qu'elle voulait un bébé plus que tout au monde et qu'elle pensait que tu serais un bon père, au moins génétiquement. »

Je ne sais pas si elle lit la décision dans mes prunelles ou si elle sent l'âme perler sur ses lèvres, mais elle lève les mains, comme pour se protéger :

« Attends ! Charlotte et moi partageons le même corps. Je connais tout d'elle ; elle ignore tout de moi. Je laisse le moins de traces possible et je veille sur elle.

– Pour la protéger de quoi ?

– De tout ! Des conséquences de son viol…

– Quel viol ?

– Stanislas a abusé d'elle alors qu'elle n'avait que quinze ans et demi, et c'est moi qui suis allée voir la gynécologue, qui ai avorté dans un hôpital glauque. Benjamin le savait, bien entendu, et je l'ai abattu sous les fenêtres de Charlotte. Je l'ai poussée à apprendre la boxe française sans qu'elle comprenne vraiment pourquoi. Je l'ai vengée trois fois !

– Stanislas, Benjamin et… ?

– Ses parents.

– N'importe quoi : ils sont morts dans un accident de voiture.

– Ce n'était pas accident ! Je les ai tués : son beau-père pour toutes ces années d'attouchements alors qu'elle n'avait même pas six ans et sa mère pour le jour où elle a refermé la porte sans rien dire, sans rien faire, ni sur le moment ni plus tard. Charlotte ne se souvient de rien, seulement du rouge de ma robe quand j'ai drogué ses parents, bloqué les portières et poussé la voiture dans le port. »

À la Légion, j'ai déjà été témoin d'un trouble dissociatif de l'identité chez un jeune soldat abusé dans un orphelinat russe pendant son enfance, mais les personnalités s'affrontaient presque en terrain ouvert : chacune d'elles luttait pour sa propre survie. Un soir de veillée pendant notre mission au Sahel, le stress a libéré mille visages, bienveillants ou démoniaques, sous le regard médusé de la patrouille. Est-ce ainsi que les anciens décrivaient la possession ?

« Tu dis que Charlotte ignore ton existence…

– Oui.

– Et tes souvenirs ?

– Elle n'y a pas accès.

– Et comment explique-t-elle les heures passées, les lieux inconnus dans lesquels elle se réveille, les vêtements qu'elle n'a pas enfilés ? »

Elle croise les bras, défiante :

« Tu me crois alors ?

– Non.

– Avant, je n'émergeais que pour quelques minutes, et elle avait l'impression de s'être assoupie. Depuis qu'elle a quitté son travail et qu'elle cherche à donner la vie, ses barrières mentales se sont abaissées. Je peux prendre le contrôle et le rendre presque à volonté : il me suffit de revenir à l'appartement, de me coucher sur le lit ou le canapé. Et le tour est joué… Il y a toujours quelques détails, des objets déplacés, des traces sur ma peau, mais c'est infime.

– Tu lui voles son corps ?

– Je m'accorde quelques heures de vie en échange de ma protection. »

Je ne devrais pas écouter Charlotte. Certes, son timbre de voix est différent, ses attitudes étranges et ses gestes décalés, et je peine à relier la situation présente à la Charlotte que je connais, sans passer par la case des identités multiples. J'aimerais croire à sa folle histoire, pour glaner une raison de ne pas appuyer sur la détente, une excuse pour trahir mon serment sans perdre l'honneur. Comme elle fait mine de s'avancer, je lève l'index pour la prévenir : elle se fige aussitôt et murmure :

« Tu ne vas pas nous tuer ?

– Nous ? Toi et Charlotte, c'est cela ?

– Nous deux plus la petite graine dans son ventre. Tu sais, celle que tu as semée… »

Elle me regarde, narquoise, fière de son gambit. J'essaie de demeurer impassible, mais j'accuse le coup :

« Tu es enceinte ?

– Charlotte est enceinte.

– Si je t'épargne, elle accouchera en prison : pas forcément le meilleur début dans la vie d'un bébé…

– Encore faut-il que les flics m'attrapent ! »

Son sourire bravache ne m'arrache qu'un soupir de lassitude.

« Tous les képis de France ont ta photo dans la poche. Tu crois que tu vas réussir à t'échapper parce que tu as récupéré un gun dans une station fantôme ?

– Comment sais-tu que j'ai un pistolet ?

– Parce que, contrairement à toi, je suis un pro. Sais-tu que les équipes scientifiques peuvent identifier la signature de ton canon aussi précisément que s'il s'agissait d'empreintes digitales ? S'ils te choppent avec ton arme, il leur suffira de tirer quelques cartouches, par exemple pour les comparer avec les ogives qu'ils ont trouvées dans le corps de Benjamin. Fin de l'histoire. »

Elle se pince les lèvres, honteuse de son erreur. Pourtant, si je cherche à prendre l'ascendant sur la question des armes, c'est bien parce qu'elle m'a touché au cœur. Éliminer Charlotte serait difficile ; la tuer alors qu'elle porte mon enfant n'est même pas concevable. Que Marin aille au diable ! Je suis sûr qu'ils auront beaucoup d'histoires à se raconter l'un l'autre. Je baisse enfin mon canon.

« Et quel est ton plan ?

– Au début, je comptais me suicider… »

Devant mon air ahuri, elle complète :

« En tant que Maya, pour laisser son corps à Charlotte. Maintenant que je suis repérée, c'est impossible : elle ne tiendrait pas deux heures sans moi.

– Tu aurais peut-être pu y penser avant, non ?

– Parfois, on n'a pas le choix.

– On a toujours le choix.

– Comme quand le visage de ta cible se dessine dans la lunette de ton fusil ? »

Touché.

Je ramasse le sac et je le lui tends. Mon regard se pose sur son ventre plat ; je n'ai pas besoin de demander le terme : un calcul rapide pointe vers le début de l'année prochaine.

« C'est vrai cette histoire ? »

Elle acquiesce sans chercher à m'attendrir davantage. Une partie de moi hésite à s'occuper de Charlotte/Maya : lui faire passer la frontière, la conduire dans un pays sûr, loin des tentacules des autorités françaises, prendre soin d'elle. J'écarte l'idée aussitôt. Outre que je n'ai aucune envie de construire ma vie en couple ou en famille, la réunion d'une suspecte en fuite et d'un soldat des forces spéciales officiellement mort depuis plus d'un an n'est pas l'attelage le plus discret. L'histoire se conclut d'une manière différente de ce que j'imaginais : certes, je n'ai pas vengé mon compagnon d'armes, mais mon retour en France m'a permis de laisser un pactole aux veuves de mes camarades décédés, de rencontrer la belle Natalia, de décapiter un réseau mafieux et d'offrir un enfant à Charlotte. Contre toute logique, je suis persuadé qu'elle s'en tirera. Elle est plus forte qu'elle ne le croit elle-même ; il lui faut juste un soupçon de chance… Quant à moi, je serai à Istanbul avant la fin de la semaine, et en Thaïlande quelques jours plus tard. Là-bas, on ne me posera pas trop de questions, et mon magot sera synonyme de longues années paisibles sans tracas financier.

Je sors un papier de ma veste et je griffonne un numéro de téléphone :

« Pour une fausse carte d'identité, il t'en coûtera mille cinq cents euros. Dis que tu viens de la part d'Alexis. C'est un peu cher, mais la qualité est bonne. »

Maya prend le papier et l'enfonce au fond de sa poche de jean. Un détail me chiffonne encore :

« Comment as-tu réussi à tuer Marin sans qu'il se défende ?

– Je l'ai poignardé par surprise.

– Chez lui ?

– Il m'avait draguée devant son immeuble le soir même. Il ne se méfiait pas… »

J'accepte sa version sans barguigner.

« Tu veux quitter le territoire ?

– Je n'ai pas vraiment le choix, répond-elle.

– Et comment vas-tu faire pour convaincre…

– … Charlotte ? »

Je n'arrive pas encore à m'habituer à cette dualité. Elle sourit :

« Je vais lui souffler des intuitions. Cela fonctionne assez bien d'habitude.

– Alors, oublie les avions, les lignes de train internationales. Passer les frontières en voiture est assez simple ; le problème, c'est que tu te retrouveras tôt ou tard dans un pays européen où tu ne maîtriseras pas la langue et tu te feras repérer. Comme ils ont tous des accords d'extradition avec la France…

– Que me conseilles-tu ?

– La mer.

– Je ne sais pas naviguer.

– Je vais te donner l'adresse d'un ami. Je te préviens, il est un peu bourru.

– Où habite-t-il ?

– En Bretagne, sur une île au large de Paimpol.

– Merci. J'ai un dernier service à te demander…

– Je t'écoute.

– Les intuitions ont leurs limites. Peux-tu m'écrire une note que Charlotte trouvera par hasard où tu lui indiques ce que tu viens de me dire. En cas de coup dur, bla, bla, bla…

– Maintenant ? »

Elle écarte les mains pour pointer l'évidence :

« Pourquoi ? Tu as besoin d'un bureau, de papier à en-tête et d'un stylo Mont-Blanc ? »

STANCE 59

CHARLOTTE

Mercredi 2 mai

L'île est magnifique.

Prendre le train à la gare Montparnasse n'a pas été si compliqué. Certes, elle grouillait sans doute de militaires et de policiers, mais sa petite sœur qui la surplombe, Vaugirard, donne accès à tous les quais et semble aussi désertée par les voyageurs que par les patrouilles. Après une pause à Rennes, le TGV nous a lâchés à Saint-Brieuc, la préfecture des Côtes-d'Armor. Un bus presque vide nous a ensuite menés jusque Paimpol en longeant la côte de Goëlo et sa litanie de villages. Nous nous apprêtions à prendre un second bus quand un couple d'Allemands en goguette s'est arrêté à notre hauteur pour nous déposer à la pointe de l'Arcouest, près de l'embarcadère. Au moment où le bateau a largué les amarres, j'ai senti Sadio tendu pour la première fois malgré la mer d'huile. Ce n'est que lorsque la navette a accosté pour cracher les voyageurs qu'il a retrouvé un visage plus serein.

Les touristes s'éparpillent entre le centre du village de l'île de Bréhat, la citadelle et la plage du Guerzido. L'absence de voitures, à l'exception des services municipaux, du médecin, des pompiers et de quelques tracteurs, contribue déjà à la magie du lieu. Nos pas nous mènent vers l'isthme qui sépare Bréhat en deux îlots de taille comparable. Chaque détour nous offre des paysages somptueux : les vipérines bleues côtoient les mimosas et les palmiers qui veillent sur des criques rocheuses aux mille nuances de bleu. La partie nord de l'île est moins dense et plus sauvage ; elle abrite pourtant des panoramas à couper le souffle, que l'on peut observer à loisir sans une silhouette humaine à l'horizon. Nous suivons la petite route sinueuse jusqu'à un hameau que nous abandonnons pour rejoindre une basse maison en granit au toit un peu asymétrique.

Je pousse la barrière pour frapper à la porte ; comme personne ne répond, je retente ma chance, sans plus de succès. Je grimace en direction de Sadio : nous sommes partis depuis plus de six heures, avec pour seul but de rencontrer l'occupant des lieux. Je glisse un coup d'œil par la fenêtre pour glaner des traces de vie récentes et je vois un homme assis sur une chaise, un livre dans les mains.

Je tapote au carreau pour attirer son attention : il n'esquisse aucun mouvement.

« Il est peut-être sourd », souffle Sadio.

Je frappe un peu plus fort : l'homme se lève, apparemment furibond. Il ouvre la porte à la volée et nous toise du haut de ses presque deux mètres :

« Déguerpissez ! »

Sadio a déjà fait un pas en arrière. Je me force à sourire avant de lui répondre :

« Bonjour, je m'appelle…

– Je me moque de votre nom ! Dégagez ! »

Je me retiens de lui envoyer un chapelet d'injures au visage pour lui apprendre la politesse. Toutefois, je pose mon sac au sol, je retire mon chapeau et mes lunettes de soleil pour lui montrer qu'il ne se débarrassera pas de nous si facilement :

« D'abord, vous allez m'écouter ! »

Contre toute attente, je perçois une lueur d'amusement et de curiosité dans son regard. Comme il m'observe en silence, je poursuis :

« C'est Corentin Guyader qui nous envoie. »

Le nom agit comme un sésame auprès du colosse :

« Entrez. »

Sadio me lance une œillade surprise et me suit à l'intérieur. Nous nous installons autour de la table tandis que notre hôte s'affaire devant le buffet. Il en ressort trois bols et une boîte métallique emplie de palets au beurre. Plus douce, je lui demande :

« Vous êtes Tanguy Le Guell ? »

Il opine du chef sans répondre et nous verse une bolée de cidre sans même nous demander notre avis. Puis il pousse la boîte vers nous pour nous inviter à nous servir. Assis, Tanguy Le Guell me dépasse de presque une tête. Sa charpente osseuse est massive, et sa musculature dégage une impression de puissance naturelle. Bien qu'il approche la quarantaine, ses cheveux ras sont toujours bruns ; sa peau très mate tranche avec ses grands yeux aigue-marine qui volettent entre Sadio et moi. Il murmure enfin :

« Corentin Guyader est mort.

– Je sais : l'année dernière.

– Vous étiez sa petite amie ?

– Non.

– Vous m'auriez répondu oui, je vous aurais jetée dehors tout de suite.

– Pourquoi ?

– Vous n'êtes pas son type. »

Intérieurement, je ricane. Je me retiens de lui annoncer que je porte son enfant dans mon ventre ; mieux vaut ne pas trop compliquer la situation.

« Et il vous a aiguillée vers moi avant de mourir ?

– Il m'a dit de vous contacter en cas de problème il y a longtemps, ment Charlotte.

– Je peux voir vos papiers d'identité ? »

Surprise, je n'hésite qu'un instant :

« Oui, bien sûr. »

Je sors ma carte, bientôt imitée par Sadio. Il observe les rectos et les versos, les tourne vers la lumière, les frôle de l'index, puis lit :

« Agathe Lenglet. Lamine Gondjout. »

Il se tourne vers mon compagnon :

« Gabonais ? »

Sadio flaire le piège et biaise :

« Mon père, oui ; ma mère est ivoirienne. »

Tanguy nous rend nos cartes et vide la moitié de son bol :

« Elles sont fausses, bien sûr, mais c'est du bon travail… »

Je feins de m'offusquer :

« Comment cela ?

– Ne me prenez pas pour un idiot. Passe encore que votre ami porte un prénom musulman et un nom de famille typique d'un pays majoritairement catholique. Mais vous… »

Il termine son bol d'un trait :

« Comment êtes-vous venus ?

– Train, bus, stop et bateau.

– Même avec votre chapeau et vos cheveux courts, vous avez du cran !

– Je ne comprends pas… »

Tanguy déplie sa carcasse pour attraper une tablette posée près du téléphone. Il pianote un instant avant de me la montrer : ma photo de face s'affiche avec mon âge, ma taille et la couleur de mes yeux en légende. Un numéro en 08 est donné pour signaler toute information qui permettrait de me localiser, avec la mention *« dangereuse et peut-être armée »*. Je me décompose : je croyais aider Sadio à s'échapper, et un avis de recherche à mon nom est diffusé jusqu'à cette île isolée. Je pousse la tablette vers Sadio qui la lit et ouvre des yeux gros comme des billes.

« Vous êtes de sacrés comédiens tous les deux. »

Comme une automate, je me lève : c'est une erreur, je vais me livrer à la police et éclaircir la situation, cela ne durera que quelques heures. Tanguy Le Guell lit la panique dans mes yeux, et son regard se radoucit :

« Asseyez-vous. Vous avez déjà eu de la chance d'arriver jusqu'à moi sans vous faire prendre. Ce n'est pas la peine de tenter le diable. »

Je m'exécute aussitôt, non pour obéir au colosse, mais parce qu'une voix enfle dans ma tête :

« Écoute-le. »

Je place mes mains sur mes oreilles pour assourdir les mots. En vain.

« Il est temps, Charlotte. Nous devons nous unir, tu n'es plus en sécurité seule...

– Tais-toi ! »

Je fais un bond en arrière ; la chaise tombe à terre dans un bruit mat tandis que je m'accroupis sur le carrelage. La pièce se teinte de rouge, aussi intense que le masque de l'inconnu dans le cabinet d'hypnose d'Hippolyte de Leyris ou que celui de la voiture cabossée dans le port.

« N'aie pas peur... Je ne suis pas ton ennemie. »

Je secoue la tête pour chasser l'intrus dans mon esprit. Sadio commence à s'affoler ; placide, Tanguy le Guell pose sa large paluche sur l'avant-bras de mon compagnon et murmure :

« Mieux vaut porter sa croix que la traîner. »

Je pressens le proverbe breton dans sa phrase, mais je n'ai pas le temps de m'y attarder. Les images sont là, derrière un voile translucide ; elles n'attendent que mon accord pour couler en moi. Je sens le vent sur mon visage : d'abord tiède et doux, il enfle et fraîchit bientôt. D'instinct, je sais que si j'écarte le voile, la brise se muera en tempête.

« Vas-y ! Tu ne peux pas rester dans ta prison pour toujours... »

Je m'approche. Mes mains s'agrippent au tissu et tirent d'un coup sec ; les attaches résistent d'abord, puis elles cèdent d'un coup. Le souffle me glace et brame son courroux. Et le rouge coule partout : derrière la fenêtre, la mer est grenat et les rochers amarante. Même le ciel a pris une teinte cinabre à peine ombrée par des nuages pourpres. Dans la maison, un flot visqueux glisse vers moi et je m'enfuis en rampant à l'envers : lorsque mon dos frappe le mur de pierre, je blottis mon visage contre mes genoux en hurlant. À la lisière de mon champ de vision, Tanguy et Sadio sont immobiles : ne comprennent-ils pas que la rivière épaisse va me submerger et me noyer ?

« Calme-toi. Je suis avec toi... »

Les mots dans ma tête ne m'offrent aucun répit. Le liquide carmin coule sur mes pieds ; je les secoue pour m'en débarrasser, mais c'est inutile.

Il suinte maintenant vers le haut, le long de ma jambe, contre toute logique. Plus j'essuie ma peau, plus il progresse : sur mes mains, mes bras, mes cuisses… Comme les premières gouttes effleurent mes épaules, mes fesses et mon cou, je lâche une plainte qui n'a plus rien d'humain. Les images commencent à défiler en mon âme, d'abord une à une, puis sur un rythme que je ne parviens pas à freiner. Je vois les yeux concupiscents de mon beau-père, le regard fuyant de ma mère, le sourire malsain de Stanislas, la cigarette de Benjamin, la chambre d'hôpital, les roues de la voiture au bord du quai, la confusion dans les iris masculins quand la lame s'enfonce dans les chairs, la carrure imposante de Marin ; j'entends le claquement de la porte qui se referme, les ahanements de Stanislas sur mon corps vierge, la douce voix de la gynécologue, le fracas de la tôle sur les roches de granit en contrebas, le gargouillis infâme de la vie qui s'éteint, le bruit sourd des cartouches du Glock ; je sens l'eau de Cologne bon marché qui empeste ma chambre d'enfant et l'habitacle de l'automobile, les fragrances du lycée, d'abord synonymes de liberté, puis de prison, la peur des hommes poignardés par surprise, la poudre sur mes paumes et sous mes ongles, les recoins sordides du métro ; je ressens les mains, proches, trop proches, la terre humide sur mes fesses nues, la voiture qui avance centimètre par centimètre, la piqûre qui m'endort, la caresse rassurante de l'infirmière sur mon avant-bras, le sang qui coule sur la lame, puis sur mes doigts.

Le flot visqueux salit mes cheveux, tache mes vêtements de rouge, s'insinue dans mes oreilles et mon nez. Il me brûle la peau et m'étouffe ! Pourtant, il me libère aussi ; lorsque les verrous sautent, les fantômes s'enfuient un à un et les cadavres se transforment en poussière. Je me sens nue, fragile, privée des masques que j'ai façonnés peu à peu. Si je suis exposée au froid, aux intempéries et aux coups, je quitte enfin ma geôle, cette gangue protectrice qui m'enchaînait à un passé que j'ignorais. Et je distingue la silhouette de Maya : elle est mon double, mais son port de tête est plus altier et sa démarche plus assurée. Elle est forte et naïve, insouciante et combative ; elle agit d'instinct. Elle est nue et marche vers moi ; elle me tend les bras et me relève ; elle me serre contre elle : je ressens sa sollicitude, son empathie, ses pulsions, ses craintes, ses joies.

« Pardon, pardon... »

Nous tournoyons l'une contre l'autre. Je dégouline de rouge comme elle suinte de blanc. De concert, nous rugissons lorsque le flot coule dans nos bouches et étouffe nos cris. Main dans la main, nous déglutissons, nous crachons nos douleurs, puis nous vomissons nos vieilles souffrances à même le sol. Nos têtes heurtent le carrelage et nous perdons connaissance.

Je me réveille allongée sur le canapé. Je ne demande même pas qui m'a portée là ; pour Tanguy, je ne suis qu'un fétu de paille qu'il pourrait soulever d'une seule main. Ni lui ni Sadio ne m'assaillent de questions. Leurs substrats culturels les ont aidés à accepter la situation, sans l'interroger d'une manière cartésienne : les pays d'Afrique de l'Ouest et la Bretagne partagent des superstitions que les religions catholique et musulmane n'ont pas réussi à éradiquer. Ici comme là-bas, les liens privilégiés avec les esprits et les morts ne sont pas signe de folie ou d'inculture ; elles rythment le quotidien au même titre que le soleil, la pluie ou le vent. Ailleurs, on m'aurait menée à l'hôpital ou chez un psychiatre. Pour Sadio comme pour Tanguy, je suis un ruisseau qui vient grossir la rivière de leurs croyances ancestrales.

« Comment allez-vous ? me demande l'ancien légionnaire.

– Mieux.

– Vous avez trouvé un nouvel équilibre ?

– Peut-être, oui…

– Reposez-vous, nous partirons demain. J'irai chercher des provisions au village pour le voyage dès l'ouverture des boutiques. »

Je me redresse d'un bond :

« Comment… L'avis de recherche… Je… »

Tanguy lève la main pour m'interrompre :

« Nous prendrons mon voilier.

– Pour aller où ?

– En Côte d'Ivoire : c'est la meilleure solution. Ils n'ont pas d'accord d'extradition avec la France, et vous arriverez à survivre là-bas. »

Je comprends à demi-mot qu'il a fouillé mon sac et y a trouvé l'argent et les napoléons. Je guette l'approbation de Sadio qui vient aussitôt. Une bouffée de reconnaissance m'envahit : pour le jeune homme qui accepte un retour au pays et prend des risques malgré sa situation difficile, et pour le marin bourru qui offre son bateau, ses talents de navigateur et son temps à des inconnus. Tanguy suit le cours de mes pensées et souffle :

« J'ai une dette envers Corentin. Beaucoup d'entre nous lui doivent la vie. »

Je devine que le *nous* désigne le corps des légionnaires. Je m'apprête à poser quelques questions sur la traversée, mais il me devance :

« Nous ferons une étape dans un petit port discret des îles Canaries et au Cap-Vert pour nous réapprovisionner, pas avant. Avec vos cartes d'identité, cela devrait passer… Au total, cela devrait nous prendre un peu moins de deux mois. Vous avez déjà navigué ? »

Sadio secoue la tête avec énergie et une lueur d'effroi dans les yeux. En dehors des traversées en ferry et de quelques escapades le long des côtes, le monde des marins m'est inconnu. Je sais pourtant que je suis mieux armée pour la vie, maintenant que Maya et moi ne formons qu'une seule personne.

« Il nous faudra une journée pour atteindre le rail d'Ouessant, souffle notre hôte : c'est un peu rude pour un baptême, mais tant pis. »

ÉPILOGUE

HIPPOLYTE DE LEYRIS

Vendredi 15 juin

Aujourd'hui, je n'ai accueilli que trois patients. C'est bien assez : à mon âge, je ne travaille plus que par plaisir, sans contrainte aucune. Je vais rentrer chez moi pour le déjeuner et je ne reviendrai qu'après-demain pour recevoir cette adolescente autiste et cet homme politique dont la vie s'est écroulée pour une mauvaise blague captée par une caméra indiscrète.

Les trois petits coups sourds à ma porte me prennent par surprise : je n'attends personne et mes patients ne viennent jamais me voir à l'improviste. Intrigué, je libère les verrous : sur le seuil se tient une jeune femme rousse, aussi belle et solaire que le jour.

« Vous êtes Hippolyte de Leyris ?

– C'est moi. »

Je me décale pour la laisser entrer. Je craignais un démarcheur ou des témoins de Jéhovah, mais elle n'a le profil ni de l'un ni de l'autre. Disons qu'elle est ma petite graine d'imprévu dans la journée. L'imprévu dans la vie, c'est comme le sel dans un plat : une pincée relève le goût, l'excès le rend immangeable.

« Je m'appelle Zoé Vermondois.

– Votre nom ne me dit rien.

– Nous ne nous sommes jamais rencontrés. Je viens vous voir parce que… »

Elle prend une profonde inspiration pour se donner du courage :

« … Parce que j'ai perdu quelqu'un. Quelqu'un de cher.

– Cette personne est décédée ?

– Non, elle est partie.

– Ah, je vois. »

En vérité, je ne vois rien du tout. D'habitude, je n'accepte que les patients recommandés par mon réseau de connaissances, souvent des médecins que j'ai croisés pendant ma carrière. J'en ai même accueilli certains à titre personnel : il faut croire qu'ils n'en gardent pas un trop mauvais souvenir. Pourquoi vais-je proposer à cette inconnue de me suivre dans mon cabinet ? Parce qu'elle arrive au bon moment, qu'elle irradie de beauté ou que je pressens quelque chose d'un peu inhabituel ? Je referme ma porte d'entrée et la précède dans mon bureau : la profusion de sièges et de fauteuils colorés lui arrache enfin un sourire. Comme elle prend place sur un fauteuil crapaud, je lui demande :

« Vous étiez intime avec cette personne ? »

Ses joues se teintent d'un léger voile rose :

« Je crois qu'on peut le présenter comme cela, oui…

– Et que puis-je pour vous ?

– Je crois qu'il s'agit de l'une de vos patientes : Charlotte Amorose. »

Seule mon expérience me permet de ne pas me rembrunir. J'écarte les mains en signe d'impuissance :

« C'est elle qui vous a dit qu'elle me consultait ?

– Non.

– Vous imaginez bien que je suis tenu par le secret professionnel. »

Comme elle s'apprête à se lever sans protester, je lui demande :

« Vous avez regardé les informations récemment, non ? Vous savez qu'elle est recherchée par la police…

– Oui, bien sûr.

– Ces histoires se terminent toutes un peu de la même façon, ils finiront par l'attraper.

– C'est ce que je croyais aussi.

– Vous ne le pensez plus ?

– Elle est traquée par les autorités depuis un mois et demi. Ils n'ont rien : pas d'indice, pas de signalement, pas la moindre piste !

– Comment le savez-vous ? »

Elle se mord la lèvre inférieure comme si elle en avait trop dit. Je la sens sur le point de s'enfuir pour éviter une question gênante ; je vise sa curiosité pour prolonger la conversation :

« La personne que vous connaissez n'existe sans doute plus.

– Vous pensez que Charlotte Amorose est morte ?

– Ce n'est pas vraiment Charlotte que vous connaissez, si ? »

Elle chuchote un *non* à peine audible. Je laisse le silence s'installer entre nous avant de poursuivre :

« Comment s'appelle-t-elle ? »

Les larmes sont d'abord fines, puis elles grossissent au coin des paupières avant de s'échapper sur les joues. Zoé n'esquisse pas un geste pour les retenir.

« Maya.

– Dans les circonstances actuelles, Charlotte et Maya ne peuvent plus vivre indépendamment l'une de l'autre. Soit la rencontre a eu des conséquences funestes…

– … Soit ?

– Elles se sont unies, et ni l'ancienne Charlotte ni l'ancienne Maya n'ont survécu.

– Vous voulez dire que Maya ne me reconnaîtrait plus ?

– Non, c'est l'inverse : c'est vous qui ne la reconnaîtriez plus. Vous savez, un peu comme ces amis d'enfance que l'on recroise des années plus tard et qui ont tracé une route très différente de celle sur laquelle ils cheminaient auparavant…

– Oui, je comprends… Et vous, que croyez-vous ? »

J'hésite à répondre. J'en ai déjà trop dit à cette belle inconnue ; je me dois maintenant de la libérer avec un cœur moins gros que celui qu'elle portait à son arrivée.

« Honnêtement, je n'en sais rien. Seule mon intuition me souffle qu'elle est encore vivante. »

Le sourire est bref, mais aussi lumineux qu'un éclat de phare dans la tempête.

« Je peux vous confier un secret ? »

Je n'hésite qu'une poignée de secondes avant d'acquiescer. Elle s'approche alors de moi et murmure :

« Maya coupait les lèvres de ses victimes après les avoir poignardées… »

Je me retiens de lui demander d'où elle tient cette information et je réponds à sa question implicite :

« Les deux symboliques les plus évidentes sont la parole et le baiser. Peut-être voulait-elle se venger de mots blessants ou réduire ses victimes au silence, au-delà même de leur mort. Le baiser est lié à l'affection, à l'amour rêvé, présent, blessé ou trahi, à une agression sexuelle, parfois. »

La jeune femme hoche la tête, comme si mes mots trouvaient un écho dans son esprit. Je me penche alors vers elle :

« Vous ne la reverrez plus. Vous devez tourner la page, Zoé. Vous êtes jeune, belle et l'avenir vous tend les bras ; le temps passe vite, vous savez, croyez-en l'expérience d'un vieux monsieur. »

Elle approuve et se lève pour me remercier. Puis elle quitte mon bureau en abandonnant derrière elle l'ombre d'une fragrance fleurie. Je ne suis pas dupe : Zoé ne m'a pas complètement cru. Elle espère toujours revoir Maya. Le temps ternira-t-il un peu ses souvenirs pour ne laisser que des éclisses brillantes au cœur de sa mémoire ? Sans doute. À moins qu'elle ne décide un jour de se lancer à la recherche d'un fantôme…

Je range quelques papiers avant de fermer mon cabinet. Comme chaque soir, je choisis l'escalier. Nul ne sait mieux que moi que j'ai l'âme sur les lèvres : la mort viendra bientôt me rendre visite. Demain, dans quelques semaines ou quelques mois, un peu plus tard… Peu importe ; aujourd'hui est une belle journée : l'imprévu avait de célestes couleurs et ce n'est pas si fréquent…

REMERCIEMENTS

Dr Nicolas Desbiendras
Psychologue clinicien, docteur en psycholinguistique praticien et superviseur EMDR Europe

Victorienne Magnen
Mannequin

Xavier Messager
Chef d'escadron, Gendarmerie nationale

Olivier Piedfort-Marin
Psychologue et psychothérapeute
Co-directeur de l'Institut Romand de Psycho-traumatologie

Composition et mise en pages
Nord Compo à Villeneuve-d'Ascq